해무

황금가지

목차

프롤로그

그는 마치 뱀과 같은 얼굴로 초희를 보고 있었다. 어떻게 보면 그녀를 비웃는 것도 같고, 어떻게 보면 다정한 표정을 짓는 것도 같은, 그런 얼굴. 분명 이곳에서 단 한 번도 본 적 없는 낯선 이였음에도, 초희는 그 남자를 어디선가 본 적 있다는 생각을 떨치지 못했다.

"꼬마 아가씨는 친구가 없는 모양이지."

그가 싱긋 웃으며 초희에게 말을 걸어왔다. 낮고 깊은 그 목소리는 파도처럼 그녀의 몸을 훑고 지나갔다. 그녀는 뒷걸음질을 치며 그에게서 멀어지려 했다. 그러나 초희가 물러날 때마다 그가 그녀 쪽으로 다가와서 둘의 거리는 멀어지지도, 좁혀지지도 않았다.

"이런 곳에 혼자 서 있는 걸 보니. 그렇지?"

그의 모습을 물끄러미 보던 초희는 언젠가 남신 할미 집에서 자던 날 밤이 생각났다. 그녀가 일곱 살 때였다. 그녀의 머리맡에 앉아 감자를 깎던 담신 할미는 의미심장한 목소리로 이상한 얘길 했었다.

"초희야. 바닷사람은 일찍 바다에 나가는 거 아이다."

"와예?"

"……니 해무 봤제?"

"야. 이까(오징어) 배 아제가 해무 끼모 바다에 나가지 말라 캤심더."

"와 그런 줄 아나?"

"와 그라는데예?"

"이른 봄이 돼서 해무가 끼모, 영산에 사는 할미 구렁이가 내려온데이. 그 구렁이는 사람 고기를 묵을라꼬 내려오는 긴데, 구신 노파 형상을 하고 해무가 낀 틈을 봐가꼬 바다에 나섰는 사람을 영원히 데려가뿐데이. 알았제?"

"하, 할매요, 내 무섭심더."

"하모, 또 있데이. 새벽에 혼자 돌아다니다 모르는 사람이 말을 걸어와도 뒤돌아보지 말고 도망가래이."

"……할매요, 와 그랍니꼬! 내 무섭심더, 그만 하입시더."

"초희야, 요 가스나. 내 말 잊지 말그래이, 응?"

초희는 그때 농담조로 말을 끝내면서도 눈에 띄게 어두워졌던 담신 할미의 얼굴을 떠올려보았다. 그리고 무언가 더 말할 듯이 입을 움싹거리다가 초희와 눈이 마주치자 고개를 돌려버렸던 그 모습도 잊지 않고 있었다. 문득 그때 느꼈던 그 은근한 두려움이 또다시 그녀의 몸을 타고 올라오는 것을 느꼈다. 스멀스멀, 마치 뱀처럼 그것은 그녀의 몸과 마음을 침식하고 있었다. 초희는 고개를 몇 번 저었다. 괜찮을 것이다, 왜냐하면 저 남자는 귀신 노파가 아니니까. 괜찮을 것이라고 혼잣말로 연신 중얼거리면서도 초희의 심장은 더욱 세게 뛰기 시작했다.

"이름이 뭐야?"

초희가 아무 말도 없자 그가 다시 한 번 부드러운 어투로 조심스럽게 물어보며 눈웃음을 지었다. 초희는 대답하지 않았다. 비록 귀신 노파의 모습은 아니었지만 저 남자가 그 이무기가 아닐까 하는 생각은 쉽게 떨쳐지지 않았다.

"우리 언젠가 만난 적 있지?" 초희는 뒷걸음질을 치며 세차게 도리질을 했다. 그는 또다시 그녀 쪽으로 한 걸음 다가오더니, "어제 이 시간에 여기서 내게 말을 걸어온 사람이 너였잖아?"

자신 없이 흔들리는 목소리에는 의구심과 당황스러움이 묻어나오고 있었다. 초희는 그제야 발걸음을 멈추었다. 희뿌연 안개 속에서 그녀의 눈을 바라보는 뱀과 같은 남자는, 어제의 그 남자였다. 정혜가 빠져 죽은 그곳을 향해 힘차게 걸어가던 그 남자.

그녀는 눈을 크게 떴다가 곧 인상을 살짝 찌푸리며 입술을 깨물었다. 여차하면 도망치려는 모양새를 잡고 있었는데 갑자기 힘이 빠지며 왠지 큰 소리로 웃고 싶어졌다. 열두 살이나 되어서 옛날이야기에 공포심을 느꼈던 자기 자신이 한심스러웠기 때문이었다.

'바보 같아.'

그녀는 속으로 몇 번이나 바보 같다고 생각했다. 그러나 아직 안심한 것은 아니었다. 이런 시골 마을에 낯선 이가 나타난 것이 이상했다. 그는 왜 여기까지 왔을까? 초희는 이런 저런 추리를 해보며 그의 모습을 자세히 바라보았다. 저 남자는 어제도 여기에 와 해무를 바라보고 있었다. 그리고 하얀 공포 속으로 들어가기 시작했다. 이곳에서 죽은 숱한 사람들과 그저께 죽은 정혜처럼. 마치 무언가에 홀린 것 같았던 정혜의 그 얼굴과 어제 그의 얼굴이 겹쳐 보여 초희는 공포심을 느끼고 말았다.

"기억이 났니?"

그녀는 더 이상 자신 쪽으로 다가오는 남자에게서 물러나지 않았다. 그는 어딘가 불편한 표정으로 둑 위를 걸어오고 있었다. 그의 행동을 가만히 살피던 초희는 그 때 문득, 콧속을 후비고 들어오는 바다 냄새가 짙어짐을 느꼈다. 그녀의 손발이 얼음장처럼 차가워지기 시작했다. 그녀는 고개를 돌려 영산 쪽을 바라보았다. 영산의 나무들이 후들거리며 갑자기 바닷바람이 불어오기 시작했다. 초희는 새파랗게 질린 얼굴로 바다 쪽을 보았다.

'해무가 낀다!'

그녀는 재빠르게 걸어 그 남자 쪽으로 갔다. 한낮의 바다는 이승의 힘이 강해 육지가 바람을 붙잡고 있지만, 해가 지고 난 후의 바다는 저승의 시간으로 변해 바다가 육지의 것을 빨아들인다. "아제요, 돌아가입시더. 얼른 돌아가입시더!"

그녀는 급하게 외쳤다. 해무가 끼면 돌아갈 수 없다. 몰아쳐 오는 바람에, 산이 '웅웅'하는 소리를 내며 울부짖고 있었다. 초희는 그의 손을 잡고 뛰기 시작했다. 해가 뜨기 전에는 이승의 시간이 시작되기 전에 한 사람이라도 더 데려가려는 귀신 노파가 내려온다.

부고(訃告)

1

소녀는 '하얀 세상'을 향해 천천히 걸어가고 있었다. 아무것도 보이지 않는, 누구도 찾을 수 없는 무(無)의 세상으로. 치수는 소녀를 쫓아 달리기 시작했다. 다리가 무겁고 이상하리만치 몸이 움직여지질 않았다. 그럼에도 그의 머릿속엔 소녀를 저곳으로 가게 두어서는 안 된다는 생각뿐이었다. 습하고 답답한 공기가 몇 번이나 폐 속을 헤집어 왔으나 그는 멈추지 않았다. 온몸을 비틀어대며 그는 몇 번이나 소녀에게 소리쳤다.

"*돌아와!*"

치수의 목소리는 금방 '하얀 세상' 속으로 사라져갔다. 소녀는 돌아보지 않았다.

"*돌아와!*"

그가 다시 한 번 소리를 내질렀을 때, 소녀는 발걸음을 멈추었다.

바로 그 때, 그 비명소리가 들렸다. 지금껏 그의 목을 죄여온, 잊히지 않는 그 소리가. 그는 온몸에 식은땀이 흐르는 것을 느꼈다. 땀은 목덜미와 등줄기를 타고 허벅지까지 적셨다. 자신도 모르게 주춤거리며 뒷걸음질을 치자 소녀는 다시 앞으로 걸어가기 시작했다. 소녀를 잡아야 한다는 생각이 들었으나 그는 더 이상 소리쳐 부를 자신이 없었다. 그 비명소리, 치수는 그것이 두려웠다.

소녀의 몸이 '하얀 공포' 속으로 완전히 들어갔을 때 즈음, 그는 그 하얀 공포가 무엇인지 깨닫기 시작했다. 그러자 가슴 한구석이 쿵쾅거리며 요란한 소리를 내기 시작했고, 머리가 빙빙 돌기 시작했다. 하얀 공포는 그의 영혼을 자유롭지 못하게 했던 것, 다른 것을 생각할 수 없게 그를 옭아매고 있던 것이었다. 그랬다. 그것은 지난 이십 년을 그의 가슴에서 떠나지 않았던 바로 그 해무(海霧)였던 것이다.

"헉!"

치수는 큰소리로 숨을 들이쉬며 눈을 떴다. 갑자기 눈을 뜬 바람에 머리가 어지러웠으나 그런 것은 상관없었다. 또 그 꿈을 꾸기 시작했다. 한동안 꾸지 않았었는데, 또다시 그 꿈을 꾼 것이다.

"여보, 왜 그래요?"

그는 가슴팍에 닿아오는 따뜻한 온기에 옆을 돌아보았다. 아내의 얇은 손가락들이 그의 가슴 위에 가지런히 놓여 있었다. 거칠게 들썩이던 가슴에 그녀의 손이 닿자 천천히 안정되는 것 같았다.

"당신 괜찮은 거죠?"

윤미는 피곤에 부은 눈을 연신 깜빡이며 치수의 얼굴을 걱정스레 들여다보고 있었다. 그의 숨소리가 그녀의 단잠을 깨운 모양이었다.

"미안해. 당신 잠을 깨워버렸군."

"난 괜찮아요."

그녀는 치수의 겨드랑이 아랫부분에 얼굴을 묻고는 부드럽게 대답했다. 윤미의 애정 표현임을 알았으나 그는 왠지 그녀의 행동이 달갑지 않았다. 오늘따라 그녀의 행동 하나하나가 곱게 보이지 않았기 때문이었다. 그녀를 거부하고 싶은 마음과 싸우던 중, 그녀가 속삭이듯이 잠에 취해 중얼거렸다.

"왜 그러고 있어요? 좀 더 자요."

좀 더 자라는 그녀의 말은 완전히 그의 기분을 찜찜하게 만들어 버리고 말았다.

"응? 아냐."

그는 결국 그녀를 밀쳐냈다. 윤미는 잠시나마 서운한 얼굴로 그를 보았으나 이윽고 아무렇지 않게 다시 잠에 빠졌다. 이십 년이라는 세월은 그뿐만 아니라 윤미도 바꿔버린 모양이었다. 그녀는 더 이상 옛날의 그녀가 아니었다. 치수는 몸을 반쯤 일으키고 안경을 찾아 썼다. 아직도 가슴 한구석이 쿵쾅거리고 있었다. 등줄기와 목덜미도 서늘했다. 창문 사이로 들어오는 어슴푸레한 빛에 의존해 시계를 보니 아직도 새벽 5시였다. 다시 자리에 누울까. 그는 잠시 고민했으나 이내 자리에서 완전히 일어나버리고 말았다. 오늘 새벽엔 더 이상 잠을 청할 수 없을 것 같았기 때문이었다. 게다가 사실, 왠지 잠에 드는 것이 무섭기도 했다.

거실에 나오자 몸이 썰렁했다. 세간에서 일주일 정도만 있으면

완연한 봄이 돌아올 것이라고는 하나, 아직 초봄이라 겨울의 서늘함이 완전히 가시지 않은 탓이었다. 그는 얼른 소파 위에 놓인 겉가운을 입고 서재로 향했다. 서재는 한층 더 추웠으나 침실이나 거실보다는 마음이 더 놓이는 것 같았다. 그는 어두운 방에 불을 켜고 등받이가 딱딱한 나무의자에 앉았다. 눈을 감고 숨을 고르게 쉬자 다시 그 꿈이 떠올랐다.

코끝에는 바다 특유의 비릿한 물 냄새가 머물러 있었고, 귓가에는 마치 누군가를 소리쳐 부르는 듯한, 웅성이는 바람 소리가 들려왔다. 그러고 보니 딱 이맘때다. 이맘때의 '그 섬' 앞바다에는 해무가 낀다. 보통은 사월에서 시월 사이에 끼는 게 맞는데, 그곳엔 삼월에도 해무가 낀다. 치수는 그곳에서 처음으로 해무를 보았다.

지금으로부터 이십 년 전이었다. 동이 트지 않은 이른 새벽, 겨울의 티를 벗지 못한 앙상한 산을 넘어오자 항구를 끼고 있는 작은 바닷가 마을이 보였다. 사실 섬 자체가 그리 크지 않아 낮은 야산, 또는 구릉 하나를 가운데 두고 섬은 한옥 대저택 부지(敷地)와 작은 마을로 이등분 되어 있었다. 그럼에도 마을의 규모는 큰 편이어서, 다닥다닥 붙어 있는 집들만 해도 수가 꽤 됐다. 집마다 앞에 그물 뭉치가 놓여 있어 어촌의 일상적인 풍경을 자아냈다. 치수는 그물 뭉치며 다닥다닥 붙은 집들이며 하는 것들에 시선을 두면서도 사실은 콧속을 비집고 들어오는 비릿한 냄새에 더 신경을 쓰고 있었다. 냄새는 점점 짙어졌다. 동네 개 몇 마리가 그가 지나가는 것을 보며 짖어댔다. 그러나 그가 조용히 지나쳐버리자 이내 관심이 없어졌는지 짖기를 멈추고 조용해졌다.

그는 마을을 벗어나 방파제 둑으로 갔다. 그곳엔 아무것도 없었다. 고기잡이 어선들은 이미 모두 출항한 모양이었다. 그게 아니라면 아무도 바다에 나오질 않았거나. 모든 것이 하얀 세상에 잡아먹힌 채, 그와 바다 단 둘뿐이었다. 파도가 방파제에 부딪히는 소리가 났다. 끊임없이, 그리고 끝없이 파도는 방파제에 몸을 짓이겼다. 안개는 시각을 차단한 대신 청각을 더욱 자극한 모양이었다. 그는 멍하니 서서 그 경이로운 감각을 느꼈다. 볼 수 없는 것의 공허한 아름다움. 말로 표현할 수 없을 만큼 넓은 하얀 세상을 보고 있자니 은연중에 공포심도 들었다. 하늘과 바다를 구분할 수가 없었기 때문일까.

하얀 공포. 그는 차갑게 식어가는 손을 꼭 쥐며 혼자 중얼거렸다. 하얀 세상이 아니라 하얀 공포라고.

바닷바람이 거세게 불어오자 그는 크게 재채기를 했다. 바람에 소금기가 묻어났기 때문이었다. 그 때 멀리서 무언가 보였다. 바람에 안개가 걷히면서 빨간 등대의 윗부분이 드러난 것이었다. 흰 안개에 둘러싸여 머리를 내민 등대에서는 한 줄기 빛이 쏟아져 나오고 있었다. 그는 등대 반대쪽으로 천천히 걸어갔다. 더 멀리서 보면 어떨까 싶어서였다. 조심조심, 한 발자국씩 내딛으며. 조심조심 걸어가던 그의 귀에 또렷한 목소리가 들려왔다.

"아제요, 해무 꼈다 아잉교. 조심 하이소."

그가 놀라서 두리번거리자, 언제부터 있었는지 모를 소녀가 둑에 앉아 있었다. 소녀는 무심한 목소리로 그를 붙잡더니 이내 뜻 모를 웃음을 지었다.

"지금 저리로 가모 죽심더."

치수는 코를 자극하는 구수한 냄새에 눈을 떴다. 창문으로 햇빛이 들어오고 있었다. 어느새 아침이 된 모양이었다. 치수 자신도 모르게 잠깐 잠이 든 게 틀림없었다. 그는 기지개를 켰다. 딱딱한 의자에 앉아 잔 탓인지 허리와 어깨가 너무 아팠다.

"여보, 밥 다 됐어요."

방 문 밖에서 윤미의 낮은 음성이 들려왔다. 된장찌개를 끓인 모양이었다. 그는 비틀거리며 일어나 방 문을 열었다. 윤미는 웬일인지 앞치마까지 두르고 부엌에 서 있었다.

"아줌마는 어딨고 당신이 아침을 해?"

"아줌마는 오늘 바쁘다고 했잖아요. 기억 안 나요? 아들 결혼식이라고 했는데."

"아, 그렇군. 잊고 있었어."

치수는 식탁에 앉아 신문을 펼쳐들었다. 그제야 그저께 부조금으로 이십만 원을 준 기억이 났다. 그는 십만 원으로도 충분하다고 생각했는데 윤미가 인정이 어쩌니 사람 된 도리가 어쩌니 하며 바득바득 우기는 바람에 이십만 원을 주었다. 윤미는 분주히 음식을 나르다 말고 그를 힐끗 보았다. 무언가 할 말이 있는 모양이었다. 그러나 치수는 딱히 먼저 물어보고 싶지 않아 입을 꾹 다물고 신문만 무심히 바라보았다.

"드세요."

그는 신문을 접어 옆에 두었다. 식탁에는 감자옹심이를 넣어 끓인 된장찌개며 두부조림이며, 그가 좋아하는 반찬들로 가득 차 있었다. 윤미가 꽤나 신경 쓴 모양이었다. 그는 갑자기 지난밤 일과 방금 전의 자신의 행동이 미안해지는 것을 느꼈다. 아내에 비해 자신의 사랑이 턱없이 모자라다는 생각도 들었다.

"응, 잘 먹을게."

치수는 숟가락을 들면서 잠시 고민했다. *먼저 물어볼까.*

"당신 무슨 할 말 있어?"

윤미는 치수 몫의 된장찌개를 덜다 말고 그를 보았다. 그리고 아무 말 없이 그의 밥그릇 오른편에 찌개그릇을 놓았다. 그녀는 곧 앞치마를 벗고 자리에 앉더니 수저도 들지 않고 그를 보며 입을 벙긋거렸다.

"……돌아가셨대요."

"뭐? 잘 안 들려."

그가 다시 한 번 물었다. 갑자기 윤미의 손이 덜덜 떨리기 시작했으나 의외로 그녀의 입에서 흘러나온 목소리는 꽤나 무미건조했다.

"여보, 정 교수님이 돌아가셨대요."

그는 놀라서 숟가락을 떨어뜨렸다.

"그런 얘길 왜 지금 해!"

그가 버럭 소리를 지르자 그녀는 잠시 얼굴만 찡그렸을 뿐 움츠러드는 기색이 전혀 없었다.

"하지만 어젯밤에 당신이 서재로 건너간 후에 온 전화란 말이에요."

그녀는 자신에게 잘못이 없다는 확고한 말투로 그를 향해 말하고 있었다. 그는 몇 마디 더 퍼붓고 싶었으나 왠지 그녀의 단호함을 이길 수 없다는 생각이 들어 포기하고 말았다.

"그분이 돌아가셨군."

치수는 숟가락을 탁 내려놓으며 중얼거렸다. 윤미는 찌개를 한 입 먹고는 그를 힐끔 보았다.

"안 가 봐도 되는 거예요?"

치수는 뭐라고 말하려다 말고 입을 다물어버렸다.

"네, 여보?"

윤미가 재차 묻자 치수는 머리를 긁적였다.

"가 보긴 해야 하는데."

가기가 싫어. 그는 뒷말을 삼키며 윤미의 얼굴이 딱딱하게 굳는 것을 보았다. 윤미도 그 일들, 그곳에서 있었던 수많은 일들을 잊지 못하는 모양이었다. 아니, 그녀가 그곳에서 치수에게 일어났던 일들을 알고 있을 리는 없었다. 다만 그때 치수가 집에 돌아오지 못했던 동안의 불안감을 잊지 못하는 것이었다.

"가지 마요. 그곳엔."

윤미가 속삭이듯이 중얼거리자 치수가 고개를 끄덕였다. 끄덕이는지 가로 젓는지 판단하기 어려운 몸짓이었다.

"물론 나도 그곳에 가고 싶지는 않아."

"여보, 난 무서워요."

치수는 멍하니 숟가락을 바라보다가 문득 윤미의 목소리가 애처롭게 흔들리는 것을 느꼈다. 그는 고개를 들었다. 윤미의 눈에는 공포가 서려 있었다.

"여보……."

치수는 두 손으로 머리를 감싸 쥐었다.

2

주경은 한 시간 동안이나 멍하니 시계를 보고 있었다. 머리가 깨질 것 같았다. 검은 옷을 입고 물밀듯이 밀려드는 사람들을 보고 있으려니 속이 부글거렸다. 살인자의 장례식을 찾아와 눈물을 흘리고 자빠진 꼴들이라니, 그녀는 그런 생각을 하며 손님들에게 인사하는 동생을 보았다. 동생은 사람들에게 인사하다 말고 그녀와 눈이 마주치자 서글픈 눈빛으로 고개를 까딱했다.

'위선자 주제에.'

주경은 비아냥거리는 눈으로 동생을 쏘아보고는 다시 시계를 보았다. 벌써 아홉 시 반이 넘었는데 그 남자에게서는 아직 전화 한 통 없었다. 그녀는 먼저 해볼까 해서 핸드폰을 쥐었다가 고개를 저으며 내려놓았다.

그녀의 아버지는 어제 아침 갑자기 돌아가셨다. 아버지의 주치의가 간호사들과 함께 달려왔고, 주치의는 몇 번이나 아버지의 눈자위와 심장을 체크하더니 이내 고개를 저었다. 급작스런 부고에 사람들이 의아해했지만 그녀는 의아하지 않았다. 주경과 주연은 아버지의 장례식을 치르려고 섬에서 나왔다. 물론 아버지의 시신도 함께였다.

장례에 온 누군가 넌지시 그녀 귀에 '살해당하신 것은 아닐까?'라고 중얼거렸으나 주경은 말없이 서 있을 뿐이었다. 예순둘, 그리 많은 나이는 아니었지만 그 정도면 충분히 살았다고 생각했기 때문이었다. 설령 살해당했다고 해도 어차피 죽을 때가 다 된 노인네를 죽인 범인을 찾기 위해 경찰이 움직일 필욘 없었으며 살아생전

남에겐 쥐꼬리만큼도 관용을 베풀지 않았던 아버지였기에 원한을 샀을 만한 인간이 너무 많아 일일이 조사를 할 수도 없을 것이 분명했다. 게다가 살해당했다면 인과응보다. 아버지는 살인자였으니까.

주경은 밖으로 나와 담배를 한 대 피웠다. 차가운 밤바람이 귓가에 스쳐 지나갔다.

'살해는 무슨, 늙어서 뒈진 거지.'

그녀는 꼬장꼬장한 표정으로 자신의 머리에 재떨이를 던지던 아버지를 기억해 냈다. 그녀가 서울로 돈 벌러 간다고 했을 때였다. 다른 기억은 좋든 싫든 하나도 머릿속에 남지 않았는데 이상하게 그 기억만은 또렷했다. 이마에 보기 좋게 남은 길쭉한 상처가 그 기억을 몇 번이고 떠오르게 해서였을까.

'망할 노친네. 재떨이를 던질 건 또 뭐람. 덕분에 얼굴에 흉만 생겼잖아.'

그녀는 이마를 쓱쓱 문지르며 인상을 찌푸렸다.

"언니야, 저녁 안 먹어?"

주경은 갑자기 들려온 목소리에 놀라 반사적으로 담배를 든 손을 뒤로 숨겼다. 언제 왔는지 주연이 쓸쓸한 얼굴로 그녀 뒤에 서 있었다.

"왜 그렇게 놀라."

억지로 사투리 대신 서울말을 쓰는 주경과는 반대로 자연스럽게 서울말과 사투리를 섞어 쓰며 주연이 물어왔다. 그 물음에 주경은 퉁명스레 대답했다.

"네가 갑자기 나타나니까."

"밥 안 먹었지? 들어가서 무라. 내가 차려줄게."

주연은 걱정스러운 얼굴로 주경의 안색을 살폈다.

"생각 없어."

"그러지 말고 한 술 떠라. 오늘 하루 종일 암 것도 안 묵드만. 누룽지라도 끓여줄게."

주경은 주연의 말을 들은 체도 하지 않고 다 피운 담배꽁초를 바닥에 버리고 남은 불씨를 발로 지그시 눌렀다. 그녀는 마치 주연이 그 자리에 없는 양, 주연에게서 등을 돌렸다. 평소 같았으면 자신이 빨리 자리를 떠나주기를 바란다는 것을 알았을 주연이었지만 오늘 그녀는 웬일인지 가만히 주경 뒤에 서 있을 뿐이었다.

"할 말 있어?"

주경이 마지못해 묻자 주연이 기다렸다는 듯이 조심스레 말을 꺼냈다.

"언니야, 나는……." 주연이 뭔가 할 말이 있는 얼굴로 고개를 숙였다. "역시 아부지가 돌아가셨을 때 경찰에 신고해야 했다고 생각해."

"뭐?"

주경이 필요 이상으로 날카롭게 외치며 쏘아보자 주연은 몸을 움츠리며 눈물을 닦았다. 주경은 그 행동이 무척 가식적이라고 느꼈다.

"무슨 소리야? 그게."

"아, 아부지는 아직 예순둘이셨는데…… 자연사라고 하기엔 너무 이른 나이 아닌가 해서." 주연은 말을 끊었다. 그리고 숨을 훅 들이쉬더니 천천히, 마침내 그 말을 해버렸다. "혹시 누가 아부지를 죽인 게 아닌가, 이런 생각이 자꾸만 든다."

주연이 조용히 말을 마치고 주경의 눈치를 살피자 주경은 거칠게 손을 내저었다. 인정하고 싶지 않은 모양이었다.

"더럽게 착한 척하네. 말도 안 되는 소리 하지 마. 어제 우리 둘이 그 노친네 옆방에서 자고 있었잖아. 게다가 죽기 한 시간 전에는 물을 달라고까지 했다고. 다른 누가 들어와서 그 노친네를 죽일 겨를이 있었겠어? 그리고 설령 누가 들어와서 그 노친네를 죽였다고 해도 우리가 옆방에 있었는데 소리를 못 들었을 리가 있느냐고."

주경이 단호히 말했지만 주연은 여전히 흔들리는 눈빛이었다. 주경은 문득 주연을 피해 달아나고 싶은 충동을 느낀 동시에 동생에게 상처를 주고 싶은 마음이 들었다. 그녀는 심술궂은 웃음을 지으며, "대체 뭐가 문제야? 네 말에 따르면 우리 둘 중 하나가 그 노친네를 죽였다는 말이 되잖아, 안 그래? 그 작은 섬에서, 그 날 노친네랑 둘이 있었던 건 너랑 나뿐이야. 물론 마을 연놈들이 산을 타고 와서 죽였을 수도 있지만." 퉁명스레 던졌다.

그러자 그녀의 말을 들은 주연의 얼굴이 하얗게 질리기 시작했다. 적잖이 충격을 받은 모양이었다. 주경은 동생의 충격 받은 얼굴에서 왠지 모를 쾌감을 느꼈다.

"네가 한 말이 어떤 의미인지, 이젠 알겠지? 만약 그 인간이 살해당했다고 한다면 너랑 내가 제일 유력한 용의자가 된다고. 그렇지만 나는 그 인간을 죽이지 않았고 너 역시 죽이지 않았으니까 범인은 오리무중이잖아. 안 그래?"

주경은 앞뒤도 안 맞는 말을 어지간히도 논리적인 체하며 이어나갔다.

"마을 놈들 족친다고 범인이 나올 것 같지도 않고. 그러니까 그

양반은 누가 죽인 게 아니야. 혼자 죽은 거라고. 만약 그게 아니라면 그 땐 산 사람이 아니라 죽은 사람이 그 양반을 데려간 거겠지. 살아서 죄를 많이 지은 노친네니까."

죽은 사람이라는 단어가 나오자 주연의 얼굴은 더욱 새하얗게 질려갔다.

"그게 아니라면, 혹시 네가 죽였니? 그래? 그런 거야?"

"아니야!"

주연이 비명에 가까운 소리를 질렀다. 주경은 주연이 괴로워하는 모습을 보는 게 좋았다. 예전부터, 주연이 괴로워하는 모습을 보면 이유 모를 쾌감을 느끼곤 했다.

"정말 아니야?"

주경의 눈이 가느다란 실처럼 변했다. 주연은 고통에 찬 얼굴을 두 손으로 가렸다.

"어, 언니야가 어떻게…… 어떻게 내한테 그런 말을……? 내가 아부질 어떻게 모셨는지 제일 잘 알면서…… 어떻게 내한테 그런……!"

주연은 너무 놀라고 충격을 받은 나머지 말도 제대로 잇지 못했다. 그녀는 계속해서 '어떻게', '그런', 이 두 단어만 더듬더듬 연발할 뿐이었다. 그 모습을 본 주경은 동생의 면전에 대고 통쾌하게 웃어주고 싶은 충동을 겨우 참으며 그 어깨를 토닥토닥 두드렸다.

"그것 봐. 우리 둘 다 범인이 아니잖아. 누가 죽였겠어, 그럼?"

주경이 다정한 척 미소를 짓더니 주연의 통통하고 하얀 두 볼을 손등으로 툭툭 쳤다.

"너랑 내가 안 죽였으면 아무도 죽이지 않았어. 알겠니? 그 노친네, 저 혼자 뒤진 거야." 주연이 몸을 부르르 떨었다. "헛소리하지 말고 머리 좀 식히고 들어와."

주경이 심술궂은 목소리로 말하자 꼼짝도 않고 그 앞에 서 있던 주연이 갑자기 안으로 들어가려는 주경의 팔을 꽉 붙잡았다.

"뭐, 뭐야? 왜 그래?"

주경이 당황스러운 목소리로 외치자 주연이 눈을 번뜩이며 그녀를 보았다. 주경은 주연의 눈빛이 이상하다는 것을 깨달았다. 마치 무언가에 홀린 것 같았다.

"언니야. 그 날…… 그 날 새벽에 아부지가 해무를 보고 오신다고 했지, 그렇지?"

주경은 점점 주연에게 잡힌 팔목이 아파 오는 것을 느꼈다. 그러나 차마 빼려 해도 뺄 수가 없었다. 느껴본 적 없는 강한 힘이었다.

"그게 뭐, 해무 보고 와서 잠만 잘 자던데."

주경이 주연의 손을 뿌리치려 애쓰느라 생각 없이 중얼거리자 주연이 더 세게 팔목을 움켜쥐었다. 그녀의 손은 너무 힘을 준 나머지 이제 하얗게 변해 있었다.

"그 해무다, 그거다."

"뭐어?"

주연은 여전히 무언가에 홀린 것 같은 눈빛으로 멍하니 허공을 응시하며 입을 달싹였다.

"아부지가 예전에 해준 얘기, 옛날 얘기 있잖아."

"모, 몰라, 기억 안 나!"

주경은 주연의 손을 뿌리치려고 애를 썼다. 그러나 그녀의 팔은 동생의 손아귀에 잡힌 채 꼼짝도 하지 않았다.

"해무가 낄 때 하나라도 더 데려가려고 온다고 했던 그 얘기. 기억 안 나? 기억 안 날 리가 없는데, 기억이 안 난다고?"

주경은 점점 주연이 무서워지기 시작했다. 대체 동생이 무슨 소리를 하고 있으며 왜 이러는지 이해할 수 없었다.

"일단 좀 놔! 아프단 말이야!"

주경이 소리를 질렀으나 주연은 아랑곳 않고 혼잣말을 중얼거리고 있었다.

"그때 같은 그런 일이 또 생기는 걸까, 또……."

"정주연!"

"아, 미, 미안."

드디어 주연이 주경의 팔을 놓았다. 주경은 얼른 다른 손으로 팔목을 쓱쓱 문지르며 주연을 날카롭게 노려보았다. 그러나 주연은 주경을 쳐다보지도 않고 곧바로 검은 상복을 펄럭이며 안으로 들어갔다. 주경은 이해할 수 없다는 눈으로 주연의 뒷모습을 보았다.

혹시 미친 게 아닐까? 동생에게는 아버지가 전부였다. 늘 그 꼬장꼬장한 노친네의 수발을 들면서도 동생은 한 번을 대드는 일이 없었다. 그도 그럴 것이, 정 교수는 그의 막내딸에게는 관대했고 사랑이 넘치는 자애로운 부친이었기 때문이었다. 옛날 얘기? 웃기고 있네.

주경은 마치 벌레라도 씹은 얼굴로 바닥에 침을 뱉었다. 주연에게 옛날 얘기를 해주었다는 것도 지금 처음 알았다. 그 노친네는, 자신에게 옛날 얘기 같은 걸 해준 적이 없는 인간이었다. 물론 들을 생각도 없고 안 들어도 무슨 얘기인지 빤히 알고 있지만.

어쨌거나 죽은 부친은 작은 딸에게만 살가웠고, 세상에서 그 애밖에 모르는 인간이었다. 아마 주연은 정 교수가 죽을 때 자신에게 모든 재산을 남길 것이라고 생각했을지도 모른다. 그러니 그런 외딴 섬에서 청춘을 바치면서까지 그런 꼬장꼬장한 노친네를 모셨을 것이다. 주경은 기분이 점점 더 나빠져, 빨리 서울로 올라가고 싶어졌다.

'여기 있으니까 나까지 미쳐가는 것 같아.'

담배를 한 개비 더 꺼내 몇 번 숨을 들이쉬었다 내쉬었다 했지만 주경의 찜찜한 기분은 좀처럼 떨어져 나갈 생각을 하지 않았다. 그때였다. 주경의 주머니에서 진동이 울리기 시작했다. 그녀는 다급히 휴대폰을 보았다. 그 남자였다.

"여보세요?"

기다리던 전화였기에 반도 채 피우지 않은 담배를 바닥에 던져 끄고 성급히 통화버튼을 눌렀으나, 막상 전화를 받고 나자 너무 빨리 받았다는 생각에 그녀는 조금 후회하고 말았다.

기다렸다는 티가 나지 않을까, 손이 조금 떨리는 것이 느껴졌다.

"*응, 주경 씨. 나야.*"

다행인지 불행인지 상대방은 주경의 걱정 따위는 모르는 것처럼 천연덕스럽고도 부드러운 목소리로 그녀의 말에 대답했다. 덕분에 주경은 안도의 한숨을 내쉬며 아무렇지 않은 척 통화를 계속해 나갈 수 있었다.

"지금 어디에요?"

"*나는 지금…… 그건 그렇고 주경 씨 아버님이 돌아가셨다는 거, 사실이야?*"

"네."

전화 속 남자의 목소리는 소년이라고 해도 좋을 만큼 앳된 느낌이 났다. 또 보통의 남자들 보다는 약간 높은 편이어서 처음엔 주경도 여자가 아닐까 했다. 그러나 세상에는 여자보다 더 높은 목소리를 가진 남자도 있고 '카스트라토' 같은 존재들도 있기에 얼마 후에는 그러려니 할 수 있었다. 게다가 이 남자는 그런 부분을 커버할 수 있을 만큼의 매력이 있었다. 이상한 매력.

"아버지랑 안 친했다며?"

"그, 그래도 부모는 부모니까요."

재산 때문이라는 말은 차마 할 수 없어 주경은 눈알을 이리저리 굴리며 둘러댔다.

"하긴 그렇지. 나도 우리 아버지 돌아가셨을 때 그랬는걸. 어쨌거나…… 주경 씨, 얼른 서울로 돌아와. 보고 싶어."

주경은 혼자 웃음을 지었다.

'이 남자만큼은 날 자유롭게 해 줘.'

"좋아요. 대신 서울로 올라가면 술 한 잔 사줘요."

주경의 애교 섞인 목소리에 상대방은 크게 웃었다. 주경은 통화를 끝내고 한결 가벼워진 기분으로 기지개를 켰다. 역시 담배 같은 것보다 이 남자와의 짧은 통화가 더 정신 건강에 좋다는 생각이 들었다. 그녀는 기지개를 켜고 나서 몸을 한 번 부르르 떨었다. 어느새 공기가 차가워졌다.

주경은 양 팔을 쓱쓱 문지르며 안으로 들어가기 위해 뒤를 돌아섰다. 그 때였다. 이유 없이 등 뒤가 서늘해졌다. 주경은 왠지 오싹한 기분을 느끼고 재빨리 뒤를 돌아보았다. 뒤를 돈 순간 새까만 어둠 속에서 무언가 반짝, 하고 빛나더니 이내 사라졌다. 주경은 입술을 꾹 깨물며 가늘게 실눈을 떴다. 그녀는 오른손으로 두 눈을 벅벅 문지르고 먼 곳을 응시했다. 어둠 속에는 아무것도 없었으나 그녀는 뒷걸음질을 치기 시작했다. 그러곤 곧 몸을 돌려 미친 듯이 안으로 뛰어 들어갔다.

사람들이 북적이는 곳까지 뛰어온 주경의 얼굴에는 찐득찐득한 식은땀이 흘렀다. 아주 순식간이었지만 분명 확실히 보았다. 주경이 본 그것은 백발, 긴 백발이었다.

3

치수는 늦은 밤이 돼서야 섬에 도착했다. 해질 무렵 항구에서 섬으로 돌아가는 어선 한 척에 올랐는데 그 배를 타고 섬으로 가니 평소라면 한 시간이면 될 것을 족히 두 시간은 더 걸렸던 것이다. 항구에 들어서며 치수는 비릿한 바다 냄새에 눈살을 찌푸렸다. 이곳에 다시 오게 될 줄은 꿈에도 몰랐다고 생각하며, 그는 머릿속으로 이십 년 전을 떠올리고 있었다. 그 잔혹했던 사건과 무심한 얼굴로 그 일을 잊으라고 말하던 정 교수. 그리고 아무 표정 없던 마을 사람들. 그는 역겨운 기분이 들어 그 기억을 떨쳐내려 했지만 기억이라는 것은 쉽게 떨쳐지지 않았다. 이십 년 전의 일은 그의 머릿속에서 마치 어제 일어난 일 같아서 마을 모습 하나하나 조차도 또렷했다.

그래, 끔찍한 일, 하면서 치수는 쓴 입맛을 몇 번이고 다셨다. 이십 년 전에 여기선 살인이 일어났었다. 죽은 사람은 둘. 둘 다 남자였다. 얼굴도 본 적 없는 두 사람은 치수가 바다를 건너왔을 때 이미 싸늘한 주검이 되어 있었다. 그때 생각만 하면 치수는 숨이 꽉 막혔다. 시체를 보았기 때문에, 단순히 시체를 보았기 때문에 그런 게 아니었다.

물론 그냥 시체를 봐도 그 기억은 잊을 수 없는 끔찍한 악몽으로 남는다. 그런데 그 기억이 이토록 치수를 괴롭히는 이유는, '시체의 목이 잘렸기 때문에.'

치수는 몸서리를 치며 애써 그 기억을 떨쳐내려 했다. 그러나 쉬이 떨쳐지지 않았다. 멀쩡했던 시체 두 구는 다음 날 목이 잘린 채 섬 반대편에서 발견되었다. 치수는 굳이 죽은 사람의 목을 자른 것은, 애초에 살해당했기 때문이라고 생각했다. 그는 정 교수에게 살인이 틀림없다고, 다시 조사해 봐야 한다고 말했으나 정 교수는 단박에 그의 제안을 묵살해 버렸다.

"안 돼!"

정 교수의 날카로운 목소리는 아직까지도 쟁쟁하게 뇌리에 박혀 있었다. 당시의 치수는 살인자가 섬 어딘가, 그것도 한옥 저택 어딘가에 있다는 것을 알면서도 아무렇지 않게 넘기는 정 교수를 이상히 여겼다. 그러나 정 교수만이 아니었다. 섬에 사는 사람들 모두가 경찰 수사는 필요 없다고 여겼다.

당시 섬 주민들은 모두 이상한 미신을 믿고 있었다. 아니, 어쩌면 미신이 아닐지도 모른다. 치수는 그들을 지배하고 있는 것이 무엇인지 지금도 제대로 알지 못한다. 누구도 외지인인 치수에게 얘기해 주지 않았기 때문이었다. 다만 확실한 것은 미신이든 전설이든, 형체 없는 옛날이야기 같은 것이 섬 전체를 지배하고 있다는 것이었다. 그래서 그들은 시체의 목이 없어지는 것이 '한옥에 대한 저주'라고 했다. 어느 누구도 살인이라든가, 범죄라는 생각을 하지 않았다. 모두 입을 모아 당연한 일이라고 했다.

당연히 죽은 두 사람의 목이 잘려야 한다고.

그렇게 말하던 그들의 모습은 정말 이상했다. 뭔가에 홀린 것 같기도 했고, 끝까지 섬의 전설을 입 밖으로 꺼내지 않던 그들은 어딘가 미친 사람들 같기도 했다. 치수는 그들이 섬의 비밀이라서 말을 삼가는 것이 아니라는 걸 확신할 수 있었다. 그들은 단지 두려워하고 있는 것이었다. 그들을 지배하는 그 미신, 전설, 그것에 대해서 입 밖으로 얘기가 빠져나오는 것을 두려워하고 있었다. 그래서 그 사건은 미결로 부쳐졌다. 모두가 쉬쉬하며 감춘 덕분에, 머리가 잘린 채 바다 위로 떠오른 두 개의 시체에 대한 소문은 이 섬 밖으로 빠져나가지 못했다.

치수는 옛 기억을 떨치기 위해 다시 한 번 고개를 흔들며 어둠 속을 빙 둘러보았다. 처음에는 어두워서 분간하지 못했지만 어느 정도 어둠에 눈이 익자 한 눈에 마을의 형태를 알아볼 수 있었다. 작은 바닷가 마을은 마치 이십 년 동안 시간이 하나도 흐르지 않은 듯이 그 모습 그대로였다. 그는 천천히 어둠 속에서 빛을 발하는 전등을 보며 그 소녀를 떠올렸다. 그 아이는 아직도 여기에 살고 있을까, 하고 생각하며 그는 앞섶을 여몄다. 바닷가라서 바람이 세찼다. 게다가 마치 바람이 바다 쪽으로 빨려 들어가는 것 같아서 치수는 몸이 바다 쪽으로 기울지 않게 조심해야 했다.

그 때 그의 옆에 누군가 섰다. 치수를 섬으로 데리고 온 배의 선장이었다.

"감사합니다, 선생님."

치수는 정중히 인사하며 퉁명스러운 얼굴로 담뱃불을 붙이는 선장을 보았다. 라이터 불빛에 비친 그의 지저분하게 자란 수염은 이미 희끗희끗했고 한 쪽 눈은 백내장인지 허옇게 눈동자에 막이 덮여 있었다. 치수가 고개를 한 번 더 숙이자 이때까지 두어 시간을 말없이 있던 그 사내가 치수를 보고 걸걸한 목소리로 말을 건네어 왔다.

"이 섬엔 무슨 일이요?"

담배를 많이 피워서일까, 그의 목소리에는 가래도 섞여 있었다.

"그게……." 치수는 잠깐 망설이다가 이내 머리를 긁적이며 머쓱한 얼굴로, "산 너머 한옥 부지에 살던 분이 제 은사님이셔서요."라고 했다. 치수는 작은 마을에 흉흉한 소문이라도 돌까봐 정교수가 죽었다는 말은 끝내 하지 않았다. 마을 사람들이 이십 년 전의 그 일과 연결시킬까봐 두렵기도 했다. 그러나 그 선장은 이미 무언가 알고 있다는 것처럼 사람을 꿰뚫을 듯이 노려보더니 피식 웃었다.

"자네, 변한 게 없군."

"……예?"

"변한 게 없다고 했네."

치수는 등에 소름이 오소소 돋는 것을 느꼈다. 선장은 그를 알고 있는 듯했다.

"내가 기억나질 않는 모양이지? 난 자넬 한 번에 알아봤는데 말이야."

"……. 예, 잘 기억이……. 누구신지?"

"이십 년 전에."

치수는 걸걸한 그 목소리가 내놓은 답에 가슴이 철렁하는 것을 느꼈다. 저주의 주문 같은 말이 그 입에서 튀어나오고 말았다. 이십 년 전.

"시체 두 구를 묻었던 사람이 기억 안 나나?"

치수는 머리가 멍해지는 것을 느꼈다. 그의 머리에는 그 사건이 천천히, 아주 천천히, 마치 몇 배속으로 느리게 설정해 놓은 영화처럼 다시 재생되고 있었다.

"서, 설마……."

"그래. 그때 영산 반대편 한옥 부지에서 부탁을 받고 시체를 처리했던 게 나였네. 정말 기억나지 않는 모양이군. 자네에게 잊지 못할 일이었을 텐데, 정말 잊고 살았단 말인가?"

치수는 그제야 그 선장이 누구인가를 알 것 같았다. 이십 년 전 정 교수의 집, 그러니까 영산 반대편 한옥 대저택에서 일어난 살인 사건 뒤처리를 맡았던 남자였던 것이다. 젊었던 그 남자를 보고 굉장히 괄괄하다고 생각했었는데, 모든 걸 기억하면서도 정작 그 남자의 얼굴을 잊고 있었다니. 치수는 눈에 띄게 파래진 얼굴로 그 선장의 얼굴에 시선을 고정한 채 말없이 서 있었다.

"그때 자네를 처음 보았지. 죽은 두 인물이 어떻게 살해당했는지 밝히겠다고 했었지? 자네가 펼쳐나가던 추리가 인상 깊었네. 논리적이고 사리분별력도 뛰어나다고 생각했네. 뭐, 물론 범인은 찾질 못했지만 말일세."

선장은 심술궂게 히죽 웃으며 어깨를 들썩였다. 치수는 여전히 말이 없었지만 선장은 딱히 개의치 않는 모양이었다.

"자, 그럼 이제는 말할 수 있겠지. 다시 여기 온 이유는 뭔가?"

"그건……."

치수가 천천히 입을 열자 선장은 그의 대답을 기다리겠다는 듯이 아무것도 하지 않고 그를 보고만 있었다. 무슨 대답이 나올까, 기다리는 선장의 표정은 마치 냄비 뚜껑을 덮어 놓은 채 안의 내용물을 상상해 보는 미식가의 그것과 비슷했다.

"그건, 선장님도 아실 거 아닙니까?"

선장의 입가에서 미소가 천천히 사라졌다. 그의 기대에 어긋나는, 어쩌면 그의 기대와는 전혀 다른 대답이 나왔기 때문인 것 같았다.

"이런 작은 섬에서 얼마나 많은 비밀이 존재할 수 있을까요?"

"글쎄. 아마 열 개 중 하나는 존재하지 않을까."

전혀 웃을 상황이 아니었음에도 선장의 비꼬는 말투에, 치수는 저도 모르게 빙그레 웃고 말았다. 지지 않으려고 바득바득 우기는 모습이 왠지 아버지와 닮았다는 생각이 들었다. 그의 아버지도 나이를 드시고 나서는 아들에게 지지 않으려고 항상 우기기 일쑤였다.

"그래서, 장례식엘 가겠다고 온 건가?"

선장이 치수의 생각을 툭 끊고 말을 건네어왔다.

"예."

"하긴. 한 시간 반 전인가, 웬 모르는 사내놈들 셋을 태웠는데 말이야. 장례식에 왔다 간 인간들인 것 같더군."

치수는 그 사람들이 누구요, 하고 물으려다 말고 입을 다물었다. 누구냐고 물어도 이 사람이 전혀 알 턱이 없을 것이다.

"근데 별로 왔다가지 않은 걸로 봐서, 여기저기 연락을 한 건 아닌 모양이더군."

딱히 누구에게랄 것도 없이 혼자 중얼거리던 선장은 이내 스읍, 하고 숨을 들이쉬며 어깨를 으쓱했다.

"아닌가, 교수라는 자니까 많이 왔을 수도 있겠군."

치수는 그 말에 조금 이해가 가지 않는다는 듯이 고개를 살짝 갸웃했다.

"잘 모르십니까?"

"잘 모르지."

선장이 심술궂은 눈동자를 되록되록 굴리며 입을 삐죽 내밀었다.

"사실 아들 녀석이랑 사나흘 동안 내륙에 가 있다가 두 시간인가 전에나 집에 온 거라서 말이야."

그 말을 들은 치수는 새삼 입의 위력을 느꼈다. 두 시간 전에 온 사람에게 장례식 소식이 전해질 정도니, 인간의 입이란 얼마나 빠르고 가벼운가 하는 생각이 들어서였다.

"어쨌거나, 난 관심도 없고 말이야."

"지금 누가 와 있긴 합니까?"

치수가 고개를 갸웃대며 물었다. 워낙에 섬 반대편이라 상황을 잘 모를 수밖에 없긴 하지만 아무리 그래도 장례식인데 사람의 흔적이 이렇게 없을 수 있을까 싶어서였다.

"내가 어찌 알겠나. 난 두 시간 전에 왔다니까? 게다가 관심도 없다고, 이 사람아."

치수는 수긍하듯이 천천히 고개를 끄덕였다. 섬에 점점 더 가까워질수록 그의 심장은 점점 더 빠르게 뛰었고, 머리로 무언가 역류

하는 것 같아서 이내 속이 뒤집혀 토할 것 같은 기분이 되어갔다.

"결국 자네도 다시 이 섬을 찾았군. 이 저주 받은 땅을 찾은 거야."

선장은 희끗희끗한 수염을 손으로 쓸었다.

"지금까지 다녀간 모든 이들처럼 결국 여기로 돌아오게 된 거야."

"그게 무슨 말씀입니까?"

속에서 치솟는 신물을 억지로 참아내며 치수가 선장에게 물었다.

"이 섬에 사는 이들은 언제가 됐든 여기로 돌아오게 되어 있어. 정확히는, 그 한옥에 발을 들여놓은 이들 말이야."

"그게 무슨 말씀이신지……"

치수가 끝말을 흐리자 선장이 껄껄 소리를 내며 다소 불쾌한 미소를 지었다.

"산을 넘어가면……" 선장이 허옇게 변한 한쪽 눈을 쓱쓱 문질렀다. "산을 넘어가면 발목에 뭐가 들러붙는 모양이야. 이곳을 떠나도 다시 이곳으로 올 수밖에 없도록."

그의 말에 치수는 몸을 부르르 떨었다. 어딘가 모르게 으스스하고, 어딘가 모르게 역한 기분이 들었다. 선장의 말처럼 진짜 발목에 뭐가 붙어 있는 기분이었다.

"돌아오는 자들, 다들 하는 말이 그거야. 뭐에 홀린 듯이 돌아온다는 거야. 분명 오지 않아도 될 일인데 무슨 핑계를 대서라도 오게 되더라는 거지. 논리에도 맞지 않고, 그렇다고 무슨 연고가 있어서도 아니야. 그냥 뭐에 홀려서 이 소름끼치는 섬에 돌아올 수밖에 없게 되는 거야."

치수가 문득 자기 발목을 쳐다보았다. 선장의 말처럼 진짜 발목에 뭐가 붙어 있는 기분이었다. 선장의 말이 맞는 건 아닐까, 왜 그는 굳이 오지 않아도 될 길을 나서서 이 섬에 머무르려고 하는가.

"그러니 지금이라도 돌아가는 게 좋겠네."

선장이 치수를 향해 우락부락한 팔을 흔들며 말하자 치수는 당황한 얼굴로 '네?' 하고 물었다.

"뭘 그렇게 어울리지 않는 멍청한 얼굴을 짓고 그러나? 돌아가는 게 좋겠다고 했네. 돌아가라고."

치수는 입을 떡 벌리고 멍한 얼굴로 그를 보았다.

"한옥 부지 주인이 죽었다면 그건 경고야. 다시 시작됐다는 거지."

"다시 시작됐다니……. 뭐가 다시 시작됐다는 말입니까?"

치수는 선장을 향해 물어보면서도 의식 깊숙이에서 뭐가 다시 시작했다는 것인지 알 것 같은 기분이 들었다.

"몰라서 묻는 건가?"

선장이 씩 웃음을 짓자 치수는 더 이상 대답하지 않았다. 그의 눈은 이상한 빛으로 번쩍였다.

"자네가 지금 무슨 생각을 하고 있는지 알고 있네. 그래, 자네 생각이 맞아."

선장은 킬킬거리며 피우던 담배를 땅으로 던졌다. 그리고 지그시 발로 눌러 불씨를 끄면서 계속 킬킬거리는 웃음소리를 냈다.

"사람들은 이십 년 전에 그 기이한 살인이 끝났다고 생각했지. 두 명을 제물로 바쳤으니 더 이상 살인은 일어나지 않을 것이다, 해무를 틈 타 귀신 노파가 내려오지 않을 것이다, 이렇게."

멀리서 큰 파도가 밀려오는 소리가 들렸다. 바람 소리도 음산하게 '웅웅'거리고 있었다.

"그런데 그건 시작이었을 뿐이네. 애초에 귀신 노파 전설도 한 번에 사람들이 죽어나간 게 아니야."

치수는 눈살을 찌푸리며 선장의 말을 막아섰다.

"귀신 노파 전설이라뇨?"

치수의 목소리에 선장은 그를 보더니 이해할 수 없다는 얼굴을 했다.

"자네, 그 얘기도 모르고 있었단 말인가?"

"그 얘기라니, 전 아무것도 모릅니다." 선장은 입을 꾹 다물어버렸다. "선생님, 그 얘기가 뭡니까?"

치수가 다시 한 번 다그치듯 물었으나 선장은 더 이상 대답하지 않았다.

"어쨌거나 자네는 외부인이니 돌아가게. 자네까지 이런 음산한 섬 일에 휘말릴 필요 없어. 돌아가는 게 좋겠네. 발목에 붙은 그거," 선장이 인상을 찌푸렸다 "떼어버리리고."

치수의 온몸에 소름이 돋았다. 아무 말도 할 수가 없었다.

"하지만……."

"지금은 간조라 반대편에 배를 댈 수 없으니 안 되고, 내일 아침 만조 때 배로 데려다 주지. 그리고 새벽에는 배가 나갈 수 없다네."

'그것이 활동하는 새벽에는…….' 선장은 말을 마친 후 중얼거리듯이 덧붙였다.

"선생님, 대체 아까 말씀하시던 그 얘기는……."

치수가 계속해서 물어보려 했으나 선장은 더 이상 대답하지 않겠다는 듯이 강한 몸짓으로 고개를 저었다. 치수는 더 이상 묻지 못하고 어쩔 줄 모르고 그저 서 있었다.

"난 분명히 경고했어, 돌아가는 게 좋겠다고."

선장과 한참을 마주 보고 서 있던 치수는 문득 그래도 가야겠다는 생각을 했다. 정말 뭐에 홀린 사람 같은 얼굴로, 그는 고개를 저었다. 선장의 눈이 가늘게 실눈으로 변했다. *역시나.* 지금까지 이곳으로 돌아왔던 이들은 모두 같은 표정이었다. 그런 이들은 막을 수 없다. 어떤 방법도 그들을 막을 해결책이 되지 않았고, 어떤 방법을 써도 소용이 없었다. 한참을 서 있던 선장은 포기한 듯이 한숨을 쉬었다.

"육로로 한옥 대저택에 가려면 영산을 넘어가야 할 텐데 이 밤에 혼자 갈 수 있겠나? 뭣하면 내 아들 녀석을 붙여주지."

"……하지만, 아드님은 혼자 돌아오셔야 할 텐데요."

선장은 호쾌히 웃으며 어깨를 들썩였다.

"그 녀석은 괜찮을 거야. 자네 같은 샌님도 아니고, 피하는 방법을 잘 알고 있으니까."

치수는 '피하는 방법이요?' 하고 물으려다가 이내 입을 다물어 버렸다. 산짐승에 대한 이야기이리라.

"어쨌거나 내일은 반드시 이 섬을 떠나게."

선장은 지금껏 몇 번이나 강조했던 말을 다시 하며 싱긋이 웃었다. 약간 자상한 웃음이었다.

"이제부터 계속 좋지 않은 일이 생길 거 같거든."

4

치수는 간신히 물체의 형상만 알아볼 수 있을 정도의 어둠 속에서 몸을 부르르 떨었다. 그는 다시 한 번 주머니에 넣어두었던 휴대폰을 꺼내어 시간을 확인했다. 이십 분 가까이 산 위로 곧장 이어진 계단 아래 서 있었지만 선장의 아들은 나타나질 않았다. 치수는 짜증스럽고 걱정되는 얼굴로 계단을 흘깃 보았다. 혼자 올라갈 수 있다고 몇 번이나 선장에게 말했지만 그는 단호한 얼굴로 한사코 치수의 요청을 거절했다. 아무리 낮은 산이라도 외부인은 오르기 힘들다는 것이 그의 주장이었다. 치수는 그 말에 딱히 반박할 수가 없었다. 실제로 작은 야산이라 하더라도 산은 산이었고, 이 어둠 속에서 혼자 잘 헤쳐 나갈 자신도 없었기 때문이었다.

'하지만 제일 큰 이유는 아까 말하던 *피하는 방법*이라는 것과 관계가 있겠지.'

치수는 혼자 생각에 잠긴 채 다시 한 번 몸을 부르르 떨었다. 바람은 점점 세차지고 있었다. 산이 기이한 소리를 내며 울렸다. 치수는 침을 꿀꺽 삼켰다. 내일모레면 쉰을 바라보는 나이에 귀신 따위를 겁내서는 안 되지 하면서도 치수의 머릿속에서는 아까 선장이 흘려 말하던 귀신 노파 이야기가 끊임없이 맴돌고 있었다. 그 때였다.

치수의 눈에 멀리서 다가오는 등불이 보였다. 그의 가슴이 쿵쾅쿵쾅 방망이질하기 시작했다. 치수는 두어 발자국 뒷걸음질쳤다. 문득 사람이 아닐지도 모른다는 생각이 들어서였다.

치수가 땀이 잔뜩 밴 손을 꽉 쥐며 다시 한 번 두어 발자국 뒷걸음질쳤을 때, 등불을 들고 오던 이의 얼굴이 드러났다. 건장한 체구의 남자였다. 치수는 뒷걸음질치다 말고 그 얼굴을 자세히 보기 위해 눈을 가늘게 떴다. 일단 귀신도 아니고 노파도 아닌 것에 안심했지만 왠지 등불에 비친 그 얼굴이 음산해 보였기 때문이었다.

"가입시더."

건장한 체구를 가진 사내의 입에서는 굵은 목소리가 흘러나왔다. 치수는 고개를 까닥하며 인사를 건넸다.

"선장님이 말씀하신 아드님이시군요. 이거, 늦은 밤에 미안하게 됐습니다."

치수가 공손히 말했으나 사내는 들은 척도 하지 않고 쌩하니 그의 곁을 지나쳐 계단을 오르기 시작했다. 치수는 적잖이 당황했으나 얼른 자신도 사내의 뒤를 좇아 계단을 올랐다. 계단을 오르는 내내 치수는 선장의 아들을 유심히 살펴보았다. 많아 봐야 동갑이거나 자신보다 나이가 어린 것 같았으나 그 사내의 몸에서는 살아온 세월의 흔적이 고스란히 묻어나오고 있었다.

계단을 다 오르고 나자 본격적으로 산길이 이어지기 시작했다. 치수는 어두워서 어떻게 길을 알 수 있을까 고민했지만 사내는 아무렇지 않게, 마치 평지 다니듯이 산을 올랐다. 치수는 주변을 연신 살피며 사내의 옆에서 떨어지지 않도록 신경 쓰고 있었다.

"날씨가 많이 풀렸다고는 하는데 아직도 겨울이군요."

치수가 사내에게 조심스레 말을 건네자 사내는 그를 본체만체하면서 고개만 끄덕였다. 귀찮은 모양이었다. 그러나 치수는 거기서 말을 끝내지 않고 더 이어나가려 했다.

"아까 보니 마을의 집들이나 뭐 그런 것들은 여전하던데, 아직도 옛날처럼 사람이 많이 살고 있습니까?"

그는 말을 이어나가면서도 단어 하나하나에 신경을 쓰고 있었다. 이십 년 전이라는 말은 절대 쓰지 않는다, 대신 옛날이라는 말을 썼다.

"이제 마을에 사램은 없십니더. 댁이 본 마을의 집들은 대부분 빈 집들입니더."

사내는 걸걸한 목소리로 짤막하게 대답했다. 치수는 속으로 선장과 목소리가 똑같다는 생각을 했다.

"그렇군요……. 하긴 요샌 다 서울로 올라와 산다고 난리들이지 않습니까. 그래도 귀농이니 뭐니 다시 고향으로 내려가고 싶어 하는 사람들도 꽤 된다고 하는군요."

그는 속없이 종알종알 떠들면서도 여전히 주변을 살피고 있었다. 어두워서 아무것도 보이지 않으니 누가 바로 옆이나 뒤에서 그들을 따라 산을 오르고 있다 해도 모를 것 같이 싶었다.

"혹시 모릅니다. 이 마을에도 누군가 귀농을……."

"이 마을엔 돌아오고 싶어 하는 사람 없을 겝니다. '돌아올 수밖에 없는 자들'을 빼곤."

중얼거리던 치수가 놀라서 사내를 보았다. 치수의 말허리를 끊은 사내는 딱딱하게 굳은 얼굴로 등불을 높이 들고 산 위쪽을 비춰보고 있었다.

"어째서 그런 말을 하십니까?"

"……선생은 이상한 점을 느끼지 못허셨십니꺼? 이 말에서 핵교를 본 적 있십니꺼?"

치수는 곰곰이 마을의 모습을 떠올려보았다. 확실히 그렇다. 슈

퍼도 있고 고물상도 있고, 횟집이니 뭐니 낡아빠지긴 했지만 바닷가 마을에 있어야 할 웬만한 것은 거의 있으면서 정작 학교니 병원이니 하는 것들은 없었다.

"이 마을에 사램이 없는 건 다 늙어 뒈졌기 때문입니더. 남은 건 곧 뒈질 늙은 영감재이들이나 나 같은 고기재이들 뿐이지예. 여기 사램들은 벌써 이십 년 가까이 아를 낳지 않습니더."

치수는 할 말을 잃고 입을 다물었다. 혹시 그 사건이 터지기 전에 무슨 일이 있었던 것은 아닐까 하면서도 그는 감히 그런 말을 꺼낼 수 없었다. 대신,

"왜요?" 하며 나지막하게 물어볼 뿐이었다.

"왜냐고?"

사내는 코웃음을 치며 어깨를 들썩였다.

"이런 무서븐 섬에 누가 아를 싸질러 놓고 싶겄십니꺼? 우리 소원은 한시 빨리 이 섬에 아무도 안 남고 다 뒈져뿌리는 깁니더. 그라모 '그것'도 이젠 끝났구나 하고 바다 밑으로 들어가 뿌지 않겠십꺼?"

치수는 눈살을 찌푸렸다. 사내가 하는 말의 반 이상은 도통 알아들을 수가 없는 말이었다. 그는 사내에게 몇 가지 물어보려고 입을 열었으나 왠지 아까의 선장 모습이 떠올라 쉽게 물어볼 수가 없었다. 그 선장도 아무렇지 않게 얘기하다가 치수가 이해하지 못하는 것처럼 보이자 입을 다물었던 것이다. '한 가지 확실한 건, 역시 숨기는 게 있다는 거군.'

"그건 그렇고 아버님께선 사투리를 쓰지 않으시던데, 여기 분이 아니십니까?"

치수가 말을 돌리자 사내는 또다시 입을 꾹 다물고 묵언 수행이라도 하듯, 묵묵히 걷기만 할 뿐이었다.

"여기 분이 아니신 모양이지요?"

치수가 더 강한 어조로 묻자 사내는 귀찮다는 듯이 말을 뱉었다.

"와 그런 걸 묻는데예?"

"그건 그냥……."

치수는 뒷말을 흐렸다.

"흥, 서울 선생들은 남의 집 사정 캐묻는 게 취미라카더니 그 말이 맞는 모양이제."

사내가 딱히 치수에게 한 말은 아니었지만 들으라고 한 말은 맞는 것 같아, 치수는 이내 기분이 상해버렸다. 그는 사내를 따라 입을 다물어버렸고 다시 무거운 침묵이 찾아왔다. 그는 주변을 둘러보았다. 꽤 많이 올라온 것 같았다. 산 정상쯤 다다르자 몸은 아까보다 더 추워졌고 나무 흔들리는 소리도 더 강해져, 산 자체에서 음침한 기운이 뿜어져 나오는 것 같았다. 게다가 낮은 야산임에도 불구하고 나무가 꽤나 빽빽해 잎이 하나도 없는 앙상한 나무들뿐인데도 앞은 더욱 보이지 않고 있었다.

그는 걷다 말고 숨이 차 잠시 멈추었다. 얼른 사내를 쫓아가야 하는데 다리가 후들거렸기 때문이었다. 아내와 함께 산에 자주 올랐었는데 왠지 오늘은 다리가 그의 맘대로 움직여주질 않았다. 마치 누가 땅 밑에서 그의 발을 잡고 놔주지 않는 것 같았다.

"뭣하고 있십니꺼?"

"저어, 힘이 너무 들어서……."

치수는 사내의 물음에 대답하면서 자신도 모르게 얼굴이 달아

오르는 것을 느꼈다. 샌님이라고 그를 비웃을 것이 틀림없다고 생각하면서. 그러나 의외로 사내는 빠르게 치수에게로 다가와 옆에 서더니 아무 말 없이 가까운 바위를 가리켰다.

"앉았다 가입시더."

"하지만……."

"앉았다 갑시더."

치수는 어쩔 줄 몰라 하며 부끄러운 듯이 바위 끝에 걸터앉았다.

"미안합니다. 나 때문에 이 늦은 밤에 고생하는데 내가 늑장까지 부리게 됐으니……."

"괜찮십니더."

"한옥 부지에 왜 가는지 묻지 않으시는군요."

치수가 겸연쩍은 미소를 지으며 묻자 등불을 들고 말없이 산 위를 보던 사내는 고개를 끄덕였다.

"내는 남 야기하는 거 안 좋아 합니더."

"예에."

치수는 사내를 힐끗 보고는 다시 입을 열었다.

"그건 그렇고, 아까 아버님께서 선생님이 피하는 방법을 잘 알고 계신다고 하던데, 그건 혹시 산짐승 얘깁니까?"

그의 물음에 사내는 산 위를 보다 말고 치수에게로 눈길을 돌렸다. 왠지 그 눈에서 형형한 광채가 나오는 것 같아 치수는 자신도 모르게 고개를 푹 숙였다.

"흐흐……. 흐흐, 하하하!"

사내는 괴이하게 웃었다. 큰 소리도 아니고 아주 작은 소리로, 마치 무언가를 깨울까봐 두려워하는 모습이었다.

"산짐생예?"

그 웃음이 가히 기괴한 것이어서 치수는 등이 오싹한 것을 느꼈다.

"오히려 그런 게 덜 무섭지예. 진짜 피해얄 것은 그게 아입니더."

"그렇다면……"

치수가 입을 열려 하자 사내는 더 이상 대답하지 않겠다는 듯이 단호한 고갯짓으로 그의 입을 막았다. 그러곤 재빨리 말을 돌렸다.

"물론 아주 옛날엔 이 산에도 짐생이 있었십니더. 더 옛날부터도 있었을 깁니더, 분명. 그란데 지금은 없심더."

사내의 목소리에 치수는 등이 서늘해지는 것을 느꼈다. 단순히 산짐승이 없다고 얘기하는 것인데 왜 이렇게 공포스러운 분위기를 느끼는 것인지 이해할 수가 없었다.

"예전엔 있었을 거라니……."

치수가 중얼거리자 사내는 싱끗 웃으며 치수의 손을 잡고 일으켜 세웠다.

"더 늦기 전에 인나이소. 남은 야그는 마, 가믄서 하입시더."

치수는 얼떨떨한 얼굴로 사내를 따라 일어나면서도 여전히 의아한 얼굴이었다.

"인자 기운이 좀 나지예."

사내가 아까보다 더 친절하게 말을 걸어왔다.

"예, 예……. 그건 그렇고 남은 얘기를 좀 더……."

두 사내는 다시 아무것도 보이지 않는 산길을 걷기 시작했다. 두 몸을 지탱해 주는 유일한 것이라곤 초라한 등불 하나밖에 없었지만 그 등불이라도 있었기에 치수는 조금이나마 안심할 수 있었다.

적어도 앞에서 뭐가 나올지는 알 수 있었으니까.

"예전엔 분명 영산에 짐생이 있었심더. 작은 산이라 많지는 않았지만…… 우리 증조 할배도 영산 삵헌티 다리를 물어뜯기셨다고 하니께, 그때까진 그래도 짐생이 있었단 말이지예. 한데 지금은 없지예. 언젠가부터 한 마리씩……. 두 마리씩, 사라졌심더. 이유는 없십니더. 누가 일부러 짐생들을 공들여 잡아뿐 흔적은 있지만 와 그란 짓을 했는지, 누가 그런 긴지 알 길이 없십니더."

사내의 무뚝뚝한 얼굴이 세찬 바람에 일그러졌다. 작은 등불에 비친 그 얼굴은 더욱 괴이하게 보였다. 치수는 눈살을 찌푸렸다. 이 사내의 말은 반 이상이 거짓말일 것이었다. 분명히 이 사내는 누가, 왜 그랬는지 알고 있는 것 같았다.

"혹시……. 혹시 말입니다만, 선생님은 왜 산짐승들이 죽어나갔는지 그 이유를 아는 게 아닙니까?"

치수는 넌지시 질문을 던졌다. 사내가 대답하리라는 보장도, 기대도 없었지만 궁금한 것을 참을 수는 없었다. 아니나 다를까. 사내는 그의 물음에 대답하지 않았다.

산이 '웅웅' 하는 소리를 냈다. 두 사내의 발걸음은 정상에 다다라서부터 더 빨라지기 시작했다. 내리막길은 오르막길 보다 수월했지만 더 위험하기도 했다.

"내일은 서울로 돌아가이소."

사내가 먼저 말을 걸어왔다.

"……그렇지 않아도 아버님께서 그런 말씀을 하시더군요."

"말을 듣는 게 좋을 것이요. 돌아가이소 마."

치수는 대답하지 않았지만 속으론 이미 돌아가고 싶다는 생각을 하고 있었다. 어둠 속의 내리막길을 걸어가며 문득 그는 이 길이 낯익다는 것을 떠올렸다. 이십 년 전, 해무를 보기 위해 처음 이 산을 올랐을 때 그 길이 분명했다. 그는 왠지 자신감이 생겨 더 빨리 내려가기 시작했다. 신이 나서, 힘차게.

"천천히 가소!"

어느새 조금 멀어졌는지 뒤따라오던 사내가 낮게 소리쳤다. 역시나 아까처럼 작은 목소리였다. 그러나 치수는 들은 체도 않고 더 빨리 내려갔다. 아무것도 보이지 않았지만 나무를 더듬고 내려가니 그때의 감각이 떠올라 한결 수월했던 것이었다. 이십 년 전 새벽에도 칠흑 같은 어둠 속을 혼자 헤쳐 나갔으니 지금도 가능할 것이라는 자신감이 들었기 때문이기도 했다. 사내가 뒤에서 작게 욕지기를 내뱉는 소리가 들렸다.

"선생님, 곧 한옥 부지에 다 다를 것 같은데요?"

신이 난 치수가 뒤를 보며 외치자 등불을 들고 있는 사내가 날카롭게 그를 노려보았다. 치수는 움찔하면서도 씩 웃음을 지어 보였다. 그 때였다. 갑자기 세찬 바람이 불어왔고 치수는 몸이 흔들리는 것을 느꼈다. 차마 소리를 지를 틈도 없이 아찔한 순간, 치수의 몸은 그대로 산을 구르기 시작했다. 사내가 다급히 그를 쫓아갔으나 이미 치수는 정신없이 굴러 계곡 아래로 떨어졌다. 사내는 급히 계곡을 타고 내려가기 시작했다. 능숙한 몸놀림이었지만 사내의 몸은 부들부들, 두려움으로 떨리고 있었다.

'젠장, 피하믄서 가고 있었는데.'

사내는 잠시 주변을 둘러보았다. 자정이 가까워지고 있었다. 저승의 시간. 문득 그의 머릿속에 아버지가 했던 말이 떠올랐다.

"성구야. 그 시간이 오면 바다도 무섭지만 영산도 무섭다. 영산에 사는 귀신 노파는 절대 마주쳐서는 안 돼. 쉰 살이 되어도, 백 살이 되어도 영산에서는 자정을 넘기지 마라."

산이 부스럭거리는 소리를 내며 마른 가지 흔들리는 소리를 냈다. 어디선가 노파의 미친 웃음소리 같은 것도 들리는 것 같았다. 사내는 잠시 고민했다. 이대로 저 남자를 두고 가면 어떨까, 그의 두 눈은 불안감으로 흔들리고 있었다. 영산은 통신장비도 제대로 터지지 않아 이대로 다음 날까지, 혹은 새벽까지 버틸 수 있을지도 확실치 않았다. 물론 최대한 '그것'이 다니는 길목은 피해왔다. 그러나 아까 치수가 굴러 떨어질 때 나던 소리를 듣지 않았으리라는 확신은 없었다.

사내는 돌아갈까 하다가 계곡 아래 기이한 모습으로 쓰러져 있는 치수를 보았다. 그는 눈을 질끈 감았다. 이대로 두고 갔다가 또 다시 이십 년 전과 같은 일이 일어난다면 더 이상 마을 사람들의 안전도 보장할 수 없었다. 그는 곧 가슴을 때리는 공포심을 이겨내고 치수가 떨어진 곳까지 내려갔다. 치수는 다리에서 꽤 많은 피를 흘리고 있었다. 사내는 쓴웃음을 지었다.

'산짐생을 없애준 덕에 다행히 피 냄새를 맡고 오는 짐승은 없겠구먼.'

그러면서도 그는 숨을 깊이 몰아쉬었다. 진짜 무서운 건 오히려 '그것'이다.

귀신 노파, 하며 사내는 정신을 잃은 치수의 몸을 깊숙이 끌어안고 바위 밑으로 옮겼다. 영산에서의 긴 밤이 시작되려 하고 있었다.

산야(山夜)

1

백내장이 낀 눈을 되록되록 굴리며, 남자는 먼 바다를 보고 있었다. 자정이 되려면 2분 정도 남았다. 하지만 옛 손님과 영산에 올라간 아들은 아직까지도 돌아오지 않았다. 선장은 가슴에서 왠지 모를 답답함과 불안이 치밀어 오르는 걸 느꼈다. 파도가 바다 쪽으로 빨려 들어가는 모습을 보며 선장은 벌써 일곱 번째로 담뱃갑에 손을 넣고 있었다.

"아제요, 날이 춥십니도."

긴 머리를 질끈 동여 맨 여자가 조용히 뒤에서 그를 불렀다. 선장은 뒤로 고개를 돌려 자신을 부른 여자를 보았다. 꽤 마른 여자가 딱딱하게 굳은 얼굴로 그를 보고 서 있었다. 머리는 동여맸고 몸에는 다 낡은 티셔츠에 바지 하나를 걸치고 있었지만 그 어떤 것도 그녀가 원래 가지고 있는 아름다움을 감추지는 못했다. 차분하고 수수한, 특유의 아름다움이었다. 선장은 담배를 입에 물다 말고 고개를 까닥했다.

"초희구나."

어느새 서른을 넘긴 나이가 되어버렸지만 사람들은 그녀의 이름을 불렀다. 앳된 얼굴 때문만은 아니었다. 그녀에게는 여전히 어린 시절의 천진함이 남아 있었다. 그녀만이 가지고 있는 아이 같은 순수한 면, 그 모습 때문에 사람들은 그녀를 어린 아이 대하듯 대했던 것이었다.

"아제요, 예서 뭐하십니꼬."

초희가 추운지 두 손으로 팔을 문지르며 선장의 옆에 섰다.

"영산이 우는구나."

선장이 뜻 모를 말을 중얼거리며 담배에 불을 붙였다. 담배 끝이 타들어가며 허연 연기가 뿜어져 나왔다. 연기는 바람을 타고 흘러가나 싶더니 이내 흩어져버렸다.

"어서 돌아와야 할 텐데."

"무슨 일 있십니꼬?"

초희의 물음에 선장은 대답하지 않았다. 아니, 대답하지 않아도 초희가 알고 있으리라 생각하는 것 같았다. 잠시의 침묵이 이어진 후, 선장이 입을 열었다.

"불길한 일이 또 생기기 시작했다."

초희는 그 일이 뭔지 묻지도 않고 즉각적으로 그 말을 받았다.

"누가 죽었십니꼬?"

선장이 꺼낸 '불길한 일'이라는 말은 자연스럽게 누군가의 죽음으로 연결이 되었다. 선장은 초희를 힐끔 보더니 대답 대신 무심한 얼굴로 고개를 한 번 끄덕 했을 뿐이었다.

"사램이 '또' 죽은 깁니꼬."

초희의 목소리엔 힘이 들어가 있었다. 특히 또, 라는 단어를 말할 때는 긴장한 탓에 입에서 말도 제대로 나오지 않는 것 같았다. 선장은 대답하지 않고 담배를 한 번 더 깊이 빨았다. 빨간 담뱃재가 공중에 날렸다.

"어제 한옥 대저택 주인이 죽었다는구나."

초희의 얼굴이 딱딱하게 굳었다. 불길한 기운이 그녀를 엄습했다. 나이 먹은 사람이 죽은 게 뭐 대수겠느냐만 초희는 이 섬에서 그것이 그저 평범한 한 사람의 죽음으로 끝나지 않는다는 것을 알고 있었다. 다른 사람도 아니고 한옥 대저택의 주인이다. 혹시 이십 년 전의 그것이 아직 끝나지 않은 거라면…….

초희는 무서운 생각이 들었으나 애써 고개를 저으며 억지웃음을 지었다.

"아제요, 너무 예민하게 생각지 마입시도. 그 한옥 주인은 늙어서 죽어삔 게 아일까예? 지가 알기론 나이가 많았던 것 같은데예."

선장이 다시 한 번 초희를 힐끔 보더니 한쪽 입 꼬리를 쓱 올렸다.

"겁에 질린 표정이구나."

"아입니도! 그, 그게 아이라……"

초희는 손을 내저으며 한사코 부인했으나 이미 선장은 그녀의 기분을 알아챘는지 변명의 말을 들으려고 하지도 않았다. 초희는 애써 변명하려다 말고 창피한 듯이 머리를 긁적였다.

"사실은 조금 무섭네예."

"너도 어쩔 수 없는 섬사람이구나."

"야. 이상하지예. 한옥 대저택 사람들이 죽으모 와 이리 겁이 나는지 모르겠십니도."

선장은 딱히 별다른 대꾸를 하지 않고 먼바다만 물끄러미 바라보고 서 있었다. 초희는 그에게 말을 걸어도 되는지 몇 번이나 눈치를 보다가 조심스럽게 다시 대화를 이어갔다.

"한옥 주인이 죽었는데…… 또 사램들이 죽어나가는 건 아니겠지예……?"

선장은 한참 말없이 공중에 흩날리는 담배 연기만 바라보았다. 초희는 그가 대답을 할 때까지 더 이상 아무 말도 하지 않았다. 그가 초희의 말에 대꾸를 한 것은 어느새 담배가 반도 더 넘게 짧아졌을 때였다.

"……글쎄, 그럴지도 모르지. 또다시 살인이 시작될지 아닐지는 지금으로써는 장담하기 어려워. 네 말 대로 그냥 평범한 죽음일 수도 있고."

초희는 약간 안심한 얼굴로 고개를 끄덕이려 했으나 선장의 표정에 아직 무언가 있다는 것을 깨닫고 미간을 찌푸렸다.

"또 뭐가 남았십니꼬?"

"……음."

선장은 담배를 바닥에 던지더니 발로 남은 불씨를 비벼 껐다. 그가 선 자리에는 벌써 담배 시체들이 쌓여가고 있었다.

"지금으로써는 뭐라 말하기가 어렵구나. 그냥 별 일 아니면 좋겠는데 말이야. 그런데 불길한 예감이 드는 건 맞다."

불길하다고 할 때 선장의 한쪽 손이 주먹을 꽉 쥐었다.

"아제도 불길합니꼬?"

그 말에 선장이 스스로를 비웃듯이 껄껄대며 웃었다.

"이 섬에는 미신이 징그러운 뱀 새끼처럼 진짜로 살아서 꿈틀댄단 말이야."

그의 껄껄대는 웃음은 이내 쿨럭쿨럭, 하는 기침으로 바뀌었다. 수차례 가래 낀 기침을 한 그는 천천히 말을 이었다.

"그래서 다시 예전 같은 일이 생기지나 않을까 하는 생각이 들 뿐이야."

선장은 먼바다에서 초희에게로 천천히 시선을 돌렸다. 허옇게 막이 덮인 한쪽 눈이 기이하게 반짝였다.

"어쨌든, 오늘 밤은 편히 자자꾸나. 영산에 사는 구렁이가 다시 내려올지 아닐지는 내일 아침이면 알게 될 테니."

"내일이 되모 우예 압니꼬?"

초희가 어리둥절해서 묻자 선장은 귀찮은지 대답을 하지 않고 돌아섰다. 그러나 초희는 기어이 그의 뒤를 좇아가며 대답을 들으려 했다.

"아제요, 대답해 주소, 우예 아는데예?"

선장은 귀찮은 파리라도 쫓아내는 것처럼 손을 몇 번 내젓더니 입을 열었다.

"오징어잡이 하던 강배 알지? 한옥 주인이 죽었단 소릴 듣고 그치에게 연락을 해봤다. 그치가 뱃일을 그만두고 한옥관리를 도맡아 했잖냐. 덕분에 오늘 한옥 주인, 정 교수 장례식에 갔다더구나. 그치가 내일 전해주는 이야기에 따라서 해무를 타고 피 바람이 불어올지 아닐지 알 수 있겠지."

선장이 대꾸하자 초희는 아까보다 더 이해할 수 없다는 표정을 지었다. 그치가 대체 어떤 이야기를 전해 주길래?

"아제요……"

"일단은 들어가서 자라. 나도 곧 집에 갈 터이니."

선장이 초희의 입을 막기 위해 그녀의 말을 잘라냈다. 그녀는 이상하다는 듯이 입술을 일그러뜨렸으나 곧 알았다는 듯이 고개를 까닥하고는 집으로 돌아가기 시작했다. 그녀의 뒷모습을 보며 선장은 천천히 담배 갑에 손을 넣었다. *아직은 내 말을 이해할 수 없겠지. 하지만 내일은 알게 될 거야.*

혼자 중얼거리던 그는 밝은 달을 가린 구름을 보고 킬킬대며 거슬리는 웃음소리를 냈다. 그러곤 주머니에서 담배를 한 개비 더 꺼냈다. 마지막 담배. 이 담배를 마지막으로 아들이 돌아오길 바라며 그는 담배를 입에 물었다.

2

그 시각 영산에서는 여전히 바람 소리가 산 전체를 울리고 있었다. 날은 점점 추워지고 마른 가지로 하늘이 가려진 영산은 달빛조차도 들어오지 못했다. 말 그대로 칠흑 같은 어둠 속을 걷는 두 남자는 마치 무언가에 홀린 듯 불안한 얼굴로 연신 주변을 살피고 있었다. 게다가 한 명은 제 몸을 버티며 걷기도 버거울 정도로 얼굴이 새하얗게 질린 상태였다.

치수가 깨어난 것은 지금으로부터 약 한 시간 전이었다. 쓰러져 있던 치수는 눈을 번쩍 떴다. 머리 위로 보이는 하늘은 나뭇가지가 뒤엉킨 괴이한 모습이어서 그는 이맛살을 찌푸렸다. 잠시 멍한 상태로 누워 있던 그는 한기가 들어 몸을 한 번 부르르 떨었다. 몇 시쯤 됐을까 하는 궁금증이 일어 그는 재빨리 주머니를 뒤져서 휴대폰을 꺼냈다. 휴대폰 화면에서 순간 환한 빛이 쏟아져 나오자 그는 잠깐 눈을 질끈 감았다가, 곧 다시 시간을 확인했다. 자정이 조금 넘어 있었다. 그는 혹시 통화가 가능하지 않을까 하는 기대를 품었지만 늘 그렇듯 그의 기대는 조금 엇나가고 말았다. 이곳에서는 전화가 터지질 않았다. 치수의 입에서 절로 탄식이 흘러나왔다.

"깼십니꺼?"

치수는 화들짝 놀라 옆을 보았다. 등불 옆에 긴장한 얼굴로 앉은 사내를 보자 그의 얼굴이 한순간 일그러졌다. 자신이 어떤 경로로 이런 상태까지 이르렀는지 깨달았기 때문이었다. 그는 수치심과 죄스러움으로 일그러진 얼굴을 휙 돌렸다.

"미, 미안합니다."

치수는 자신 없이, 흔들리는 목소리로 중얼거렸다. 멍청한 오만함으로 자신뿐만 아니라 저 사내까지 위험에 처하게 했다는 것이 부끄러워서 견딜 수가 없는 모양이었다.

"몸 상태는 좀 어떻십니꺼."

"예? 그, 그게……."

치수는 몸을 반쯤 일으키다 말고 순간 '억' 소리를 내며 다시 뒤로 눕고 말았다. 다리에 불이라도 붙은 듯이 찢어지는 고통이 찾아왔기 때문이었다. 그러자 옆에서 기이한 웃음소리를 내며 사내가 웃기 시작했다. 치수는 순간 이유 모를 수치심에 고개를 돌려 사내를 노려보았다. 사내가 웃는 이유가 자신의 고통스러운 모습을 비웃는 것이라는 생각에서였다. 그러나 사내는 그를 보고 웃는 게 아니었다. 그가 아니라 저 멀리, 정확히 말하면 그의 뒤쪽을 보며 웃고 있었다.

웃고 있는 사내의 모습은 조금 오싹했다. 입에서는 '흐흐' 하는 소리가 흘러나왔고 초점은 치수의 등 뒤, 어느 먼 곳을 향해 있었다. 아니, 어쩌면 웃는 게 아닐지도 모른다. 웃는 것이라기엔 그 표정이 너무 괴이했다.

"일단 응급조치는 해놨으니까예, 좀 있음 괜찮을 깁니더."

사내는 저 먼 곳을 보다 말고 치수에게로 눈을 돌리더니 무뚝뚝하게 말을 뱉어냈다. 사내의 말을 들은 치수는 얼른 자신의 다리를 보았다. 어두워서 잘 몰랐는데 자신의 다리에는 지혈을 하기 위한 압박 붕대와 함께 부러진 뼈를 보호하기 위한 부목이 묶여 있었다. 사내가 조치해 놓은 모양이었다.

"고맙습니다."

치수가 머쓱하니 머리를 긁적이며 중얼거리자 사내는 어깨를 들썩이더니 귀찮다는 듯이 손을 내저었다.

"여기서 혹시……. 밤을 새야 하는 건 아니겠지요? 아까 떨어지기 전에 보니 한옥 부지까지 한 삼십 분 걸릴 것 같던데……."

치수는 끝말을 흐렸다. 그의 얼굴을 잠깐 본 사내는 피식 웃으며 또 한 번 어깨를 들썩였다.

"여그가 어딘지 압니꺼?"

"아, 아니 모릅니다."

사내는 말없이 웃는 얼굴로 품에서 커다란 모포 같은 것을 꺼냈다. *붕대도 그렇지만 모포까지, 이런 일이 있을 줄 알았단 말인가.* 치수는 내심 놀랐으나 별다른 티를 내지는 않았다.

"일단 이걸 좀 덮으이소."

사내는 등불을 들고 치수의 곁으로 와 커다란 모포를 함께 덮었다.

"꽤 춥네요. 아까까진 좀 괜찮았는데."

치수가 어색한 표정으로 말을 건네자 사내가 어깨를 으쓱했다.

"아무리 꽃샘추위니 뭐니 해도 요샌 낮에 셔츠 하나만 입어도 될 만큼 따뜻하잖습니까."

치수는 어색한 나머지 무슨 대화라도 억지로 이어나가려고 애를 썼다. 다행히 그의 노력이 통했는지, 사내는 치수의 말을 무시하지 않았다.

"그건 육지 얘기고, 여그는 다릅니더. 이 시기의 영산은 밤이 되모 영하까지 내려갑니더."

사내는 치수의 몸에 꼼꼼히 모포를 덮어준 후 잠시 눈을 감았다가 떴다. 치수는 그의 얼굴에 극도의 피로와 긴장감이 얽혀 있다는 것을 깨달았다.

"많이 피곤하시죠. 제 탓입니다."

치수가 민망하기 그지없는 표정으로 중얼대자 사내가 치수를 힐끔 보았다가 이내 피곤한 얼굴로 눈을 감았다.

"긴장하신 얼굴이네요. 별일 없을 겁니다."

얼핏 보면 사내를 위로하는 말 같았으나 사실은 치수 자기 자신을 위로하는 말이었다. 별일 없기를 바라는 간절한 마음.

"별일 없을 거라고예?"

사내의 입이 빈정대듯이 삐뚤어졌다.

"글쎄예. 여그는 혈곡(血谷)입니더. 별일 없을 거라고 서울 선생이 함부로 확언할 수 있는 데가 아니란 말입니더."

사내는 여전히 눈을 감은 채로 중얼거렸다.

"혈곡이오?"

"야."

치수는 기분이 이상해졌다. 혈곡이라는 기분 나쁜 이름 때문이었을까.

"왜 하필 혈곡이라고 부릅니까?"

치수는 자신도 모르게 '하필'이라는 단어를 쓰고 말았다. 그만큼 찜찜한 기분이 들어서였다. 그의 물음에 사내는 또다시 말이 없어졌다. 그러나 이번에는 그의 말을 무시하려는 것이 아니라 어떻게 대답해야 할지 몰라 고민하는 것 같았다. 치수는 다시 한 번 물으려다 말고 그가 대답하기를 기다리기로 했다. 무거운 정적이 흘렀다. 사내는 수차례 입술을 움찔움찔하더니 이내 굵직한 목소리로 천천히 입을 뗐다.

"잠깐 쉬었다가, 선생 다리가 괜않아 지모 천천히 내려가입시더."

치수는 사내의 입에서 무언가 신통한 대답이라도 나올 줄 알았으나 사내의 입에서 나온 대답이라는 것은 치수의 질문과는 전혀 상관없는 말이었다.

"그러지요."

치수가 기운 빠진 목소리로 대답함과 동시에 사내가 다시 입을 열었다.

"선생 말이 맞십니더. 여그서는 한옥까지 얼마 안 걸립니더. 예서 너무 오래 지체하모 좋지 않을 깁니더."

치수는 그의 말에 대한 동의의 의미로 침묵을 지켰다. 사내는 잠깐 마른 가지로 덮인 하늘을 보았다가 이내 옆을 한 번 돌아보며 나지막한 목소리로 말을 꺼냈다.

"세 가지 이유가 있십니더."

혈곡이라고 부르는 것에는, 사내는 뒷말은 생략하고 복잡하다는 듯이 머리를 긁적였다. 사내가 자기 말을 무시한 것이라고 생각했던 치수는 그의 입에서 자기가 던진 질문에 대한 답이 나오자 놀라고 말았다.

"복잡하고 이상한 얘깁니더."

치수는 편안하게 사내의 이야기를 들으려 했으나 막상 사내의 이야기가 시작하려 하자 이상하게도 온몸이 굳어지고 오감(五感)에 긴장이 드는 것을 느낄 수 있었다.

"그냥 시간이나 때울 겸 하는 거니, 편하게 말씀해 주십시오."

치수는 아무렇지 않은 척, 느긋한 미소까지 띠며 사내를 다독였다. 그러나 실상은 이유 없이 속이 바짝바짝 타들어가는 기분이 들었다. 왜 이런 기분이 드는지 모르겠지만, 나눠서는 안 될 이야기를 나누고, 들어서는 안 될 이야기를 듣는 것만 같았다.

"잘 기억하이소, 선생. 모든 것은 하나에서 출발해 열 길로 뻗어 나갑니더. 내가 할 야그도 마찬가집니더. 세 가지 이유가 다 하나에서 출발하니까예."

사내는 곰곰이 생각하며 말을 이어나가고 있었다. 그는 꽤나 여유로워 보였는데, 그러면서도 경계만큼은 늦추지 않아서, 쉬지 않고 주변을 살펴보고 있었다.

"인자부터 할 야그는 모든 이유의 시초가 되는 깁니더. 긴 야그는 아잉께네, 얼른 끝내고 다시 내리가입시더. 앞으로 한 시간 뒤에 움직여도 새벽 닭 울기 전에는 도착할 수 있겠지예."

사내는 침을 한 번 꿀꺽 삼켰다.

"옛날 야그요. 왜, 할미가 밤에 해주는 그런 야그 말이오. 어디보자……. 우리 외할배가 지금 살아있이믄 백열여덟이오. 우리 할배 어렸을 때 이 섬에도 '지주'라는 게 있었지예. 지금 영산 아래 한옥 대저택 부지도 그때 지주가 살던 뎁니더. 그 지주가 얼마나 지독했나하모, 영산에서 나무하는 사램헌티까지 세금을 띄었다 안캅니꺼. 게다가 그때는 우리 말도 농지가 있어가꼬, 그 노무 자슥헌티 땅세를 꼬박꼬박 바쳤다고 하지예. 그란데 그 한옥에서 머슴 살던 사내아아 하나가 있었십니더. 사실은 아도 아이지예. 나이가 스물이 넘었으니께."

사내는 이야기를 하다 말고 씩, 웃음을 지었다. 쓴웃음이었다.

"그 사내헌티 노모가 하나 있었는디 그 노모가 지아비 바다에서 떠나보내고 그 하나 남은 자슥을 우찌나 애지중지 키웠는지, 말에서도 소문이 자자했다 하지예. 그래가 그 아아가 지를 금이야 옥이야, 금지옥엽으로 키워준 노모헌티 효도한다고 글케 열심히 일했다 아입니꺼. 헌데 하루는 노모가 나이를 마이 묵어가, 시름시름 이유 없이 앓더랍니더. 그 어무이 멕여살린다고 장개도 안 든 사내가 가슴이 철렁하지 않겄십니꺼? 그래서 뭔 병인가 싶은데 알 도리가 없다 이겁니더. 글서 땅으로 가 의원을 만나보려고 했더랬지예. 그 놈이 인자 내륙으로 건너가 의원을 만나야 하는데, 돈이라곤 딸랑 두어 푼밖에 없어. 뱃삯 겨우 낼 돈만 있지 뭡니꺼. 내륙에 있는 의원한테 갈라모 돈이 턱없이 부족한 겁니더. 하는 수 없이 사내는 지주헌티 지금껏 못 받아온 삯을 받으러 갔지예."

스산한 바람이 불었다. 날은 점점 추워지고 있었다.

"그런데 그 악독한 지주가 삯을 안주는 깁니더. 돈이 없다 카믄서예. 사내는 성이 치밀어 분을 내다 못해 나중에는 밤새 그 집 앞에 엎드려서 제발 지 어무이 살릴 돈이라도 달라고 빌었소.

지주 놈은 마을 사램들헌티 돈을 빌리라고 소리를 질렀십니다. 사내아아가 울면서 애원하는데도 그 지주 놈은 끝까지 돈을 안 줬답니더.

결국 사내가 분에 차서 한옥에 불을 지르겠다고 소리쳤십니더. 아, 지주가 그건 또 무서웠던 모양인지, 당장 나와서 저 놈아를 죽여라, 발악을 했십니더. 그랬더니 사내가 진짜로 횃불을 들고 곡식 창고로 가서 불을 지르겄다고 소리를 치지 뭐요.

그 순간 제 재산이 사라질 것이 너무 두려웠던 지주의 눈에 무언가 띄었십니더. 그것은 마당에 떨어진 곡괭이였지예. 사람들이 말하길, 그때 지주 눈에서 이상한 빛이 나왔다 캅니더. 형형한 빛이예. 온몸에서 귀기가 흘렀다고도 하데예. 모두가 말릴 틈도 없이 갑작스럽게 지주가 곡괭이를 들고 그대로 사내아아헌티 달려들었십니더.

그라고, 그라고 소리도 한 번 지를 틈 없이 달려들더니 사내아아 머리를 콱!"

사내의 얼굴이 흉흉하게 일그러지더니 역겨우리만큼 끔찍한 웃음을 지었다. 치수는 공포에 몸이 작아지는 것을 느꼈다. 왠지 등뒤가 서늘했다.

"피가 뚝……. 뚝, 떨어지더니 사내아아가 픽, 쓰러졌지예. 당황한 그 악마 놈이 소리를 질렀답디다. 시체 치워삐라고. 결국 머슴 몇이 시체를 끌고 영산을 올랐십니더. 그리고 질질질, 이 계곡을 따라 시체를 끌고 새벽 일찍 산을 내려왔지예. 시체에서 피가 우찌나 많이 나왔는지, 그 피로 젖은 이 계곡을 '혈곡'이라 부릅니더. 우리 섬 사람들이 이 계곡을 혈곡이라 부르는 첫 번째 이유이기도 하지예."

이야기를 마친 사내는 일그러진 웃음을 지으며 숨을 몰아쉬었다. 치수는 말없이 입을 딱 벌리고 그의 얼굴만 보고 있었다. 늙은 어머니는요, 하고 물으려 했지만 차마 입에서 목소리가 흘러나오지 않고 있었다. 그것은 이 이야기가 잔인하다거나 충격적이어서가 아니었다. 그것은 분명 그가 이다음에 나올 이야기가 더 끔찍하리라는 것을 알고 있었기 때문이리라. 치수는 초점을 잃은 두 눈으로 자신의 손가락 끝을 멍하니 응시했다. 사내는 잠시 숨을 들이쉬었다가 다시 입을 열었다.

"그 사건 후로 일 년이 흘렀십니더. 그때까지만 해도 아무 일이 없었십니더. 한데 한 날은 웬 가스나 하나가 질색 팔색을 하고 얼굴이 허여스무리 하게 질려서 우리 말로 건너왔십니더. 얼굴이 백지장 같은데다가 식은땀을 우찌나 흘렸던지 우리 할배가 물깨기(물고기) 손질하다 말고 놀래서 집에 데려왔지예. 고 년을 보고 무신 이윤고 물어보니, 하는 말이 '지 좀 숨겨줘예, 귀신, 귀신이 쫓아와예' 했답디다."

"자, 잠깐만요."

치수가 사내의 말을 가로채자 그가 눈을 찌푸렸다. 치수는 도저히 궁금해 못 참겠다는 투로 무언가를 물으려다가 그것이 전혀 상관없음을 깨닫고 곧 입을 다물어버렸다. 그러자 사내가 짜증스럽게, "와예, 와 그라는데예?" 했다.

그는 치수가 잠시 머뭇대자 다시 재촉했다.

"야그 더 안 들을 깁니꼬?"

그러자 치수가 민망한 표정으로 고개를 저었다.

"계속하십시오. 미안합니다."

사내는 잠시 이맛살을 찌푸렸다가 이내 다시 이야기를 이어나갔다.

"어쨌거나 종년이 야그하기를. 지가 대저택에서 작은 주인마님 수발을 들던 종인데 간밤에 작은 주인마님 수발을 들다가, 노비들이 거처하는 방으로 가는 도중에 이상한 걸 봤다는 깁니더. 눈에서 불을 뿜이내는 백발의 귀신을 말입니더. 식겁하고 비명을 질러댔더니 사램들이 나와가 잘못본 거라고 들어가서 쉬라고 했답디다. 그리고 다음 날 새벽이 됐십니더. 첫 닭이 울었고, 평소처럼 일찍 일어나 작은 사랑채 앞을 쓸려고 마당에 나간 종년은……"

치수는 침을 꿀꺽 삼켰다.

"작은 주인마님이 괴상한 모습을 하고 문틈 사이로 지를 보고 있다는 것을 깨달았답디다. 정말 괴상한 모습이었다믄서 고 가스나 하는 말이, 머리엔 곡괭이를 꽂고, 몸뚱이는 어델 갔는지 머리만 문틈에 끼어 지를 보고 있었다고 하네예."

"그만하세요!"

치수가 부들부들 떨며 소리를 질렀다. 치수의 목소리가 너무 큰 나머지 산을 울리자 사내는 당황해서 쉿, 하며 입에 손가락을 대고 주변을 황급히 살폈다. 그리고 인상을 쓰며 치수를 몰아붙였다.

"와 소리를 지르는데예!"

"내가 할 말이에요, 대체 왜 그런 얘길 하는 겁니까?"

치수는 이를 바득바득 갈며 사내를 노려보았다. 사내가 비식비식 웃었다.

"선생이 해달라지 않았십니꺼?"

"그건……."

치수는 말문이 턱 막히면서도 여전히 사내를 노려보고 있었다. 분명했다. 이 사내는 이십 년 전의 그 사건을 알고 있는 것이었다, 분명히. *제 아버지가 말해줬겠지*, 치수는 이를 바득바득 갈며 그 사내를 노려보는 눈길을 거두지 않았다. 그는 머릿속에서 떠올리고 싶지 않은 끔찍한 기억이 다시 생생히 살아나는 것을 느끼며 역겨운 기분이 들었다. 문틈 사이에 끼어 있던 머리.

"하모 그만 할까예."

사내가 치수를 떠보듯이 물었다. 치수는 당장에라도 그만두라고 하고 싶었으나 뒷이야기를 놓치면 영원히 이십 년 전 사건의 비밀을 풀 수 없을 것 같았다. 그는 잠시 고민하다가 계속하라는 듯이 고갯짓을 했다. 사내는 잠시 입술을 축이고 눈을 끔뻑끔뻑였다. 어디까지 얘기했는지 잊은 모양이었으나 곧 생각이 났는지 이야기를 재개했다.

"하모, 몸뚱이는 어딜 갔을까예? 몸뚱이를 찾기 위해 장정들이

나섰고 이 가스나는 더 이상 그란 집에 머물 수 없다꼬 우리 말로 내려온 깁니더. 과연 그 가스나 말이 맞았는지, 곧 스무 명이 넘는 장정들이 영산을 넘어와 우리 말에 도착했십니더. 그란데 그 장정들 하는 말이, 영산 혈곡을 따라 핏자국이 쭉 이어졌다는 깁니더. 결국 말 사램들까지 밖이 시끌벅적하니까 다들 밖에 나와야 했지예. 말 사램들이 그 종년의 야그를 듣고 새벽부터 그 혈곡 핏자국도 보고 혹시나 해서 마을을 샅샅이 뒤지는데, 한참 뒤지다가 아 글씨 어떤 아짐매가 뭘 찾은 깁니더.

사램들이 놀라서 가보이께네, 바닷가 해무가 서서히 걷히는데 거기서 목 없는 몸뚱이가 두둥실 떠올랐십니더. 피가 싹 다 빠진데다가 물에 퉁퉁 불어 있는 몸뚱이를 보고 사램들이 다 식겁해서 도망갔십니더. 그 날 지주 놈이 아, 갑자기 무슨 생각이 났는지 이 말에서 아들 잃은 노파 어디 있냐고 묻기 시작하더랍디다. 제가 노파 아들을 죽였으니 노파가 이번엔 지 아들을 죽인 거라고 생각한 거지예.

머슴들이 수소문을 하믄서 그 노파를 찾기 시작했십니더. 이 작은 말에 어디 숨을 데가 있겠십니꺼, 근데 어딜 찾아도 그 노파가 안 보이는 깁니더. 한 나절을 찾고 또 찾고, 찾아봐도 없었십니더. 결국 밤이 깊어 어쩔 수 없이 건장한 머슴 다섯만 남아 횃불을 하나씩 들고 영산을 뒤지기 시작하는데 한참 찾다가 갑자기 어디서 이상한 소리가 들리더랍디다.

그러곤 한 머슴이 우뚝 서더니, '가만, 우리 지금 몇 명이지?' 했십니더. 다들 멈춰 서서 머릿수를 세는데 하나가 부족한 깁니더. 이상하다 싶었지만 다시 산을 걷기 시작했십니더. 그런데 또 한참 찾다가 다시 머릿수를 세보니까, 이번엔 셋밖에 안 남은 거지예. 진짜 이상하구나 싶어 셋이 손을 잡고 걷기로 했십니더.

한참 손을 잡고 걷는데 갑자기 가운데 있던 놈이 제 오른쪽에 있던 놈한테 왼쪽 보지 말고 지금부터 젖 먹던 힘까지 써서 뛰라고 했답디다. 그래가 둘이서 그 길로 우리 말까지 뛰어 왔십니더. 내려오는 내내 뒤에서, 옆에서 억수로 기이한 웃음소리가 둘을 따라오는데 낄낄낄, 하하하, 늙은 노파의 정신없는 웃음소리였십니더. 게다가 뱀 기어가는 스르륵 스르륵 소리가 하도 빨리 쫓아온 터라 말에 도착한 두 장정 등은 이미 식은땀으로 축축하게 젖어 있었지예.

오른쪽에 있던 놈이 말에 도착해서 뒤를 돌아보니까 저들 달려온 길 바로 세 걸음 뒤까지 피로 물든 발자국이 바닥에 찍혀 있었답디다. 그라고 가운데 놈이 땀으로 흥건한 자기 왼손에 쥐고 있던 걸 보여주는디, 사람이 아니라 피로 흥건히 젖은 백발 뭉탱이었십니더.

아침에 다시 그 길을 가보니까 혈곡을 따라서 피로 물든 여자 발자국이 난자하게 찍혀져 있었답디다."

이야기를 마친 사내는 빙그레 웃었다. 어때, 무섭지? 하는 얼굴이었다. 치수는 손끝과 발끝이 차갑게 식고 그 사이에서 배어나오는 땀을 어쩌지 못해 주먹만 쥐었다 폈다 할 뿐이었다.

"이게 두 번째 이욥니더."

사내는 웃차, 하는 소리를 내더니 자리에서 일어났다.

"세 번째는요?"

치수가 황급히 묻자 사내는 고개를 절레절레 흔들었다.

"일단 가입시더. 말했잖십니꺼. 여기는 그 혈곡입니더. 오래 머물면 좋을 거 하나 없십니더."

"하지만……"

치수가 자리에서 일어나지 않고 어물쩍거리자 사내는 더 이상 친절을 베풀려고 하지 않았다. 그는 치수의 팔을 거칠게 잡아끌며 억지로 자리에서 일으켰다.

"벌써 시간을 마이 지체했십니더."

치수는 멍하니 그의 움직임을 보고 있었다. 그는 알고 있었다. 시간을 많이 지체해서가 아니다, 뒷얘기는 일부러 하지 않는 것이다. 끝내지 않은 옛날이야기에는 분명히 치수에게 할 수 없는 이야기가 숨겨져 있었다.

"이보시오, 선생! 나는 환자요."

치수가 사내의 손길을 뿌리치며 그를 노려보았다. 사내는 세차게 콧방귀를 뀌더니 조롱 섞인 웃음으로 치수를 이리저리 살펴보았다.

"내가 서울 선생을 환자로 만들었십니꺼? 혼자 굴러 떨어진 주제에."

치수는 얼굴이 화끈 달아오르는 것을 느꼈다. 깊은 수치심이 들어 그는 더 이상 한발자국도 움직이고 싶지 않았다. 서울에 가면 나도 교수인데, 하고 중얼거리며 치수는 주먹을 꽉 쥐었다. 이런 곳에서 자신이 누구인가를 알리고 싶은 마음은 추호도 없었으나 자꾸만 어린애 취급하는 사내의 눈빛 때문에 은근히 신분을 알린 것이었다. 그러나 사내는 그러든지 말든지 자신은 아무 상관없다는 무심한 표정을 짓고 있을 뿐이었다. 그는 땅에 떨어진 모포를 주워 품에 구겨 넣더니 먼저 앞으로 걸어가기 시작했다.

그 뒤를 따라가고 싶지 않았던 치수는 차마 이런 곳에 혼자 남아 있을 자신이 없어 어쩔 수 없이 자리에서 일어날 수밖에 없었다. 비록 느린 속도였지만 그는 천천히 사내의 뒤를 따라가기 시작했다. 음산한 바람이 불어오고 있었다.

3

그 시각, 주경은 벌써 서른 번도 넘게 시계를 보고 있었다. 시간은 좀처럼 움직이질 않는 것 같았다. 아마 이런 상황에서 그가 옆에 있었다면 주경에게 이렇게 말했을 것이다. '주경 씨, 주변 좀 살펴봐 줄래? 혹시 시간의 노인이 어디 부딪혀서 넘어져 있는 게 아닌가 해서 말야.'

주경은 혼자 후후, 하고 웃었다. 대체 그런 말을 어디서 배웠냐고 물어보면 그는 아무렇지 않게 어깨를 으쓱하며 손에 쥐고 있던 책을 보여주곤 했다.

오 헨리 소설에서 본 대사야.

그는 확실히 다부진데다가 지적인 남자였다. 고졸인 상태로 제대로 된 교육을 받지도, 그렇다고 뭐 하나 배운 것도 없이 무작정 서울로 올라간 그녀와는 차원이 달랐다. 그래서 그에게 더 끌렸을지도 모른다.

주경은 한 번 더 시계를 보았다. '내일은 정말 올라가야지.'

애초에 그녀는 장례식에 오래 있을 생각도 없었다. 단지 장녀가 곁을 지키지 않고 차녀만이 남아 있는 장례식을 볼 사람들의 시선이 두려웠기 때문이었다. 그녀는 이내 고개를 저었다. 사실은 그것 때문이 아니었다. 만약 사람들의 시선이 전부였다면 이런 장례식엔 오지도 않았을 것이다. 그녀가 여기 온 이유는, 이러고 있는 이유는 한 가지 때문이었다. '돈.'

그래, 자신이 없는 사이 아버지의 변호사라도 찾아와서 재산 분배에 대한 논의를 하면 자신에게 남는 것이 없다는 약삭빠른 계산속 때문이었다. 혼자 장례를 치러야 할 동생이나 이른 나이에 생을 마감한 아버지에 대한 애정은 쌀 한 톨 만큼도 존재하지 않았다.

"언니야."

주연의 목소리가 들리자 주경은 얼른 그 쪽을 보았다. 아까 정신 나간 여자처럼 어디론가 달려갔던 주연은 풀이 다 죽은 얼굴로, 마치 며칠을 꽁꽁 앓은 사람처럼 나타났다.

"아깐 놀랐지, 내 무슨 생각이 들어서 그랬다. 안 피곤해?"

주연이 힘없이 웃으며 주경의 옆에 앉았다. 늘씬하고 마른 주경에 비해 주연은 하얗고 통통해서, 평소엔 항상 영화 속의 빅토리아 시대 여자들처럼 보였다. 그랬던 주연이었는데 오늘은 이상하리만치 비쩍 곯아보였다. 주경은 눈살을 찌푸렸다.

"나 엄청 피곤하지. 그런데 너야 말로 무리하는 거 아냐?"

주경은 걱정스러운 말을 던져놓고 내심 그런 스스로에게 놀랐다. 아닌 척해도 속으론 동생에 대한 일말의 양심과 염려가 남아 있는 모양이었구나, 하면서.

"내는 괜찮다. 언니야 서울에 일 있다고 하지 않았어? 올라가 봐도 돼. 빈소는 내가 지키면 된다."

"그건 안 되지."

너 혼자 아버지 재산을 차지하게 둘 수는 없으니까, 주경은 뒷말을 얼른 삼키며 주연을 노려보았다. 잠시나마 동생에게 향해 있던 걱정과 염려의 마음이 싹 없어지는 것 같았다. 착한 얼굴로 아버지 빈소를 지킨다고 생각했는데 이제 보니 소매치기가 따로 없었다.

"언니야."

주경은 자신을 부르는 주연의 목소리에도 대답하지 않았다.

"언니야."

다시 한 번 주연이 주경을 불렀다.

"그냥 말해, 왜 자꾸 부르고 난린데?"

"아니 그게…… 이 변호사님한테 연락 왔다."

"뭐!"

주경이 반색을 하며 주연을 쳐다보았다. 조금 전까지만 해도 주연에게는 조금도 관심이 없었는데 '변호사'라는 말이 튀어나오기 무섭게 딴 사람이 된 것 같았다.

"그걸 왜 이제야 말…… 아니, 아니다. 그래서 뭐래?"

말 없던 주경이 흥분한 목소리로 대답하자 주연은 다 죽어가는 얼굴에 시무룩한 미소를 띠었다.

"응? 뭐라던? 빨리 좀 말해봐!"

주경은 주연의 손을 꽉 잡고 세차게 흔들었다. 주연은 다급한 그 마음을 아는지 모르는지 세월아 네월아, 천천히 말을 꺼냈다.

"변호사님 하시는 말씀이……"

"말씀이?"

주경은 어지간히도 몸이 달았는지 계속해서 주연을 보챘다.

"말씀이, 아부지가 남긴 재산이 6억이라 하더라. 거기다가 섬에 있는 집까지 하면…… 어쨌든 그렇다 했다."

주경은 경악과 동시에 기쁨에 반짝이는 눈으로 주연을 보고 있었다. 아버지가 그녀들 몰래 6억을 갖고 있었다는 말은 금시초문이었다. 돈, *그래 이거야!* 주경은 속으로 쾌재를 불렀다. 이제야 이런 따분하고 음울해 빠진 장례식장에 나타난 게 잘했다는 생각이 들었다.

그러나 기쁨의 시간도 잠시였다. 왜 이 변호사는 장녀인 자기를 놔두고 차녀인 정주연에게 연락했을까? 그 이유는 하나뿐이었다. 아버지가 그 재산을 쟁여놓은 이유가 분명 '막내딸'을 위해서이기 때문이다. 주경은 새삼 아버지에 대한 원망이 들어, 겉으로 티 내지 않으려 무던히 애를 쓰면서도 이를 악 물수밖에 없었다.

"아부지가……."

주연은 말을 멈추고 무슨 생각을 하더니 한숨을 쉬었다. 언니가 무슨 생각을 하는지 알고 있다는 얼굴이었다.

"아부지가 그 재산을 어찌 처리하라는 야그는 안 했고, 그냥 내 알아서 하라고 하셨다더라."

주경은 마치 조울증 환자라도 된 양, 방금 전에 깊은 분노를 느꼈다가 금세 하늘을 날 것처럼 기분이 좋아졌다. 그녀는 동생에게 '어떻게 나눌까?' 하고 물으려다 말고 그저 눈만 몇 번 끔뻑였다. 함부로 말을 꺼내서는 안 된다. 중요한 것은 한옥이 아니라 6억의 분배였다. 그깟 한옥은 처분하기도 어려운데다가 어찌할 방도도 없었지만 6억은 돈, 실질적인 돈이었다. 그래서 그녀는 섣부른 행동은 하지 않았다. 잘못 입을 놀렸다가 혹시나 동생이 그녀의 속내를 알아챌지도 모르는 일이었다.

"해서," 주연이 기운 없이 입을 열었다. 주경은 자기 생각을 들킨 것 같아 몸을 움찔 하고 주연을 보았다. "한옥은 내가 살고." 주경의 눈이 커졌다. "6억은 마, 언니야 다 주라 했어. 그게 아부지 뜻이었다고, 내한테 평소에 유언처럼 말했다고."

그것은 거짓말이었다. 주경이 더 잘 알고 있었다. 주연의 표정으로 보아 아버지에게 그런 소리를 들은 적도, 돈이 있었다는 것도 몰랐던 게 분명했다. 그게 아니라면 주연은 타고난 가식으로 자기 언니를 기만하고 있는 것이다. 뭐가 되었든 주경은 아무 상관없었다. 기만이든, 진실이든, 유산이, 그것도 6억이라는 실질적인 재산이 그녀의 것이 된다는 게 가장 중요한 문제였다.

"그런 한옥에서 혼자 살아도 되겠어?"

"……거긴 꼭 내가 살아야 해. 꼭 마무리 지을 일이 있어."

주연은 마치 뭔가에 홀린 듯 중얼거리더니 피식 웃었다. 주경은 주연의 팔을 잡았으나 주연은 끝내 언니의 손길을 뿌리쳤다. 그리고 그녀는 더 이상 아무런 미련도 없는 듯 훌훌 털어버린 얼굴로 자리에서 일어났다. 주경이 차마 잡을 새도 없이, 일어나서 아버지 빈소가 있는 곳으로 걸어가기 시작했다. 주경은 뒤에 멀뚱히 서서 그 뒷모습을 보았다. 날아갈 것 같은 기분이 되어, 속으로만 소리 없는 환호성을 외치고 있었다.

그러고 보니 유산을 상속받으면 상속세인가 뭔가, 무슨 세금을 떼인다는 소릴 들은 적이 있다. 얼마나 떼일까? 모르겠다. 얼마가 됐든, 돈이 생기는 건 확실했다. 주경은 빨리 서울로 올라가 '그 남자'에게 이 사실을 알리고 싶었다. 그러면 아마 상속세니 뭐니 하는 복잡한 문제도 처리해 줄 것이다. 그런 어려운 문제는 그녀의 소관이 아니었다.

주경은 두 다리를 쭉 뻗고 누웠다. 이제 편안히 잠이 올 것 같았다.

"언니야……. 언니야!"

얼마나 시간이 지났을까. 주연과 헤어진 뒤 잠시 눈을 붙이고 있던 주경을, 누군가 거칠게 흔들어 깨우기 시작했다. 주경은 짜증스러운 얼굴로 눈을 비비며 일어났다. 그녀의 눈앞에 하얀 얼굴이 둥둥 떠다니고 있었다. 몇 초간 하얀 얼굴을 주시하던 주경은 그게 주연이라는 것을 깨달았다. 주연이 허옇게 질린 얼굴로 서서 그녀를 흔들고 있었던 것이다. 그녀는 오만상을 찌푸리며 왜 부르는 거야, 했다.

"이, 이리 와……. 봐……. 이리!"

다급한 목소리였다. 주경은 갑자기 등골이 서늘해지는 것을 느끼며 무슨 일인지도 묻지 않고 무작정 주연을 따라나섰다. 무슨 일이 생긴 게 분명했다. 어두운 복도 끝을 지나갈 때까지 주연은 단 한마디도 하지 않았다. 주경은 문득 주연의 몸이 흐릿하게 보인다는 생각을 했다. 죽은 사람처럼.

"언니야, 어떡해……. 어, 어떡해!"

주연이 그녀를 데리고 간 곳은 입관을 하기 전 염습을 하는 방이었다. 주연은 그 앞에 서서 주경의 손을 꽉 잡았다. 주경은 황급히 염습하는 방 문을 열어젖혔다. 방 문을 열자 이상한 냄새가 났다. 그리고 곧 그녀의 눈앞에 더 이상한 광경이 펼쳐졌다. 주경은 그 순간 아무 말도, 어떤 행동도 하지 못했다. 그저 멍하니 그 자리에 서 있는 게 전부였다. 혹시 내 눈이 잘못된 걸까? 그녀의 눈은 공포와 두려움으로 얼룩져, 갈 곳 잃은 눈동자로 여기저기를 헤매기 시작했다.

"이, 이게 뭐야……. 이럴 수는 없어."

그녀는 부들부들 떨며 아래쪽을 바라보고 서 있었다. 주경은 머릿속까지 빠르게 냉각되어 가는 기분을 느꼈다. 정말 이상해, 하고 중얼거리며 그녀는 입을 틀어막았다. 아버지의 시체는 있었는데 머리가 없었다. 이상하게도 머리가 있어야 할 자리에 아무것도 없었다.

"주, 주연아."

주경이 비틀거리며 주연의 어깨를 잡았다.

"머리가 없어."

그녀의 목소리가 이상했다. 쉰 것 같기도 했고 마치 열흘 간 고열을 앓았던 사람의 그것 같기도 했다.

"머리가 없다니까……"

머리가 없다는 그 말이 마치 모든 상황을 설명해 주는 듯이 주경은 몇 번이고 머리가 없다는 말만 반복했다. 문득 그녀는 속이 뒤집어지는 것을 느꼈다. 역겨운 기분이 들며 저녁에 먹은 것들이 속에서 치솟아 오르는 기분이 느껴졌다. 게워내고 싶었다. 머리가 있어야 할 자리를 보며 그녀는 온몸을 비틀었다.

"저게 뭐야!" 주경의 목소리가 높게 울려 퍼졌다. 비명에 가까운 소리. "대체 뭐냐니까, 저거 아빠 아니지? 저게 아빠야? 아빠 맞아?"

주경의 히스테릭 한 목소리에 주연이 창백하게 질린 얼굴로 이상한 표정을 지었다.

"아부지 맞아."

"아냐! 겨, 경찰 불러, 주연아! 경찰 부르라니까!"

주경은 이제 울부짖고 있었다. 거친 목소리로 울부짖으며 공포에 질린 채 주연의 팔을 붙잡았다. 마치 주연의 팔이 그녀를 구할 유일한 무언가라도 되는 것처럼.

"정주연! 경찰……"

주연이 다시 한 번 소리 지르려는 주경의 입을 막았다.

"경찰은 안 온다."

주경이 벙 찐 얼굴로 주연을 보았다. 동생의 얼굴은 기이하게 일그러져 있었다.

"안 온다니?"

"안 부를 거니까." 주경이 손으로 입을 틀어막았다. 희고 가느다란 그녀의 손이 힘없이 부들부들 떨렸다. "경찰은 못 찾는다. 아부지 머리는 여기 없어."

주연이 혀로 바싹 마른 입술을 축였다. 아버지의 머리가 여기 없다는 소리를 들으면서도 주경은 감히 어디 있느냐고 물어볼 수가 없었다. 그 답이라는 게 이미 정해져 있다는 것을, 주경은 어렴풋이 알고 있었다.

"머리 없는 시체."

주연이 중얼거렸다.

"가야 해…… 언니야. 돌아가야 해."

주경이 멍한 얼굴로 주연을 보았다. 주연은 단호하게 주경을 응시하고 있었다.

"장례는 언니가 맡아도 돼. 나는 그 집으로 돌아가야 하니까."

"그게 무슨 소리야? 왜 너만 돌아가는데?"

주경이 황급히 주연에게 물었으나 그녀는 더 이상 대답하지 않았다.

"왜 너만 가냐니까!"

주경이 더욱 더 세차게 주연을 다그쳤으나 주연은 말없이 방을 빠져나와 자신의 짐을 챙기기 시작했다. 그녀는 점점 더 바쁘게 움직였다. 주경이 주연의 앞을 막아서자 그녀는 급기야 주경의 몸을 밀쳤다.

"내는 강배 아제랑 같이 짐 챙겨서 갈 거야, 최대한 빨리 가야 하니까."

"그러니까 거길 왜 가냐고!"

주경이 바락바락 소릴 지르자 주연이 날카롭게 그녀를 쏘아보았다. 주경은 동생에게서는 처음 보는 눈빛에 깜짝 놀라 멈춰 서고 말았다.

"섬에 돌아가야 한다. 언닌 몰라. 섬에 돌아가야 해."

"대체 그게 무슨 미친 소리야……?"

주경은 주연을 멈춰 세우고 몇 번이나 물었지만 주연은 더 이상 대답하지 않았다. 다만 정신없이 짐을 꾸릴 뿐이었다.

"정주연, 아깐 나더러 서울로 돌아가라며? 빈소는 네가 지킨다며!"

주연은 그 말을 들은 체도 않고 고개를 돌려버렸다.

"그럼 차라리 나도 데려가!"

주경은 들은 체도 않는 주연을 따라다니며 그녀를 닦달했다.

"왜 가는 건데, 왜 너만 가는 건데! 나 혼자 여길 어떻게 지켜!"

그녀는 계속해서 동생 뒤꽁무니를 졸졸 쫓아다녔다. 동생이 없으면 그녀도 여기 남을 이유가 없다. 머리 없는 시체를 어떻게 혼자

지킨단 말인가.

“나도 갈 거야!”

한참 쫓아가던 주경이 더 이상 참지 못하고 빽 하고 소리를 질렀다. 바쁘게 짐을 챙기던 주연의 손이 멈칫했다. 그녀는 입을 헤 벌리고 언니를 바라보았다.

“뭐, 뭐라고?”

“나도 갈 거라고, 왜 너 혼자 빠져나가려고 해? 나한테 6억 줬으니 장례는 내가 맡아라 이거지! 목 없는 시체를 두고……”

주연이 재빠르게 주경의 입을 막았다. 주연의 얼굴은 당황스러움으로 굳어 있었다.

“조용히 해! 이 얘기는 비밀로 해야 돼, 누구한테도 말하면 안 된다!”

“내가 여기 있으면 말 안 하리란 보장이 어디 있어? 너 혼자 빠져나가면 다 말해버릴 거야, 경찰도 부를 거야!”

주경이 주연의 손을 뿌리치며 퉁명스레 대답하자 주연이 그녀를 노려보았다. 한동안 서로를 노려보던 자매 사이의 긴장감은 주연이 시선을 피함으로써 마무리되었다.

“알았다. 그럼 장례는 외할아부지한테 맡기자. 언니야도 같이 가는 거야. 대신,” 주연이 잠깐 뜸을 들였다가 주경을 바라보았다. “후회하지 마.”

“후회를 왜 해, 내가!”

“그럼 됐어. 같이 가자. 집으로.”

주연은 한숨을 내쉬며 방금 전과는 반대로 완선히 힘 빠진 목소리를 냈다. 지친 것 같았다.

"좋아. 그런데 왜 집으로 돌아가는 건데? 아까부터 왜 그 대답은 안 해?"

주경은 질문을 던지면서도 막연하게, 이미 자신이 그 답을 알고 있는 것은 아닌가 하는 생각을 했다. 주연이 불쾌한 미소를 지었다. 그 미소를 본 주경은 저도 모르게 몸을 움츠렸다. 백발을 보았다고 착각했을 때와 같은 기분이었다.

"아마……"

주연이 주변에 듣는 사람이 있는지 살펴보며 조용히 입을 열었다.

"아마 아부지 머리가 거기 있을 테니까."

4

치수는 광대가 차가워지는 것을 느꼈다. 그는 반사적으로 하늘을 쳐다보았다. 벌써 새벽녘인데도 마른 가지로 빽빽이 둘러싸인 하늘은 몹시 어두웠다. 혹시 영산의 영원한 밤에 갇힌 게 아닐까, 치수는 자신도 모르게 몸을 부르르 떨었다.

"서울 선생."

앞서 가던 사내가 발걸음을 멈추고 뒤를 돌았다. 치수는 영원한 밤이니 어쩌니 하던 상상을 들킨 것 같아 조금 격앙된 목소리로 대답했다.

"왜, 왜 부르십니까?"

"눈이 오는 것 같십니더."

치수의 눈이 커졌다. 광대에 닿았던 차가움은 눈송이였던 모양이다. 치수는 괜스레 광대부터 볼까지 쓸어보았다.

"여기도 눈이 많이 옵니까?"

치수가 묻자 사내는 고개를 끄덕이며 하늘을 잠깐 주시했다. 그리고 그는 다시 앞으로 걸어가기 시작했다. 치수는 그의 발걸음이 방금 전과 달리 미묘하게 빨라졌다는 것을 깨달았다. 눈이 더 많이 오기 전에 한옥에 도착하려는 것일까. 그러나 다리를 다친 치수가 그 빠른 걸음에 발을 맞출 수 있을 리 없었다. 그는 점점 더 느려졌다.

"이보시오, 이보시오 선생님!"

치수가 사내를 불렀다. 사내는 성큼성큼 걷다 말고 퍼뜩 고개를 들었다. 치수가 자기 뒤에 있다는 것을 잊은 모양이었다. 그게 아니면 그가 다쳤다는 사실을 잊고 있었다거나.

"제발 천천히 가주십시오."

치수가 입을 내밀고 불평하자 사내는 당황한 얼굴로 그 자리에 우뚝 서 있었다. 겨우겨우 사내 있는 곳까지 다다른 치수는 헉헉거리며 거친 숨을 몰아쉬었다.

"대체 왜 그리 급히 가는 겁니까?"

"……눈이 더 많이 오면 영산을 다시 넘을 수가 없십니더."

사내의 얼굴이 불안감에 휩싸인 것을 보고 치수는 내심 놀랐다. 치수가 다쳤을 때조차 아무렇지 않게 품에서 모포를 꺼내던 사내다. 그런데 기껏 눈 때문에 두려워하다니?

"잠깐 한옥에서 눈이 그치길 기다리면 되지 않습니까?"

치수가 조심히 제안하자 사내가 아까보다 더 불안한 얼굴을 했다. 치수의 머릿속에 문득 기이한 생각이 들었다. 어쩌면, 이건 정말 어쩌면이지만 사내가 두려워하는 이유는 눈 때문만이 아닐지도 모른다. 그가 정말 두려워하는 것은 한옥 저택에 남는 것, 혹은 한옥 저택 그 자체가 아닐까?

"눈이 많이 오는 모양이군요."

치수가 방금 떠오른 생각을 숨기고 아무렇지 않은 체하며 말하자 사내가 뒤틀린 웃음을 지었다.

"쟁그럽게 오지예. 눈이 오모 영산은 더 위험합니더. 오를 수도 없는데다가 더 피하기가 어려워지지예. 눈 오는 섬은……"

돌아다니면 안 됩니다. 치수는 사내가 감춘 뒷말을 충분히 유추해 낼 수 있었다. 아직은 사내가 두려워하는 존재가 무엇인지 확신할 수 없었지만 적어도 사내가 그것을 얼마나 두려워하는지는 확실히 알 수 있었다.

"그럼 최대한 빨리 가도록 하죠."

그는 걸을 수 있는 최대한의 속도로 사내의 뒤를 따랐다. 어쨌거나 사내가 이 산을 오른 것은 치수 탓이었고, 치수는 사내가 없었다면 아마 어딘가에서 죽어가고 있었을 것이다. 아예 이 세상에서 사라져버렸거나. 귀신 노파 전설에 나오는 사라진 장정들처럼.

묵묵히 사내를 따라 걷던 치수는 눈발이 더 세졌다는 것을 깨달았다. 하늘을 덮을 정도로 빽빽한 마른가지 사이로 대체 어떻게 눈이 들어오는지 이해할 수 없었다. 눈은 점점 더 많이 내리고 있었다. 치수는 속으로 사내가 얼마나 불안해하고 있을까 생각했다. 그의 눈에 보이는 것은 사내의 뒷모습뿐이었지만 그 뒷모습조차 형체 없는 무언가에 대한 공포에 떨고 있다는 생각이 들었다.

그리고 그 형체 없는 무언가는 분명……

"서울에선 이 정도 눈이 오모 뭐라 캅니꺼? 폭설?"

사내의 목소리가 치수의 머릿속에 비집고 들어왔다. 사내는 그답지 않게 시시껄렁한 말을 던졌다.

"이것보다 조금 더 눈발이 세지면 그렇게 부르겠죠."

치수는 땅을 힐끗 보며 대답했다. 이제 땅은 눈으로 완전히 하얗게 덮여 있었다.

"여그는 이 눈발의 세 배는 더 옵니더. 그게 짜장 폭설입니더."

"세 배요?"

치수가 놀라서 물었다. 뉴스에서 영동지방이나 남해안에 폭설이 왔다는 특보를 들은 적은 있었지만 한 번도 직접 1, 2미터씩 쌓이는 눈을 본 적은 없었기 때문이었다. 치수는 그제야 왜 눈 오는 영산이 위험한지 깨달았다. 그 자체만으로 공포의 대상이 되는 영산에 눈까지 온다면 그 누가 영산을 넘을 생각을 할 수 있을까.

"말이 세 배지, 더 올 때도 있십니더."

어깨를 으쓱한 사내가 갑자기 발걸음을 멈추었다. 치수도 그를 따라 발걸음을 천천히 멈추었다.

"무슨 일……"

치수가 사내에게 질문을 던지려다 말고 입을 꾹 다물었다. 거세지는 눈발 사이로 한옥 부지가 보였다. 넓디넓은 부지 위에 한옥 저택이 홀로 우뚝 서 있었다. 불길한 검은색 지붕을 얹은 채, 고고하게 서 있었다.

"거의 다 왔네요."

치수가 거의 들릴 듯 말 듯한 목소리로 중얼거렸다. 사내는 그의 말에 대답하지 않았다.

"이제부턴 저 혼자 가도 됩니다. 눈발이 더 세지기 전에 돌아가세요."

치수가 사내의 어깨를 건드리며 말했지만 사내는 움직이지 않았다. 꼼짝없이 그 자리에 서서 한옥 저택을 보고 있을 뿐이었다. 그의 얼굴에 그림자가 드리워졌다.

"못 돌아갑니더."

사내가 한참 후에 대답했다.

"눈이 너무 많이 오고 있고. 지금 돌아가모…… 내는 죽을 깁니더."

'게다가 지금은 해뜨기 전, 가장 위험한 시간이니까.'

사내는 마치 역겨운 것을 삼킨 얼굴로 한숨을 내쉬었다.

"눈발이 약해질 때까지 저그서 쉬다 가는 수밖에 없겠지예."

치수는 왠지 사내가 안쓰러운 생각이 들었다. 사내의 단단한 몸에는 기운이 하나도 없었다. 치수와 사내는 다시 한옥 저택을 향해 걸어가기 시작했다.

"저, 고맙습니다."

치수가 조심히 인사를 하자 사내는 고개만 까닥했다. 그의 시선은 여전히 한옥 저택을 향해 있었다. 아니, 한옥 저택이 그의 시선을 붙잡고 있는 것 같았다.

그는 한옥 저택이 붉은 그림자를 쏟아내고 있다는 생각을 했다. 마치 앞으로 일어날 모든 사건을 예고하기라도 하는 것처럼.

폭설(暴雪)

1

사내와 치수는 한옥 대저택의 대문을 열고 들어갔다. 치수는 한 눈에 그 집이 여전하다는 것을 알아볼 수 있었다. 이십 년 전과 달라진 게 없다. 언제든지 한 맺힌 영혼이 복수의 대상을 찾을 수 있도록 돕기라도 할 것처럼, 이곳은 그대로였다.

치수가 이상하다는 사실을 알아챈 건 대문 앞에 서서 눈 오는 한옥 경치를 얼마쯤 관람한 후였다. 사람 그림자 하나 없는 한옥을 보며, 그는 뭔가 일이 잘못되었다는 것을 깨달았다. 아무리 조촐한 장례식이라도 이렇게 사람이 없을 수는 없었다. 설령 정 교수가 아무리 인분이 없다고 해도, 이럴 수는 없는 것이다. 다시 말해서 한옥 대저택은 지금 완전히 텅 빈 상태였다.

"아무도 없네요."

치수가 중얼거렸다. 그는 그 옆에 서 있던 사내를 힐끔 쳐다보았다. 그 역시 치수 못지않게 배신감과 허탈함이 가득한 표정으로 얼굴을 일그러뜨리고 있었다. 치수의 가슴은 미안함과 부끄러움으로 뒤틀리고 구겨지는 것 같았다.

"장례식 장소가 여기가 아니었던 모양이지요……"

치수가 기어가는 목소리로 변명을 늘어놓으려 하자 사내가 험상궂은 얼굴로 그의 말문을 막아버렸다.

"서울 선생은 헛걸음질을 쳤십니더."

사내는 거슬릴 만큼 낮은 목소리로 치수를 지탄했다. 치수는 죄책감과 부끄러움으로 고개를 숙였다.

"당신 때문에 내사 마 죽을 고비를 넘기믄서 영산을 넘었십더. 한데 여그는 지금 아무도 없고, 우린 쓸데없는 걸음을 한 깁니더."

사내의 목소리가 날카로운 칼날처럼 치수를 원망하고 있었지만 치수는 변변찮은 대답 한 마디 못하고 서 있을 뿐이었다. 그로서도 너무나 화가 나고 어이가 없는 노릇이었다. 정 교수님이 돌아가셨다는 얘기만 들었기 때문에 당연히 장례식은 이 곳에서 치러지리라고 예상했던 것이다. 대체 그는 여기까지 왜 왔을까? 오기 싫은 걸음을 억지로 떼면서 여기까지 왜 온 것일까?

게다가 사내 말대로 간밤엔 영산에서 죽을 고비를 몇 번 넘기기까지 했다. 차라리 치수 혼자 죽을 고비를 넘긴 거면 또 모르겠는데, 그는 죄 없는 이 사내까지 사지(死地)로 끌어들이기까지 했던 것이다. *어제 선장의 말을 들었어야 했는데.*

그러고 보니 어제 선장이 이상한 말을 했었다. 뭐에 홀린 듯이 이 섬으로 돌아오는 사람들에 대해서. 발목에 매달린 마물(魔物)을 떼어내라고 했던 그 목소리가, 그 담배에 찌든 걸걸한 성대의 울림이 아직도 치수의 귓가에 쟁쟁했다. 그 말을 들었어야 했다. 후회해도 늦은 것을 알지만 그는 진심으로 후회하고 있었다.

치수는 한숨을 푹 내쉬며 손바닥으로 이마를 탁 쳤다. 그 모습은 애써 영산을 넘어 여기까지 온 자신에게 화가 난 것처럼 보이기도 했고, 자신 때문에 억지로 영산에서 밤을 새운 사내에게 미안해 어쩔 줄 몰라 하는 것 같기도 했다.

"젠장."

사내 역시 나름대로 마구 윽박을 지르며 치수에게 원망을 쏟아내고 싶은 것을 억지로 참고 있었다. 그럴 기운도 없었고, 그렇게 한다고 해서 상황이 변하는 것도 아니었다. 어쨌거나 그들은 눈이 그칠 때까진 이 집에 갇혀 아무것도 할 수 없을 테니까.

"일단은 눈이 그치기만이라도 기다립시더."

사내가 억지로 분을 삭이며 말하자 치수는 고개를 끄덕였다. 그는 여전히 사내의 눈을 쳐다보지 못하고 있었다. 둘은 어색한 자세로 대문 앞을 서성였다. 딱히 몸에 쌓이는 눈을 털어낼 생각도 하지 않은 채 치수와 사내는 묵묵히 서로 다른 곳만 바라보고 있었다.

치수는 문득문득 가슴 속에서 끓어오르는 자신의 멍청함에 대한 분노를 억누르기 위해 다른 생각을 계속 해야만 했다. 그나마 다행인 것은 그의 머릿속이 금방 한옥에 대한 생각으로 가득 차버렸다는 점이었다. 이십 년 만에 보는 한옥 저택의 풍경에, 그는 시선을 빼앗기고 말았다.

치수는 천천히 눈 속에 파묻힌 한옥 저택을 둘러보았다. 한옥 저택 부지는 가로가 긴 직사각형 모양이다. 그 주위로 높은 돌담이 빙 둘러 있다. 대문으로 들어가면 바로 오른쪽에는 돌담과 바싹 붙어 행랑채가 있다. 남부지방 한옥의 고유 모습 그대로 一자형을 취하고 있는데 행랑채에는 방 두 개와 부엌 하나가 있다. 행랑채 앞에는 안뜰과 우물이 있다.

안뜰은 꽤 넓어서, 이십 년 전 치수가 이 집을 방문했을 때만 해도 안뜰에는 수십 가지의 꽃이 길러지고 있었다. 그러나 지금은 휑했다. 아무것도 없었다. 사람이 살고 있는 집인지조차 의심이 될 정도였다.

안뜰을 끼고 한옥 저택 오른쪽 가장 안쪽에 안채가 있었다. 안채는 긴 一자형 가옥에 작은 셋방이 붙은 모양새다. 안방과 건넌방 사이에 큰 대청이 있으며 안채에 달린 작은 셋방은 원래는 부엌이었으나 정 교수가 이곳에 살기 시작하며 욕실로 개조했다.

안채 왼쪽으로는 별채가 있었다. 별채는 작은 一자형 가옥으로 나란히 붙은 두 개의 방과 욕실 사이에 작은 마루가 있다. 별채 앞은 수십 개, 혹은 백여 개에 달하는 장독대가 있다. 수많은 장독대는 대문에 들어서는 순간 바로 눈앞에 보이기도 하는데, 한옥 저택을 왼쪽과 오른쪽으로 나눠주는 기준점 역할을 하고 있었다.

장독대 왼쪽으로는 사랑채가 있었다. 사랑채는 특이하게도 뒤집힌 기역 모양이다. 두 개의 방과 욕실이 세로로 붙어 있고 그 앞에 대청마루가 붙어 있는 꼴이다. 대청 앞, 툇마루는 안마당이 꽤 크다. 욕실은 사랑채의 가장 안쪽 방과 안마당에서 출입할 수 있게 문이 두 개 나있지만 막상 사랑채의 두 방끼리는 교류가 불가능했다.

사랑채 뒤로는 이 집의 가장 은밀한 장소가 있었다. '사당'. 사당은 조상을 모시는 은밀하고도 귀한 장소다. 덕분에 외부인들은 사당에 함부로 들어가지 못한다. 그러나 치수가 알기로, 이 집에서 사

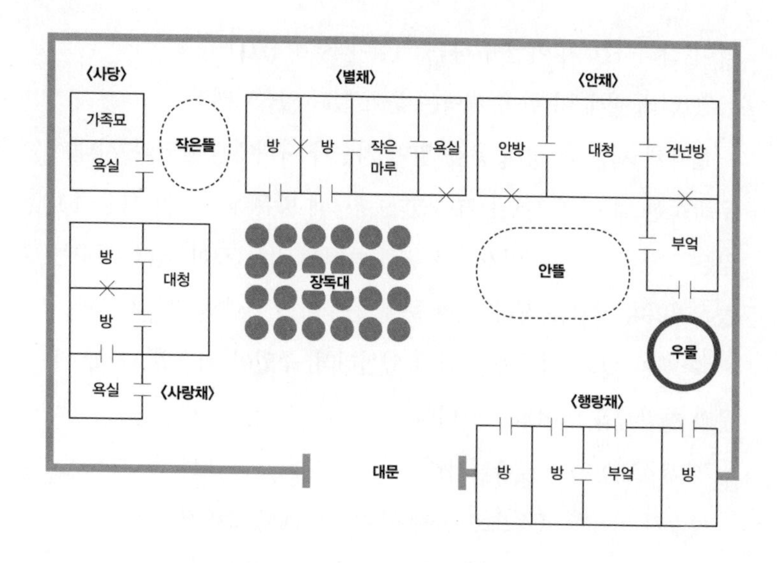

당은 외부인의 출입을 막은 은밀한 장소일 뿐이었다. 정 교수는 조상을 모시지 않을뿐더러 그곳을 그저 가족 묘 정도로 사용했으니 말이다.

어쨌거나 이 집은 그대로였다. 변함없이 그 모습 그대로. 아마 누군가 일부러 손대지 않는 한, 몇 백 년이 지나도 이 모습 그대로겠지. 치수는 왠지 모르게 불쾌한 느낌을 받았다.

"안으로 들어가입시더. 고뿔에 걸려도 여그는 약이 없십니더."

사내가 멍하니 한옥을 바라보고 있던 치수를 행랑채로 잡아끌었다. 치수는 그의 손에 이끌려 행랑채 처마 밑에 섰다. 그들은 몸에 묻은 흰 눈을 털어내기 시작했다. 거센 눈발을 그대로 맞았기 때문에, 누군가 그들의 모습을 보았다면 설인이 아닐까 의심했을 것이다. 치수는 눈을 털어내며 억지로 발을 움식여보았다. 발이 꽁꽁 얼어붙어 움직이지 않자 혹시 그가 눈치채지 못한 사이에 발가락이 잘려나간 게 아닐까 하는 의심이 들어서였다.

"그런데 원래 이 한옥 저택은 문이 열려 있습니까?"

행랑채 제일 끝 방의 문을 열며 치수가 사내에게 물었다. 사내가 무뚝뚝한 얼굴로 고개를 끄덕였다. 행랑채 방은 오랫동안 사용하지 않은 모양인지 문을 열자마자 퀴퀴한 냄새 같은 것이 났다. 치수는 콜록거리며 기침을 했다. 그의 눈에 눈물이 조금 맺혔다.

"안채와 별채, 사랑채만 잠겨 있십니더. 주인이 외출할 땐 늘 대문과 행랑채를 열어놓고 갑니더."

"왜요? 위험하지 않습니까?"

치수가 의아한 표정으로 묻자 사내가 어깨를 으쓱했다.

"굳이 영산을 넘으려하는 사램이 없는디 뭐가 위험합니꺼."

사내가 껄껄 웃어젖혔다. 참으로 단순한 대답이었으나 치수는 충분히 그 말을 이해할 수 있었다. 이 섬사람이라면 누구도 영산을 넘어올 리가 없을 것이다. 영산 너머에 금은보화가 있다고 해도 목숨을 내놓고 그 금은보화를 차지하려 드는 사람은 없을 테니까. 더군다나 이곳은 '한옥 대저택'이었다. 이곳 사람이라면 누구나—이곳 사람이 아닌 치수까지도—두려워하는 한옥 저택.

"무슨 말인지 알 것 같네요."

치수가 속삭이듯이 말했다. 두 남자는 창고 같은 행랑채 방에 서서 말없이 하늘을 응시했다. 하늘은 이제 완전히 뿌옇게 변해 있었다. 이제부터 폭설이 시작될 것이라고 경고하는 게 분명했다. 그 증거로 눈발은 소강될 줄 모르고 쏟아지고 있었으니까.

"여기까지 와주셔서 감사합니다. 댁으로 돌아가시면 춘부장(椿府丈)께도 너무 감사하다고 전해주십시오."

치수가 정중히 말하며 오른손을 내밀었다. 그는 사내가 금방이라도 자신의 손을 잡기를 기대하는 것 같은 얼굴을 하고 있었다. 그러나 사내는 마치 그 손을 보지 못한 것처럼, 혹은 아예 그 자리에 치수가 없는 것처럼 행동했다. 치수의 얼굴이 화끈 달아올랐다. 치수가 속으로 '이 사내는 마지막까지 정이 가질 않는다' 하고 생각하고 있을 때 갑자기 사내가 입을 열었다.

"내 이름은 김성구입니더."

치수는 부아가 치밀어 대답하지 않으려 했으나 그의 머릿속 깊이 뿌리내린 '사회적 지위'에 대한 부담감 — 사회 지도층으로서 모범을 보여야 한다는 것 — 때문에 억지웃음을 지었다.

"저는 연치수입니다."

성구가 치수를 힐끔 보더니 입을 삐죽 내밀었다.

"영산을 넘은 건 선생 실수였십니더. 내 실수이기도 하고예."

"김성구 씨 실수라니요?"

"아부지께 발해서 선생이 영산을 오르지 못하게 했어야 했는디."

성구가 입맛을 다셨다. 입 안이 마치 쓴 약이라도 삼킨 듯이 물렸다.

"제 잘못입니다. 거, 거기서 호들갑만 떨지 않았어도…… 또 장례식이 어디서 치러지는지 제대로 알기만 했어도 이런 일은 없었을 텐데……"

치수는 간밤의 일을 떠올리며 저도 모르게 얼굴을 붉혔다. 다시 생각해도 끔찍이 부끄러운 기억이었다. 그의 경솔한 행동으로 자신뿐만 아니라 성구까지 위험에 처하게 했다는 부끄러움.

"어쨌든, 서울 선생도 이 집에 오래 머물지 않는 게 좋을 깁니더.

여그 오래 있어서 좋은 꼴은 보질 못했십니더."

치수가 고개를 끄덕였다.

"충고 고맙습니다."

다시 대화가 끊어졌다. 치수는 언제나 눈이 그칠까, 초조한 표정으로 하늘을 살폈다. 자신이 왜 굳이 여기까지 왔는지, 이제와 보니 스스로도 도통 이해할 수 없었다. 괜히 왔다는 것은 둘째 치고 왜 굳이 와봐야 했을까. 이십 년이라는 세월 동안 연락 한 번을 않던 사람의 장례식에. 마치 무언가에 홀린 듯 평소의 그 답지 않게 무작정 오고 만 것이다.

"아, 그런데 김성구 씨. 아까 하던 얘길 마저 해 주실 수 없습니까?"

성구는 단박에 그 말을 알아들은 모양이었다. 성구는 애매한 표정으로 머리를 긁적였다.

"그기는 사실…… 말해줄 수 없십니더."

"어째서요?"

치수가 성구를 몰아붙였다.

"애초에 혈곡에 대한 야그는 선생께 하모 안 되는 거였응게예."

치수가 허탈한 얼굴로 '아' 하는 탄식소리를 냈다.

"그렇군요."

"알아서 좋을 내용도 없십니더. 듣고 나선 맴이 꽤나 찝찝할 텐께."

성구가 턱을 문지르며 중얼거렸다. 그 목소리가 너무나 어둡고 울적했기 때문에 치수는 되레 자신이 더 미안해지는 것을 느꼈다.

"옆방엔 뭐가 있습니까? 이 방과 똑같이 창고로 쓰나요?"

그는 화제를 돌리기 위해 옆방을 가리키며 물었다.

"글쎄올시다. 서울 선생은 참으로 궁금한 것도 많네예."

성구가 비식비식, 놀리듯이 웃었다.

"그러게 말입니다. 워낙 호기심이 많아서."

치수가 순순히 인정하자 성구의 입에서 웃음이 사라졌다.

"옆방에 가볼까요?"

치수가 조심히 묻자 그는 퉁명스레 콧방귀를 뀌었다.

"내는 이 집 돌아다닐 맴 없십니더. 가볼라모 혼자 가보이소. 혼자 갔다 뭐랑 마주쳐도 내 소관 아닌께예."

짓궂은 말이었다. 치수에게 혼자서 여기저기를 탐험할 용기는 차마 없었다. 결국 그는 마음을 접고 조용히 성구 옆에 서서 눈이 그치길 기다리기로 했다. 그러고 보니 아까부터 다친 다리가 조금씩 쑤시고 있었다. 왜 하필 다리가 다친 것일까, 아무리 생각해도 찝찝해 눈살을 찌푸려버렸다.

다리가 아픈 나머지 치수는 창고 바닥에 주저앉았다. 양복이 더러워진 건 이미 옛날 일이니 더 이상 바지에 흙먼지가 묻는 것을 신경 쓸 필요도 없을 것 같았다. 치수는 바닥에 주저앉아 다리를 쭉 폈다. 성구는 대체 언제까지 저렇게 서 있을까. 서 있는 모습을 보아 눈이 그칠 때까지 몇 시간이고 서 있을 것 같았다. '대단한 사람이야.' 치수는 진심으로 그에게 깊은 찬사를 보냈다.

"눈은 언제쯤 그칠까요?"

"잘 모르겠십니더. 더 쌓이지나 않으모 다행입니더. 근데 벌써 저렇게 쌓이기 시작하모 한 시간 만에 설국(雪國)이 됩니더."

성구가 두툼하고 무식하게 생긴 거무튀튀한 손가락으로 바깥을 가리켰다. 성구의 손가락이 향한 곳을 본 치수는 그의 말이 무슨 뜻인지 금방 이해하고 말았다. *설국이라.*

성구와 이야기를 나눈 사이에, 금방이라도 발등을 덮을 만큼 눈이 쌓였다. 기껏 해봐야 얼마 흐르지도 않았을 시간에. 하늘에선 이미 앞이 보이지 않을 정도로 커다란 눈송이가 거칠게 내리고 있었고, 아니 쏟아 부어지고 있었고, 그것은 점점 더 폭력적으로 변하면 변했지 절대로 약해지는 모습을 보이지 않았다. 아마 이 기세로 계속 퍼붓게 되면 반나절도 안 되어 발목, 다리, 허리까지 눈이 차오를 것만 같았다. 서울에서만 살아온 치수는 눈 때문에 공포를 느껴본 적이 없었다. 기껏해야 발목까지 쌓인 눈에 차 바퀴가 헛돌아 투덜거렸을 뿐이었다. 그래서 그에게 대자연의 힘은 두려웠다. 이곳은 그의 지식과 권력이 하나도 소용이 없는 전혀 딴 세상이었다. 이곳에서 그는, 아무런 힘도 없는 나약한 인간이었다.

"선생, 졸려도 좀만 참어예."

치수가 거불거불하던 눈을 반짝 뜨고 성구를 보았다. 저도 모르게 어느새 졸고 있었던 모양이었다. 대자연이니 뭐니 무섭다고 생각하면서도 인간은 기본적인 욕구 앞에서 무너져버리는가. 치수는 새삼 인간이나 짐승이나 별반 다를 바 없음을 느끼고 비딱한 미소를 짓고 말았다. 그리고 잠들지 말아야지 몇 번을 다짐하면서도 이내 그의 눈은 다시 천천히 감겼다. 밖에서 들리는 시끄러운 바람 소리와, 욱신거리는 다리, 모든 것을 잊은 채 그는 천천히 눈을 감았다.

2

선장과 초희가 주연 무리와 만난 것은 눈이 완전히 온 세상을 덮기 시작했을 무렵이었다. 눈은 더 이상 '내리지 않았다.' 이미 그들이 조우했을 무렵엔 들이붓는 수준이었던 것이다.

"아제요, 뭐하십니꼬?"

이른 새벽의 바닷바람을 맞으며 나온 초희가 선장 옆에 섰다. 선장은 뿌옇게 흐려진 한쪽 눈을 되록되록 굴리며 하늘을 바라보았다. 둘 다 온몸으로 거센 눈발을 맞고 있었지만 으레 있는 일인 양 우산 하나 쓸 생각도 하지 않았다.

"초희구나."

선장이 걸걸한 목소리로 대답했다.

"무신 걱정 있십니꼬?"

"하늘이 영 심상찮아."

초희는 선장의 표정을 걱정스럽게 살폈다. 꽤나 심기가 불편한 모양인지 입을 꾹 다문 그의 얼굴이 고통스럽게 일그러져 있었다. 초희도 덩달아 걱정스러운 눈으로 하늘을 바라보았다. 선장의 말대로 하늘은 심상치 않은 조짐을 보이고 있었다.

"눈이 작정하고 올 모양이네예."

"아무래도 그럴 것 같구나. 게다가 간밤에 성구가 돌아오지 않았어."

"아직도예?"

초희 머릿속에 퉁명스러운 성구의 얼굴이 떠올랐다. 퉁명스럽고 무뚝뚝한 사람이긴 했으나 믿음직스럽고 매사에 담담한 성구다. 모든 일을 척척 해내는 그가 왜 밤새 돌아오지 않은 것일까.

"아무리 생각해도 이상한 일이야. 본래 내 계산대로라면 네댓 시간 전에는 돌아왔어야 하거든."

그녀는 선장의 목소리가 잔뜩 긴장하고 있음을 눈치 챘다. 평소 간이 크기로 유명한 김 선장이었다. 하지만 그런 그도 막상 자식 일에는 그저 늙은 노인이 되어버리는 것일까. 초희가 까무잡잡하니 마른 오른손으로 선장의 어깨를 쓸었다. 그녀는 침묵을 지킬망정 절대 허울 좋은 말, 걱정 말란 소리 따위를 하는 법이 없었다. 선장이 메마른 웃음을 지었다.

"그래서 말인데, 지금 배를 띄워 섬 반대편으로 돌아가 볼까 생각하고 있던 참이었다."

"한옥 부지에 간단 말씸이십니꼬?"

초희가 긴장한 투로 물었다.

"그래. 도저히 불안해서 말이야."

선장의 대답에, 초희는 잠시 말이 없었다. 그녀는 고민하는 표정을 하더니 이윽고 결심이 섰는지 입을 열었다.

"아제요, 지도 갈랍니도."

선장의 눈동자가 하늘에서 초희에게로 옮겨갔다. 초희의 다부진 얼굴을 본 그는 한동안 아무런 대꾸도 하지 않았다.

"거기가 어디라고 네가 간다는 거냐."

"아무래도 지도 가봐야겠십니도. 어젯밤부터 가슴이 생숭생숭혀서 못 살것네에."

"안 돼. 말도 안 되는 소리 마라."

다정한 투로 어르듯이 말하기도 하고 꾸짖어보기도 했지만 초희는 한사코 뜻을 굽히지 않았다.

"대체 왜 가겠다는 거냐?"

선장이 매섭게 묻자 초희가 입을 열었다.

"지도 이 섬에 뿌리 내린 사램입니도. 대체 무신 일이 일어나고 있는지, 지도 알아야 겠심니도. 어젯밤부터 불안해서 잠을 못 자겠으니까예."

초희가 명쾌하게 대답하며 미소를 지었다. 그러자 선장이 아까보단 한풀 꺾인 목소리로 '말 안 듣는 계집애,' 했다.

"하모 지금 당장 가보는 게 낫겠지예?"

"그래. 지금 당장 배를 띄우자꾸나. 만조가 지나면 배를 댈 수 없으니."

선장은 초희 눈치를 살피며 말했다. 언젠가 담신 할미가 초희에 대해 말한 적이 있었다. 초희 그 애는 명석하고 다부지다, 게다가 쓸모 있는 계집아이다. 확실히 담신 할미 말은 맞았나. 조희는 명석하고 다부졌다. 아마 이런 외딴 섬이 아니라 도시에 살았다면 뭐라도 했을 여자였다. 그러니 초희를 그곳에 데려간다고 피해가 될 일은 없을 것이었다.

"아제요!"

부두에서 배에 시동을 걸려던 선장을, 초희가 급히 불렀다. 선장은 선실에서 나와 초희가 선 갑판 위로 갔다.

"어데서 뱃소리 안 들립니꼬?"

"누가 섬에 들어오는 모양이야."

"누굴까예."

"글쎄다. 이런 미친 날씨에 나 말고도 바다에 배를 띄우는 미친

놈이 또 있나보군."

빈정대면서도 선장의 얼굴에는 긴장한 기색이 역력했다. 눈발은 점점 더 심해지고 있었고 곧 온 바다며 땅이 얼어붙을 것이 분명했다. 선장이 옆을 흘깃 보았다. 초희도 입술을 앙 다문 채 긴장하고 있었다. 이윽고 작은 고깃배 한 척이 멀리서부터 보였다.

"아제요, 저 배는……."

"강배다!"

선장의 얼굴에서 긴장이 풀리며 일그러졌던 얼굴 근육이 부드럽게 풀어졌다.

선장이 외치자 초희가 자세히 보기 위해 가늘게 실눈을 떴다. 그러곤 한참 멀리서부터 달려오는 배를 보더니 고개를 끄덕이며 반가운 얼굴로 손뼉을 쳤다. 선장이 다시 선장실로 들어가 배를 만지고 있는 사이 작은 고깃배는 점점 더 가까워졌다. 그 배가 완전히 가까워졌을 때, 초희는 다시 한 번 긴장한 얼굴을 했다가 배에서 내리는 사람들을 보고 완전히 긴장을 풀었다.

배에선 젊은 두 여자와 늙은 남자 하나가 내렸는데, 늙은 남자는 선장과 초희 모두 잘 아는 인물이었다. 최강배.

"강배!"

선장이 목소리를 높여 부르자 배에서 막 내린 강배가 놀란 눈으로 뒤를 돌았다. 강배의 얼굴에 반갑고 기쁜 표정이 떠올랐다.

"김 선장!"

강배는 호들갑을 떨며 초희와 선장이 있는 쪽으로 뛰어왔다.

"야아, 잘 만났다! 지금 어데 가나?"

"응, 섬 반대편엘 좀. 자넨 왜 이렇게 일찍 온 겐가?"

“사연이 길데이. 섬 반대편이라모, 한옥에 가는 기가?”

“응. 그렇게 됐어.”

한옥 간다는 얘길 듣자 강배가 손뼉을 치며 아이처럼 좋아했다.

“참말로 잘 됐데이! 주연아, 주갱아! 이짝으로 와보래이!”

강배가 배에서 내린 두 젊은 여자를 손짓까지 해가며 불렀다. 그러자 두 여자는 떨떠름한 얼굴로 천천히 걸어오기 시작했다.

“지금 우리도 한옥에 가야 허는디, 눈이 와갖고 영산도 못 넘을 거 같아 걱정했다. 같이 가모 되겠구먼.”

강배가 사람 좋은 웃음을 지으며, 이번에는 초희 쪽을 향해 돌아섰다.

“초희야, 니는 여그 와 있노?”

“지도 한옥 부지에 갑니도.”

강배의 얼굴이 잠시 굳었으나 이내 다시 사람 좋은 웃음이 떠올랐다. 그는 굳이 왜 가느냐는 질문을 던지지 않았다.

“다 같이 가모 되겄다. 아, 참참! 인사해라 마. 여그는 정주연, 정주갱.”

강배가 병풍처럼 멀뚱히 선 두 여자를 가리켰다. 초희도 그 두 여자를 보았는데, 그들을 본 초희는 한 눈에 두 여자 모두 쉬이 잊힐 얼굴이 아님을 깨달았다. 왼쪽에 있는 여자가 먼저 눈에 들어왔는데 그녀는 키가 크고 비쩍 말라, 흔히 말하는 호리호리한 몸을 가지고 있었다. 어깨 아래로 흘러내린 붉은 빛의 머리가 그나마 그녀를 생기 있게 보이게 하고 있었는데, 머리가 짧았다면 무척 신경질적인 사람으로 보였을 것이 틀림없었다.

오른쪽에 선 여자는 반면에 통통하고 키가 작았다. 대신 살이 무척 희어서 온몸의 핏줄이 살갗을 뚫고 나올 것만 같았다. 그녀는 목덜미까지 오는 검은 빛깔의 짧은 머리를 질끈 묶고 있었다.

호리호리한 여자는 마른 사람 특유의 짜증스러운 얼굴을 하고 있었는데, 특히 강배가 그녀의 이름을 '정주갱'이라고 소개할 때 더 신경질적인 표정을 지었다.

살이 유난히 희고 통통한 여자는, 알게 모르게 낯익은 인상을 갖고 있었다. 분명 한 번도 본 적 없는 사람이었음에도 초희는 기이하게 그녀에게서 기시감 같은 것을 느끼고 있었다. 어딘지 모르게 오랫동안 알고 지낸 것 같은 느낌이랄까. 초희는 한동안 그 여자에게서 눈을 떼지 못했다. 낯이 익어서도 그랬지만 왠지 그 여자가 자신을 보고 굳어버렸다는 생각이 들었기 때문이었다. 아니, 생각만이 아니다. 분명 그 여자는 초희를 보고 굳어버렸다. 아무 말도 하지 못하고 석고상처럼, 딱딱하게.

"이런, 인원이 많아졌군."

선장이 입맛을 쩍쩍 다시며 다소 불쾌한 미소를 지었다.

"어서들 올라타요. 파도가 더 거칠어지기 전에 가야 하니까."

강배를 처음으로 주연, 주경 순으로 배에 올라타자 선장이 휑하니 선실로 들어가 버렸다.

"김 선장을 만난 건 천운이었데이."

강배가 배시시 웃자 주경이 입을 삐죽였다. 입모양 만이었지만 '천운은 무슨' 하며 지껄인 게 틀림없었다.

"그러게요. 빨리 가야 하니까요."

주연이 입을 열어 떨리는 목소리로 대답했다. 별 생각 없이 서 있던 초희는 그 다음에 그녀 입에서 나온 말을 듣고 깜짝 놀라 멈춰

버렸다.

"머리가 부패하면 큰일이잖아요."

동생의 말을 들은 주경은 옆에서 음울한 미소를 지었다. 초희는 등줄기가 서늘해지는 것을 느꼈다. 식은땀 한 줄기가 등을 따라 흘러 내렸다. 대체 이 자매는 어떻게 된 사람들일까. 주연의 말은 확실히 모두가 들었으나 그녀가 본 주경의 미소만큼은 착각이었을지도 모른다. 초희가 눈을 깜빡이며 다시 주경을 보았을 때 그녀의 입가가 축 처져 있었기 때문이었다.

3

꿈이라는 것은 묘하다. 어느 때는 오색찬란한 색감을 뿜어내기도 하고, 어느 때는 거무죽죽한 회색 세상만 펼쳐지기도 한다. 빠르게, 언제 흘러갔는지 모르게 시간이 흘러가는가 하면 또 어느 순간에는 마치 「매트릭스」의 한 장면처럼 끝없는 슬로모션의 연속이기도 하다. 꿈에서 깨는 방법은 없었다. 지금까지 누구도 꿈에서 깨는 방법을 알아낸 사람은 없었다. 하지만 치수는 꿈에서 깨는 법을 알았다. 아니, 정확히는 어떤 순간에 꿈에서 깨는지 알고 있었다.

"헉!"

치수가 숨을 크게 들이마시면서 눈을 번쩍 떴다. 그의 가슴이 크게 들썩들썩 했다. 그는 목을 쓱쓱 문질렀다. 아직도 진짜로 목이 잘린 양 생생한 기분이 들었다. 꿈에서의 죽음은, 어쩌면 다른 세계에서의 자신의 죽음이 아닐까.

"입 안 돌아갔십니꺼?"

나지막한 목소리가 질타와 빈정거림을 동시에 담아 그의 가슴에 꽂혔다. 치수는 성구를 힐끔 보고는 천천히 고개를 끄덕였다.

"정신 차리고 바깥이나 보이소."

치수는 몽롱한 머리를 두어 번 세차게 흔들고 바깥을 보았다. 곧 그의 얼굴이 고통스러운 듯이 크게 일그러지고 말았다. 저렇게 많이 온 눈을 본 것이 얼마만인지. 온 세상이 하얗게 변해, 족히 십오 센티는 될 만큼의 눈이 쌓여 있었다. 치수는 후다닥 일어나 정신없이 방을 벗어나 행랑채 밖으로 뛰쳐나갔다. 굵은 눈송이가 그의 머리 위로 쌓여 금방 눈사람이 될 것 같았으나 그게 중요한 게 아니었다. 중요한 것은, 이 집에서 더 이상 나갈 방도가 없어졌다는 것이었다.

"못 나갑니다, 우리."

치수 입에서 잔뜩 가라앉은 목소리가 나왔다.

"압니더."

치수는 그 자리에 얼어붙고 말았다. 방 안에 있는 성구의 얼굴을 볼 수는 없었지만 그의 목소리가 미세하게 떨린다는 것만은 확신할 수 있었다. 처음 한옥에 도착했을 때는 어떻게든 나갈 방도가 있으리라고 생각했다. 그땐 성구가 아무리 겁을 줘어도 속으로는 눈이 많이 와봤자 얼마나 오겠느냐 했다. 그런데 지금 치수는, 정말 이곳에 갇혔다는 생각이 들어 혼돈에 빠지고 말았다.

그는 뭐에 홀린 사람처럼 천천히 절뚝거리며 앞으로 걸어가기 시작했다. 다리가 푹푹 빠질 정도로 쌓인 눈 때문에 걷기가 힘들었지만 어떻게든 나갈 방법을 찾아야겠다는 생각을 했다. 시간이 더 지나면 아예 이곳에 갇히고 말 것이다. 그럼, 그럼 또다시 그 때처럼, 이십 년 전처럼…… 그는 불길한 생각을 떨치기 위해 애써 고개를 저었다. 자꾸만 머릿속을 맴도는 기억을 떨쳐내기 위해 몇 번이고 고개를 저어댔다. 뒤에서 성구가 멀리 가지 말라고 했으나 휘몰아치는 눈과 바람이 목소리를 집어 삼켜버렸다. 세상에 들리는 것은 휘몰아치는 바람 소리가 전부였다. 치수는 대문 쪽으로 가는 것에 급급해 있어, 그의 온 몸을 찢기라도 할 것처럼 쏟아지는 눈도 개의치 않았다. 한참 앞으로 나아가던 그 때, 대문 앞까지 온 그의 눈에 무언가 못 보던 것이 들어왔다. 발자국이었다.

행랑채에서 대문을 향하던 치수의 발자국과 정확히 반대로 향하는 발자국, 그러니까 영산에서 대문을 지나 한옥으로 들어오는 발자국이었다. 이렇게 눈이 오면 발자국 같은 건 소용이 없다. 십 분만 지나도 눈에 덮여 사라지고 말 테니까. 그런데 저렇게 선명한 발자국이 있다는 것은 방금 생긴 발자국임에 틀림없었다. 누군가 이곳에, 한옥에 온 것이다.

치수의 심장이 세차게 쿵쿵대며 뛰기 시작했다. 발자국은 대문에서부터 생겨 안뜰과 우물을 지나 왼쪽의 별채 쪽으로 이어져 있었다. 어쩌면 더 이어져 있을지도 모른다. 눈 때문에 앞이 보이지 않아 확신할 수가 없었다. 치수는 직접 발자국을 따라가 확인을 해보기로 했다. 어쩌면 조문객이 더 왔을 수도 있다는 생각이 들었다. 아니면 유가족이 뭔가를 챙겨가기 위해 돌아온 것일 수도 있다. 무엇이 되었든 이런 눈 오는 영산을 넘어온 사람이 있다는 것은 돌아갈 희망도 있다는 소리였다.

"성구 씨! 여기 발자국이 있습니다!"

치수가 큰소리로 외쳤으나 바람 소리에 묻혀 그의 목소리는 허공으로 사라져버리고 말았다.

"성구 씨!"

아무리 외쳐도 소용이 없었다. 치수 자신도 자기가 말하고 있는 건 맞는지, 입에서 목소리가 나오는 건 맞는지 확신할 수 없을 정도였다. 그는 직접 성구에게 가서 발자국의 존재를 말할까 생각했지만 곧 포기하고 말았다. 행랑채까지 다시 갔다가 발자국을 좇아 여기로 오기엔 다친 다리가 너무 아프기도 했고, 더 중요한 것은 거기까지 갔다 오는 동안 발자국이 사라져 버릴 것 같아서였다. 결국 그는 혼자서 발자국을 따라가기로 결심했다.

치수는 눈에 발을 헛디뎌 몇 번이나 고꾸라질 뻔하면서도 정신없이 발자국을 따라 앞으로 나아갔다. 앞을 보면서 누군가의 뒤를 따라가는 것과, 고개만 들면 온 얼굴을 때리고 눈동자를 강타하는 눈발 때문에 누군가의 발자국만 따라가는 것은 그 난이도가 달랐다. 그럼에도 불구하고 그는 폭설을 헤치고 두 팔을 허우적대며 앞으로 나아갔다. 다친 다리가 쑤시고 발가락은 감각이 없어 잘릴 듯이 아팠지만 그는 멈추지 않았다. 그리고 어느 정도 한옥 안쪽으로 깊숙이 들어왔을 즈음, 숨을 헉헉대며 주변을 둘러보았다.

행랑채는 이미 완전히 멀어져 버리고 말았고 별채도 방금 지나쳤으니 꽤 멀리까지 온 것 같았다. 그러나 내리는 눈 덕분에 그 거리를 쉬이 가늠할 수는 없었다. 게다가 이미 그가 걸어온 길에는 그의 발자국만 남았을 뿐, 먼젓번의 발자국은 사라지고 없었다. 아마 저 앞까지 이어진 발자국도 이제 곧 사라질지 모를 일이었다. 급한 마음에 다시 발자국을 따라가려던 치수가 갑자기 발걸음을 멈추었다.

발자국을 따라 가는 것에만 급급해 있었던 그였기에 뒤늦게야 발자국을 살펴본 것이었다. 뒤늦게 살펴본 발자국은, 정말 이상했다. 치수 자신의 발 크기와 비교했을 때 터무니없이 컸다. 웬만한 사람의 발이 이십팔 센티보다 적어도 오 센티는 더 클 수 있을까, 정말 이상하다는 생각이 들었다. 게다가……. 갑자기 치수의 온몸에 소름이 돋았다.

대체 누가 맨발로 이 눈보라 속을 걸어갈 수 있을까.

치수는 등줄기에 서는 날카로운 신경에 천천히 뒷걸음질쳤다. *가면 안 돼*, 머릿속에서 이상한 경고음이 울렸다. 그의 온몸을 휘감은 공포는 눈에 보이지도 않았고 소리도 없었다. 그저 조용히, 어느샌가 다가와 그의 발목을 꽉 붙잡고 있었다. 발목이 아팠다. 누가 붙잡고 있는 것 마냥 꽉 조이는 두 발목이 무거웠다.

문득 치수의 귀에 이상한 소리가 들렸다. 처음엔 무슨 소리인지 몰라 가만히 귀를 기울이던 그가 천천히 뒷걸음질치다가 이내 뒤를 돌아 행랑채로 죽기 살기로 도망치기 시작했다. 극심한 다리 통증에 시달리면서도 발을 멈추지 않았다. 몇 번이나 넘어지고 두 팔을 휘저어 가며, 그는 숨을 헐떡였다. 웃음소리가 그의 뒤를 계속해서 따라왔다. 히히히, 하하하, 기괴하고 소름끼치는 웃음소리였다. 아깐 바람 소리에 목소리도 들리지 않았는데 어떻게 이 웃음소리만은 또렷하게 들리는지, 그 자신도 이해할 수 없었다. 돌아가는 길은 왔던 길보다 몇 배로 힘들었으나 그는 온몸을 앞으로 내던지며 달려 나갔다. 잡히면 죽는다는 생각이 들었다. 누가 쫓아오는지도 모르고, 쫓아오긴 하는지도 모르지만 여기서 멈추면 죽을게 분명

하다는 것만은 확신할 수 있었다.

"성, 성구, 김성구 씨! 김성구 씨!"

치수는 목이 터져라 악을 쓰며 성구를 불렀다. 귓가에서 들리는 웃음소리가 점점 더 커져 갈수록 그는 겁에 질려 제정신이 아니게 되었다.

"김성구 씨!"

목에서 피라도 토할 듯이 애타게 성구를 찾던 치수는 행랑채가 보이자 이루 말할 수 없는 안도감이 들었다. 그의 두 다리는 물먹은 솜방망이처럼 무거웠고 온몸은 얼어붙어 움직일 수 없는 상태까지 도달했지만 그는 멈추지 않았다. 행랑채가 점점 더 가까워질수록 웃음소리는 점점 작아졌다.

"선생, 멈추소!"

어디선가 들려온 성구의 목소리에 치수는 이루 말할 수 없는 안도감을 느꼈다. 동시에 온몸에서 긴장이 풀리며 힘이 빠졌다. 갑자기 달리는 도중 힘이 빠지는 바람에, 치수는 몸이 기우뚱 하고 앞으로 쓰러지는 것을 느끼면서도 몸을 가누지 못했다. 그의 몸은 쾅 음을 내며 행랑채 벽에 부딪혀 나동그라졌다.

"안 돼!"

치수가 혼미해진 정신으로 온몸을 가누려던 찰나, 성구의 외마디 비명이 들리며 무언가 그의 어깨 옆으로 툭 떨어졌다. 거불거불하게 풀려 있던 치수의 두 눈이 둥그렇게 커졌다. 행랑채 벽에 걸려 있던 낫이었다. 유난히 커다랗고, 시퍼렇게 날이 선 낫. 마치 방금 갈아낸 것 마냥 번쩍번쩍 빛나는 날을 가진…….

"서, 서울 선생……."

성구가 황급히 달려 나온 바람에 헉헉대고 숨을 몰아쉬며 치수를 멍하니 바라보고 있었다. 치수는 자기 옆에 떨어진 낫을 보고 몸을 부르르 떨었다.

"무신 일입니꺼?"

"그, 그게, 발자국이, 그 발자국……."

치수가 말을 더듬으며 주변을 둘러보았다. 발자국 같은 건 이미 사라졌을 게 분명했다. 눈은 아까보다 적어도 오 센티는 더 쌓인 것 같았다.

"발자국예?"

"예, 그러니까, 발자국을 봤거든요, 엄청 커다란 발자국, 그리고 맨발이었습니다."

치수가 겨우겨우 몸을 가누고 행랑채 벽에 의지한 채 다시 한 번 부르르 떨었다. 성구는 치수를 가만히 보다가 옆에 떨어진 낫을 주워 원래 있던 대로 벽에 대충 걸어놓았다.

"그걸 따라갔는데, 웃음소리가요, 웃음소리가 났습니다. 기이한 웃음소리요, 막 하하하, 호호호, 몇 명이 웃는 것 같았다고요."

치수는 얼어붙은 입으로 급히 말하느라 침까지 흘렸다. 성구는 그런 치수를 묘한 눈길로 보며 고개를 가로저었다.

"잊어버려예. 이런 날은 바람 소리도 웃음소리처럼 들립니더."

"하, 하지만 확실히 웃음소리……"

"잊어버리라고 했십니더."

치수는 말을 끊고 강압적으로 대꾸하는 목소리에 자기도 모르게 입을 다물고 말았다.

"그라게 와 혼자 불길한 데를 막 싸돌아댕깁니꺼."

"미안합니다."

치수는 자신이 사과하는 이유도 모른 채 머쓱한 얼굴로 중얼댔다.

"됐십니더."

퉁명스러운 목소리로 대꾸하며 성구가 고개를 저었다. 더 이상 그 얘길 꺼내진 않았지만 치수는 분명히 자신이 착각한 게 아니라는 생각을 했다. 착각으로 겪기에는 너무나 또렷했으므로. 발자국은 누구의 것이었을까, 웃음소리는 누구의 것이었을까, 아무리 생각해도 답이 나오지 않았지만 그것이 착시였거나 환각을 본 거라곤 생각지 않았다.

그 때였다. 갑자기 성구가 몸을 앞으로 움직였다. 뭐라도 본 것일까? 혹시 웃음소리의 정체를 보았을까? 치수는 그의 움직임을 놓치지 않고 덩달아 자리에서 일어났다. 너무 급히 일어나는 바람에 발목이 쑤셨지만 그 정도는 참을 수 있었다.

"아부지!"

성구의 목에서 외마디 비명 같은 소리가 터져 나왔다. 이윽고 그가 미친 듯이 뛰어나갔다. 그를 뒤따라 나선 치수의 눈이 동그랗게 커졌다. 눈 오는 한옥 저택 대문에 다섯 명의 사람들이 서 있었다. 그 중 한 사내는 낯이 익었고, 또 한 사내는 아예 모르는 사람이었다. 그리고 나머지 여자 셋은……

치수는 한 순간 이십 년 전으로 돌아간 게 아닐까 생각했다. 주연이 얼굴은 이상하게 잘 기억이 나지 않았지만 주경의 얼굴만큼은 확연히 알아볼 수 있었다. 정 교수와 똑 닮은 이목구비를 가졌으니 못 알아볼래야 못 알아볼 수가 없었던 것이다.

"정말 다르게 생겼군."

치수는 혼잣말을 하며 고개를 돌렸다. 주경과 주연이야 그렇다 쳐도 저 아이까지 다시 볼 줄은 몰랐는데…… 치수의 온몸이 뻣뻣하게 굳었다. 그의 눈앞에 선 여자 때문이었다. 이십 년이 지났으나 주경이 만큼 확연히 알아볼 수 있는 사람, 강초희. 초희의 얼굴을 본 순간 더 이상 그는 이십 년 전의 기억을 부정할 수 없었다.

초희도 치수를 보고 멍하니 서 있었다. 그녀의 눈동자가 흔들렸다. 둘 다 같은 생각을 하고 있음이 분명했다.

"아제요, 해무꼈다 아잉교. 조심 하이소."

4

"그래서, 머리는 대체 어디 있는 거니?"

재회의 정을 다 나누기도 전에 치수가 주연에게 물었다. 치수로서는 당최 이해할 수 없는 일이었다. 머리가 사라지고, 그 머리를 찾기 위해 장례식도 그만두고 여기까지 왔다고? 정 교수나 정 교수의 딸들이나, 이 섬사람들은 다 정신이 나간 것 같다. 주연은 이런 치수의 생각을 아는지 모르는지 담담한 표정으로 대답했다.

"지도 아직은 몰라요. 이 집에 있다는 것만 확신하니까요."

미친 것 같았다. 죽은 아버지의 머리가 이 집에 있다는 게 확실하다는 딸이나, 그 말을 그대로 믿고 있는 사람들이나. 그걸 어떻게 확신하니, 치수가 그렇게 물으려 했으나 갑자기 안채의 문이 열리는 바람에 그의 시선은 안채 쪽으로 향했다.

一자형 안채는, 겉모습은 우리 전통 한옥 그대로의 모습을 하고 있었으나 건물 내부는 영화에나 나올 법한 근사한 양식(洋式)이었다. 복도식 내부에 외국 영화에서나 볼 법한 방이 갖춰져 있었다. 물론 이것 역시 치수의 기억 속 모습 그대로였다. 정 교수가 이곳에 살기 시작하면서부터 이 집 내부를 서양식으로 개조한 바 있는데(행랑채를 제외한 사랑채, 별채, 안채를 개조했다.), 치수는 정 교수가 한옥 내부를 모두 개조한 그 해 처음으로 이 집에 온 손님이었다.

따뜻한 실내에 들어온 치수는 몸에 훈기를 느끼고 저도 모르게 안심했다. 밖에서 봤을 땐 사람이 살기나 할까 생각했는데 막상 안으로 들어오니 그래도 어느 정도 사람 사는 느낌이 들었던 것이다. 그러나 그것도 잠시였다. 주연의 안내에 따라 응접실에 들어서자 훈기 대신 한기가 들었다.

응접실은 안채의 건넌방을 개조해 만든 곳이다. 안채는 안방, 대청, 건넌방, 셋방(욕실)으로 구성되어 있는데 안방은 정 교수의 서재이고 건넌방은 응접실로 쓰인다. 응접실 규모는 그리 크지 않으나 괘종시계와 소파, 테이블을 제외하곤 아무것도 없기 때문에 왠지 방이 무척 넓게 느껴진다.

치수는 응접실 여기저기를 둘러보며 천천히 소파에 앉았다. 누가 앉으라고 권유한 것은 아니지만 아까부터 욱신거리는 다리를 스스로도 어찌할 수 없을 만큼 감당하기 힘들었던 것이다. 치수가 소파에 앉자 차례로 그 옆에 선장과 성구, 그리고 반대편 소파에 강배와 주경, 초희가 앉았다. 오직 주연만이 입을 꾹 다문 채 부산스레 움직이며 난방기를 켜고 테이블 위를 닦고 할 뿐이었다.

이제 일곱 명 사이에는 기묘한 침묵이 자리하고 있었다. 선장 부자(父子)를 제외하면 누구도 서로를 반가워하지 않는 분위기였다.

주경, 주연은 치수와 실로 오랜만에 만났음에도 반가운 내색은커녕 얼굴도 제대로 쳐다보지 않았으며 초희와 치수는 아예 모르는 사람인 양 행동하고 있었다. 선장과 성구만이 속닥거리며 간간이 얘길 주고받았으나 둘 다 천성적으로 무뚝뚝한지라 그들의 대화 역시 오래가지는 않았다. 치수는 그들이 무슨 대화를 하는지, 듣지는 않았지만 확실히 알 수 있었다. 성구와 선장은 돌아갈 궁리를 하는 중일 것이다. 분명했다.

치수는 나머지 사람들의 생각도 파악해 보려 했다. 물론 제대로 파악하기란 힘든 일이었지만, 연신 나머지 여섯의 표정과 행동거지를 살피며 꽤나 심혈을 기울인 끝에 그는 어느 정도 다른 사람들의 기분은 이해할 수 있었다. 일단 주경은 뭐가 그렇게 문제인지 굉장히 불만에 차 있었다. 강배는 몹시 피곤에 절어 있었고 성구는 불안해했다. 그에 비해 선장은 뭔가 찜찜한 표정이었다. 초희는 눈을 빛내며 여기저기를 둘러보는 걸로 보아 큰 호기심을 느낀 것 같았다. 마지막으로 주연은, 주연은 이상했다. 초연해 보인다고나 할까, 냉정한 얼굴 뒤에 은밀한 불안감을 숨기고 있는 것 같다고나 할까.

"차 좀 내올게요, 여기서 기다리세요, 다들."

응접실에 흐르는 침묵을 깬 것은 주연이었다. 그녀는 한 손에 우산을 들고 서서 대청마루로 이어진 응접실 문을 열고 있었다.

"괜찮은데, 앉아 있지 그러니."

치수가 말렸으나 주연은 애써 미소를 한 번 짓고는 응접실을 나가버렸다. 부엌은 행랑채에 붙어 있으니 아마 그곳으로 갈 것이다. 그러나 그녀의 모습을 볼 수는 없었다. 응접실 창문은 한옥 저택의 담 벽을 향해 난 게 전부였고 응접실 바로 아래쪽에 작은 셋방,

그러니까 욕실이 붙어 있기 때문에 그녀의 모습을 볼 수가 없었다. 그것은 바깥쪽에서도 마찬가지였다.

"저기, 정 교수님이 돌아가셨다는 얘길 듣고 이렇게 급히 왔단다. 교수님 장례는 어디서 하고 있니?"

치수가 주경에게 다정히 묻자 그녀가 마주보며 날카로운 목소리로 대답했다.

"통영에서 하고 있어요. 그 인간을 만나러 여기까지 오다니, 아저씨도 대단한 우정이네요. 눈물이 다 나네."

주경이 비비 꼬인 심사를 드러내며 말하자 초희가 움찔했다. 특히 '그 인간'이라는 말을 할 때는 미친 사람을 보는 얼굴을 했다. 치수 역시 움찔하긴 했으나 짐짓 아무렇지 않은 듯이 대꾸했다.

"안타까운 일이구나. 학계(學界)의 중요한 분을 잃었으니."

"글쎄요. 안타까운지 어떤지는 잘 모르겠어요. 학계에선 어떤 사람이었는지 모르지만…… 적어도 가정에선 중요한 사람은 아니었으니까요."

치수는 내심 놀랐다. 주경은 단단히 비뚤어진 아이였다. 정 교수가 가정에 충실하지 않은 사람이었다는 것은 알고 있었으나 그것이 가족을 이토록 망쳐놓으리라고는 생각도 못했으니 말이다.

확실히 정 교수는 평소에도 정을 주지 않는 사람이었다. 자기 자식들까지 이렇게 만들어놓았으니 제자들에겐 오죽했을까. 언젠가 치수의 선배가 이런 말을 한 적 있다. *"정 교수 그 인간은 독불장군이야. 자식들도 싫어할걸."*

그때 치수는 *"그럴 리가요."* 했다. 하지만 사실이었다. 그는 자신이 정을 베풀지 않은 만큼 정을 받지 못한 사람이었다.

"눈이 그치는 대로 통영에 가보마. 그런데 지금 장례식은 누가 맡고 있니?"

"외할아버지가요."

주경의 대답에 치수는 다시금 아까부터 들어온 의문이 떠오르는 것을 느꼈다. 대체 왜 정 교수의 머리가 사라졌을까, 그리고 어째서 이 집에 있다는 확신을 가지고 여기로 돌아왔을까.

"그기는 그렇고. 김 선장, 이녁 말이 맞구먼."

강배가 주경과 치수의 대화를 끊고 선장에게 말을 던졌다.

"무슨 말?"

선장이 묻자 강배가 다른 사람들 눈치를 살폈다.

"와, 장례식 갈 때 내한테 말하지 않았나. 목이 없어지는지 잘 보라고."

그의 말에 치수가 갑자기 벌떡 일어났다. 그는 모든 사람의 시선이 자신에게 쏠리는 것을 알고 부끄러워하며 다시 자리에 앉기는 했으나 계속해서 강배를 주시하고 있었다. 그가 그렇게 발작적인 행동을 하는 것은 강배가 한 그 말 때문이었다. 강배의 말에 따르면 선장은 이미 알고 있었다. 시체의 목이 없어질 것을, 그리고 모든 사실을 이미 알고 있었던 것이다.

"그랬지. 그랬더니 예상대로 시체 목이 없어졌군."

선장이 마치 어제 먹은 저녁에 대해 말하듯 아무렇지 않게 대답했다. 이제 그들의 대화에 집중하고 있는 것은 치수뿐만이 아니었다. 성구와 초희, 심지어 주경까지 그들의 대화에 집중하고 있었다.

"그렇단 말은……"

"또다시 복수 하러 온다카는 기제."

사람 좋은 강배의 목소리가 으스스해졌다. 이번만큼은 치수도 그들의 대화를 알아들을 수 있었다. 즉, 한옥 저택 주인의 목이 없어짐은 다시 시작될 살인의 전조라는 소리였다. 다시 말해, 이십 년 전의 연장선.

“아부지예, 예서 나가야 합니더, 이 집에 있이모 더 안 좋을 깁니더!”

성구가 버럭 소리를 질렀다.

“성구야, 진중해라.” 선장이 성구의 어깨를 토닥였다. “지금은 여기서 나갈 방도가 없어. 눈이 그치길 기다리는 수밖에 없으니…….”

“올 땐 우째 왔십니꺼, 올 때도 잘 왔을 거 아입니꺼!”

“잘 오긴 인마, 올 때도 죽을 뻔했다 아이가.” 강배가 끙 소리를 내며 고개를 저었다. “눈 때문에 물귀신 될 판이었는데, 김 선장 덕분에 게우게우 여그까지 온 기다.”

“강배 말이 맞아. 도중에 돌아가기엔 왔던 길을 찾는 게 더 위험해서 돌아갈 수가 없었던 거야. 너도 알지 않냐. 이렇게 눈보라에 파도칠 때는 가장 가까운 땅으로 오는 게 급선무인 거.”

성구가 김 선장의 말에 토를 달려고 하자 김 선장이 말을 덧붙였다.

“게다가 출발할 때도 겨우 온 건데 지금은 완전히 눈보라에 파도 때문에 다시 배를 출항시킬 수가 없어. 그놈의 파도. 이쪽 파도가 어떤지 너도 알 거다.”

성구가 참지 못하고 자신의 아버지에게 뭐라고 대거리를 들려 했다. 그 때 별안간 응접실이 깜깜해졌다. 거기 모인 여섯 명의 사람들 모두 당황해서 주변을 두리번거렸다.

"정전인 모양입니다, 다들 가만히들 계세요!"

치수가 다급히 외치자 허둥지둥 움직이던 소리들이 멈추고 쥐 죽은 듯이 조용해졌다.

"주경아, 원래 여기가 정전이 잘 되니?"

"몰라요, 난 이 집에 안 산단 말이에요."

주경이 딱딱거리며 대답했다.

"이 섬은 원래 정전이 잘 돼. 특히 눈이 오면 더욱 그렇지."

선장이 평온한 말투로 대답했다. 다른 사람들의 반응도 그와 다르지 않았다. 당황한 것 같긴 해도 그리 이상하게 생각하지는 않았던 것이다. 사람들의 눈이 점차 어둠에 익숙해질 즈음, 밖에서 발소리가 들렸다. 주연이 분명했으나 그곳에 모인 모든 사람들이 긴장했다.

"다들 일어나세요. 자리를 옮겨야겠습니다."

응접실 문을 열며 주연의 목소리가 들리자 그들은 그제야 긴장을 풀었다.

"또 정전된 기가?"

강배가 묻자 주연은 '네' 하고 대답했다.

"자가 발전기를 돌리면 사랑채나 별채에는 불이 들어오니까, 걱정은 마세요. 만약 여차할 땐 행랑채를 써도 되고요. 행랑채도 자가 발전이니까요. 사랑채엔 지랑 언니야랑 젊은 아가씨랑 셋이 쓸 테니, 아제들은 별채를 쓰시면 됩니다."

모두 당황한 눈치였다. 강배가 자리에서 일어났다.

"자자, 다들 옮깁시더."

그 말에 응접실의 사람들이 천천히 움직이기 시작했다.

별채는 작은 마루를 가운데 두고 하나의 욕실과 두 개의 방으로만 이루어져 있었다. 물론 방은 좁은 편이었으나 두 개로 나뉘어 있었기 때문에 네 명의 남자가 자기엔 충분했다. 왼쪽 방은 강배와 선장이 쓰고 오른쪽 방은 성구와 치수가 쓰기로 했는데, 주연은 별채의 난방기를 틀고 나서 각 방에 소형 라디오를 가져다주었다. 그러나 신호가 약한 바람에 지저분한 소리의 뉴스만 삼십 분 가량 들을 수 있었다.

그들이 삼십 분 동안 들은 뉴스의 내용은 남해안 지방에 폭설이 내리니 각별히 주의해라였다. 어쨌거나 눈보라는 그치지 않았고, 아니 되레 심해졌고 한옥 저택은 쥐 죽은 듯이 조용했다. 한참을 말없이 있던 치수와 성구의 방에 강배와 선장이 찾아왔지만 조용한 것은 여전했다. 치수는 침묵을 틈타 선장에게 귀신 노파니, 이십 년 전 살인의 연장선에 관한 것이니 하는 것들을 물어보려 했으나 모두가 침묵을 지키려 했기에 포기했다.

"교수가 됐다고?"

의외로 침묵을 깬 것은 선장이었다. 선장은 담배를 피우며 치수를 향해 물었다.

"예."

치수가 머쓱한 얼굴로 대답하자 선장은 한쪽 입 꼬리를 올리며 웃었다. 치수는 그가 비웃는 것 같아 기분이 상했지만 금방 그런 생각을 떨쳐냈다. 비웃는 것은 김 선장 부자의 특징인 것 같았으니까.

"그치 다리몽뎅이가 부러졌나벼."

강배가 치수 다리를 가리키자 선장도 덩달아 치수 다리 쪽으로 시선을 돌렸다.

"다리는 어쩌다 그런 겐가?"

"제, 제가 경솔하게 행동해서 영산에서 굴렀습니다."

치수가 열없게 대답했다.

"그래서 성구 녀석이 돌아오지 못한 게로군. 자네 때문에." 딱히 그를 비판하는 목소리는 아니었지만 치수는 수치심에 고개를 푹 숙여버렸다. "뭐, 상관없네. 어디 좀 보세."

선장은 굳은살이 단단히 박인 손으로 치수의 다리를 살펴보았다. 그는 자신의 아들이 어설프게 댄 부목을 끌러 내린 후 뼈가 부러졌는지 살펴보았다.

"윽!"

치수가 외마디 비명을 지르자 선장이 흠, 하고 고개를 갸웃거렸다.

"뼈가 부러진 건 아니고, 금이 조금 간 모양이야. 다시 한 번 단단히 고정해 줄 테니 섬을 나가는 대로 병원에 가보세."

그는 빠른 손놀림으로 치수 다리에 부목을 대고 붕대를 감기 시작했다. 확실히 성구에 비해 연륜이 느껴지는 손놀림이었다. 어느 정도 단단하게 붕대가 감겼을 때, 선장은 붕대 끝을 매듭지었다.

"감사합니다. 매번 정말 감사해요."

치수가 머리를 긁적이자 선장은 씩 웃었다.

"이 빚은 언젠가 꼭 갚게."

치수가 '서울로 언제 한 번 올라오십시오, 제가 모시겠습니다' 하고 말하려 했으나 갑자기 등장한 사람 때문에 그의 입은 막히고 말았다.

누군가 황급히 별채의 문을 열고 뛰어 들어왔다. 네 남자는 모두 문을 열고 들어온 사람을 보았는데, 그녀는 다름 아닌 초희였다. 초희는 넋이 반쯤 나간 상태로 미친 듯이 몸을 떨고 있었다. 게다가 눈을 맞고 왔는지 온몸이 허연 눈으로 덮여 있었다. 뭔가 중대한 일이 생겼거나 누군가 죽었겠구나. 치수는 몸이 오싹해지는 것을 느꼈다. 저도 모르게 죽음을 가장 먼저 떠올렸기 때문이었다. 초희의 등장에 제일 먼저 반응한 것은 김 선장이었다. 그는 몸을 벌떡 일으키고 초희를 놀란 눈으로 바라보았다.

"무슨 일이니?"

치수의 목소리는 스스로가 듣기에도 유난히 낯설게 느껴졌다.

"아, 아제요! 아제요! 빨리 이리 와보이소!"

초희가 덜덜 떨며 소리치자 치수가 황급히 자리에서 일어났다. 그리고 그를 뒤따라 강배와 선장, 성구도 자리를 박차고 나섰다. 초희가 정신 나간 듯이 그들을 데리고 간 곳은 사랑채였다. 대청을 통해 사랑채 건물로 들어가자 치수 옆에 걷던 성구가 저도 모르게 입을 떡 하니 벌렸다. 그도 그럴 게 아늑하고 순박한 분위기의 별채와는 다르게 지나칠 정도로 호화스러웠기 때문이었다. 그 호화스러움이 왠지 모를 기이함만 불러일으키지 않았어도 그들은 — 손님들은 — 더 순수하게 감탄할 수 있었을 것이다.

초희는 사랑채 가장 안쪽에 위치한 방에 갈 때까지도 별말을 하지 않았다. 말할 수 없는 상태인 것 같았다. 초희를 따라 어두운 복도를 지나가며, 치수는 귀신 뱃속에 들어가는 것 같아 기분이 찜찜했다.

"난 갈 거야, 여기서 나갈 거야!"

"언니야, 어떻게 간다는 거야, 이렇게 눈이 오는데 어떻게……"

안쪽 방에는 이미 사람 소리가 들리고 있었다. 대화 내용을 들어 보아선 아마 주연과 주경이 말씨름을 하는 것 같았다. 초희는 안쪽 방의 문을 벌컥 열었다. 그와 동시에 주경과 주연의 목소리도 뚝 끊겼다. 그들은 모두 얼굴에 눈물이 얼룩져 있었는데, 주연보다 주경이 더 발작적으로 눈물을 흘리고 있었다.

"무슨 일이야?"

"아부지…… 아부지가……"

주연이 바들바들 떨며 기다시피 선장의 발치로 왔다. 그녀는 거의 산송장 같은 상태였다.

"아부지……"

주연이 손가락으로 가리킨 곳은 방에 놓인 커다란 킹사이즈의 침대였다. 침대는 마치 사람이 누워 있는 것처럼 가운데가 불룩했는데, 그 침대를 보자마자 치수는 이 방에서 이상한 냄새가 난다는 것을 깨달았다. 이상한 냄새 왜 이제껏 그 사실을 알아차리지 못했을까? 문이 열림과 동시에 방에서는 마치 군내 같은 것이 나고 있었다. 썩은 냄새와 동시에 군내, 곰팡내가 나고 있었다.

"혹시……?"

치수가 묻기도 전에 강배가 성큼성큼 걸어가기 시작했다. 그는 구부정한 허리를 최대한 곧게 펴고 침대에 서더니 누가 말릴 틈도 없이 이불을 걷어 젖혔다. 동시에 여기저기서 '앗' 하는 소리가 터져 나왔다. 앗!

"덮어! 덮으라니까!"

주경이 미친 여자처럼 몸을 떨며 소리를 질러댔다. 그녀의 눈에서는 끊임없이 눈물이 흘러내렸다. 침대 한가운데 놓여 있는 것은 머리였다. 부패한 머리. 놀란 강배가 얼른 이불을 덮었다.

치수는 토하고 싶은 것을 참으며 고개를 돌렸다. 고개를 돌리자 성구가 공포에 젖은 표정을 짓고 있었다. 치수는 처음으로 성구 역시 사람이라는 생각을 했다.

"우욱, 우욱……"

주연이 토할 것처럼 헛구역질을 해댔다.

"젠장, 젠장! 대체 어떻게 이게 혼자 물 건너 여기까지 온 거야?"

주경이 당황한 듯이 중얼거렸다. 치수도 너무나 기이하다는 생각을 한 참이었다. 어떻게 시체의 머리가 혼자서 물을 건너왔을까, 어떻게?

"나 좀 살려줘, 여기서 나가게 해줘!"

주경이 울부짖었다. 치수는 눈을 질끈 감아버렸다. 이게 꿈이었으면 좋겠다, 차라리 꿈이었으면. 애초에 이곳에 와서는 안 됐는데, 안 되는 거였는데.

"여그 좀 보이소!"

강배의 목소리에 사람들이 우물쭈물하며 그쪽으로 시선을 돌렸다. 강배는 무언가를 보며 손을 부르르 떨고 있었다. 역한 기분을 참으며 강배 쪽으로 다가간 치수는 아까보다 한층 더 역한 기분을 느꼈다.

침대 이불 위에 붉은 글씨가 쓰여 있었다.

'핏줄을 잃는 게 어떤 것인지 알게 될 거다.'

5

“처음 발견한 사람이 누구야?”

“저예요.”

이제 대부분의 사람들이 사랑채의 또 다른 방에 모여 있었다. 제일 먼저 발견한 사람은 의외로 주경이었다.

“어째서 그 방에 들어간 거니?”

치수의 물음에 주경은 한동안 대답이 없었다. 그녀는 무언가 둘러댈 핑곗거리를 찾는 사람처럼 눈동자를 요리조리 굴리더니 이내 입을 열었다.

“그 노친네 방이 더 넓으니까요. 다른 사람들이랑 같은 방을 쓰는 거, 딱 질색이라고요.”

치수는 그녀가 핑계 대고 있다는 사실을 알면서도 별다른 말을 하지 않았다.

“어쨌든 되는 대로 바로 경찰에 연락을 해야겠어.”

치수가 아직도 ‘통화권 외’ 표시가 뜨는 휴대폰 화면을 힐끔거렸다.

“안 돼요.”

주경이 재빨리 치수의 말에 반박했다.

“응?”

치수가 한쪽 눈썹을 치켜세우며 묻자 주경이 눈을 내리깔고 고개를 저었다.

“경찰한테 알리면 안 된다고요.”

“그게 무슨……?”

"아저씨 바보예요? 만약에 경찰에 알리려고 했다면 주연이 개가 왜 '그걸' 묻으러 갔겠어요? 경찰이 언제 잘렸고 뭐로 잘랐고 이런 걸 조사하려면 땅에 묻으면 안 되는 거였잖아요."

주경이 공격적으로 몰아붙이자 치수는 할 말을 잃고 말았다. 다른 사람들에게 뭔가 말해달라는 눈빛으로 주변을 둘러보았으나 다른 사람들은 이미 주연이 경찰을 부르지 않으려 한다는 것을 알고 있었는지 덤덤한 표정이었다.

"다들 정말 경찰엔 알리지 않을 생각입니까?"

치수 혼자 당황하고 있었다.

"경찰에 알린다꼬 해결될 건 없십니더. 게다가 우린 경찰에 알리고 싶지 않으니까예. 이 섬은 어차피 끝났십니더. 더 이상 번거로운 일은 필요 없으니까."

성구가 퉁명스레 대답했다. 치수는 입을 헤벌리고 성구를 보았다. 더 이상 번거로운 일은 필요 없다—즉, 이 섬에서 누가 죽는 일이 생기면 그것은 운명이니 그들은 관계하지 않겠다는 말이다.

"그럼 이 사건에 대해서는……"

"누구도 크게 일을 벌이고 싶지 않다는 거지예."

이번에는 강배가 딱 잘라 대답했다. 치수는 더욱 놀라고 말았다. 사람 좋은 강배도 역시나 섬사람이었나.

"최씨, 아니 강배 말이 맞네. 성구 말도 맞고. 어차피 반복이니까."

선장이 한숨을 쉬며 중얼댔다. 성구와 강배가 거의 동시에 고개를 들었다. 그들은 의미심장하게 눈빛을 교환했는데, 아마 그 자리에 초희가 있었다면 초희 역시 다 이해한다는 얼굴을 했을 것이다.

"반복이라니요?"

의문을 가진 것은 치수뿐이었다.

"물론 자네는 잘 모르겠지. 외지인이니까."

선장이 호주머니를 뒤져 담배를 꺼내 물며 한숨을 내쉬었다.

"저도 어느 정도는 압니다. 적어도 귀신 노파가 생기게 된 이유 정도는 알죠."

치수가 발끈해서 말하자 선장은 눈살을 찌푸리며 성구를 흘낏 보았다. 성구가 당황하여 아버지의 눈길을 피했다.

"그 얘기, 어디까지 알고 있나?"

"혈곡에 찍힌 노파의 발자국까지 알고 있습니다."

치수가 아까의 이야기를 머릿속으로 정리하며 대답하자 선장이 껄껄 웃었다.

"재미있군, 재미있어. 꽤 알게 된 모양이지만 못 들은 얘기가 더 많을 걸세."

선장이 하도 괴이하게 웃는 바람에 치수는 멈칫하고 말았다. 치수는 주변을 둘러보았다. 놀라운 것은, 강배와 성구는 그렇다 쳐도 주경까지 이미 그 이야기를 알고 있는 눈치였다. 서울을 동경하긴 했어도, 주경 역시 근본은 이 섬의 사람이니까.

"그렇다면 제가 듣지 못한 얘길 해주십시오."

그곳에 있는 사람 중 자기 혼자만 모른다는 생각이 들자 치수는 왠지 격분했다.

"……초희와 정 교수네 둘째 딸은 아직 멀었나?"

선장이 말을 돌렸다. 초희는 주연과 함께 정 교수의 머리를 묻으러 갔다. 원래는 남자들이 할 일이었으나 주연이 굳이 아버지를 자신의 어머니가 묻힌 사당 안에 모셔야 한다고 우겼기 때문에 주연과 주경이 사당에 갔다. 그런데 주경은 아버지의 머리를 보면 발작을 일으켰으므로 결국 다른 사람이 주연을 따라가게 된 것이었다. 주연이 자신과 동행할 이로 택한 사람은 초희였다. 물론 외지인이 사당에 출입할 수는 없었으므로 초희의 역할은 밖에서 주연이 나오길 기다리는 것뿐이었지만 주연은 그것만으로도 안심이 된다고 했다. 아무래도 혼자 가는 건 겁났을 테니까.

"김 선장, 그냥 다 야그 해 주지 그라노. 우차피 시작된 일이다. 야그 해 줘도 되지 않겠나?"

강배가 선장의 눈치를 보며 조심히 입을 열었다. 강배라는 자는 체구가 작고 구부정한데다가 한눈에 봐도 사람이 좋아 보였으므로 거구에 괄괄한 김 선장에 비해 입김이 약한 모양이었다. 강배의 말에 선장이 입을 일그러뜨렸다. 그러자 강배가 움찔하며 시선을 슬그머니 옆으로 옮겼다. 선장이 침대 아래에 털썩 주저앉았다. 치수는 바싹 긴장한 얼굴로 선장을 응시했다.

"어디까지 들었다고 했나? 발자국이랬지? 이야기 진도는 꽤 나간 것 같네. 하지만 내 영리한 아들 녀석이 진짜 이야긴 하지 않은 모양이야."

선장은 피우던 담배를 자신의 신발 바닥에 지져서 꺼버렸다.

"간단히 얘기해 주지. 발자국이 혈곡의 유래 두 번째 이유라는 건 알겠지? 그럼 세 번째 이유가 궁금하겠군. 그렇지? 세 번째 이유는 말이야, 정말 괴상한 얘길세. 아들을 그렇게 잃어버린 지주 놈이 정신이 나간 거야. 아무도 없는 안뜰에 서서 혼자 웃고 떠들고, 아무튼 완전히 미쳐버렸지.

한날은 지주 부인이 밤이 늦도록 혼자 안채 건넌방에 앉아 바느질을 하고 있었네. 몇 시간이고 불빛이라곤 달랑 호롱불 하나에 의지해 바느질을 하고 있는데 갑자기 미쳐버린 지아비가 들어 왔다는군. 그날따라 그놈 눈빛이 미친 사람 같지가 않았다네. 왜 그러고 서 있느냐, 부인이 말을 건네니까 그놈이 늙은 귀신이 온다면서 벌벌 떨더라는 거야. 제 핏줄을 죽인 놈들의 혈육을 모조리 죽이러 온다면서 말이야. 이제 곧 내 혈육도 모두 죽이러 올 거라고 했다는군. 그러더니 다시 미친놈이 되어버렸다네. 그 일이 있고부터 그 부인이 불안에 떨기 시작했네. 그도 그럴게 괴이하게 아들을 잃고 남편까지 미쳤는데 혈육이 모두 죽는다니 마음이 덜컥 한 게지. 그 집에는 열서너 살 된 딸이 하나 있었거든. 그래서 그때부터 막내딸을 집 안에 꽁꽁 숨기고 누구도 만나지 못하게 했네. 뭐 어차피 귀신이라면 꽁꽁 숨기든 가둬놓든 어떻게든 찾아낼 수 있겠지만 그렇게라도 해야 마음이 편했을 테지. 처음엔 신기하게도 그 방법이 꽤나 먹혔나보더군. 문제가 생긴 건 그 다음해부터였네."

그 때 갑자기 방 문이 열리는 바람에, 이야기에 집중하고 있던 모든 사람들이 놀라서 뒤를 돌았다. 방 문 앞에 초희와 주연이 몸을 떨며 서 있었다. 우산을 썼는데도 눈을 뒤집어쓴 모양이다. 초희의 표정은 왠지 이상했는데, 아마 사람 머리를 묻고 왔기 때문인 것 같았다. 그게 아니라면 제 아비의 머리라는 이유 하나로 시체 머리를 품에 꼭 안고 간 주연 때문이었거나.

"춥제, 이리 앉아라. 내사 마 뜨듯하게 자리 데펴놨니라."

강배가 두 여자에게 선뜻 자신이 데워놓은 자리를 내주었다. 주연과 초희가 처연한 표정으로 자리에 앉자 다시 선장의 이야기가 시작되었다.

"무슨 문제가 생겼는가 하면, 노파의 죽은 아들을 혈곡으로 끌고 간 장정들 가족이 죽기 시작한 거야. 장정들은 멀쩡한데 그 직계 가족들만 말일세. 말 그대로 그 핏줄들을 데려가기 위해 귀신 노파가 찾아온 거지. 게다가 죽은 이들의 시체는, 삼일이 체 지나기 전에 머리가 잘려나갔고 해무 속에서 초연히 목 없는 시체가 떠올랐다는군. 일이 이렇다 보니 마을 전체가 공포에 떨기 시작했지. 안 그래도 불안에 떨고 있던 한옥 저택의 사람들에게, 노파의 아들을 묻은 사람들 혈육이 하나 둘 죽어나간다니 얼마나 무서운 일이겠나. 그러던 어느 날 해무 속에서 또다시 시체가 떠올랐네. 어린 계집애, 청아 아씨의 시체 말이야. 누구 말로는 방 안에만 숨어 있던 아씨가 죽은 제 아비의 말을 듣고 나갔다고도 하고, 또 누구 말로는 노파가 와서 데려갔다고도 하더군. 그리고 그게 마지막 시체였네. 이게 자네가 알고 싶어 한 귀신 노파 이야기의 전불세. 아, 한 가지 더 추가하자면 귀신 노파 전설을 통해 전해지는 이 한옥 대저택의 저주는……"

선장이 잠깐 주경과 주연을 보았다. 주경은 눈을 부릅떴으나 주연은 기묘하게 시선을 피했다.

"혈육의 죽음이야."

"누구의 혈육이죠……?"

선장이 잠시 뜸을 들였다. 치수는 자신이 뭔가 어려운 질문이라도 한 건가 고개를 갸웃했으나 딱히 어려운 질문을 한 것 같지는 않았다.

"글쎄. 복수의 대상이겠지."

몇 초간의 침묵 후, 선장은 조심스레 입을 열었다. 그 대답을 들은 치수는 인상을 찌푸렸다. 복수의 대상이라고? 그냥 노파의 아들과 관련된 사람들이라고 말하면 될 일을, 왜 굳이 '복수의 대상'이라고 표현한 것일까? 그것도 몇 초간 고민한 끝에. 어째서일까, 어째서일까.

그러고 보면 이것 외에도 그는 김 선장에게 묻고 싶은 것이 많았다. 일단 귀신 노파에 대한 것만 해도 그렇다. 선장은 모든 얘기를 다 마친 것처럼 행동했지만 그를 제외한 여섯 명의 얼굴만 봐도 선장이 방금 끝낸 이야기가 전부가 아닌 것쯤은 쉽게 알 수 있었다. 두 번째로 영산에 산짐승이 사라진 이유, 그것도 묻고 싶은 것 중 하나였다. 분명 귀신 노파와 모종의 관련성이 있을 텐데 누구도 그 얘긴 하지 않았다. 마지막으로, 이것은 정말 개인적인 질문이지만 — 다른 것들도 지극히 개인적이긴 했다 — 왜 정 교수의 장례가 이 섬에서 행해지지 않는다는 사실을 누구도 말해주지 않았는지 정말 궁금했다.

강배의 말에 따르면 선장은 머리가 없어질 사실을 알고 있었다고 했다. 그리고 강배에게 정 교수의 시신을 확인하라는 경고도 했다. 그런데 어제 저녁 치수가 이 섬에 도착했을 때, 선장은 분명 치수에게 '한옥 부지 주인이 죽었다고?' 하지 않았던가. 게다가 영산 반대편 — 즉, 한옥 대저택에 아무도 없다는 것을 알면서도 치수가 굳이 영산을 넘어가도록 했다. 혹시 그가 일부러 치수를 여기에 보낸 것은 아닐까? 그렇다면 대체 왜? 왜 그는 치수를 이곳에 보낸 것일까?

치수는 아랫입술을 잘근잘근 깨물며 선장을 힐끔 보았다. 놀랍게도 선장 역시 그를 응시하고 있었다. 치수는 눈을 가늘게 떴다.

그는 선장에게서 금방 시선을 피했지만 여전히 선장이 자신을 보고 있다는 기분을 떨칠 수가 없었다.

아마 선장도 알고 있겠지, 그가 의구심을 품었다는 사실쯤은. 그런 생각을 하자 갑자기 선장이 굉장히 징그러운 인간으로 느껴졌다. 따지고 보면 선장 때문에 이 모든 일이 벌어진 것이다. 처음부터 치수에게 정 교수 장례가 통영에서 치러지고 있다는 사실을 말해주었더라면, 그게 아니면 적어도 한옥 저택에 아무도 없다는 사실을 말해주었더라면 일이 이렇게까지 복잡해지지는 않았을 테니까.

조금 전보다 주변이 더 소란스러워졌으나 치수는 개의치 않고 계속해서 머릿속을 맴도는 의문점들을 정리해 보았다. 그는 예전부터 자기 생각에 빠지기 시작하면 주변 일은 귀에 들리지도 눈에 보이지도 않는 습관이 있어, 수많은 소음 속에서도 원한다면 얼마든지 자기 생각을 이어나갈 수 있었다. 하지만 오늘은 아니었다. 치수가 한창 선장에게 언제 그가 품은 모든 궁금증, 특히 세 번째 궁금증에 대해 물어볼까 고민하고 있을 때 선장과 주경이 큰소리로 그의 생각을 막아선 것이다.

"어쨌거나, 집 주인 혈육이 죽어야 저주가 끝날 테지. 우리도 아마 그 때쯤엔 여기서 나갈 수 있을 거고."

선장이 심술궂은 표정으로 지껄이자 주경이 불 같은 성격을 이기지 못하고 선장을 향해 입술을 일그러뜨렸다.

"무슨 의미예요?"

"한옥 주인 핏줄이 여기 있다는 게 무슨 소린지 모르겠나?"

"나 때문에 여기 묶여 있다는 거예요?"

치수뿐만 아니라 선장을 제외한 모든 이가 눈을 둥그렇게 뜨고 자리에서 일어나 있는 주경을 보았다. 주경은 마치 웅변가라도 된 것처럼 금방이라도 열변을 토해낼 기세였다.

"그런 말 아니냐고요!"

"꼭 그런 말은 아니었는데."

선장이 기분 나쁘게 음울한 미소를 띠었다.

"그런 게 아님 뭐예요? 아저씨 얘기 들으면 지금 아저씨들이 여기서 못 나가는 이유가 마치 내가 안 죽어서 그런 것 같네요."

"허, 거참. 그렇게 들렸십니꺼. 큰 아가씬 뭐 찔리는 구석이라도 있나보네예?"

강배가 옆에 앉아서 선장 편을 들자 주경이 재빨리 눈을 흘겼다. 주경은 한옥 주인의 혈육이 죽어야 한다는 말에 발끈해 내가 죽어야 하느냐고 따지고 있었다. 세 사람의 말 실랑이를 듣던 치수가 고개를 갸우뚱했다. 주경의 말에는 조금 이상한 점이 있었다. 왜 '내가 죽어야 한다'라고 말하는 걸까?

"그만들 하이소! 뭐하는 깁니꼬?"

초희가 발딱 일어나 서로를 향해 으르렁거리고 있는 주경과 선장 사이를 가로막았다.

"맞아요. 여기서 싸운다고 뭐가 해결되는 것도 아닌데 왜들 그러세요. 제발 그만들 좀 해요."

지친 얼굴의 주연 역시 초희를 따라 싸움을 말렸다.

"허참. 하여튼 간에 이 집 사람들은 여간해선 정이 안 가는군."

선장은 비식비식 웃으며 주머니를 뒤져 담배 한 대를 입에 물었다. 그는 조용히 자리에서 일어나 복도로 나갔다. 누구도 밖이 추우니 나가지 말라는 소리는 하지 않았다.

치수는 그가 나가자마자 덩달아 그 뒤를 따라나섰다. 그가 방문을 닫는데 안에서 '다들 자기 방으로 돌아가요!' 하는 주경의 목소리가 들렸다.

어두운 복도를 지나 선장의 담배 냄새를 따라가자 대청마루가 나왔다. 그곳만큼은 서양식으로 저택을 개조하려던 정 교수의 손길이 닿지 않아, 마치 몇백 년 전 시대로 온 것 같았다. 대청마루 끝에는 이미 눈이 쌓여 있었다.

"왜 나왔나? 주경이 고것이 자네도 갈구던가?"

선장이 대청에 앉아 담배를 피우고 있었다. 뒤돌아본 것도 아닌데 그의 뒤에 선 이가 치수임을 아는 모양이다. 치수는 그 옆에 앉았다. 그는 선장의 눈치를 살피며 가슴 속에 품고 있던 의문점에 대해 물어볼까 말까 고민했다. 그냥 들어갈까 생각도 했으나 그는 곧 생각을 고쳐먹었다. 지금이 아니면 기회가 없을 것이다.

"선생님." 치수가 나지막하게 부르자 선장은 대답하지 않고 입만 삐죽였다. "선생님, 저를 좀 더 확실히 말려주시지 그랬습니까."

"자네 잘못을 왜 내게 뒤집어씌우나? 자네만 피해자라는 식으로 얘기하지 말게. 자네가 간밤에 어리석은 짓을 한 덕분에 나와 내 아들까지도 꼼짝없이 여기 갇히고 말았으니."

"압니다. 하지만 선장님은 날씨가 안 좋아질 것도 이미 알고 계셨잖습니까."

선장은 담배를 눈밭에 던졌다. 담뱃불은 금방 사라졌다. 빨간색은 잿빛이 된다. 말 그대로 잿빛. 모든 것을 죽음으로 되돌리는 잿빛이었다.

치수는 선장을 가만히 노려보았다.

"눈이 그쳐도 파도 때문에 한동안은 배가 못 나갈 걸세." 선장은 숨을 거칠게 내쉬었다. "그리고 그 동안 몸조심하는 게 좋을 걸세."

치수는 놀라서 선장을 보았다.

"왜요?"

"지금 여기에 자네를 제외한 우리 여섯이 모일 수 있었던 건 결코 우연은 아니야."

"우연이 아니면 뭐죠, 선장님의 계략입니까? 아까 얘길 들어보니 선장님은 여기서 장례식이 치러지지 않는 걸 이미 알고 계셨더군요요!"

치수가 공격적으로 쏘아붙였다. 그러나 선장은 기분 나쁜 내색은 커녕 눈썹 하나 일그러뜨리지도 않았다.

"똘똘한 줄 알았더니. 나도 아까 자네 얘길 듣고 강배에게 연락을 취한 거라고, 이 멍청한 친구야. 우릴 여기에 모은 이들이 누군지는 나도 모르네."

"무슨 소리인지 모르겠습니다."

모은 이'들'이라는 말에 주목하며 치수가 목소리를 낮추었다. 어느새 그의 목소리에는 독기가 사라졌다. 그는 긴장하고 있었다.

"나도 어떻게 돌아가는지 모르겠네. 이상한 건 확실하지만."

치수의 손에서 힘이 빠져나갔다.

"그렇다면……"

치수는 무슨 말을 하려다가 말고 침을 꿀꺽 삼키며 선장을 바라보았다. 그의 눈에 공포라고 말할 수 있는 어떤 감정이 떠올랐다.

"자네 발목에 매달린 거 떨쳐버리라고 했시?"

선장이 웃음을 지었다. 치수는 불길한 눈빛으로 자신의 다친 다리를 바라보았다. 별안간 아까 겪은 이상한 일이 떠올랐다. 기괴한 발자국, 끝없는 웃음소리, 빙글빙글 돌며 자신의 머리 옆으로 떨어진 낫.

"만약 앞으로 여기서 무서운 일이 벌어진다면 말이야."

"무서운 일이요?"

치수가 마른 입술을 축이며 되묻자 선장이 고개를 끄덕했다.

"누가 죽는다거나 하는."

"제발요, 선장님! 그런 말도 안 되는 가정은……"

"내 말 끝까지 듣게. 말도 안 되는 일이라고 생각할 수도 있겠지만, 만약 그런 일이 생긴다면 말이야. 자네가 나서주게."

"네……?"

"의외로 말귀가 어둡군. 그 말 그대로야, 자네가 나서달라니까. 숨은 뜻을 찾으려 하지 말고 들리는 그대로 받아들이게."

선장의 얼굴에서 천천히 웃음이 사라져갔다.

"선생님……"

"이십 년 전, 자네는 이 섬에서 벌어진 사건의 범인을 거의 잡을 뻔했네. 나는 지금도 그 일을 기억하네. 그러니 이번에는 꼭 범인을 잡아주게."

"선생님, 그냥 경찰을 부르십시오! 제가 뭔데 범인을 찾는단 말입니까? 저도 무섭습니다, 저는 할 수 없어요……."

치수가 쩍쩍 갈라지는 목소리로 중얼댔다.

"하! 경찰? 경찰이 이 일을 해결할 수 있을 거라 생각하나?"

선장이 큰소리로 껄껄 웃었다. 잠깐 사라졌던 비웃음이 다시 그의 얼굴에 떠올랐다.

"연치수, 이 젊은 양반아! 잊지 말게, 여기는 귀신 섬이야! 귀신과 미신이 지배하는 섬! 이 섬사람들의 눈은 귀신과 미신의 잔재들로 덮여 있지. 내 눈에 낀 백내장처럼 이곳 사람들의 눈에도 그런 게 끼어 있다는 말이야. 우리는 더 이상 이 모든 일을 크게 만들고 싶지 않아. 세간의 입에 오르는 것도 원치 않고. 죽으면 죽고, 살면 사는 거라고 생각하네."

눈바람이 더욱 세차게 몰아치고 있었다. 앞으로 반나절은 족히 퍼부을 것이다. 마치 여기 모인 일곱 사람을 한 발짝도 나가지 못하게 하려는 누군가의 음모마냥.

"그렇게 생각하는 분이," 치수가 침을 한 번 삼켰다. "왜 굳이 제게 범인을 잡아 달라 말씀하십니까?"

선장의 표정이 처음으로 누그러졌다. 치수는 그가 일흔에 가까운 노인이라는 것을 깨달았다. 그리고 일순 그의 강인해 보이던 표정 뒤에서 불안과 공포가 살짝 비쳤다.

치수는 잠시 고민하다가 이내 입을 열었다.

"좋습니다. 대신, 밖에 나갈 수 있게 되면 저는 뒤도 안 보고 나갈 겁니다."

그가 다짐이라도 받듯이 말했다.

"좋네."

선장이 기다렸다는 듯이 다짐했다. 두 사람은 몇 초간 서로의 얼굴을 보고 있었다.

"여기 서 있다간 얼어 죽겠군. 나 먼저 들어갈 테니 자네도 빨리 들어오게."

선장이 먼저 눈길을 돌렸다. 그는 치수의 어깨를 한 번 치고는 홀로 눈 속에 서 있는 치수를 내버려두고 먼저 안으로 들어가 버렸다. 치수는 선장이 떠난 자리를 물끄러미 보고 서 있었다.

문득 그의 머릿속에 이상한 생각이 들었다. 선장이 일부러 그를 여기에 잡아두려 한다는 생각, 그것이 굉장히 삐딱한 생각임을 알면서도 치수는 그런 생각을 떨칠 수 없었다. 선장은 왜 그를 여기 잡아두려 하는 걸까? 그리고 여기 있는 사람 중 누가 대체 살인을 벌인단 말인가? 치수는 몸을 한 번 부르르 떨었다. 선장이 미친 것일지도 모른다. 뜬금없이 살인이 일어난다니, 무슨 말도 안 되는 일인가. 말도 안 되는 소리임을 알면서도 그는, 왠지 이 섬에서는 그런 터무니없는 일이 일어날 수도 있겠다 하는 생각을 했다. 그러면서도 애써 살인 같은 게 일어날 리 없다고 고개를 저으며, 그는 안으로 들어갔다.

살인(殺人)

1

그 날 저녁은 두세 명씩 뭉쳐 각기 다른 방을 쓰기로 했다. 서로 한자리에 모여 있어야 한다는 치수의 의견에도 불구하고 남들과 같은 방을 쓸 바에야 죽는 게 낫다고 주장하는 주경 때문에(사실 성구나 주연도 의외로 외부인과 같이 지내는 것을 불편해 했다.) 뿔뿔이 갈라지고 만 것이었다. 치수는 낮에 선장이 한 말 때문에 서로 다른 방을 쓴다는 것을 무척 불안해했다. 하지만 차마 그 얘길 꺼낼 수는 없어 입을 꾹 다물고 일사불란하게 흩어지는 모습만 보고 있을 수밖에 없었다.

먼저 여자들은 사랑채로 갔다. 주경과 초희가 같은 방을 쓰기로 했고—주경이 세 명 이상 같이 방을 쓰는 것은 참지 못하겠다고 했으므로—주연이 정 교수의 방을 쓰기로 했다. 물론 주연은 죽은 정 교수 방을 쓴다는 것에 극도로 공포를 느꼈지만, 시간이 조금 흐르자 참을 수 있을 것 같다고 말한 것이다.

남자들은 별채로 갔는데, 먼젓번에 그랬듯이 선장과 강배가 한 방을 쓰고 치수와 성구가 한방을 쓰기로 했다. 치수는 좁은 방에 들어서며 처음으로 좁은 게 훨씬 낫다고 생각했다. 좁은 방은 어떻게 보면 아늑하기까지 했다. 치수는 침대에 누워 말없이 잘 준비를 하고 있는 성구를 보았다. 성구는 바닥에서 자겠다는 치수의 말을 무시하고 자신이 바닥에 자겠다고 했다. 어찌 보면 치수만 편한 것 같았지만 실은 그렇게 하는 것이 성구에게도 편했다. 어차피 성구는 평생 바닥에서 자 왔으며, 또 침대는 방 문에서부터 가장 멀리 있었으므로 불면증이 심한 성구에게는 들락날락하기 불편한 자리였던 것이다.

치수와 성구는 한옥 저택에서 가장 늦게 잠자리에 들었다. 사랑채에서 가장 먼저 잠든 주연이 치수와 성구에게 커피를 갖다 준 게 두 시간 전이다. 그 후에 주연의 부탁으로 행랑채에서 가스를 점검하고 온 주경과 초희가 잠들었으며 강배와 선장 역시 그 즈음에 잠들었으므로 치수와 성구 방에 불이 꺼진 순간, 한옥 저택은 그 어디에도 불이 켜진 곳이 없었다. 적어도 그 순간만큼은 일곱 명 모두 잠에 빠진 것 같았다.

성구가 잠에서 깬 것은 새벽 한 시가 좀 안 되어서였다. 성구는 항상 이 시간이면 잠에서 깨곤 했는데, 새벽 낚시로 인해 고질화된 불면증 때문이었다. 그는 몸을 뒤척이며 눈을 떴다. 시계를 보지 않아도 충분히 지금이 몇 시인지 알 수 있었다. 아마 열두 시 오십 분쯤이겠지. 지금 깨면 다시는 잠들지 못할 게 분명했다. 항상 그랬으니까. 그는 다시 눈을 감았다. 그러나 잠은 오지 않았다. 몇 분쯤 몸을 뒤척이며 이런 자세, 저런 자세를 취해보았지만 몸이 점점 더 답답해졌다. 눈 감고 자는 행세를 하려니 머리까지 지끈거렸다.

성구는 조심히 일어나 침대 쪽을 보았다. 서울서 온 샌님은 죽은 듯이 곯아떨어져 있었다. 하긴, 꽤나 피곤했을 것이다. 지난밤의 일을 떠올리면 평생 이 섬에서 살아온 성구도 힘들었다. 등에 진땀이 쭉 나며 저절로 몸에 힘이 들어갈 정도였다. 영산에서 자정을 넘긴 것은 처음이었다. 운이 좋아서, 혹은 아버지가 알려준 요령으로 간신히 위기를 극복했기에 망정이지 까딱했으면 다신 두 발로 땅을 밟지 못했을지도 모를 일이었다.

성구는 오른손으로 가슴을 쓸어내리며 침대 쪽을 다시 한 번 보았다. 뒤척임 하나 없이 자는 치수의 모습을 보니 왠지 짜증이 났다. 그는 한참 망설이다가 벌떡 일어났다. 이 방은 너무 답답했다. 문을 열고 닫을 때 치수가 깨지 않게 최대한 소리를 내지 않으려 노력하며 그는 밖으로 나갔다.

작은 마루로 나오자 시원한 바람이 불어오며 기분이 한결 나아졌다. 그는 마당을 둘러보았다. 컴컴한 하늘에서 눈이 내리고 있었다.

그는 까맣게 타들어가는 마음을 추스르며 다시 방에 들어가서 자려 했다. 건물 안의 복도로 들어와 방 문을 잡은 성구는 문득 우뚝 멈춰 서고 말았다. 하루 종일 참았던 배변 욕구에 성구는 참을까 말까 고민하다가 머리를 북북 긁으며 다시 마루로 나왔다. 그가 화장실이 급하면 어떻게 하냐고 물었을 때 마루 건너에 욕실이 있다던 주연의 대답이 떠올랐던 것이다.

그는 성큼성큼 마루를 건너 욕실 쪽으로 갔다. 욕실 문고리를 돌리던 성구는 이맛살을 찌푸렸다. 이상했다. 욕실 문은 도통 열리질 않았다. 마치 안에서 문고리를 걸어 잠근 것 같았다. 그는 몇 번이나 욕실 문을 두드려도 보고 문고리를 비틀어도 보았지만 좀체 문은 열리지를 않았다. 그냥 밖에서 볼일을 볼까 하다가 뼛속까지 밀려드는 추위를 떠올리니 그래도 실내에서 마음 편히 큰일을 보는 게 좋겠다는 생각이 들었다.

혹시 안에 사람이 있는 게 아닐까? 그는 손을 모아 문틈 사이에 눈을 갖다 댔다. 그러나 안에서는 불빛 하나 새어나오지 않았다. 적어도 사람은 없는 모양이었다. 그렇다면 혹시 누군가 욕실을 쓰고 문을 잠근 채 나온 것일지도 모른다. *이런 넨장!* 성구는 성마르게 화를 내며 욕실 문을 걷어찼다. 점점 더 볼일은 급해지는데 어찌해야 할지 모르니 발만 동동 구를 수밖에 없었다.

넨장맞을, 성구가 욕지기를 하며 주변을 둘러보았다. 그냥 근처에 볼일을 볼까 말까 고민하고 있는데 갑자기 그의 머릿속에 무언가 떠올랐다. 사랑채! 사랑채에도 분명 욕실이 하나 더 있다. 이 시간이면 깬 사람도 없을 테니 몰래 거기로 갔다 오면 된다. 게다가 설령 들킨다 해도 별채 욕실 문이 잠긴 걸, 그보고 어찌하란 말인가?

성구는 자신의 결정에 흡족해 재빨리 사랑채 쪽으로 뛰어갔다. 일반인이었으면 깜깜한 어둠을 헤쳐 나가기가 쉽지 않았겠지만 뱃사람답게 밤눈이 밝은 편이어서 쉽게 사랑채로 건너갈 수 있었다. 가는 길에 잠깐 오른쪽인지 왼쪽인지 헷갈렸으나 금방 찾을 수 있었다.

대청마루를 통해 건물 내 욕실로 들어가자 수증기 냄새 같은 게 났다. 성구는 조심히 불을 켰다. 주홍색 불은 두어 차례 깜빡거리면서 켜졌다. 그는 변기에 서서 볼일을 본 후 물을 내렸다. 그제야 좀 시원해지며 기분이 좋아졌다. 불을 끄고 욕실에서 나오려던 성구는 욕실 거울을 보고 잠시 행동을 멈추었다. 모르고 있었는데, 이 욕실은 꽤나 넓은 편이었다. 아니, 꽤나가 아니라 굉장히 넓었다. 성구는 뒤를 돌아서 욕실을 둘러보았다. 그의 집 욕실에 세 배는 족히 될 것이다. 게다가 굉장히 깨끗했다. 나무 바닥이라 그런가? 성구는 바닥을 발로 쓱쓱 문질렀다. 특수 나무로 제작된 것 같았다. 보통 욕실에 나무를 쓰나? 그의 집은 타일을 깔아놓았는데.

성구는 고개를 갸웃했다. 내륙사람들은 욕실 바닥에 나무를 깔아놓았을지도 모른다. 성구는 내륙에 건너가 본 적이 없기에 잘 모르지만. 어쨌거나 바닥에 먼지 한 톨 없었다. 그렇다고 사람이 쓰지 않는 화장실 같지도 않았다.

성구는 정 교수의 둘째 여식이 관리한 게 분명하다고 생각했다. 첫째는 이렇게 깔끔 떨 위인으로는 좀체 보이지 않았으니까. 욕실을 한참 둘러보던 성구의 눈에 욕실 끝에 놓인 욕조가 보였다. 커다란 욕조였다. 그는 씩 웃으며 혼잣말로 저기서라면 수영을 해도 되겠다, 했다. 그는 천천히 그 욕조를 향해 걸어가기 시작했다. 어차피 이 밤에 누가 들어올 일도 없을 테니 한 번 욕조 구경이나 해보고 가자. 그 때였다.

성구의 발바닥에 뭔가 밟혔다. 그는 찜찜한 느낌이 들어 자신의 발에 밟힌 무언가를 보았다. 그것을 본 그의 입이 살짝 벌어졌다.

백발, 그것은 한 뭉텅이의 백발이었다.

성구의 눈이 점차 일그러졌다. 그는 주춤거리며 뒷걸음질치기 시작했다. 소리, 비명 하나 지르지 못하고 주춤주춤. 이상하게도 몸이 뻣뻣이 굳은 것처럼 잘 움직여지지 않았다. *아부지*, 성구는 그 순간 김 선장의 얼굴을 떠올렸다. 그는 *아부지!* 하며 미친 듯이 대청마루로 연결된 문 쪽을 향해 달음박질쳤다. 그러나 문은 잠겨 있었다. 아무리 문을 열려고 애써도 문은 열리지 않았다. 원래부터 그랬던 것처럼, 문은 꽁꽁 잠겨 있었다.

"도와주이소!"

성구가 크게 소리를 질렀다. 그는 이제 다른 곳으로 연결된 문을 향해 달려갔다. 욕조와 가까운 문, 그 문으로 들어가면 다른 곳으로, 건물 내부로 들어갈 수 있을 것이다. 성구의 몸에서 식은땀이 비 오듯이 흘렀다. 그는 욕조 쪽 문고리를 힘차게 잡았다. 그리고 문을 열려는 순간, 그의 귓가에 웃음소리가 들렸다. 그는 재빨리 주변을 둘러보았지만 백발 귀신은 보이지 않았다. 그렇다면 대체 어디서 들리는 웃음소리일까.

잘못 들었을지도 모른다고 생각했을 때, 다시 한 번 기이한 웃음소리가 들려왔다. 이번에는 또렷이 들렸다. 그는 몸이 굳는 것을 느꼈다. 그제야 그 웃음소리가 어디에서, 어느 쪽에서 들려왔는지 확실히 알 수 있었다. 그는 천천히 고개를 돌리고는 시선을 내려 욕조 쪽을 보았다. 주홍색 불빛이 깜빡깜빡 댔다. 주홍색 불빛에 비친 흰 욕조는 참으로 기이했다. 그리고 그 커다란 욕조 안에 앉아 있는 사람은 더욱 기이했다.

2

치수는 깊이 곯아떨어져 있었다. 그는 마치 다시는 일어나지 못할 것처럼 잠에 빠져 있었는데, 몸이 거칠게 흔들렸기 때문에 억지로 잠에서 깨야 했다. 비몽사몽, 치수가 퉁퉁 부은 눈으로 일어나자 기다렸다는 듯이 누군가 그의 멱살을 잡았다.

"야 이 자식아! 같이 있던 성구가 어찌 됐는지도 모르고 이렇게 잠이나 쳐 자고 있어?"

치수는 잠시 멍한 얼굴로 김 선장을 보았다. 잠에서 막 깬 탓인지 당최 선장의 말을 이해할 수가 없었다. 그는 눈을 껌뻑이며 입을 헤 벌렸다. 머리가 헝클어지고 눈에 눈곱까지 붙은 걸로 보아 어지간히도 깊이 잠들었던 모양이었다.

"일어나란 말이야!"

선장이 치수의 어깨를 꽉 잡은 채 흔들어대고 있었다. 벌겋게 달아오른 선장의 얼굴에는 눈물이 비 오듯이 흘러내리고 있었다.

"대, 대체 왜 이러십니까? 대체 왜……"

선장의 처절한 눈물을 본 치수가 그제야 정신을 차리고 선장의 몸을 흔들었다. 선장이 힘없이 그에게서 나가떨어졌다. 치수의 눈에 비친 그는 미친 것 같았다. 아니, 미쳤다. 분명히 김 선장은 미쳐버린 것이다.

"대체 무슨……?"

치수가 주변에 서 있던 사람들, 그러니까 정 자매와 초희, 강배를 향해 물었다. 아무도 대답하지 않았지만 치수는 뭔가 상황이 심각하다는 것을 알아챘다. 그리고 그는 곧 그 자리에 성구가 없음을 깨달았다.

"김성구 씨는 어디 있습니까?"

치수가 날카롭게 묻자 선장이 갑자기 몸을 벌떡 일으켰다. 눈물로 범벅이 된 그의 얼굴에 독기가 어려 있었다. 선장은 분을 겨우 삭이려는 듯 온몸을 부들부들 떨고 있었다.

"내 아들, 성구, 내 잘못이야…… 내 아들……."

"아제요! 고마 하이소! 아제가 무신 잘못입니꺼?"

초희가 선장의 팔에 매달리자 그는 거칠게 그녀의 몸을 옆으로 밀쳐버렸다.

"이럴까봐, 이럴까봐 두려웠는데, 정말 나는, 이런 일이……!"

선장의 말은 한 번에 이어지지 못하고 뚝뚝 끊어져 나왔다. 그는 고통으로 얼룩진 얼굴로 입술을 꽉 깨물고 뜨거운 눈물을 흘리고 있었다.

"대체 무슨 일인지 정확히 말씀을 해주십시오."

치수가 가슴을 들썩이며 묻자 선장이 애써 심호흡을 하며 두 눈을 손바닥으로 푹 가려버렸다. 치수의 마음 속에 생긴 불길한 예감은 이내 확신으로 변해버리고 말았다. 몇 번 기침을 한 치수는 선장을 보며 꺽꺽대는 목소리로 질문을 던졌다.

"설마……?"

질문을 던지면서도 치수는 자신이 굉장히 멍청하다는 생각을 했다. 사실은 묻지 않아도 그 답을 알고 있었으니까.

"죽었어요."

문간에 서 있던 주경이 뭔가에 홀린 사람처럼 대답했다. 그 옆에 선 주연은 새하얗게 질린 채 금방이라도 쓰러질 것처럼 자신의 언니를 붙잡고 있었다. 목을 문지르던 치수의 손이 맥없이 툭, 떨어졌다.

성구가 죽었다. 죽은 것이다. 이 집에 살인이 일어난 것이다…….

"내 아들이, 내 아들이이이!"

선장은 다시 절규하며 바닥에 몸을 던졌다. 거북이처럼 온몸을 납작 엎드린 그는 엉엉 울기 시작했다. 자식을 잃은 비통함과 더불어 다시는 아들을 보지 못할 것이라는 생각이 그의 가슴을 날카롭게 베고 있었던 것이다. 그것은 그의 가슴을 베고, 또 베고, 몇 번이고 베어내고 있었다.

치수의 귀에 덜컹, 뭔가 떨어지는 소리 같은 게 들렸다. 가슴이 갈라지는 것 같았다. 어떻게 하면 이렇게 한심할 수 있단 말인가? 그는 성구와 같은 방을 썼다. 게다가 선장에게 무슨 일이 일어날지도 모른다는 언질을 받은 뒤였다. 그런데 그는 바로 옆에서 자던 사람이 죽는 것도 눈치 채지 못했다. 치수는 비틀거리며 침대 난간을 붙잡았다. 왜 일이 이렇게 된 거지? 왜? 치수는 눈앞이 뱅글뱅글 돌아가는 것을 느꼈다.

"서, 선장님……"

치수가 바닥에 구부린 김 선장의 몸 위에 쓰러지듯 넘어졌다. 위로의 손길을 내민다는 것이, 눈앞이 어지러워 넘어지고 만 것이었다. 치수에게 닿은 선장의 몸은 불덩이 같았다.

"김 선장님……"

치수의 목소리가 쩍쩍 갈라졌다.

"내 아들을 죽인 놈을 반드시 찾아야 해…… 내 아들을 죽인 놈……"

"제가 찾겠습니다, 제가 찾아내겠습니다."

치수가 다짐하듯이 말했다.

"찾아줘, 아니 반드시 찾아야 하네, 내 아들을 죽인 놈을 찾아야 해!"

선장의 목소리가 방 안에 울려 퍼졌다. 그는 애써 침착하기 위해 애쓰고 있었다. 자신이 예상했던 일이었음에도 불구하고 그는 괴로워하고 있었다. 하긴, 아들의 죽음을 쉬이 받아들일 수 있을 사람이 누가 있을까, 치수는 그의 괴로움이 자신에게까지 전해지는 것 같아 눈을 질끈 감았다. 처음으로 그의 마음에 결심 같은 게 섰다. 이곳의 비밀을 파헤쳐보자는 결심.

"최강배 씨, 지금 당장 김성구 씨의 시, 시신이 있는 곳으로 저를 데려가 주십시오."

치수는 고개를 들어 강배를 보았다. 시체라는 단어를 말할 때는 조금 더듬기도 했지만 그의 목소리는 단호했다. 강배는 잠시 주춤하더니 이내 자신을 따라오라는 손짓을 했다. 치수는 아직도 바닥에 엎드려 알아듣기 힘든 소리를 하고 있는 선장을 내버려두고 강배를 따라갔다.

"여기요."

강배가 그를 데려간 곳은 사랑채의 욕실이었다. 선장을 제외한 나머지 세 사람도 강배 뒤를 따라 욕실로 들어왔다. 맨 마지막으로 욕실에 들어온 주연이 문간에 서서 불을 켰다. 사랑채 욕실 불이 몇 번 깜빡이며 천천히 켜졌다. 흰색 불빛이 욕실 전체를 밝히자 치수는 잠깐 동안 이 넓은 욕실에 뭐가 있다는 건지 모르고 두리번거렸다. 그리고 저 멀리 욕실 반대편 끝을 보고는 자신도 모르게 숨을 헉 들이쉬며 뒷걸음질을 쳤다.

뒷걸음질친 것은 치수뿐만이 아니었다. 주경은 대놓고 헛구역질을 해댔으며 주연은 발작적으로 몸을 떨었다. 초희만이 파리한 얼굴로 알기 힘든 표정을 짓고 있었다. 그들이 본 것은 욕실 반대 끝 쪽, 그러니까 욕조 앞에 기이한 자세로 엎드려 있는 성구의 시체였다. 시체에는 머리가 없었다. 머리는 욕조 안에 있었다. 욕조 바닥에는 성구의 머리에서 흘러나온 것으로 보이는 피가 말라붙어 있었다.

치수는 심호흡을 몇 번 하고 시체를 보기 위해 천천히 다가갔다. 시체를 향해 걸어가는 그의 기분은, 정말 묘했다. 성구의 시체 앞에 서자 욕조 안이 제대로 보였다. 욕조 안에는 성구의 머리와 함께 짧은 글이 적혀 있었다. 치수의 눈이 커졌다. 그는 최대한 성구의 시체를 보지 않으려 애쓰며 바닥에 쓰인 글 쪽으로 몸을 기울였다. '이건 시작이다'라는 말이 적혀 있었다. 분명 정 교수 머리를 발견했을 때 보았던 말과 같은 필체였다. 컴퓨터로 친 것 마냥 또박또박, 정성스레 쓴 필체.

"혹시 이 말이 원래 쓰여 있었던 건가요?"

치수가 그것들을 유심히 들여다보며 묻자 멀리서 그 모습을 지켜보던 강배가 고개를 끄덕였다.

"첨부터 있었십니더."

치수는 눈을 가늘게 떴다.

'대놓고 광고를 하는군.'

그는 짧은 글을 보며 입술을 잘근잘근 씹었다. 글은 그렇다 치고, 지금부터는 정말 중요한 것과 마주해야 했다. 피하고 싶지만 피할 수 없는 것, 그러니까 시체를 살펴보는 일이었다. 그는 심호흡을 한 후에 시체 쪽으로 고개를 돌렸다.

처음에는 머리부터 살펴보았다. 관자놀이 부근에 둔기로 맞은 흔적이 있었다. 그 흔적은 눈썹 끝에서부터 관자놀이로 뻗어나가고 있었다. 그리고 잘린 부분 바로 위쪽 목에 끈 자국 같은 게 보였다. 교살 흔적이군, 하고 중얼거리며 치수가 손가락 끝으로 그 부분을 만져보았다. 아마 무언가 단단한 것으로 성구의 머리를 친 다음 그가 움직이지 못하는 틈을 타 질긴 끈으로 목을 조른 것이리라.

치수는 욕조 안으로 기울이고 있던 허리를 펴고 이번에는 목 없는 시체 쪽으로 몸을 기울였다. 시체는 사후 경직 때문인지 살아있는 인간으로서는 도저히 해낼 수 없을 것 같은 자세를 취하고 있었다. 웅크린 것 같으면서도 달려 나갈 것 같은 자세였다. 혹시 죽기 전 자세 그대로가 아닐까. 범인이 그의 목을 조를 때 취했던 자세라거나…… 치수는 머리를 벅벅 긁었다. 자신도 모르게 이럴 거면 의대나 경찰대에 진학했었더라면 좋았을 거란 생각이 들었다.

어쨌거나 한 가지 확실한 것은 성구는 둔기로 가격당한 후 교살되어 죽었고, 목과 몸이 분리된 것은 그 후의 일이라는 점이었다. 그나마 그것이 그의 마음을 편하게 했다. 만약 성구가 죽기 전 아주 괴로운 일을 당했다면 치수 역시 떨쳐낼 수 없는 괴로움을 안아야 했을 테니까. 이것이 굉장히 이기적인 생각이라는 것을 알면서도 치수는 안심하고 만 것이다.

그나저나 대체 성구를 죽인 범인은 누굴까. 누가 이런 간 큰 행동을 했을까. 문득 치수는 머릿속으로 성구가 범인을 보았을 거라는 생각을 했다. 이마에서부터 관자놀이로 향한 흔적은 앞에서 가격(加擊)했을 경우에 흔히 보인다. 따라서 분명 범인은 성구 앞에서 있었을 것이고, 성구는 범인을 보았을 것이다. 누굴까, 누가 성구를 죽였을까. 치수는 뒤가 섬뜩한 것을 느꼈다. 누구인지는 모르겠지만 그의 뒤에 선 사람들 중 하나인 것은 분명했다. 아니면 자신의 아들을 죽여 놓고 모른 척하고 있을지도 모를 김 선장이거나.

치수는 재빨리 뒤를 돌아보았다. 강배는 바로 뒤에서 멀뚱히 서 있다가 치수의 시선이 느껴지자 다 끝났느냐, 하는 표정을 지었다. 치수는 몇 초 동안 그를 노려보았다. 만약 강배가 범인이라면 그는 실로 놀라운 연기를 펼치고 있는 셈이다. 아까부터 공포에 질린 얼굴로 시체 쪽은 보지도 않고 있었으니까. 치수는 다시 성구의 시체로 고개를 돌렸다. 온몸에 소름이 돋았다. 누가 범인인지 알 수는 없으나 범인이 누구든, 범인과 함께 한 공간에 갇혀 있다는 사실 자체만으로도 공포가 엄습했다.

치수는 억지로 공포를 떨치려 애쓰며 성구 죽음의 비밀에만 몰두했다. 확실히 성구의 죽음에는 몇 가지 석연찮은 부분이 있었다. 일단 첫 번째로, 이 욕실은 주경과 초희가 쓰는 방과 붙어 있다. 성구가 만약 이 자리에서 죽었다면 그를 둔기로 내려치는 소리와 성구의 비명소리가 주경과 초희의 귀에 들렸을 것이다. 그런데 범인은 그것을 감안하고 성구를 죽였다. 어떻게 그렇게 할 수 있었을까? 또, 왜 주경과 초희의 귀에 들리지 않았을까? 주연은 그렇다 쳐도 주경과 초희는 분명 들을 수 있었을 텐데.

두 번째로 성구는 왜 여기서 죽었을까? 이 욕실에는 문이 두 개였다. 성구의 의지대로 욕실에 들어온 것이라면 주경과 초희의 침실이 아닌, 대청마루 쪽 문으로 들어왔을 것이다. 그럼 마루 쪽 문은 열려 있었다는 소리인데, 왜 범인을 보고 도망가지 않았을까? 게다가 범인에게 둔기를 맞은 후에도 그는 살아있었을 것으로 추정된다. 범인이 그의 목을 조른 것은 그가 어느 정도 의식이 있어서였을 테니까. 그런데 왜 도망가지 않았을까? 도망갈 수 없었던 것일까, 아니면 범인에게 대항했던 것일까. 어느 쪽이든 첫 번째 의문점과 부합한다. 도망가지 않았거나 범인에게 대항했거나, 분명 주경과 초희의 방에 그 소리가 들렸을 것이다.

여기에는 몇 가지 답이 있긴 하다. 하나는 성구가 다른 곳에서 살해당했다는 가능성이다. 확실히 이 가설은 어느 정도 타당성이 있긴 했다. 다른 곳에서 살해당한 성구의 시체를 여기에 옮겨놓은 것이라면 성구가 여기서 죽은 게 어느 정도 일리가 있다. 게다가 주경과 초희가 성구의 죽음을 몰랐다는 것도 말이 된다. 이 경우에는 성구의 머리가 이미 몸에서 분리되어 있어야 한다는 전제조건이 있다.

두 번째 가능성은 주경과 초희가 범인일 경우다. 둘 중의 하나가 범인이거나, 둘이 공범이거나 하는 경우 말이다. 이것 역시 어느 정도 일리가 있었으나 심증만으로 입에서 꺼낼 말은 아니었기에 치수는 함묵하기로 했다.

이제 마지막 가능성이 남았다. 치수는 침을 한 번 삼켰다. 마지막 가능성은, 그것은 귀신 노파가 그의 앞에 나타났을 가능성이다(치수는 결코 귀신 노파가 범인일 것이라는 가설은 세우지 않았다.). 만약 그랬다면 성구는 도망치지 못했겠지. 대항할 수 없었을 테고. 아마 그 자리에 꼼짝없이 발이 묶여 있었을 것이다. 이것은 그다지 마음에 드는 가설은 아니지만, 평소 미신에 큰 공포를 가지고 있었던 성구였기 때문에 어느 정도 가능성을 염두에 둬야 하는 부분이었다. 누군가 귀신 노파를 두려워하는 섬사람의 마음을 이용했다면, 매우 효과적인 성과를 얻을 수 있었을 테니까.

"김성구 씨를 발견한 사람은 누굽니까?"

치수가 생각을 정리하고 뒤를 돌아 질문을 던졌다.

"난데요."

주경이 왼손을 들었다. 그녀는 여전히 성구 쪽은 보지도 않고 대답했다.

"이 자세 그대로 죽어 있었니?"

"그게…… 네."

그녀가 살짝 이맛살을 찌푸리며 말했다.

"몇 시쯤 발견했지?"

치수의 질문에 그녀는 말이 없었다. 몇 시인지 떠올리는 모양이었다.

"4시? 네. 아마 4시 정도였던 것 같네요. 화장실 가려다가 문이 잠겨서 강배 아저씨한테 욕실 열쇠를 좀 달라고 했거든요."

"최강배 씨가 이 집 열쇠를 모두 가지고 있습니까?"

"행랑채, 안채, 사랑채, 별채, 욕실 열쇠들은 다 가지고 계실 거예요. 하지만 개인 방의 열쇠는 없어요. 애초에 만들지 않았으니까."

치수는 머리를 긁적였다. *지금으로부터 사십 분 정도 전이군*, 하며 그는 천천히 자리에서 일어났다. 의학적인 지식이 없으니 당최 몇 시쯤 살해당했는지 알기가 힘들다. 확실한 것은 그가 열한 시쯤에 잠들었으니 그 사이에 범행이 저질러졌나는 것이다. 이래서야 알리바이 같은 것을 묻기도 어려웠다. 무엇보다, 범행이 저질러진 장소부터 알 수 없으니 알리바이를 물어서 무얼 하겠는가.

"초희나 주경이 둘 다 자정부터 새벽 4시 사이에 이상한 소리를 들은 적은 없고?"

"야. 만약 들었이모 우리가 욕실을 살펴봤겠지예."

초희가 쉰 목소리로 조용히 대답했다.

"하긴 그렇겠구나."

치수는 성구가 다른 곳에서 살해당했다는 것에 어느 정도 비중을 두며 고개를 끄덕였다.

"일단 여기서 다들 나가는 게 좋겠습니다. 김성구 씨 시체는 행랑채에 잠깐 옮겨두고요."

그는 바닥에 그려진 두 개의 직선을 다시 한 번 보려 했다. 그 순간, 뭔가 이상한 생각이 그의 머릿속을 훑고 지나갔다. 이 상황과는 전혀 어울리지 않는 생각—왜 하필 지금 그런 생각이 들었는지는 모르겠지만—욕실이 전과 달라진 것이다.

"저기, 주연아." 치수가 어리둥절한 얼굴로 주연을 부르자 그녀는 지나치게 화들짝 놀랐다. "욕실 바닥 말이야, 언제 바꿨니?"

"지난 가을에 바꿨는데, 왜요?"

주연이 눈길을 피하며 대답했다.

"왜 나무로 했니?"

치수는 이유를 모르겠다는 듯이 물었다. 보통 욕실 바닥은 타일을 깐다. 그게 아니라면 카펫을 깔기도 하는데, 한국에는 카펫을 까는 욕실은 거의 없다. 물론 최근 들어 건식 욕실이니 뭐니 하며 나무를 까는 집이 생기기도 했다. 하지만 이런 외딴 섬의 저택에 건식 욕실을 만들 필요가 있었는지, 그가 궁금한 점은 바로 거기에 있었다. 굳이 여기까지 사람을 불러 나무 바닥을 깔 이유라도 있었던 모양이었다.

"아부지 때문에요, 아부지가 바꾸라고 하셨거든요."

주연이 천천히 대답했다. 치수는 도통 이해할 수 없다는 얼굴로 고개를 갸웃거리면서도 더 이상 묻지 않기로 했다. 심각한 순간에 이런 하찮은 생각에 매달린 자신이 우습기도 했다. 게다가 남의 집 가정사에 외부인이 끼어든다는 것은, 얼마나 추한 일인지. 정 교수가 갑자기 바꾸고 싶어 했을 수도 있지 않은가. 어쨌거나 지금은 이게 중요한 게 아니다.

"빨리 시체 옮기고 여기서 나가면 안 돼요?"

주경이 불만스러운 목소리로 중얼거렸다. 치수는 또 혼자만의 생각에 빠져 있다가 정신을 차리고 자리에서 벌떡 일어났다.

"그, 그러자."

치수는 시체를 제대로 보지도 않고 입고 있던 겉옷을 벗어 시체 목 부분을 덮었다. 잘 가려진 것을 확인한 그는 곧 심호흡을 하며 성구 시체의 양 겨드랑이에 팔을 넣었다. 시체를 만진다는 생각을 하지 않으려 했지만 그의 품에 안기는 몸뚱이가 너무나 흐느적거려서, 그것이 시체라는 것을 잊을 수가 없었다.

"선생님, 저 좀 도와주십시오."

치수의 요청에 강배가 성구의 다리를 잡았다. 치수가 천천히 마당과 연결된 문 쪽으로 성구의 시체를 옮기려 하자 강배가 갑자기 그를 불렀다.

"아, 그 짝 말고 이 짝으로 기예."

"……예?"

치수가 어리둥절한 표정으로 묻자 강배가 고갯짓으로 다른 방으로 연결된 문을 가리켰다.

"어째서요? 이쪽이 더 가까울 텐데요?"

"그 짝 문은 고장 나서 잘 안 열리니께, 아예 일로 가는 게 낫십니더."

"고장 났다니요?"

"그 짝 문은, 고장 나서 밖에선 안 열립니더. 안에서도 게우게우 열립니더."

"예, 예?"

강배의 말을 들은 순간 불현듯 치수의 등줄기가 오싹해졌다. 동시에 귓가에서 무언가 무너지는 소리가 들리는 듯했다. 그가 세운 가설들이 하나 둘 무너지고 있었다. 아니, 그 전에 가장 중요한 전제 조건이 무너지고 있었다. 성구가 스스로 이곳에 들어왔을 거라는 것. 그리고 인간적인 방법으로 이곳에 들어왔으리라는 것.

인간적인 방법이 뭐지? 치수는 불길한 예감을 떨치려고 애쓰며 다른 방법이 있는지 찾으려고 애썼다. 내부에 창문이 있는지부터, 벽면을 여기저기 더듬어가며 혹여나 바깥과 연결된 무언가 틈새라도 있는지 살폈다. 물론 그런 방법 따위가 애초에 존재하지 않을 것이라는 것을 알면서도 멈출 수 없었다. 최악의 시나리오를 피하기 위해서.

성구가 살해당한 방법과 성구를 살해한 장본인이 미궁에 빠질지도 모른다는…….

치수는 천천히 고개를 돌려 다른 사람들을 바라보았다. 털썩 하는 소리가 들렸다. 주연이 바닥에 주저앉은 것이었다. 그 옆에 선 초희 역시 쓰러지기 일보직전이었다. 치수는 잠시 잠깐 그들이 유난스러운 반응을 보이는 이유를 알지 못해 고개를 갸웃댔다. 물론 사건의 실마리를 잡기가 어렵다는 것은 있다. 그러나 분명 다른 방법이 있을 것이다. 왜 벌써부터 모든 것을 포기한 얼굴을 하는 것일까?

"밖에선 안 열린다고요?"

"야. 그렇소만……"

"그럼…… 이 방을 통해서만 이 욕실로 들어올 수 있는 거죠?"

치수가 다시 확인하듯이 주경과 초희의 방을 가리키자 강배가 귀찮다는 듯이 고개를 끄덕였다. 강배는 아직 이 상황을 이해하지 못하고 있었다. 치수의 얼굴에서 식은땀이 주륵, 흘러내렸다. 치수가 마른 침을 한 번 삼키고 주경과 초희에게로 시선을 돌렸다.

"너희 혹시……. 자기 전에 방 문 잠갔니?"

치수의 목소리가 떨리고 있었다. 그는 속으로 잠그지 않았다고 대답하길 바랐다. 만에 하나라도 잠갔다고 얘기한다면, 그들이 문을 잠갔다면, 그랬다면……

"……네."

망연자실한 초희의 입에서 나온 대답은 그의 기대와는 정반대였다. 치수의 품에서 성구의 시체가 떨어졌다. 아, 이래서 저들이 그런 반응을 보였었구나. 최악의 상황이 벌어지고 말았구나……

김성구를 죽인 범인이 *실제로 존재하기는 하는 것일까?* 사람이 죽였다면, 정말 사람이 죽인 것이라면 과연 어떻게 죽일 수 있었을까? 어떻게?

치수는 다시 한 번 생각을 정리했다. 주경과 초희는 방 문을 잠그고 잤고, 사랑채 욕실은 밖에서 열리지 않는다. 즉, 욕실이 밀실이었다는 공식이 성립하는 것이다.

3

별채에 모인 여섯 명 모두 말이 없었다. 치수는 방금 전의 일을 떠올리고 있었다. 그는 강배의 말을 듣자마자 대청마루와 연결된 욕실 문이 열리지 않음을 확인하기 위해 달려 나갔다. 그리고 3분 여간 낑낑 거린 끝에 욕실 문이 밖에선 열리지 않는다는 것을 확인했다. 과연 이게 말이 되는 일일까?

그럴 리가 없다. 분명히 방법이 있을 것이다. 밀실이라는 것은 존재할 수가 없다. 왜냐하면, 그것은 추리소설이나 아이들이 보는 만화에나 나오는 이야기니까. 범인이 만들어낸 밀실은, 굳이 비유하자면 마술사가 만들어낸 '완벽한 트릭'과도 같다. 어떻게 저런 마술을 부릴까, 저건 마술이 아니라 마법이다, 이런 생각을 하게 만들지만 실제로는 아무것도 아닌 것이다. 아무것도 아니고 돌아보면 기묘하지도 않고 시시껄렁한 것인데도 그것은 대단하고 완벽한 마술로 보인다.

애초에 관람객이 '이건 대단한 거야' 이렇게 자기 최면을 걸고 보고 있으니까. 그래서 사소한 것은, 시시한 것은 전혀 발견하지 못하게 되는 것이다.

그래서 치수는 욕실도 밀실일 수 없다고 생각했다. 분명히 사람이 한 짓이라면 방법이 있을 것이다. 그러나 욕실을 몇 번이나 빙빙 돌면서 그에게 주어진 이상한 문제를 풀어내려고 애써보아도 얻어낸 것은 아무것도 없었다. 기이했다. *귀신이 곡할 노릇이군*, 그는 몇 번이나 그렇게 중얼대며 입술을 잘근잘근 깨물었다.

귀신이 곡할 노릇이라.

치수는 욕실 문을 열기 위해 애쓰다가 아직까지도 손에서 없어지지 않는 붉은 자국을 응시하며 고개를 저었다.

"혹시 그 아저씨가 우리 방 욕실에 미리 숨어 있었던 게 아닐까요?"

주경이 긴 머리를 휙 넘기며 말했다. 기운 없이 앉아 있던 선장이 소리라도 지를 모양으로 입술을 일그러뜨렸으나 주경의 말에 대답을 한 사람은 그가 아니라 치수였다.

"그럴 수는 없어. 김 선장님과 최강배 씨가 잠든 이후로 주연이가 잠들었고, 그 후에 주경이와 초희, 마지막으로 성구 씨와 내가 잠들었으니 말이야. 다시 말해서 너희가 방 문을 잠근 게 성구 씨가 잠든 것보다 먼저 일어났으니 불가능하다는 말이지."

다시 침묵이 찾아왔다. 죽음과 가까운 고요함이었다.

"귀신 노파다."

침묵을 깨고 입을 연 사람은 강배였다. 강배의 목소리를 들은 치수는 붉은 자국을 없애기 위해 손을 쥐락펴락 하다 말고 고개를 쳐들었다. 뜬금없이 튀어나온 단어에 갑자기 가슴 언저리가 싸늘해졌다.

"귀신 노파라니⋯⋯ 그게 무슨 소린지⋯⋯?"

주연이 애써 침착하게 묻자 강배는 더욱 목소리를 높였다.

"니도 서울 선생 말 들었제? 성구는 사램이 들어갈 수 없는 데서 뒈졌다. 안 그러나? 게다가 여그서 성구를 죽일 수 있는 사램이 누가 있노?"

강배가 주변을 둘러보며 일장연설을 했다. 그의 고갯짓을 따라 움직이던 주연의 눈동자는 금방 갈 곳을 잃고 바닥으로 향했다. 그러자 강배가 의기양양한 얼굴을 했다.

"그라니까 성구가 뒈진 건, 귀신 노파가 한 짓이다!"

"아니에요!"

주연의 얼굴이 새하얗게 질려 있었다. 주경이 깜짝 놀라 주연을 보았다. 이제껏 주연은 좀처럼 큰소리를 내는 법이 없었다. 그런데 아버지 장례식 때부터 그녀는 계속해서 큰소리를 내고 있었다. 무언가 그녀를 참을 수 없는 극한의 공포로 몰아넣고 있는 게 분명했다.

"제발 그만들 좀 하세요! 귀신 노파 짓이 아니니까요!"

"와 아니라고 생각하노? 이십 년 전에도 귀신 노파가 다 죽인 거 아이가?"

"그건……!"

대답하려던 주연이 갑자기 입을 다물었다. 그녀는 강배를 죽일 듯이 노려보고 서 있었다. 놀란 것은 치수도 마찬가지였다. 이 섬사람들은 모두 귀신과 전설에 눈이 멀어 있다.

이십 년 전의 살인을 귀신 노파의 짓이라고 생각하고 있었다니. 치수는 주연의 격한 반응이 되레 당연하게 느껴졌다. 그 역시 주연과 똑같이 생각하고 있었으니까. 다만 조금 의외였던 건 당시 열하나, 많아야 열세 살 정도였던 주연이 그 살인을 사람의 짓이라고 생각했다는 점이다. 이 섬에서 자라나며 섬에 뿌리를 내렸을 아이가 아무런 편견과 미신에 휘둘리지 않고 이성적인 판단을 했다는 게 그에게는 무척 의외였던 것이다.

"지도 귀신 노파가 무서워요. 귀신 노파 이야기는 지도 믿고……"

주연이 차분하게 말하려 애쓰고 있었으나 그녀의 목소리는 여전히 분에 차서 떨리고 있었다.

"하지만 이건 얘기가 다르잖아요! 이십 년 전에도 다들 귀신 노파 짓이니 뭐니, 그렇게 하면서 다들 누가 죽였는지, 와 죽였는지 쉬쉬했던 거 아닌가요……? 분명 사람이 한 짓인데 말이에요!"

주연이 울먹이며 소리쳤다. 정 교수 머리를 발견한 이후로 차올라 있던 공포심이 성구의 죽음을 통해 분노로 바뀐 모양이었다.

"그건……"

문득 강배의 얼굴에 두려운 기색이 떠올랐다. 단순히 살인에 대한 공포심이 아니라, 마치 떠올라선 안 될 것이 수면 위로 떠오를까 봐 두려워하는 사람 같았다.

"그건, 그건 네가 뭘 잘못 알고……"

"제가, 제가 뭘 잘못 알고 있는 건가요?"

주연이 씩씩 거리자 강배는 더욱 더 두려운 얼굴로 뒷걸음질쳤다.

"그건 귀신 노파가 한 게 맞데이…… 이 집이 저주 받았으니까……"

이제 그의 목소리엔 자신감이 없었다.

"아니요. 그것도 사람이 한 짓이에요."

주연이 당당히 대답했다. 치수를 포함한 사람들, 거기 있는 사람 모두 강배와 마찬가지로 그녀의 말 한 마디에 긴장하고 말았다. 드디어 그 일이 수면 위로 떠오르고 말았다. 지금껏 잠잠히 바닥에 묻혀 있던 그 사건이, 이십 년 전의 일이 수면 위로 떠오르고 만 것이다. 치수는 눈을 질끈 감았다.

"정 교수님, 이건 사람이 한 짓입니다! 범인을 밝혀야 해요!"

"조용히 하게. 자네는 이 섬에서 살지 않으니 모르겠지만…… 이 사건은 사람이 한 짓이 아니야. 알겠어? 설령 사람의 짓처럼 보일지라도 사람이 한 일이 아니다, 이 말일세!"

"아닙니다, 그럼 누가 한 짓입니까? 누가 저렇게 잔인한 짓을 했습니까! 일단 저 사람들이 누군지 알아봐야겠습니다, 저 사람들이 누군지……"

"연 군! 자네 지금 무척 무례하군! 여긴 내 집이야, 네가 멋대로 할 일이 아니란 말이야!"

"하, 하지만……"

"돌아가게, 이럴 거면 지금 당장 떠나……!"

치수는 살며시 감았던 눈을 떴다. 치수가 오기 전에 사람이 죽었고, 치수가 도착한 날도 사람이 죽었다. 그리고 그 다음 날부터는 그 시체들의 몸이 사라졌고, 목만 이곳에 남아 있었다. 치수에게는 떠올리기 싫은 기억이지만 떠올려야 했다. 입에 담기도 싫었지만 입에 담아야 했다. 이십 년 전의 일이 없으면 지금의 일도 없었다. 그건 확실했다.

"저도 주연이 말에 동감입니다."

치수가 천천히 말을 꺼내자 강배가 그를 쏘아보았다. 치수는 그 눈빛에 조금 움찔하고 말았다. 그 사람 좋던 강배의 눈에서 저런 독기가 나올 줄은 꿈에도 몰랐던 것이다. 그러나 그는 강배의 눈빛에도 물러서지 않았다.

"이 사건은 사람이 저지른 일인 것 같습니다."

"하지만 그 사람은 전혀 말도 안 되는 방법으로 죽었어요. 사람이 저지를 수 있는 일이 아니었다고요."

주경이 날카롭게 말했다. 이제 모든 이목이 치수를 향해 집중되어 있었다. 심지어 선장까지도 눈을 빛내며 그를 보고 있었다. 치수는 자신에게 이목이 집중된 것을 깨닫고 민망한 얼굴로 입을 열었다.

"네 말이 맞아. 하지만 그렇다고 꼭 귀신이 저지른 일이라고 단정할 순 없잖아. 이건 단순히 섬에 내려오는 전설과 이십 년 전의 사건을 모방한 범죄일 뿐일 거야."

그는 마지막에 조금 확신성이 떨어지는 목소리로 말했다.

"말도 안 돼, 이런 짓을 할 수 있는 건……"

주경이 주변을 둘러보고 뭔가 더 말하려 했으나 치수가 벌떡 일어나 그녀의 말을 가로막았다.

"여러분. 잘 생각해 보십시오. '이건 시작이다'라는 말을 보고 사람들은 귀신 노파가 돌아왔다 생각할 겁니다. 실제로 많은 분들이 정말로 귀신 노파가 이 일을 저질렀다고 생각하잖습니까. 그럼 만약 귀신 노파가 범인이라면 옛 얘기처럼 사건이 진행되어야 말이 됩니다."

치수는 창밖을 가리켰다. 그의 손가락이 향한 곳은 미미하게 눈발이 흩날리는 영산이었다.

"다시 말해서 목은 여기 있고 몸은 저 영산 너머로 가, 해무 속에서 떠올라야 한다는 겁니다. 혈곡을 따라서 말이죠."

혈곡 얘길 하는 치수는 저도 모르게 선장에게로 시선을 돌렸다. 그는 뜻 모를 표정을 짓고 치수를 보고 있었다. 비통함도 아니고, 감탄도 아닌, 기이한 표정이었다.

"그런데 몸도 여기 있고 목도 여기 있습니다. 지금 영산은 눈발도 미미한데다가 하얗게 변했으니, 핏길이 생겼다면 더 눈에 띄었을 겁니다. 그런데도 몸은 영산을 넘지 못하고 여기 있습니다."

강배가 그의 말에 끼어들려 하자 치수가 검지를 들어 그의 말을 막았다.

"왜 몸이 영산을 넘지 못했을까요? 그건 범인이 사람, 여기 있는 누군가이기 때문입니다. 귀신은 눈 오는 영산을 넘을 수 있지만 인간은 눈 오는 영산을 넘을 수 없습니다."

말을 마친 치수가 쓸쓸한 미소를 입에 담았다.

"그라모 와 성구 오빠가 죽어야 했을까예?"

초희가 불쑥 입을 열었다. 벽에 기대 있던 주경도, 말없이 고개를 무릎 사이에 파묻고 있던 주연과 그 옆에 서 있던 강배와 김 선장 모두 초희에게로 시선을 모았다.

"사실은 저도 그게 궁금했습니다. 누가 범인이든 간에 왜 김성구 씨를 죽여야 했느냐, 그게 살인의 비밀이 될 수 있을 테니까요. 귀신 노파 전설을 따라야 했다면 왜 굳이 김성구 씨가 희생양이 되어야 했을까요?"

"뭔가 짚이는 거라도……?"

주연의 물음에 치수는 한 번 고개를 끄덕했다.

"짚이는 게 있긴 한데, 조금 불확실하게 들릴 수도 있을 것 같구

나. 제가 먼저 추측을 얘기하기 전에 여러분이 먼저 제게 얘기해 주셔야 할 게 있습니다. 혹시 김성구 씨에 관해서, 그가 살만한 원한 관계나 주변 이야기에 대해 먼저 알아야 합니다."

치수의 말에 주경이 발끈해서 외쳤다.

"알게 뭐예요?" 그녀는 공격적으로 눈을 부라렸다. "난 그 사람, 어제 처음 봤어요! 그런 사람, 애초에 몰랐다고요. 그런데 생판 모르는 사람이 왜 죽어야 했는지 우리가 어떻게 알아요?"

주경의 말에 치수는 할 말을 잃었다. 그녀가 유난스럽게 흥분하는 것도 이해는 간다. 까딱하면 자신이 유력한 범인으로 몰릴 수도 있는 상황이니까. 하지만 저렇게까지 흥분할 필요가 있을까. 물론 그녀 말이 틀리다는 게 아니다. 주경과 주연은 성구에 대해서 잘 모르는 게 당연하다. 한옥 대저택과 어촌 사이에는 영산을 중심으로 한 엄청난 심리적 거리가 있었으니까. 그렇다고 그들을 용의선상에서 제외할 수는 없었다. 특히 주경은.

"괜히 애먼 사람을 말이야……!"

온몸으로 짜증을 내는 통에 주경은 자기 가슴 앞주머니에 꽂혀 있던 검은 펜이 떨어지는 것도 모르고 소리를 질러댔다. 치수는 천천히 허리를 굽혀 바닥에 떨어진 펜을 주워들었다. 펜 뚜껑에 은색 독수리 장식이 달린 고급스러운 펜이었다. 주경이 더 패악을 부리려던 차에 치수가 그녀 눈앞에 펜을 흔들자 그녀의 몸이 순간 멈칫했다.

"그건……."

"떨어져 있었다."

"내놔요!"

주경이 성을 바락 내며 치수의 손에서 펜을 빼앗아 들었다. 마치 그가 그것을 훔치다가 발각되기라도 한 것 같은 태도였다.

"그럼 주경이 말고 다른 분들은요?"

치수는 주경이 그러든 말든 개의치 않고 느긋한 표정으로 다른 사람들을 둘러보았다. 딱히 누구 하나 먼저 얘기하려 드는 사람은 없었다. 치수의 입에서 한숨이 나왔다.

"그럼 어쩔 수 없군요. 불확실하긴 하지만 제 추측을 얘기해 드리겠습니다." 치수는 천천히 자리에서 일어나 김 선장 가까이로 걸어갔다. "일단 제 추측에 대해 얘기하기 전에, 김 선장님. 선생님께 여쭐 게 있습니다." 선장의 핼쑥한 얼굴에 어리둥절한 표정이 떠올랐다. "분명히 제게 그런 말씀을 하셨죠, 귀신 노파가 죽인 사람들은 복수 대상의 혈육이라고요. 그러셨죠?"

"그, 그랬지."

"만약 이 사건이 귀신 노파 살인사건을 모방한 범죄라면, 자기 복수 대상의 혈육을 죽이는 게 맞지 않겠습니까? 그러니까, 다시 말해서 김성구 씨의 혈육이라면 선생님이 범인의 원래 복수 대상이란 말입니다."

치수가 재빠르게 말을 연결해 나갔다. 선장은 여전히 어두운 얼굴을 하고 있었지만 그 말에 동의한다는 듯이 고개를 끄덕였다. 치수는 다시 말을 이어 하기 시작했다. 불확실한 추측이라고 이야기하긴 했으나 실은 어느 정도 자신의 추측에 확신을 가지고 있는 모양이었다.

"그래서 말인데요, 귀신 노파 이야기에서도 노파 아들의 시체를 옮긴 장정들 모두 혈육을 잃지 않았습니까?"

"그렇네만……"

"선생님도 이십 년 전에 죽은 시체들을 옮기신 적이 있고요. 아, 물론 여기엔 한 가지 조건이 더 필요하긴 합니다. 피해자들이 가해자에 의해 살해당하기 전, 가해자의 살인을 묵인함으로써 살인을 방조했다는 게 그 조건입니다."

선장이 침을 꿀꺽 삼키자 치수가 여유롭게 빙긋 웃었다.

"물론 선장님이 그랬다는 건 아니지만, 귀신 노파 전설에서도 그러했으니까요. 수많은 장정들이 이 집에서 내쫓길까봐 지주가 노파 아들을 죽이려 한 것을 보면서도 누구 하나 말린 이가 없지 않습니까?"

"자네 말은 내가 이십 년 전에 살인을 방조했다는 소린가? 나는 결단코 그런 적이 없어!"

선장이 시뻘겋게 달아오른 얼굴로 성을 내자 치수의 입에서 미소가 사라졌다.

"기분 나쁘셨다면 죄송합니다. 하지만 저는 애초에 말했듯이 선장님이 그러셨다는 게 아니라, 귀신 노파 전설은 그랬다는 걸 말씀드렸을 뿐입니다. 게다가 범인이 귀신 노파 전설을 따라 사람들을 해치려 드는 거라면 굳이 그런 조건 없이 그저 죽은 이들의 시체를 옮겼다는 사실 하나만으로도 복수하려 들 겁니다."

치수가 선장을 진정시키며 말하자 선장이 거칠게 씩씩대면서도 다시 자리에 앉았다.

"그러니까 지금부터 선생님이 제게 사실만을 말씀해 주셔야 합니다. 이십 년 전에……" 이십 년 전이라는 말을 꺼내는 순간 치수의 얼굴이 잠깐 어두워졌지만 그는 다시 차분한 상태로 돌아왔다.

"이십 년 전에 선생님이 묻은 시체들, 그 시체들에 관해 얘기해 주지 않으시겠습니까?"

치수가 제대로 찌른 모양이었다. 선장은 시체에 대해 듣자 약간 움찔하며 몸을 움츠렸다. 아무리 담이 큰 사내라도 자신이 묻었던 목 없는 시체를 떠올리면 아직까지도 기분이 좋지 않은 듯했다. 그게 아니라면 차마 얘기할 수 없는 비밀이 있거나.

"그 얘긴 왜……"

"방금 제가 말하지 않습니까. 선생님 핏줄의 죽음, 귀신 노파 전설, 이 모든 것을 연결해 보면 가장 가까운 것은 이 집에서 일어났던 살인사건이니까요. 더욱이 선생님이 그때 옮긴 시체들, 그게 가장 타당성 있는 이야기 아니겠습니까."

선장은 한동안 말이 없었다. 꺼림칙한 표정이었다. 다른 사람들 역시 무언가 숨기는 얼굴로 말없이 그 둘의 대화를 지켜볼 뿐이었다. 그들은 궁금해했다. 과연 김 선장이 시체들에 대해 말해줄까, 말하지 않을까? 그들의 표정은 마치 김 선장이 말하지 않기를 바라는 것 같기도 했고, 어찌 보면 말하기를 바라는 것 같기도 했다.

"……나도 그들에 대해서 잘 아는 바는 없네."

"그래도 말씀해 주십시오. 그 사람들이 누군지, 어떤 사람들인지 정도라도. 이 사건 자체가 귀신 노파 전설에 뿌리를 두고 있다면 그들의 시체를 옮긴 선장님이 복수의 대상이 되는 게 맞습니다. 그러니까 그 시체들에 대해 얘기해 주십시오. 그들에 대해 뭔가를 알아야 누가 성구 씨를 노리고 있었던 것인지 알아낼 수 있을 것 아닙니까?"

치수가 선장에게 애원하다시피 말하자 한참 고민하던 김 선장이 입을 열었다.

"……좋네. 그게 내 아들을 죽인 놈을 찾는 열쇠라면."

"이봐, 김 선장! 이녁 짜장(정말) 말하려고 하나?"

강배가 황급히 그들 사이에 끼어들었으나 선장은 이미 마음을 굳힌 모양이었다. 그는 단호한 얼굴로 강배의 가슴팍을 밀쳐내더니 이야기를 시작했다.

"처음 죽은 자는 임강수, 정 교수의 동창 중 하나였네. 자네도 그, 아니 그 시체를 본 적 있겠지?"

선장의 말에 치수는 기억을 더듬어 임강수에 대해 떠올렸다. 정확히 말하면 몸과 머리가 붙어 있었을 때의 임강수의 시체를 떠올렸다. 그는 치수가 도착하기 전에 이미 죽어 있었다.

"네. 기억납니다."

"임강수, 그치는 정 교수의 오랜 친구야. 죽기 전엔 이름 없는 지방 전문대 교수로 지냈지만 소싯적에는 누구보다 많은 연구를 하고 누구보다 잘 나가던 학자였지. 정 교수는 그를 무척 좋아하면서도 부러워했다네."

선장의 이야기는 치수에게 놀라운 것이었다. 치수는 정 교수와 그토록 가깝게 지냈으면서 한 번도 그런 이야기를 들은 적이 없었다. 그런데 어떻게 이 사람은 정 교수의 비밀을 알고 있는가.

"선생님이 어떻게 정 교수님 친구에 대해서까지……?"

치수가 미간을 좁히며 묻자 방금 전까지만 해도 잔뜩 긴장해 있던 선장이 미소를 띠었다. 성구의 죽음 이후 첫 미소였다.

"허허, 내가 잊어버리고 말하지 않았나보군. 영태, 그러니까 자네 스승인 정 교수는 내 대학 후배네. 오래도록 알고지낸 사이지. 영태가 한옥 저택을 사도록 도운 것도 나야. 영태가 원체 말이 없고 조용한 성격이다 보니 나와 강수를 제외하곤 그다지 알고 지내는 이가 없었거든. 나야 워낙 발이 넓어 아는 이가 많은 편이었지만." 선장의 미소는 점점 자조로 변해갔다. "물론 그런 건 다 소용이 없어졌지만…… 그는 교수가 되었고 나는 가난한 뱃사람이 되었으니."

선장의 얼굴이 미묘하게 일그러졌다. 그는 잠시 말을 멈추고 무언가 골똘히 생각을 하더니 다시 말을 이어나갔다.

"어쨌든 그런 인연으로 묶여 있으니 내가 잘 알 수밖에 없잖은가."

치수는 속으로 몇 번이나 놀라움의 비명을 지르고 있었다. 선장이, 존재 여부도 모를 작은 섬의 어부가 우리나라 최고 대학을 졸업했다니.

"그런 분이 어째서 뱃사람이 되셨습니까?"

치수는 놀란 나머지 자신도 모르게 툭, 속엣 말을 내뱉고 말았다. 선장이 눈썹을 꿈틀거리며 다시 한 번 껄껄 웃었다. 이번에는 좀 전과는 종류가 다른, 불쾌한 웃음이었다.

"자네는 모를 걸세. 가끔은 가난이 귀신보다 무섭다네. 가난한 자는 결국 돈의 노예가 되기 마련이야. 그리고 나는 항상 그 더러운 것의 노예였지."

선장은 이제 꽤나 불편한 모습을 하고 있었다. 이야기가 곁길로 샜기 때문에 불편한 게 아니라 자기 속 얘길 해버린 게 불편한 것이었다.

"궁금한 게 다 풀렸으면 다시 사건에 대해 얘기해도 되겠나?"

선장이 퉁명스럽게 묻자 어안이 벙벙해 있던 치수가 얼른 두 손을 들어 계속 얘기하라는 몸짓을 해보였다. 치수의 얼굴은 조금 민망한 표정을 띠고 있었다.

"좋네. 강수는 천애고아였는데 자신을 버린 부모에게 원망을 느껴서 자신은 가정을 가지지 않았던 모양이야. 대학 시절부터 꽤나 비뚤어진 친구였어. 결혼생활에 대한 혐오가 남달랐으니까. 하지만 정말 그 녀석이 평생 홀로 살았으리라곤 상상도 못했네. 강수, 그치가 죽었을 때 누구 하나 그의 친지라고 연락 온 이가 없는 걸 보고 나는 정말 그가 짧은 삶 동안 혼자였다는 걸 알게 됐어."

말을 마친 선장의 얼굴은 씁쓸하게 변해버렸다. 치수는 그가 잠시 옛날 생각을 곱씹을 기회를 주었다가 이내 다시 질문을 던졌다.

"두 번째 시체는 누구였습니까?"

"두 번째 시체의 주인공은 유정호라는 사내였네."

치수의 머릿속에 순박하게 생긴 남자가 떠올랐다. 그는 치수가 도착하던 날 죽었다. 치수가 잠깐 마을을 구경하러 나간 사이, 그가 누구이며 왜 이 집에 있었는지 알아내기도 전에 죽어버린 것이다.

"유정호 씨요?"

고개를 끄덕인 선장의 눈은 기이하게도 초희를 향해 있었는데, 초희 역시 구슬픈 얼굴을 하고 선장을 보고 있었다.

"이 한옥 저택의 첫 관리인이었지. 정호는 영산 반대편, 그러니까 우리 마을 사내였는데 무슨 이유로 다리를 다쳐 배를 타지 못하게 되어 한옥 관리인으로 일할 수밖에 없었어."

"그 아저씨라면, 나도 알아요."

주경이 불쑥 끼어들었다. 치수가 선장의 말을 끊은 주경에게로 고개를 돌렸다.

"굉장히 멍청한 사람이었죠."

주경의 목소리가 심술궂게 변했다. 그 옆에 앉은 주연이 눈치 없고 제멋대로인 제 언니를 보며 한심함이라도 느꼈는지 억지로 분을 참는 모양새로 깊은 한숨을 내쉬었다.

"아무튼 그도 이유 없이 죽음을 맞이했네."

"아무 이유가 없었다는 말입니까?"

"그래. 그냥…… 아무 이유 없이. 워낙 착한 사람이라 누구한테 원한 살 일을 한 적도 없었고 몸도 건강했는데 그냥 죽은 거지."

선장이 말을 마쳤다. 치수는 머리를 긁적였다. 분명 선장의 이야기에는 석연찮은 부분이 있었지만 일단은 보류해 두기로 했다.

이 사건을 귀신 노파 살인과 연결시켜 보면 어떻게 될까? 어떻게 연결될까? 먼저 귀신 노파의 아들은 한옥의 일꾼이었다. 게다가 섬 반대편 사람이었으니, 임강수보다는 유정호라는 사람이 더욱 사건에 관계가 깊다. 유정호 역시 한옥 고용인이었고, 섬사람이니까. 그 다음으로 귀신 노파 자체에 주목해야 한다. 귀신 노파는 죽은 사람의 유일한 혈육이었다. 그러니까, 누군가 죽은 이들의 복수를 하려 한다면 그는 죽은 이들의 혈육, 핏줄이어야 한다. 그런데 임강수는 천애고아, 독신이었으니 당최 핏줄이라는 게 있을 수가 없다. 그렇다면 남은 것은 유정호의 핏줄이다. 유정호의 가족.

"유정호 씨는 가족이 있었습니까?"

치수의 물음에 선장은 머뭇대면서 다시 천천히 대답했다.

"있었지. 정호의 늙은 아비랑 정호 안사람, 그리고 그치 외동딸이 있었네. 그치 안사람은 이미 정호가 죽기 꽤 오래 전에 병으로 죽었지. 정호 늙은 아비 역시 정호가 죽기 일 년 전쯤에 이미 세상을 떠났고, 정호 외동딸은 정호가 죽고 하룬가 이틀 후에 자살했다네. 일가족이 다 죽어버렸어."

"예, 예? 그렇다면 유정호 씨 일가는…… 이십 년 전에 한꺼번에……?"

"그렇다네."

치수는 적잖이 당황한 얼굴로 머리를 긁적였다.

"죽은 정호의 딸아이 이름은 정혜, 유정혜야. 자네가 이 섬을 떠나기 이틀인가 전쯤에 죽었어. 초희가 말하길, 뭐에 홀린 사람처럼 해무 속에 빨려 들어가더라는군."

선장은 마치 달리기 바통을 넘기듯 초희에게 눈빛을 보냈다. 그러자 초희가 얼른 고개를 끄덕이며 그의 말을 받았다.

"지가 봤십니도. 지 유일한 동무였이니께예. 가가 죽은 건 잘 모르겄고, 새벽녘에 뭐에 홀린 사람처럼 해무 속으로 들어갔는데 다시는 거그서 안 나왔십니도. 말 사램들은 다들 가가 죽은 거라고 했지예."

치수는 초희의 말에서 단박에 이상한 점을 찾아냈다. 초희는 정혜가 정말 죽은 게 맞을까, 의심하고 있었다. 제 눈으로 확인하지 않았으니 그런 생각을 하는 것도 무리는 아니겠지만. 하지만 아마 죽은 게 맞을 것이다. 해무 속에 들어가서 두 번 다시 나타나지 않았다면, 제 아비처럼 이곳을 떠나 영원히 해무 속을 떠돌고 있으리라.

"그럼…… 정말 유정호 씨에게도 남은 가족이 없는 거군요. 임강수 씨와 유정호 씨, 둘 다 가족이 없는 거야……"

치수가 똑같은 말을 두 번이나 반복했다. 그렇게 하지 않으면 그들을 대신해서 이런 짓을 저지르는 사람이 그들과 전혀 관계없는 사람일지도 모른다는 사실을 인정하지 못할 것 같았다. 혈육 하나 없는 임강수, 혈육은 있었지만 끝내 그 혈육이 죽었을지 어떨지 모르는 유정호. 그들에게는 어떤 공통점이 있고, 왜 죽은 걸까? 왜 이십 년 전에 그 둘이 죽어야 했을까? 누가 그들의 복수를 하고 있는 걸까?

치수는 자기 스스로를 비웃어주고 싶었다. 이십 년 전에도 그는 분명 비슷한 생각을 한 적이 있었다. 왜 이 둘이 죽어야 했을까? 그러나 그땐 아무도 그에게 그들이 누구인지, 왜 이곳에 와 있었는지 말해주지 않았다. 이십 년 후에 누군가 그들의 복수를 하리라고는 생각도 못했을 테니까. 이 섬과, 이 한옥에는 아직 드러나지 않은 비밀이 있었다. 그리고 그 비밀은 죽은 이들의 복수를 해나가는 누군가가 쥐고 있을 것이다. 누가 복수를 하는가, 왜 복수를 하는가, 치수의 머릿속이 점점 더 복잡해지고 있었다.

"아무튼, 잘 알았습니다."

"이거면 충분한가?"

선장의 물음에 치수는 자신 없는 표정으로 고개를 끄덕였다. 이제부터는 어떻게 해야 할까, 뭐부터 풀어나가야 할까. 모든 것이 천 갈래 만 갈래 제멋대로 흩어져 도저히 주워 담을 수 없었다. 천 갈래 만 갈래의 길. 그 때 갑자기 치수의 머릿속에 성구의 말이 떠올랐다.

"잘 기억하시오, 선생. 모든 것은 하나에서 출발해 열 길로 뻗어나가는 것이오."

모든 것은 하나에서 열 길로, 모든 것은. 치수는 쓴웃음을 지었다.

'하나의 출발선이라면, 아마 정 교수님이겠지.'

임강수와 유정호, 모두 정 교수로부터 시작된 이들이다. 그러니 정 교수에게서 답을 찾아야 한다. 답이 아니라 실마리라도.

"주연아."

치수가 주연 쪽을 돌아보았다.

"네?"

"가능하다면 정 교수님 서재에 좀 가보고 싶구나. 남의 집을 뒤진다는 게 실례인 줄은 알지만, 혹시나 해서 말이야."

주연은 잠시 고민하는 표정을 짓더니 이윽고 흔쾌히 고개를 끄덕였다. 치수는 그녀가 왜 방을 보려 하느냐 묻지 않은 것이 고마웠다. 성구의 말이 맞다. 모든 것은 하나에서 열로 나아가는 것이다. 그리고 천 갈래 만 갈래 길의 중심, 모든 길이 시작되는 곳에는 정 교수가 서 있다. 지금 상황에서는 아무리 성구가 어떻게 죽었는지 알아내려 해도 방도가 없었다. 그러니 왜 귀신 노파 전설을 모방했는지, 왜 선장에게 복수하려 했는지, 정 교수 흔적에서부터 답을 찾는 수밖에 없다.

거기다가 치수는 이 살인 사건을 떠나 이십 년 전에 왜 피해자가 생겼는지, 이곳에 갇힌 진상이 무엇인지 알아낼 필요가 있었다. 아마 진실을 알게 되면 범인도 저절로 모습을 드러낼 테니까. 그러니 모든 비밀을 하나씩 파헤쳐 나가자. 한 꺼풀, 한 꺼풀, 천천히 그 베일을 벗겨나가는 거다.

"서재는 안채에 있었던 걸로 기억하는데, 내 말이 맞지? 안채는 어제 정전이 돼서 어두울 텐데…… 혹시 집에 양초 같은 게 있니?"

지금부터 자신이 할 일의 윤곽이 잡혀 기분이 들떴음에도, 치수는 꽤나 차분한 목소리를 유지하고 있었다.

"네. 있습니다. 일단 지랑 같이 가요. 양초는 지가 찾아드릴게요. 아마 아부지 방에 양초가 있을 테니까."

주연이 발딱 일어나 치수와 방을 나서려다 말고 손목시계를 보았다.

"참, 조금 있으면 아침 먹을 시간이네요. 언니야, 부엌에 가면 솥에 밥 있어. 찬장에서 김이랑 짠지 꺼내서 밥상 좀 봐줄래?"

주연의 부탁을 들은 주경의 얼굴에 하기 싫다는 표정이 역력했다. 그러자 초희가 얼른 손을 번쩍 들었다.

"지가 가서 갖고 올게예. 부엌이 행랑채에 있는 거 맞지예?"

"아, 아니, 그건…… 아무리 그래도 손님인데……."

주연이 당황해서 중얼거리자 초희가 미소를 지었다.

"괜찮십니도. 그라모 나머지 분들은 잠깐 예 계이소. 지가 얼른 상 차릴 테니까예."

초희와 주연과 함께 별채 방을 나서는 치수가 잠깐 뒤를 돌아보았다. 뭔가 아직 할 말이 있는 얼굴이었지만 그는 별다른 말을 하지 않았다. 대신 비장한 얼굴을 하고 방을 나설 뿐이었다.

흔적(痕迹)

1

흰 등이 몇 차례 깜빡이며 불이 켜졌다. 정 교수의 방에 들어선 치수는 다시금 정 교수의 목이 발견될 당시 상황이 떠오르는 것 같아 저도 모르게 눈살을 찌푸리고 말았다. 주연은 그의 표정이 일그러지는 것을 알아챘지만 이내 못 본 체하고 커다란 책상 쪽으로 걸어갔다. 그녀가 책상 서랍을 뒤지며 말없이 양초를 찾기 시작하는 것을 본 치수는 천천히 침대로 발걸음을 향했다.

침대 시트와 커버는 모두 깨끗한 것으로 바뀌어 있었다. 그는 손으로 침대 머리맡의 책장을 슬쩍 쓸어보았다. 주연은 등을 돌린 채 양초를 찾느라 정신이 없었다. 그는 말없이 서 있기 적적한 모양인지 방 여기저기를 기웃거리기 시작했다. 어쩌면 주연이 그의 행동을 기분 나쁘게 여길 수도 있었으나 그녀는 딱히 그에게 제재를 가하지는 않았다.

이 방은 텅 비어 있었다. 정말 아무것도 없었다. 혹여나 정 교수가 남긴 어떤 흔적이 있지 않을까 했지만 정 교수는 이곳을 오로지 침실로만 이용한 모양이었다. 침대 머리 맡 뒤에서 수면제를 발견하긴 했지만 그건 별 문제가 되지 않았다. 그는 마침내 열심히 움직이던 눈과 손을 멈추고 주연이 양초를 찾기만 기다리기로 마음먹었다.

치수가 조용해지자 주연이 맨 아래 서랍을 뒤지다 말고 그를 한 번 쳐다보았다. 그녀는 조금만 *기다리이소*, 했고 치수는 *천천히 하렴*, 했다.

구석에 앉아 혼자 생각을 정리하던 치수가 문득 벽 반대편을 응시했다. 그러고 보니 이 옆방이 주경과 초희가 쓰는 방이다. 그는 다시 한 번 주경과 초희가 쓰는 방을 보고 싶었다. 이미 성구의 시체를 보러갈 때 그 방을 통해 욕실로 들어가 보기는 했지만 그땐 전혀 그 욕실의 비밀도 모르는 상태였고, 무엇보다 주경과 초희가 쓰는 방을 제대로 살펴 볼 생각도 하지 않았던 것이다. 뭔가 단서가 있을지도 모를 텐데.

치수는 몰래 주연에게 부탁해 주경과 초희의 방을 살펴볼까 생각했다. 그러나 그는 곧 그 작전을 포기하고 말았다. 만약 들킬 시엔 주경이 난리를 피우며 소동을 일으킬 것이 분명했다. 어쩌면 헤엄쳐서라도 육지로 돌아가겠다고 할지도 모를 일이다. '그 애라면 그러고도 남지.' 치수가 기운 없이 웃었다.

"이 방에서는 욕실로 갈 방법이 없니?"

치수가 주연에게 질문을 던졌다. 그러자 서랍을 뒤적이던 그녀가 뒤도 돌아보지 않은 채 고개를 끄덕였다.

"그럼 평소엔 어떻게 여기서 욕실로 다녔어?"

치수는 눈살을 찌푸렸다. 아까부터 마음에 걸린 생각이었다. 대체 이 방에서는 어떻게 욕실로 출입할 수 있었을까? 옆방을 통해 다니면 상당히 번거로울 텐데. 게다가 주연이나 주경이가 정 교수 옆방을 썼다면 다 큰 딸 아이 방을 욕실에 갈 때마다 들락거린다는 게 가능한 일인지, 치수로서는 도저히 이해가 가지 않았다.

"그게……"

주연이 잠시 뜸을 들였다. 치수의 표정이 날카로워졌다. 그녀는 대답을 꺼리는 것처럼 눈알을 이리저리 굴렸다.

"지는 거의 옆방을 안 썼거든요."

몇 초간 묵묵히 서 있던 주연이 조심히 말을 꺼냈다.

"그럼?"

"지는 거의 별채에 있었기 때문에……"

"별채에?"

"네."

"하지만 별채엔 네 짐이 없던데."

"……아부지 옆방을 쓰기가 싫어서, 잠만 별채에서 잤으니까요."

주연의 말에 치수가 의외라는 표정을 지었다. 그가 알기로는 주연은 꽤나 성실하고 바른 아이였다. 그런데 그런 막내딸마저 정 교수와 사이가 소원했을 줄은 꿈에도 몰랐던 것이다. 주연이까지 이렇게 만든 것엔 필히 정 교수의 성격적 결함이 큰 영향을 끼쳤음에 틀림없었다.

"아부지는 낮엔 거의 서재에 계셨어요. 지는 사랑채에 있었고요. 밤에 아부지가 사랑채로 건너오시면, 그때 지가 별채로 가서 잤지요."

치수는 이유를 묻지 않았다. 언뜻 보이는 주연의 옆모습이 '왜인지 묻지 말아 달라' 하는 것 같았다. 아마 복잡한 사연이 있겠지. 그에게는 차마 말할 수 없는 사연이.

"쓸데없는 소릴 해서 미안하다."

치수가 멋쩍은 얼굴로 시선을 아래로 떨어뜨렸다. 둘은 잠깐 동안 침묵을 지켰다. 주연은 더 이상 서랍을 뒤지지 않고 가만히 서 있었고, 치수는 고개를 숙이고 있었다. 지금 주연은 어떤 표정을 짓고 있을까, 어떤 얼굴일까. 치수가 슬쩍 곁눈질을 했지만 주연의 표정은 더 이상 보이지 않았다.

치수가 다시 어색한 침묵을 깨고 말을 시작했다.

"어쨌거나 그럼 욕실과 바로 연결된 방은 옆방 하나뿐이겠구나. 거기라면 번거롭게 다른 곳을 거치지 않고도 문 하나만 열면 욕실이니까……"

치수의 목소리가 끝에 가서 점점 작아지자 주연의 움직임이 느려졌다. 이윽고 그녀의 움직임이 완전히 멈추었을 때, 주연은 뒤를 돌아보았다. 그녀의 눈에는 당황한 빛이 역력했지만 표정만큼은 너무나 담담했다.

"연 교수님."

주연이 나직한 목소리로 말을 꺼냈다. 치수는 약간 긴장한 얼굴로 주연을 보았다.

"지한텐 궁금한 걸 다 물어보셨으면서 왜 아까 사람들 앞에서는 솔직하게 얘기하지 않으셨어요?"

"뭐, 뭘?"

"……그 사람이, 죽은 사람이 왜 하필 사랑채 욕실에서 죽어버린 건지, 그게 궁금하다는 말은 왜 안 하셨느냐, 이 말이에요."

치수는 너무 놀라 입을 떡 벌리고 말았다. 대체 이 아이가 어떻게 그의 속마음을 이토록 잘 알고 있는지, 그게 놀라울 따름이었다.

"너, 어, 어떻게?"

"사실 지도 그게 궁금했으니까요. 왜 거기서 죽은 건지……"

주연이 풀 죽은 목소리로 나직이 중얼댔다. 치수는 잠시 말을 멈추고 선 주연을 보고 머리만 긁적였다. 그는 별채에서 사람들에게 자신이 품고 있던 의문과 논리성을 토로할 때 일부러 그 얘기만은 피하고 있었다. 성구는 왜 하필 여기서 죽어야 했을까, 그것은 이미 사랑채 욕실에서 성구의 시체를 보았을 때부터 품어온 의문이었다. 그 얘길 하면 주경과 초희가 제1용의자가 된다. 둘 중의 하나가 범인이거나, 아니면 둘이 공범이거나. 그렇게 생각하지 않고서야 어떻게 성구가 거기서 혼자 갇혀 죽었는지를 설명할 수 있을까?

하지만 그는 이야기 하지 않았다. 아니, 차마 말할 수 없었다. 게다가 그가 말하지 않아도 대부분은 초희와 주경을 의심하고 있을 것이다. 어쩌면, 초희와 주경도 그것을 깨달았을지도 모른다.

"말할 걸 그랬나? 내가 말하지 않아서 실망했니?"

치수가 최대한 농담인양 가벼운 목소리를 내려 노력하자 주연이 피식 웃으며 고개를 저었다.

"지한테는 그게 고마웠어요."

그녀의 목소리는 이제 거의 속삭임 수준이 되어 있었다. 치수는 대놓고 이유를 묻지 않았지만 대신 이해할 수 없다는 표정을 지어 보였다. 왜 네가 고마워하니, 이런 의미였다.

"지 언니야는 분명, 분명 범인이 아니에요. 그건 지가 장담할 수 있어요. 언니야는 그럴 사람이 아니에요. 겉으론 기도 세고 강한 척 해도, 사실은 아무것도 못하는 맹탕, 그게 주경이 언니야예요. 그런데 만약 연 교수님이 아까 거기서 언니야를 범인으로 지목했으면, 사람들이 다 언니야를 범인으로 생각했을 거 아니에요? 사람들은 겉모습만 보고 진짜 얼굴은 보지 않는 법이니까요."

주연이 조금 울먹이는 목소리로 말을 끝마쳤다. 치수가 당황한 얼굴로 주연을 향해 걸어갔다. 그가 주연의 어깨를 토닥이자 주연이 힘없이 미소를 지으며 고개를 숙였다.

"그래, 나도 함부로 겉모습만 보고 범인을 판단하지 않으마. 걱정 마라."

치수의 말에 주연이 작은 목소리로 고맙다는 말을 했다. 치수는 손으로 주연의 어깨를 쓱쓱 쓸었다. 이러니저러니 해도 제 언니를 걱정하는구나, 왠지 가슴이 찡하기도 했다.

"아, 맞다. 양초 찾았어요."

"찾았니?"

주연이 손에 쥔 촛대와 양초 몇 개를 보여주었다.

"그럼 지금 당장 서재로 가는 게 좋겠구나. 나 혼자 가면 좋겠지만, 아무래도 남의 집이니 주인과 함께 동행하는 게 낫겠지?"

치수의 말에 주연이 고개를 끄덕였다.

"대신, 서재 안을 조사하는 건 나 혼자 해도 되겠니?"

"얼마든지요."

"고맙구나."

"그란데 왜 서재에 가려고 하시는지……?"

주연이 방을 나서다 말고 이해가 안 간다는 듯이 고개를 갸웃거렸다. 치수가 빙그레 웃었다.

"그건…… 글쎄, 어떻게 설명해야 좋을까?"

그는 잠시 고민했다.

"간단한 얘기인데, 우리가 어떤 목수(木手)의 일생을 평가한다고 생각해 보자. 가령, 그가 평생 일을 잘 해왔는지, 또 어떤 삶을 살았는지 말이야. 아주 단편적인 흔적만으로 그를 평가하려고 한다면 어떤 것이 가장 그 목수의 삶을 잘 대변해 줄 수 있을까?"

치수가 던진 갑작스러운 질문에 주연이 조금 당황한 표정을 지었다.

"연장 아닐까요?"

"정확한걸. 목수의 무기는 연장이니까 말이야. 그럼 나나 너희 아버지 같은 학자들은 뭘 보고 평가해야 할까?"

주연이 이제야 알겠다는 표정을 지었다. 그러나 그리 밝은 표정은 아니었다.

"학문을 연구한 흔적…… 그리고 그게 있는 곳은 서재, 그렇게 되네요."

치수가 크게 고개를 끄덕였다. 순간 주연의 얼굴이 딱딱하게 굳었다가 금방 풀어졌다.

"알았으면 어서 서재로 가자꾸나."

"아, 잠깐만요."

방을 나서기 전, 주연이 멈춰 서서 불을 껐다. 불 꺼진 침실은 무척 스산해 보였다.

원래 목적지였던 서재로 가는 길에, 치수는 마음이 뒤숭숭해지는 것을 느꼈다. 죽은 정 교수만이 이 모든 일의 진실을 알고 있는 지금, 정 교수의 흔적을 따라가는 것은 당연한 일이다. 하지만 만약 정 교수의 흔적에서도 성구의 죽음이 왜 귀신 노파 전설과 연관이 있는지 알아내지 못한다면 범인의 꼬리를 잡는 것은 더 어려워질 것이다. 그 사이에 또 다른 살인이 발생할지도 모를 일이었다.

'다시 생각을 정리해 보자. 대체 왜 범인은 선장에게 복수를 하려고 했을까?'

치수는 마음을 가다듬고 머리를 굴렸다. 아무리 생각해도 치수 머릿속에 떠오르는 것은 이십 년 전의 시체 두 구가 전부였다. 귀신 노파 전설에서도 노파 아들을 묻은 자들이 모두 혈육을 잃지 않았는가. 그러니 시체 두 구를 묻은 김 선장 역시 혈육을 잃었다고밖에는 생각할 수 없었다. 그럼 그 두 구의 시체, 유정호와 임강수는 왜 죽었을까? 그들은 정 교수와 어떤 관계가 있으며 지금 여기 모인 사람들 중 유정호, 임강수와 관계있는 사람들은 누굴까? 아마 누군가 유정호나 임강수와 관계가 있다 해도 솔직히 말하지는 않으리라. 자신이 의심받을 게 뻔하니까. 더 자세히 생각을 정리해 보려 했지만 다시 모든 것이 복잡했던 그 모습 그대로 돌아와 버렸다.

치수는 주연 모르게 한숨을 쉬었다. 그의 입에서 하얀 입김이 세차게 공기 중으로 돌진하더니 빠르게 사라졌다. 서울에 있을 때까지만 해도 초봄이 온다고 좋아했는데 이 섬에 오니 아직 겨울의 한복판에 서 있다는 생각이 들었다. 아마 한옥 부지 전체를 덮은 흰 눈 때문에 더욱 그런 생각이 드는 것이리라. 흰색은 공기를 차갑게 했다. 흰 눈, 백발, 해무…… 해무 속을 뛰어가는 백발의 뒷모습이 떠오르자 그는 세차게 고개를 흔들어버렸다.

그는 생각을 환기하려는 듯 주변을 둘러보았다. 흰 눈이 덮인 한옥은 고즈넉한 동시에 기이한 아름다움을 뽐내고 있었다. 안채에 연결된 안뜰과 안뜰 옆에 쌓인 장독대들, 그리고 저 멀리 보이는 대문과 그 너머의 영산. 왠지 모르게 아주 오래전 일어났던 최초의 살인이 한 편의 단막극처럼 변해 그의 머릿속을 떠다니는 기분이 들었다. 피로 변해버린 영산과 낫을 든 지주, 그리고 이곳에서 죽어나갔을 수많은 사람들.

"교수님, 교수님!"

치수는 혼자만의 생각에 잠겨 있다가 주연의 목소리를 듣고는 놀라서 펄쩍 뛰었다. 주연이 그에게 라이터와 촛대를 내밀고 있었다. 어느새 안채 앞에 도착한 것이었다. 주연이 이상하다는 듯이 그를 보았다.

"괜찮으신 거지요?"

"아, 응. 괜찮다."

"라이터 여기 있어요. 그럼 지 먼저 가볼게요. 교수님도 빨리 살펴보고 별채로 오세요."

"그, 그래. 고맙다."

라이터를 받아든 치수는 얼른 양초 하나에 불을 켜고 촛대에 초를 꽂았다. 어두운 안채가 양초불로 환해졌다. 주연은 그가 서재에 들어가는 것을 보고는 그대로 발걸음을 돌려 그의 시야에서 사라졌다.

치수는 이제 혼자였다. 아무도 없는 서재는 무서우리만치 고요했다. 시계 째깍대는 소리도 없었다. 그는 침을 한 번 삼키고는 일렁이는 양초불로 방 이곳저곳을 비추며 서재를 탐색하기 시작했다. 수많은 책장과 수천 권에 달할 정도로 빼곡히 쌓인 책들 사이로 길게 늘어진 치수의 그림자가 왔다 갔다 했다. 가끔 촛불이 일렁일 때마다 그의 그림자도 일렁였다. 붉은색과 노란색, 검은색이 만들어내는 조화는 환영 같이 보였다.

확실히 서재는 치수가 기억하는 대로 정 교수의 흔적이 많이 남아 있었다. 치수는 정 교수 책상을 여기저기 뒤졌다. 선장이 분명 임강수가 교수라고 했으니 혹시라도 임강수가 쓴 서적이나 논문을 갖고 있지나 않을까 해서였다. 아니, 확실히 가지고 있을 것이다. 정 교수가 그를 부러워했다면 그의 논문 하나쯤은 가지고 있어야 했다. 게다가 유정호는 일개 고용인이었으니 그 흔적을 찾기 힘들겠지만 임강수는 오랜 친구였으며 한 때는 유명한 교수이기도 했으니 분명 그에 관한 무언가는 지니고 있었을 것이다.

근거 없는 확신에 차서 한참 방 이곳저곳을 뒤적이던 치수는 한참이 지난 후에야 자신이 멍청한 짓을 하고 있다는 것을 깨달았다. 그는 결국 아무것도 찾지 못했다. 쓸데없이 잔뜩 힘만 뺀 꼴이었다. 그는 촛대를 책상에 내려놓고 의자에 무너지듯이 앉았다. 갑작스러운 후회가 밀려오며 자신이 너무나 한심하고 멍청하게 느껴졌다. 주연이에게 겉만 번지르르한 말—그러니까 목수가 어쩌니 학자가 어쩌니 한 그 말—을 지껄였던 스스로가 부끄러워서 견딜 수가 없었다.

범인이 어떤 방법을 써서 성구를 죽였는지 알아내도 모자를 판에 유정호와 임강수에 대해 찾아보겠다고 무턱대고 서재를 뒤지는 꼴이라니. 그들에 관한 기록이 남아 있을지 어떨지도 모르는 상황에. 정 교수가 모든 사건의 중심이라는 추측뿐 실제론 왜 모든 사건의 중심에 서 있는지도 모르는데……

치수는 아쉬운 표정으로 자리에서 일어났다. 더 이상 아무것도 찾지 못할 바에야, 이만 탐색을 마치고 서재에서 나가는 게 좋을 것 같았다. 저 수많은 책들 중에 유정호와 임강수에 관한 무언가가 있으리라 생각한 자신이 바보였다, 생각하며 자리에서 일어나던 치수의 발치에 무언가 걸렸다. 발 아래로 불빛을 비추자 그 책의 정체가 확연히 드러났다. 정 교수의 논문집이었다. 그는 촛불을 내려놓고 허리를 숙여 논문집을 들어 올렸다.

새빨간 겉표지, 누렇게 색 바랜 속지. 치수의 얼굴에서 표정이 사라졌다. 설마, 이 책을 다시 보리라곤 상상도 못했던 것이다. 그는 자신이 아는 그 책이 맞나 하는 마음에 책 표지를 이리저리 뜯어보았다. 확실했다. 그는 이 책을 알고 있었다. 이것은 정 교수가 낸 논문집 초판이었다. 아마 그의 기억이 정확하다면 정 교수가 십여 년 넘게 써온 논문을 모두 모은 그 책이 분명했다.

치수가 이것을 알고 있는 이유는 대학원생이던 시절, 이 논문집으로 연구를 진행한 적이 있었기 때문이었다. 덕분에 이십 년 가까이 흘렀지만 여전히 이 책을 기억하고 있었다. 그는 떨리는 손으로 먼지 쌓인 책의 가장 첫 장을 넘겼다. 목차 위에 잉크 기름이 노랗게 나와 번져 있었고 그 위로 낯익은 필체가 둥둥 떠 있었다. '정 영태'.

치수가 저도 모르게 피식 웃었다. 정 교수는 자기 이름 석 자를 쓸 때 항상 옛날식 표기대로 성과 이름을 띄어서 썼다. 왠지 그리운 느낌이 들어 치수는 손으로 그 이름을 쓸어보았다. 깔깔한 느낌이 손끝에 전해져왔고, 그의 기억은 순식간에 과거로 돌아갔다.

2

대학원에 다니던 치수는 매일매일 석사 논문과 씨름하며 도서관에서 하루를 보내곤 했는데, 얼마나 치열하게 살았는지 그때 읽었던 웬만한 책은 지금까지도 다 기억할 정도였다. 심지어 외국 원서들까지도 기억하고 있었다.

어쨌거나 마음껏 잠잘 틈도 없던 그 당시 치수의 일과는 새벽 여섯 시를 알리는 알람과 함께 시작되었다. 여섯 시에 일어나면 옷만 갈아입고 학교 중앙도서관에 갔다. 아침은 대개 버스에서 해결하곤 했는데 그가 살던 하숙집에서 학교까지 꽤나 시간이 걸렸으므로 버스 안에서 주먹밥 정도는 먹을 수 있었던 것이다. 주먹밥으로 속을 채우고 나면 정확히 육칠 분 후에 학교에 도착한다. 그때부터 새벽 한 시까지, 쉬지 않고 수업, 연구, 논문이 반복된다.

그때 그의 연구에 조언을 해준 사람이 정 교수였다. 정 교수는 치수가 학부생 시절일 때부터 그의 전공과목을 가르쳐왔는데 꽤나 깐깐하고 가까이하기 어려운 사람이었음에도 치수는 그를 존경하고 있었다. 완벽할 만큼 깔끔한 수업, 그리고 무엇보다 지나칠 정도로 지적인 사람이었기 때문이다. 치수는 언제나 그를 보고 걸어 다니는 책 같다고 생각했다. 감정 없이, 오로지 지적인 부분으로만 이루어진 사람.

하지만 우습게도 그 모습을 존경했던 치수였지만 단 한 번도 그 모습을 닮기 위해 노력한 적은 없었다. 그는 늘 정 교수가 은밀히 또 다른 자신의 모습을 숨기고 살고 있다고 믿고 있었다. 아니, 분명히 정 교수 안에는 또 다른 사람이 살고 있었던 게 틀림없었다. 그게 아니라면 언제 터질지도 모를 시한폭탄을 안고 살았거나.

"교수님, 저 왔습니다."

그 날도 치수는 정 교수의 방에 찾아갔다. 정 교수 방은 다른 교수들의 방과는 조금 다른 면이 있었다. 뭐랄까, 지나치게 깔끔하다고 할까, 강박증 환자의 방 같다고 할까. 온통 흰색으로 칠해진 벽은 티끌하나 묻지 않고 깨끗했다. 게다가 수많은 책이 꽂힌 그의 책장은 일정한 분류로 완벽하게 정리가 되어 있어서 도서관을 방불케 할 정도였다.

"문은 닫게."

정 교수가 딱딱하게 말했다. 그는 코끝에 걸친 안경 너머로 치수를 빤히 응시하고 있었는데 치수는 그 눈빛이 매번 부담스러웠다. 치수가 문을 제대로 닫고 의자에 앉자 정 교수가 책을 한 권 내밀었다. 빨간 표지의 책이었다.

"이건……?"

"이번에 나올 내 논문집이네. 아직 출간 전 검토 단계에 있긴 하지만, 자네 연구에 필요할 것 같아서 말이야. 참고하게."

치수의 눈이 커졌다.

"교수님, 이런 귀중한 자료를……"

말은 그렇게 하면서도 어느새 치수는 책장을 넘겨보고 있었다. 정 교수의 첫 논문은 한눈에 봐도 정 교수답군, 할 정도였다. 일목

요연하고 담담한 어투, 무엇보다 소름 돋을 정도로 논리정연했다. 서론부터 결론까지 어느 한 군데에서도 곁다리로 빠지는 법이 없었다.

치수는 왠지 부끄러운 기분이 되었다. 정 교수가 스물다섯에 쓴 논문이 스물일곱인 그의 것보다 월등히 뛰어나다니.

"읽고 다시 돌려주면 되네."

"예."

"그리고 내일은 내가 자리를 비우게 될……"

정 교수의 말은 갑자기 등장한 손님 때문에 중단되고 말았다. 치수는 휘둥그레진 눈으로 방 문을 열고 뛰어든 두 여자를 보았다. 십대 여자아이와 많아야 이십대 후반 정도로밖에 보이지 않는 여자가 발갛게 상기된 얼굴로 문 앞에 서 있었다. 여자아이는 정 교수와 놀라울 정도로 닮아 있었는데, 어쩌면 정 교수의 신경질적인 표정까지도 빼닮았는지 치수가 몸을 한 번 부르르 떨 정도였다. 그 옆에 선 젊은 여자는 진한 화장에, 뽀글뽀글한 머리를 허리까지 길게 내리고 있었다. 치수는 두 여자를 살펴보다 말고 저도 모르게 정 교수의 표정을 힐끔 살폈다. 여전히 감정이라곤 하나 없는 무뚝뚝한 얼굴이었다.

"지금 학생과 얘기 중이오. 연락도 없이 이렇게 찾아오면 내가 곤란해지는 걸 모르나? 당장 나가시오."

정 교수가 차가운 목소리로 느릿느릿 이야기했다. 그러자 젊은 여자의 입에서 불만에 찬 목소리가 튀어나왔다.

"하지만 여보."

그 여자의 '여보', 하는 소리에 치수는 또 한 번 놀라고 말았다.

정 교수와 이십대 후반 정도로 보이는 여자는 어울리지 않을 정도로 외모나 나이에서 차이가 나는 것 같았다. 정 교수는 한 눈에 봐도 학자구나, 할 인상을 풍기고 있었지만 그의 아내는 언뜻 보기엔 물장사하는 여성으로 보였던 것이다.

"어제가 우리 주경이 생일이었다고요."

"당장 나가라고 했을 텐데."

정 교수 목소리에 노기가 서려 있었다. 그러나 그의 아내는 아랑곳 않고 앙탈과 불만이 섞인 목소리로 제 할 말만 지껄였다.

"당신 매일 여기서 지내잖아요. 집엔 오지도 않고 말예요."

정 교수의 이마에 푸른 핏줄이 울룩불룩 솟아오르기 시작했다.

"주경이 너, 잠깐 나가 있어라."

정 교수가 억지로 노기를 가라앉히며 신경질적인 얼굴을 한 자신의 딸에게 문을 가리켰다. 그러자 주경은 아버지에게 눈길 한 번 주지 않고는 쪼르르 문으로 달려갔다. 문을 벌컥 열고 나가려던 주경은 뒤를 놀더니, "엄마 나 아래층에서 과자 사먹을게." 하고는 문을 닫았다. 가볍게 뛰어가는 주경의 발소리가 방 안까지 들려왔다. 이윽고 주경의 발소리가 멀어지기를 기다리던 정 교수가 입을 열었다.

"좋은 말로 할 때 당장 나가. 한 번만 더 여길 찾아오면 다신 대한민국 땅에서 못 살게 만들 줄 알아!"

그의 말투는 주경이가 있을 때와는 사뭇 달랐다. 그는 너무 노한 나머지 치수가 옆에 있는 것마저 잊어버린 것 같았다.

"흥! 당신이 어떻게? 주경이나 주연이가 있는데! 당신 애들을 다 내가 낳았는데, 당신이 날 어떻게 한다는 거야? 그리고 우리 아버지 힘없었으면 당신이 지금 여기 앉아서 교수 노릇이나 할 재목이나 돼?"

그의 아내가 신랄하게 비웃자 정 교수가 주먹으로 있는 힘껏 책상을 내리쳤다.

"말 가려서 해!"

"말을 가려? 내가 무슨 말을 가려? 내가 뭐 틀린 말 했어? 틀렸느냐고!"

"닥쳐!"

이윽고 일이 터졌다. 정 교수가 아내를 향해 책상 위에 있던 재떨이를 던진 것이다. 노란 사각형 플라스틱 재떨이는 그의 아내 이마에 맞고 굉장한 소리를 내며 땅에 떨어졌다. 그녀의 이마에서는 피가 줄줄 흘러내리고 있었다. 그녀는 벌벌 떨리는 손으로 자신의 이마를 닦아보았다. 붉은 선혈을 본 그녀의 얼굴이 새하얗게 질려가기 시작했다. 그러나 정 교수는 그 모습을 보고도 씩씩댈 뿐, 별 다른 말이 없었다.

"너, 너 지금 무슨 짓 한 거야? 무슨 짓 했느냐고—!"

정 교수 아내가 미친 사람처럼 난리를 피우기 시작했다. 그녀는 책장에 꽂힌 책을 모두 뽑아 바닥에 내동댕이치고 발로 밟고 소리를 질러댔다.

"감히 네가, 감히 나한테!"

"그러게 말 가려서 하라고 했잖아!"

그녀는 헝클어진 검은 머리카락 사이로 눈을 번뜩이며 정 교수를 쏘아보았다. 긴 머리 사이로 보이는 새하얀 얼굴엔 원망과 미움이 가득해서, 치수의 등골이 다 오싹할 지경이었다. 그녀가 짐승처럼 정 교수 쪽으로 달려가 그의 얼굴을 잡아 뜯으려 했다. 치수는 기다렸다는 듯이 벌떡 일어나 그녀의 몸을 뒤로 잡아끌었으나 그 힘은 실로 엄청난 것이어서 건장한 이십 대의 남자도 감당하기 힘들 정도였다. 문제는 그 모습을 보는 정 교수가 꼼짝도 안 하고 서 있기만 했다는 것이었다.

"너 죽여 버릴 거야, 나쁜 자식! 우리 아버지한테 내가 못 말할 줄 알지? 내가 못 말할 것 같지 —!"

"닥쳐! 너야말로 조심하는 게 좋을걸! 누가 누구 딸이라고? 주연이가 내 딸?"

치수의 팔을 뿌리치려 온몸을 비틀던 그녀가 그 자리에 우뚝 섰다.

"갑자기 무슨 소리야?"

"내가 모를 줄 알았어?"

정 교수 눈이 희번득 빛났다. 그의 눈에 피어오르던 분노가 마침내 폭발하고 말았다.

"네가 딴 놈 자식을 내 새끼라고 말한 걸, 내가 모를 줄 알았냐고."

더 이상 아무도 움직이지 않았다. 모두 침묵했다. 정 교수도, 그의 아내도, 그 모든 것을 지켜보는 치수도. 정 교수의 아내가 이윽고 치수의 품에서 미끄러져 그 자리에 주저앉았다. 치수도 덩달아 자리에 앉고 말았다.

"그게 무슨 소리야……"

그녀의 목소리가 쩍쩍 갈라졌다. 눈동자는 공포로 물들어 갔고 입술을 바르르 떨리고 있었다.

"지금은 모른 척해 주지. 하지만 알아서 처신하는 게 좋을 거야."

"당신, 헛소리하지 마."

그녀는 시선을 피하며 작게 중얼거렸다.

"헛소리는 누가 하는지 볼까? 네가 그 애 혈액형까지 속인 걸 보면 헛소리는 내가 아니라 네가 하는 것 같은데 말이야."

정 교수가 나지막하게 말하자 그의 아내가 몸을 부르르 떨었다.

"주연이 그 애, AB형이더군. 너랑 나랑 둘 다 O형이니 AB형 아이가 나올 수는 없는데 말이야."

"아냐, 아니라니까! 우리 주연이 O형이야, O형 맞다고!"

그녀가 혼신의 힘을 다해서 거짓말을 했으나 이미 그녀 앞에 선 정 교수는 모든 진실을 알고 있는 얼굴이었다.

"만약 장인어른이 주연이를 유난히 예뻐하지만 않으셨으면, 나 그 애 안 봤어."

치수가 뒤통수라도 맞은 사람처럼 얼빠진 표정으로 정 교수를 보았다. 어떤 복잡한 사연이 있던지, 정 교수는 주연이를 억지로라도 옆에 데려다 놔야 했다. 장인 때문에. 그 말은 곧 그가 장인의 힘을 얻어 이 자리에 서게 됐음을 의미하는 것이었다. 치수는 큰소리로 헉, 하고 숨을 들이쉬었다. 순간 방 안에 있던 사람들이 모두 치수에게로 고개를 돌렸다.

"자네…… 아직 있었나?"

정 교수가 그제야 치수를 발견한 것처럼 눈을 가늘게 떴다. 치수는 민망한 얼굴로 고개를 끄덕였다. 정 교수의 얼굴이 일그러졌다. 치수가 비틀거리며 자리에서 일어났다. 그의 발바닥이며 다리에서는 땀이 비오듯 했다. 치수가 우물쭈물하자 정 교수가 나가보라는 듯이 손을 휘저었다.

"됐어. 나가보게."

"예, 예에……"

치수가 허둥지둥 내팽개쳐진 책 사이를 비집고 걸어 나갔다.

"그, 그럼 다음에 오겠습니다."

치수는 고개를 꾸벅인 뒤 빨간 논문집을 겨드랑이에 끼고는 도망치듯 그 방을 빠져나갔다. 닫히는 문틈 사이로 주저앉은 여자와 담배를 피우는 정 교수의 모습이 보였다. 그게 그가 본 정 교수 아내의 처음이자 마지막 모습이었다. 그는 그 날 이후 다시는 그녀를 볼 수 없었다.

3

그 날 이후 수차례나 정 교수를 만났음에도 정 교수는 그에게 그때 일에 대해 이야기 하지 마라는 소리조차 꺼내지 않았다. 치수가 이야기하지 않으리라는 확신을 가지고 있었거나, 그게 아니라면 이 일에 대해 얘기하고도 네가 잘 살아갈 수 있을까 하는 자신을 가지고 있었음에 틀림없었다. 물론 치수는 전자이기를 바랐지만 저도 모르게 마음속으로 후자일 거라는 생각을 하고 있었던 것이다.

치수는 벌써 몇 십 년이 지난 과거를 떠올리며 빠르게 책장을 넘겼다. 왜 하필 그때 일을 떠올린 것인지는 그에게도 의문이었다. 한참 옛일을 떠올리며 책장을 넘기던 치수 손끝에 무언가 걸렸다. 그는 책장을 넘기다 말고 손에 걸린 것을 보았다. 논문집 사이에 꽂혀 있던 작은 종이 두 장이었다.

한 장은 영수증이나 차용증이고 한 장은 신문 기사를 오려놓은 것이었다. 치수는 먼저 영수증(또는 차용증)을 살펴보았다. 그것은 꽤나 빳빳했다. 최근 것일까? 아니다. 종이색이 누런 것을 보아 오래된 것이다. 빳빳한 건 아마 두꺼운 책 사이에 오래 끼워져 있어서겠지. 치수는 자세히 보기 위해 눈을 가늘게 뜨고 그것을 촛불에 비춰보았다. 차용증이 아니라 영수증이 맞았다. 자필로 급히 날려 쓴 영수증의 내용은 이러했다.

영수증-공급자 보관

200,000,000원 정(각각 100,000,000원)

공급자 : 정영태

공급 받는자 : 김춘, 최진배

날짜 : 19XX. X. XX

치수는 소스라치게 놀라 영수증을 손에서 놓을 뻔했다. 그는 몇 번이고 영수증을 다시 보았다. 날짜, 날짜가 이십 년 전 그때였다. 살인이 일어나기 며칠 전, 그러니까 치수가 이 섬에 도착하기 하루 전쯤. 공급자는 정 교수, 공급받는 자는 이름 모를 두 사람. 대체 이십 년 전에 정 교수에게 2억이라는 돈을 받은 사람들은 누구이며 또 정 교수는 왜 이렇게 급히 영수증을 만들었을까?

치수는 잠시 그것을 보고 있다가 이번에는 신문기사로 눈을 돌려, 그것을 읽기 시작했다. 자연스레 날짜가 먼저 눈에 들어왔는데 이 신문 역시 이십 년 전, 살인이 일어날 그 무렵의 것이었다. 정확히는 살인이 일어나기 한 달 정도 전인 것 같았다. 신문기사의 크기나 내용의 정도로 보아 아마 남는 지면에 작게 실린 기사임에 분명한데, 그런 작은 기사를 조심히 잘라서 책 사이에 넣어놓았으니 필히 정 교수에게는 중요한 기사였으리라. 치수는 재빨리 눈으로 기사를 읽어내려 가기 시작했다.

민족대학교 정영태 부교수(39) 논문 표절 논란.

민족대학교 인문대학 정영태 부교수가 논문 표절 논란에 휩싸여 학회의 물의를 빚고 있다. 현재 정 교수는 논란을 전면 부정하고 있으나 우경대학 임강수 교수(39)의 주장에 따르면 정 교수가 임 교수의 논문을 표절해 박사 학위를 취득했다는 것. 과연 학회가 누구의 손을 들어줄 것인지 관심이 집중되고 있다.

이거였구나.

치수는 뒤통수를 맞은 기분으로 눈을 깜빡였다.

'이것 때문에 임강수가 섬에 온 거였어. 정 교수에게 자신의 논문 표절을 따지기 위해, 그래서 섬에 온 거야.'

임강수는 몰랐을 것이다. 자신이 이 섬에 오고 봉변을 당할 것이라곤. 그래서 아무 생각 없이 이런 곳까지 찾아왔겠지. 하지만 그는 죽었다. 다시는 돌아가지 못하고 이곳에 묻혔다. 정 교수는 그의 죽음을 애도했을까? 아니면 속으론 내심 그를 죽인 범인에게 고마워했을까? 물론 정 교수는 슬퍼했을 것이다. 오랜 친구였으니까. 하지만 동시에 범인에게 고마웠겠지. 이십 년 전의 범인이 누구든, 또 정 교수가 실제로 논문을 표절했든 표절하지 않았든, 어쨌거나 아무런 물의를 일으키지도 않고 문제를 해결해 준 셈이니까.

치수는 신문 기사를 두어 번 더 보고는 반으로 접어 영수증과 함께 주머니에 넣었다. 딱히 뭔가를 건졌다는 생각이 드는 것은 아니었으나 일단은 왜 임강수가 여기까지 온 건지 알았으니 그걸로 충분했다. 게다가 의문의 영수증이 있다. 누구에게 준 건지는 모르겠지만 2억이라는 거액이 오고 간 흔적이다, 또 이십 년 전 사건이 일어나기 직전에 이루어진 거래다. 분명 원흉과 어느 정도 연관성이 있을 거라는 생각이 들었다. 문제는 김춘과 최진배가 누구인가 하는 것인데, 그 역시 차차 밝혀낼 수 있으리라. 아니, 어쩌면 빠른 시간 내에 밝혀질 수 있을지도.

치수의 입가에 희미한 미소가 떠올랐다.

치수가 다시 별채로 돌아왔을 때는 이미 대부분의 사람들이 식사를 마치고 자리를 뜬 후였다. 선장과 강배는 바다 상태를 보기 위해 잠깐 나갔으며 주경은 제 방으로 돌아갔다고 했다. 덕분에 치수는 주연과 초희만 있는 방 안에서 밥을 먹어야 했다.

다 식은 밥에 반찬이라곤 직접 구운 김과 야채 장아찌가 전부였지만 어제부터 제대로 먹지 못한 탓에 그는 밥을 두 그릇이나 비울 수 있었다. 그는 반찬 그릇까지 깨끗이 싹 비우고 나서야 포만감을 느끼고 배를 몇 번 두드렸다.

"서재에선 뭣 좀 찾으셨어요?"

치수가 밥을 다 먹길 기다렸다는 듯이 주연이 그에게 질문을 던져왔다. 그는 잠깐 주머니에 든 영수증과 신문 기사를 떠올렸으나 이내 고개를 저었다.

"하나도 못 찾았다. 모든 일엔 원인과 결과가 동시에 존재하는 법인데…… 도대체 원인을 모르겠구나."

그가 짐짓 어깨를 축 늘어뜨리자 주연이 그의 어깨를 툭툭 두드렸다.

"금방 찾을 테니 기운 내세요."

주연은 치수가 다 먹은 그릇을 주섬주섬 상에 담기 시작했다. 초희가 거들려 했으나 주연은 한사코 그 손길을 거부했다. 몇 분간 달그락 대는 접시 소리만 들리더니 이윽고 주연이 상을 들고 방을 나섰다. 이제 방 안에는 초희와 치수, 둘뿐이었다.

치수는 초희의 표정을 슬쩍 살폈다. 만약 그녀가 입만 굳게 다물고 있지 않았다면 더없이 평온한 표정으로 보였을 것이다. 하지만 초희의 얼굴은 굳게 다문 입 때문에 극도로 긴장한 사람처럼 보였다.

"저기."

치수가 조심히 말을 붙였다 그러자 딴 생각에 빠져 있던 초희가 놀란 얼굴로 치수를 보았다. 말을 걸어올 줄 몰랐던 모양이었다.

"많이 컸구나."

치수가 머쓱한 얼굴로 애써 대화를 끌어나가려 했다. 물론 서른이 넘은 여성에게 많이 컸다는 말이 너무나 한심스러운 소리라는 것쯤은 그도 알고 있었다. 그 말 외에 할 말이 없기 때문에 그런 멍청한 말을 꺼낸 것뿐이었다.

"아제도 마이 늙었십니도."

초희가 순박한 미소를 지었다.

"그래, 나도 많이 늙었지."

"아제요, 참말로 뭐 좀 알아낸 게 없으십니꼬?"

초희가 갑자기 얼굴을 굳히더니 그에게 돌 직구를 던졌다. 치수는 잠시 얼빠진 표정을 지었다. 너무나 갑작스러운 질문이었다. 좀 더 평범한 대화에서부터 그 얘기로 넘어가려고 생각하고 있었는데, 초희는 애초에 평범한 대화 같은 것엔 관심이 없었던 것이다.

"그, 그게……"

치수가 말을 더듬으며 입술에 침을 축였다.

"말이 나왔으니…… 네가 유정호 씨 외동딸과 친구였다는 소릴 했지? 그래서 말인데, 혹시 유정호 씨에 대해서 아는 게 있니?"

초희의 얼굴이 급격히 어두워졌다.

"그걸 알면 참말로 성구 오빠 죽인 범인을 찾을 수 있는 깁니꼬?"

"글쎄…… 너한테만 하는 얘기이지만, 사실은 장담할 수 없단다. 그래도 그게 중요한 힌트가 될 거 같긴 해."

치수는 망설인 끝에 솔직한 생각을 털어놓았다. 초희는 근심어린 얼굴로 잠시 치수를 살펴보더니 이내 입을 열었다.

"그렇다면야…… 좋십니도. 실은 죽은 지 동무에 대해 떠올리는 게 지헌티도 힘든 일이라, 정혜나 갸 아부지에 대한 야그는 하기 싫었거든예. 하지만 아제가 그렇게 말한다면……"

치수는 얼른 초희의 손을 잡고 강한 어조로 다짐했다.

"네가 해준 얘기는 분명히 힌트가 될 거야. 분명히. 부탁한다."

치수의 말에 초희는 그제야 마음을 다잡고 옛날 일을 곰곰이 떠올리기 시작했다.

"정혜 야그를 먼저 해야겠지예. 지가 정호 아제에 대해 아는 건 정혜가 해준 얘기나 소문 정도뿐이 안 되니 말입니도. 정혜는 지 젤 친한 친구였십니도. 하도 살이 희고 통통해서 별명이 덩이였지예. 그래도 그 퉁퉁한 몸으로 노랠 얼마나 잘 불렀는지, 저 혼자 직접 노랠 만들어서 부르기도 했십니도. 갸가 부르던 노래가 아직도 기억에 남을 정도니까……"

초희가 웃음소리를 냈다. 그리움이 담긴 웃음이었다.

"아무튼 갸 집이 원랜 이 섬에서 젤루 가는 부자였지예. 한데 한날은 갸 아부지가 다리를 다쳐서 더 이상 배를 못 타게 됐십니도. 집에 멕여 살릴 식구는 많고 배는 못 타고. 결국 정호 아제는 이 일 저 일 찾아 나섰다가 한옥 부지 관리인이 된 깁니도. 듣자 하니, 첨엔 일도 잘하고 빠릿빠릿해서 이 집 아가씨덜 하고도 잘 지냈다데예. 그란데…… 그란데 지가 열두 살인가 되던 해에, 무신 일인지 이 집에서 난리가 났십니도. 아마 아제가 여그 왔던 그쯤에 있었던 일일 깁니도."

초희의 표정이 급격히 어두워지자 치수가 침을 한 번 삼켰다.

"재차 말하지만은…… 난리가 났다는 것만 알지, 당최 무신 일인지는 지도 모릅니도. 교수라캤넌가…… 아무튼 이 집 주인이 정호 아제 멱살을 잡고 아구를 때렸다 아입니꼬. 그때 들리는 소문에는 '다 보지 않았느냐' 하고 소리를 지르믄서 막 사람 정신을 쏙 빼놨다 캅니도. 정호 아제가 울며불며 '지는 못 봤십니도, 못 봤십니도' 했다 카지예. 그라고 얼마 뒤에 정호 아제가 죽은 깁니도. 그라니까…… 아제가 여그 온 날인가…… 다음 날인가. 아무튼 그 즈음이예. 정호 아제가 죽고 나서 정혜도 죽었십니도. 아니, 사실 죽었는지는 모르겠지만, 사램들이 죽었다 카니까 죽은 거 겠지예. 지가 본 건 가가 해무 속으로 사라지는 게 전부였으니까예."

초희가 말을 마치고 허무한 표정을 지었다. 치수는 뭔가 잡힐 듯

말 듯 하면서도 제대로 잡히지 않는 기분을 느꼈다. 대체 뭘까, 뭘 봤느냐고 다그쳤을까? 그게 뭐든, 분명 유정호의 죽음과 직결될 것이다. 유정호는 뭘 봤을까.

"아! 맞다. 그때 그 자리에 교수랑 정호 아제 말고도 다른 사람이 둘 있었십니도."

"다른 사람들?"

"야. 지가 알기론 이 집 둘째 딸내미랑…… 아니, 첫째 딸내민가? 아이다, 아이다. 둘째 딸내미가 맞다. 첫째 딸내민 그때 아파서 방에 있었다고 했으니까…… 우쨌거나 둘째 딸내미랑 진배 아제도 있었다고 들었십니도."

치수의 손이 힘없이 툭 떨어졌다. 둔탁한 걸로 머리를 한 대 얻어맞은 기분이었다. 치수는 혼자 날뛰는 가슴을 안정시키기 위해 몇 번이나 손으로 명치를 쓸어내렸다.

"괜찮십니꼬?"

초희가 걱정스러운 눈길로 묻자 치수가 거세게 고개를 저었다.

"난 신경 쓰지 마라, 그건 그렇고 진배, 너 지금 진배라고 했지?"

"야. 와예?"

초희가 의아한 눈길로 물었다.

"호, 혹시 그 진배라는 사람, 성이 최씨, 맞니?"

"야. 맞십니도. 최가 진배, 맞십니도. 아제가 우찌 아는데예?"

치수는 벌떡 일어났다. 진실을 향해 또 한 걸음 내디딘 것이다. 그는 자신도 모르게 주머니에 손을 넣고 영수증을 꽉 쥐었다. 서재에서 헛된 시간을 보낸 게 아니라는, 그런 자신감이 처음으로 그의 가슴을 때리고 지나갔다.

"어떻게 아는지에 대해선 나중에 얘기하마. 일단은 그게 중요한 게 아니야. 가능하다면, 최진배가 누군지 얘기해 줄 수 있니?"

치수가 초희의 어깨를 두 손으로 잡으며 묻자 초희가 당황한 듯 어깨를 움츠렸다.

"그, 그건 지보다 강배 아제가 더 잘 알 텐데……"

"그게 무슨 소리니?"

"그야 진배 아제가 강배 아제 동생이니까예. 모르셨나보네예?"

치수의 입이 딱 하고 벌어졌다. 최진배의 혈육이 바로 옆에 있었다. 이제야 그의 머릿속에서 뭔가 잡혀가는 것 같았다. 유정호와 임강수가 이십 년 전 이 집에서 죽었다. 그때 그들의 시체를 영산에 묻은 사람은 김 선장, 그들이 죽기 전에 그들과 관련이 있던 사람은—어떤 관련성인지는 모르지만—최강배의 동생, 최진배. 또 누구인지는 모르지만 최진배와 함께 정 교수에게 돈을 받은 김춘이라는 자. 마지막으로 정 교수. 이들이 모든 사건의 흐름에 서 있었다.

그리고 이들은 현재 여기 모인 사람들과 어떤 식으로든 관계가 있다. 일단 김 선장과 그 아들인 김성구. 최진배의 형인 최강배. 정 교수의 두 딸들. 그렇다고 그들이 범인이 아니라는 것은 아니다. 이 모든 사람들이 어떤 이유에서든 범인이 될 수 있었다. 그러고 보니 사건에 관계있는 사람이 한 사람 더 있었다. 김춘.

"초희야."

"말씀 하이소."

"하나만 더 물어보자. 혹시 김춘이 누구인지 아니?"

"김춘?"

"그래, 김춘."

초희가 가만히 생각에 잠기더니 이내 고개를 흔들었다.

"김춘은 누군지 모릅니도. 와예? 다른 사람들한테 물어볼까예?"

치수가 조금 실망한 기색을 보였지만 여전히 그의 얼굴에는 희색이 감돌았다.

"아, 아니다. 물어보더라도 내가 직접 물어보마. 어쨌거나 정말 고맙다. 덕분에 뭔가 좀 잡혀 가는 기분이 드는구나."

치수의 얼굴에 미소가 만연했다.

"빨리 범인을 잡는 게 중요하지예. 또 물어볼 게 있이믄 물어보이소."

"그래. 고맙다."

"야. 볼일 끝났십니꼬? 하모 지는 욕실 좀 댕겨올게예."

초희가 자리에서 일어났다. 치수는 뒤돌아 나가는 초희의 뒷모습만 보고 있었다. 그 때 문득 그의 머릿속에 짧은 의문이 들었다. 지금껏 놓치고 있었던, 짧지만 강렬한 의문.

"초희야!" 치수가 다급히 초희를 부르자 그녀가 방 문 앞에서 그의 얼굴을 물끄러미 보았다. "정말 미안한데, 딱 하나만 더 물어봐도 되니?"

고개를 끄덕이는 초희의 얼굴이 파리해 보였다.

"넌 여기 왜 온 거야?"

새하얀 얼굴을 향한 치수의 눈이 일그러졌다. 만약 여기 있는 사람들이 이십 년 전의 복수를 위한 연극무대에 선 것이라면 초희는 여기 있을 이유가 없었다. 정 교수의 장례식에 온 것도 아니고 뭔가 할 일이 있어서 온 것도 아닌데…… 게다가 이십 년 전의 일과는 상관도 없는 사람인 초희는 왜 여기 왔을까? 각자 맡은 배역이 다 있는데 초희 혼자 배역이 없었다.

"지는……" 초희가 조심히 입을 열었다. "여그 와야 했으니까예."

다소 자신 없는 목소리였지만 그녀의 표정만큼은 무척이나 단호했다.

"아제는 와 이렇게 열심히 범인을 찾으십니꼬?"

이번에는 초희가 그에게 질문을 던졌다. 그는 잠시 머뭇댔다가 이내 입을 열었다.

"이번에는 꼭 멈추게 하고 싶구나. 이십 년 전 비극의 반복을."

치수는 더 이상 할 말이 없어 입을 다물었다. 초희는 한참 그를 바라보다가 이내 방을 나갔다. 초희가 떠난 자리를 보며 그는 입맛을 두어 번 다셨다.

모든 퍼즐이 제 자리를 찾아가고 있는 건 맞을까. 그는 눈살을 찌푸렸다. 강초희라는 인물이 이 잔혹한 연구에서 어떤 배역을 맡은 건지 알 수 없었다. 어쩌면 그녀의 존재가 큰 힌트가 될 수도, 큰 장애가 될 수도 있을 거라는 생각이 맴돌았다.

치수가 강배를 만난 건 그로부터 한 시간이 지난 후였다. 김 선장과 함께 돌아오는 강배의 어깨가 축 처져 있었다.

"최강배 씨!"

허리까지 파묻히는 눈을 보며 대청에 앉아 강배를 기다리던 치수가 강배의 모습을 보고 얼른 손을 흔들었다. 강배는 기운 없이 걸어오다가 치수의 부름에 어리둥절한 표정을 지었다.

"무신 일 있십니꺼?"

"네, 좀 여쭤볼 게 있어 기다렸습니다. 그런데 표정이 왜 그러십니까?"

치수가 놀라서 묻자 강배는 다 죽어가는 사람처럼 침울하게 머리를 긁적이기만 했다.

"배에 시동이 안 걸리네. 무슨 일인진 모르겠지만, 배가 오래 돼서 전에도 가끔씩 시동이 안 걸렸었거든. 넨장할, 하필 지금 또 이렇게 시동이 안 걸릴 줄이야."

풀죽은 강배 대신 대답한 사람은 옆에 서 있던 김 선장이었다. 그는 강배만큼 침울하지는 않았으나 역시나 어지간히도 불안한 모양이었다. 치수의 가슴이 덜컥 내려앉았다.

"배에 시동이 안 걸린다니요? 그, 그럼 이제 어떻게 되는 겁니까?"

치수가 벌벌 떨며 묻자 선장이 퉁명스럽게 대답했다.

"어떻게 되긴 뭘, 이대로 여기 묶다가 눈이 녹으면 영산을 넘어가야지."

"한 사흘 있이모 넘을 수 있을 깁니더. 서울 선생은 너무 걱정마이소."

강배가 약간 사나운 말투로 말을 받았다. 아직까지도 아까 다 같이 모인 자리에서 치수의 논리에 몰아붙여진 앙금이 남아 있는 모양이었다.

"우쨌거나, 내한테 물어볼 게 뭔데 기다렸십니꺼?"

"아!"

잠시 걱정에 싸여 있던 치수가 정신을 차리고 강배 쪽으로 한 걸음 다가섰다. 눈을 빛내며 다가오는 치수의 모습에 당황한 강배가 슬슬 뒷걸음질을 쳤다.

"이제부터 솔직하게 대답해 주셔야 합니다. 중요한 문제니까요."

"들어나 봅시다."

강배가 입을 삐죽였다. 어지간히도 부루퉁한 표정이었다.

"최진배 씨가 최강배 씨 동생 되시는 분, 맞지요?"

치수는 '맞습니까?' 하고 물으려다 말고 '맞지요' 하는 확정적인 단어를 선택했다. 빠져나갈 구멍을 주어서는 안 될 것 같다는 생각에서였다. 다 알고 있다는 투의 말에 강배가 갑자기 얼굴을 딱딱하게 굳히며 눈동자를 이리저리 굴렸다. 그는 부루퉁한 표정을 계속 지어야 한다는 것도 잊은 모양이었다. 치수의 예상대로 그는 빠져나갈 궁리를 하고 있었다. 다만 놀라운 점은 강배뿐 아니라 선장까지도 당황했다는 것이었다.

"아니, 아니, 그걸 우째 알았십니꺼?"

비록 강배의 얼굴은 당황과 초조로 일그러져 있었지만 그의 목소리만은 무척 공격적이었다. 그러곤 강배는 무슨 생각을 하는지 잠시 말이 없었다. 뭔가 속으로 재고 따지는 게 분명했다. 빠져나갈 곳이 없다는 것을 깨달았으니, 아마 어떻게 하면 최대한 말을 적게 할 수 있을까 고민하는 것이다.

"야. 맞십니더."

강배가 이윽고 솔직히 시인했다.

"맞군요." 치수가 안심한 듯이 말했다. "그럼 바로 제가 하려던 질문의 본론을 말씀드리지요. 저는 어떤 경로로 이십 년 전에 그 사건이 일어날 당시, 최진배 씨가 여기에 있었다는 사실을 알게 되었습니다. 또 최진배 씨가 죽은 유정호 씨의 마지막 모습을 봤다는 사실도 알게 되었지요."

선장과 강배가 동시에 시선을 회피했다.

"그래서 말입니다만…… 혹시, 이십 년 전에 최진배 씨가 왜 이 집에 있었는지 알고 계십니까?"

눈동자를 이리저리 굴리던 선장이 벙 찐 얼굴로 치수에게 시선을 고정했다. 선장은 대체 그가 어떻게 그 사실을 알아냈는지, 무척 놀라고 있었다. 언제 거기까지 알아냈느냐 싶기도 하고 역시 대단하다 싶기도 했다. 한 마디로, 감탄과 짜증이 섞인 묘한 기분이 되었다. 강배 또한 소스라치게 놀란 모양새를 하고 있었다.

"대체 우째 그걸……"

"다시 한 번 말씀드리지만, 대답만 하시면 됩니다. 어떻게 알아냈는지는 나중에 차근차근히 설명할 테니까요. 자, 이제 말씀해 주십시오. 최진배 씨가 최강배 씨 동생이라면, 최강배 씨는 뭔가 알고 있을 것 아닙니까?"

치수가 거칠게 강배를 몰아붙였다. 그는 강배 같은 사람이 몰아붙일수록 더 약해져서 금방 함락된다는 것을 잘 알고 있었다.

"너무 속단하는 거 아닌가? 설령 진배가 여기 있었던 게 사실이라고 해도 강배가 그 사실을 알고 있으리란 보장이 어디 있나?"

선장이 급하게 강배를 두둔하고 나섰다. 강배의 마음이 약해지기 전에 미리 방어를 하려는 것 같았다. 그러자 강배가 소심하게 고개를 끄덕여 선장의 말에 동의한다는 의사를 비쳤다.

"선장님이 왜……?" 치수가 왜 끼어드느냐, 물으려다 말았다. "선장님은 잠시 빠져주십시오."

그는 정중한 투로 선장을 밀어냈다. 선장은 뜻을 굽히지 않고 거칠게 치수의 가슴팍을 밀치며 재등장했다. 치수가 더 이상 참지 못하고 인상을 찌푸렸다.

"왜 선장님이 흥분하십니까?"

"그야, 자네 태도가 맘에 안 드니까!"

치수는 짜증을 내고 싶은 것을 꾹꾹 참아야 했다. 뭔가 일이 풀리려고 할 때마다 의외의 변수들이 나타나 그가 진실에 가까워지는 것을 막아서곤 했는데, 지금의 김 선장 역시 그런 역할을 하고 있었다.

"알았습니다. 제 태도가 마음에 들지 않는다면 더 정중히 바꾸죠!"

치수가 성가시다는 투로 손을 흔들며 짜증을 냈다.

"지금 내 말은 그게 아니야!"

선장이 으르렁거렸다.

"그럼 대체 뭘 어떻게 해야 합니까?"

"내 말은…… 대체 자네가 여기서 뭘 하고 있느냐는 뜻이야!"

치수는 혈압이 올라 목 뒤가 뻐근해지는 것을 느꼈다. 짜증이 치밀어서 참을 수가 없었던 것이다. 그는 최대한 조곤조곤한 투로 말을 받았다.

"전 그저 여쭤보는 것뿐입니다. 대체 왜 선생님이 화를 내시는지, 저는 그 부분이 이해가 가질 않습니다. 게다가 선생님은 아들을 죽인 범인을 찾고 싶지도 않으십니까?"

치수가 굽히는 기색 없이 공격적인 태도로 묻자 선장이 그의 얼굴에 구멍이라도 뚫을 듯이 노려보며 부득부득 이를 갈았다.

"자네가 옛날 일을 알아낸다고 해서 그게 과연 지금의 범인을 찾는 데 도움이 될 거라고 생각하나?"

"예, 그렇습니다. 솔직히 말하면 분명 도움이 될 겁니다."

치수는 속에서 끓어오르는 답답함을 애써 잠재우며 단호히 말했다. 선장은 많이 배운 사람치고 굉장히 편협했다. 치수가 못마땅한 표정을 지었다.

아니, 어쩌면 편협한 게 아닐지도 모른다. 불현듯 치수의 머릿속에 그런 생각이 떠올랐다. 말하지는 않았지만 선장에게도 비밀이 있는 것이리라…… 그게 뭐든, 얼마나 위험한 비밀이든 이곳의 모든 비밀이 풀릴 때 함께 수면 위로 떠오르게 될 위험한 진실. 그러니 최진배의 진실이 드러났을 때, 선장 자신의 어두운 과거도 드러날지 모른다는 두려움 때문에 지금 선장이 그의 행로를 막고 있는 것이다.

"지금 선생님 태도로 보면, 뭔가 들켜서는 안 될 비밀이라도 가진 분 같습니다."

치수가 냉정한 눈빛으로 선장을 쏘아보았다. 무덤덤한 표정으로 치수의 시선을 받아내는 것처럼 보였지만 선장의 표정은 일그러지기 시작했다. 한동안 치수와 선장 사이에 대화가 끊겼다. 그러다 선장이 불쑥 물었다.

"옛날 일을 알아내는 게 도움이 된다고 했지?"

치수가 고개를 끄덕였다. 선장이 더 이상 자신의 태도에 관한 이야기는 하고 싶지 않아 하는 눈치였기 때문에 치수 역시 더 이상 그의 태도에 관한 문제는 들추려 하지 않았다.

"왜 복수를 하는지, 무슨 이유에선지 알아야 할 것 아닙니까?"

"이유 따위가 무슨 소용인가. 그냥 내 아들이 어떻게 거기서 죽었는지, 자네는 눈에 보이는 '사실'만 알아내면 될 텐데."

“그걸 모르겠습니다. 저는 근본적으로 그런 것들을 알아내는 데 엄청난 시간이 걸립니다. 왜냐고요? 저는 경찰이나 형사가 아닙니다, 선생님! 전 그냥 평범한 인문대학의 교수일 뿐인데 선생님은 굳이 제게 이 일을 맡기셨죠. 그럼 저는 제가 할 수 있는 범위에서 최선을 다해야 할 것 아닙니까? 과학적인 근거들만 연결해서 범인을 잡을 수 있는 사람 같았으면 애초에 그렇게 했겠죠! 저도 최선을 다하고 있지만 그게 잘 안 되는 걸 어쩝니까!”

한바탕 쏘아붙인 치수가 씨근거리며 온몸을 부들부들 떨었다. 그의 표정은 결연해서, 마치 선장을 향해 ‘반박할 거면 어서 해봐라’ 하고 말하는 것 같았다.

“그럼,” 선장이 나지막한 목소리로 입을 열었다. “시간이 주어지면 성구가 어떻게 죽었는지 밝혀낼 수 있겠나? 그리고 이 집의 더, 더, 더러운 비밀을 파헤치면 범인을 밝힐 수 있다, 이 소리지?”

선장의 목소리는 왠지 지친 듯 보였다. 치수도 한결 누그러진 목소리로 ‘예’ 했다.

“예, 그러니까……”

“알았네. 더 이상 상관하지 않겠네.”

치수의 말문이 막혔다. 선장이 무뚝뚝한 얼굴로 주머니에서 담배를 꺼내 물었다. 그는 여전히 불만족스러운 표정이었으나 이 일에 관해선 포기한 것 같았다.

‘자기 죽은 아들을 생각하니 계속 나를 막을 수만은 없겠다고 판단했나 보군.’

치수가 눈을 가늘게 뜨고 김 선장을 살폈다. 강배가 겁먹은 얼굴로 선장과 치수를 번갈아 보고 있었다. 선장은 화난 얼굴로 입에

물고 있던 담배를 땅에 던져 껐다. 그는 곧 새로운 담배를 입에 물었다.

"기, 김 선장. 내는 우짜노?"

강배가 시궁쥐 같은 모습으로 벌벌 떨며 선장에게 물었다.

"어쩌긴. 자네 맘대로 하시게."

심술궂은 선장의 말에 강배가 마른 입술을 축이며 몸을 배배 꼬았다.

"그럼, 최강배 씨. 제발 얘기해 주십시오. 만약 정말 모른다면 최대한 아는 범위 내에서만이라도……"

치수가 기운 빠진 목소리로 말하자 강배가 선장을 한 번 흘끗 보더니 이내 입을 열었다.

"최대한 아는 대로 야그할 테니까, 대신, 대신 지한테 더 이상은 아무것도 묻지 마이소."

강배가 다짐을 받으려 하자 치수는 얼른 고개를 끄덕였다. 강배는 입술을 몇 번 비틀더니 대청마루에 앉아 이야기를 시작했다.

"사실, 내도 자세히는 모릅니더…… 아니, 아는 게 아예 없다 해도 무리가 아일 정도지예. 하나 아는 거라곤, 그때 그 놈 아아가 여그 갔다 온 이후로 돈이 잔뜩 생깄다 아입니꺼. 지도 솔찬히 놀랐십니더. 진배 하는 말이, 여그 주인이 개인적으로 부탁한 일을 지가 잘 처리했담서…… 뭔 일을 했는지는 말을 안 하데예. 가가 워낙 손재주가 좋은 아였는지라, 그냥 그 집 가서 뭐라도 고쳐줬나 보다 하고 말았지예. 근데 가만 보이까네 그게 좀 이상한 깁니더. 돈이 억수로 많은 것 같았십니더."

치수는 속으로 1억이나 되는 돈이니까, 라고 생각했다.

"그때부터 아아가 이상해졌십니더. 돈이 많아졌다고 기뻐하면서도 어느 날부턴 밤마다 잠꼬대를 하고, 식은땀을 흘리고…… 게다가 막상 그 돈은 한 푼도 못 쓰더라고예. 그땐 지도 원양어선 타고 저 — 외국에서 참치도 잡고 했는데, 배 타고 돌아오모 아아가 말라 있고, 말라 있고 했십니더. 이러다 아 죽겠다 했다 아입니꺼."

강배가 잠시 말을 멈추고 기침을 했다. 치수는 그 사이 선장의 표정을 살폈다. 그는 마치 부모에게 성적표를 속인 어린아이 마냥, 언제 비밀이 들통날지 몰라 두려워하는 사람처럼 보였다. 대체 그에게 무슨 비밀이 있어서 강배의 말 한 마디 한 마디에 겁을 먹는 것일까.

강배가 다시 이야기를 이어나갔다.

"그 날도 멀리 나가 있다가 두어 달 만에 집에 돌아왔십니더. 한데 집에 왔더니 완전 초상집 분위기가 되어있는 깁니더. 보이까네, 진배 그 아아가 지 결혼할 여자랑 헤어졌나 캅니더. 어무이 하는 말씸이, 그 여자가 미친놈이랑은 안 산다 캤답니더. 지는 어무이가 엉엉 우시길래 동생 방에 들어가봤십니더. 가니까예, 온 방이 퀴퀴한 냄새가 나믄서 동생이 구석에 누워 있었십니더."

그 순간, 이야기에 극도로 몰입해 있던 치수는 보지 못했지만 선장이 강배의 옆구리를 쿡 찔렀다. 강배가 움찔했다.

"지는 동생 누워 있는 데 옆에 앉았십니더. 인나라고 해도, 그 아는 완전히 미쳐 있었십니더. 계속 헛소리를 지껄여대질 않나 끼룩끼룩, 갈매기 소리를 내면서 웃질 않나. 어무이가 밥을 갖다 주모 밥그릇을 개처럼 핥아대기도 했지예."

강배는 말을 잠깐 멈추었다가 이내 숨을 고르고 입을 열었다.

"……돈 때문입니더. 그 돈 때문이었을 깁니더. 분명히, 그 억수로 많은 돈을 받고 온 뒤로 동생은 미치기 시작했던 깁니더."

강배가 지금 생각해도 속이 상한지 눈에 추적추적 고이는 눈물을 슥 닦아냈다.

"그 뒤로 지는 원양어선을 못 탔십니더. 미친 동생이랑 어무이를 모셔야 했으니까예. 한날은 밤배를 탔다가 아침에 돌아왔십니더. 근디 동생이 멀쩡한 얼굴로 집 앞에 나와 있는 깁니더. 지가 놀랍기도 하고 반갑기도 해서 달려가니까예, 진배가 멀쩡한 얼굴로 아무 일 없다는 듯이 지한테 말을 걸었십니더. 한데 진배가 갑자기 울음을 터뜨렸십니더. 엉엉 울면서 지 팔을 잡고 그 돈이 든 통장 좀 버려달라꼬 읍소하는 게 아입니꺼.

'행님 자꾸 옵니더, 그 통장을 갖고 있이모 자꾸 '그게' 옵니더.'

아직까지도 그 아 목소리가 귓등에서 서슬퍼래 들리네예. 그 말은 아직도 잊히지가 않아예."

"그 말이라니요?"

"진배가 마지막으로 한 말입니더.

'백발 머리요, 시퍼런 대가리에 백발만 길게 달려서 지를 찾아오는 깁니더!'

지는 그 돈을 당장 버리자꼬 맘 먹었십니더. 백발 머리라는 말이 나온 순간, 이 돈은 안 된다, 싶었던 깁니더."

강배는 자기 발만 뚫어지게 쳐다보며 숨을 한 번 골랐다.

"그 돈이 든 통장은 그 담날 새벽, 해무 속에 던져 부렸습니다. 하지만…… 하지만 동생은 그 뒤로 다신 정상으로 돌아오지 못했십니더. 지금도 미친놈처럼 집에 누워 헛소리만 합니더. 가끔씩 백발 머리가 온다고 무서워서 엉엉 울 때도 있십니더. 덕분에 아직도 지가 갸를 멕여살리지예. 나잇살 쳐 먹은 미친놈이지만, 동생은 동생이니까예."

이야기를 마친 강배는 선장을 잠깐 보았다. 선장이 조금 안심한 얼굴을 했다. 분명 아직 뭔가 있어, 하면서도 치수는 굳이 그 점을 들추지 않았다. 강배가 이야기를 회피하려 한 이유를 분명히 그도 알 것 같았다. 동생이 미쳐있다는 이야기를 하고 싶지 않았으리라.

하지만 고맙게도 치수는 그 이야기에서 뭔가 깨달은 것이 있었다. 뭔지 모르지만 정 교수가 김춘과 최진배에게 1억 씩 주고 부탁한 일이 무척 부정한 일이라는 것, 그리고 그 일의 대가로 받은 돈이 최진배를 미치게 할 정도로 끔찍했다는 것.

과연 무슨 일일까, 치수는 의문을 품으면서도 왠지 자신이 그 답을 알고 있다는 생각을 했다. 이미 강배의 이야기가 중반을 넘었을 때부터 최진배가 부탁 받은 일이라는 것에 대한 답이 떠올랐던 것이다.

치수는 침을 한 번 꿀꺽 삼켰다. 그것은, 그것은……

살인.

혹은 살인 방조. 만약, 이것은 정말 만약이지만 정 교수는 최진배와 김춘에게 임강수를 죽여 달라고 부탁한 것이 아닐까. 아니면 임강수와 유정호 둘 다를 죽여 달라고 했거나. 치수는 자신이 너무 끔찍한 생각을 한다는 것을 깨달았지만 쉬이 그 생각을 떨쳐낼 수 없었다. 끔찍한 것을 알면서도 그렇게 생각하는 게 최선일 수밖에 없었다. 이십 년 전 당시의 시기로 보나, 사건의 전후 상황으로 보나. 아마 정 교수는 자신의 명성이 계속 유지되기를 바라는 마음에 임강수를 죽일 필요가 있었을지도 모른다. 그래서 최진배와 김춘에게……

하지만 임강수는 그렇다 쳐도 유정호는 왜 죽여야 했을까? 거기서 조금 마음이 걸렸다. 유정호까지 죽일 필요는 없었을 텐데. 그렇다면 유정호는 정말 아무 이유 없이, 범인도 없이 죽었단 말인가.

치수의 등줄기가 오싹해졌다. 대체 여기는 어떻게 된 집인지, 이렇게 미친 사람들만 살고 있다니. 정말 정 교수가 살인을 부탁한 거라면 이 집엔 귀신이 쓰인 걸까. 이 집과 이 섬 전체가 살인귀에 쓰인 것이다.

"얘기해 주셔서 감사합니다."

"아입니더."

강배는 꺼림칙한 얼굴로 제 뒷목을 몇 번이나 문질렀다.

"아! 한 가지만 더 여쭙겠습니다."

치수가 안으로 들어가려다 말고 뒤를 돌았다. 안심한 얼굴을 하던 두 사내가 놀라서 치수를 보았다.

"혹시, 김춘이라는 사람은 누군지 아십니까?"

그 순간, 치수는 분명히 보았다. 선장의 입가에 그려진 웃음을. 그것은 생전 본 적 없는 끔찍한 비웃음이었다.

"아시는 겁니까?"

치수의 목소리가 가늘게 떨렸다.

"자네야 말로 모르고 묻는 건가, 아니면 알고 묻는 건가?"

"모르니까 묻는 겁니다."

치수가 솔직하게 털어놓자 선장이 끔찍한 비웃음을 거두었다.

"자네에게 아무것도 알려줄 수 있는 게 없어 미안하네만…… 나도 김춘이 누군지 몰라."

"모르신다고요?"

"모른다니까."

선장이 딱 잘라 말했다. 질문으로부터 교묘히 빠져나가려는 사람치고는 극도로 정색을 하고 있었기 때문에 치수도 더 이상은 캐묻지 못했다.

"최강배 씨도 모르시겠죠?"

치수가 지푸라기라도 잡는 심정으로 강배를 향해 돌아서자 강배 역시 고개를 끄덕였다. 치수는 한동안 두 사람을 멀뚱히 보고 서 있다가 이내 고개를 꾸벅, 하고는 안으로 들어가 버렸다.

맹점(盲點)

1

낮 동안의 한옥 저택은 사람이 살지 않는 집 마냥 고요했다. 각자 흩어져 저마다의 할 일을 하고 있어, 누가 어디에서 무얼 하는지 모르는 것은 물론이거니와 점심식사 하자고 모인 사람도 없었기 때문이었다.

고요한 집안은 한 사람이 죽은 집 치고는 긴장감이 전혀 없는 것 같았다. 그러나 그것은 겉에서 본 모습일 뿐이다. 실제로는 집안 구석구석에 묘한 긴장감이 흐르고 있었으니까. 서로의 눈치를 보며 혹시 저 사람이 범인 아닐까 하는 의심부터 시작해서 다음번에 죽는 이는 내가 아닐까, 어디선가 귀신 노파가 지켜보고 있는 건 아닐까 온갖 불안감이 뭉쳐 한옥 저택이라는 실체를 만들어내고 있었다.

그리고 그런 불안감은 전혀 불안해 보이지 않는 이들의 마음속에도 자리 잡고 있었다. 그 대표적인 사람은 정주경이었는데, 그것이 밖으로 드러나지 않았을 뿐 사실은 그녀 역시 금방이라도 자신의 눈앞에 나타날 것만 같은 백발의 뒷모습을 두려워했다.

"젠장, 사람을 의심하고 말이야."

주경은 투덜거리며 방으로 들어왔다. 초희는 어딜 갔는지 보이지 않았고 옆방 역시 조용했으므로 주연도 없는 것 같았다.

"그 인간이 왜 뒈진 건지 내가 어떻게 알아? 내가 어떻게 아느냐고!"

주경은 큰소리로 악을 쓰며 침대 위에 놓인 베개를 집어 벽을 향해 던졌다. 벽을 향해 있는 힘껏 날아간 베개는 '풀썩' 하는 소리를 내며 힘없이 바닥에 떨어졌다. 쭈그러진 모양으로 바닥에 떨어진 베개를 노려보며, 주경은 입술을 꽉 깨물었다.

"나야 말로 물어보고 싶다고. 왜 죽었는지, 내가 제일 궁금하다고!"

그녀는 몸을 비틀며 이불 위에 얼굴을 묻었다. 간밤에 바로 옆에서 사람이 죽었다. 얇은 문 하나를 사이에 두고, 잔인하게 사람이 죽은 것이다. 그녀의 몸에 소름이 돋으며 심장이 터질 듯이 뛰었다. 주경은 세차게 방망이질하는 가슴을 주먹을 탁탁 쳤다. 왜 아무 소리도 듣지 못했는지, 외려 자신이 더 궁금했다.

그녀는 평소에 잠귀가 밝은 편이었다. 무척 예민해서 옆 사람이 조금만 뒤척여도 눈치 챌 정도였다. 그래서 그녀는 남과 같은 방을 쓰는 것을 원치 않았다. 아버지가 죽은 방을 주연이 쓴다고 해서 그나마 인원을 줄이긴 했지만 초희와 같이 쓰는 것도 여간 찜찜한 게 아니었다.

그런데 어젯밤은 정말 이상했다. 혼자 잘 때조차 새벽에 두어 차례는 깨곤 했는데 웬일인지 어젯밤은 초희와 함께 썼음에도 한 번도 깨지 않았다. 새벽 네 시가 조금 넘어 깼을 뿐.

'피곤해서 그랬나? 어제 대체 뭘 했다고 피곤했지?'

주경은 침대에 누운 채로 어제 잠들기 전의 일을 곰곰이 떠올렸다. 제일 먼저 주연의 부탁을 받고 초희와 둘이 행랑채에 가스를 점검하고 왔다. 그 후에 방으로 돌아와 주연이 놔두고 간 음료를 마셨는데, 주경 몫으로는 진한 와인이 — 정 교수가 와인을 굉장히 좋아한 덕에 집에 항상 와인이 가득했다 —, 초희의 것으로는 커피가 준비되어 있었다.

하지만 주경은 와인을 마시지 않았다. 평소라면 와인 향만 맡아도 웃음을 짓던 그녀였으나, 어제 마신 와인은 왠지 입에 맞지 않아 결국 한 입도 제대로 마시지 않고 초희의 커피를 나누어 마셨던 것이다. 물론 생판 모르는 남과 뭔가를 나누어 먹는다는 게 썩 기분 좋은 일은 아니었다. 커피나 와인을 먹지 않으면 잠들지 못하는 습관만 없었어도 초희에게 커피를 나누어달라는 말을 하지는 않았을 것이다.

어쨌거나 커피를 마신 후 주경과 초희는 곧바로 잠에 들었다. 그녀가 간밤에 한 일은 이 정도였다. 기억이 나는 것도 이 정도였다. 물론 다리를 펼 수 없을 정도로 피로가 극심한 날이라면 그녀도 깊은 잠에 곯아떨어질 수는 있다. 그러나 어제는 아무리 생각해도 피곤한 일을 한 기억이 없었다. 서울에서 유명 브랜드의 옷가게 매장 점원으로 일하는 그녀에게 어제는 '피곤함' 축에 끼지도 못했다. 매장에서는 하루 종일 서서 일하기 때문에 일을 마치고 전세방에 돌아오면 다리가 퉁퉁 부어 퍼렇게 변해 있곤 했다. 그러니 그녀에게 어제는 되레 편한 날이었을 것이다. 이러니저러니 해도 넓은 집에서 별로 한 일도 없이 앉았다 누웠다 한 게 전부였으니까. 그렇다면 왜 아무 소리도 못 듣고 잔 거지?

주경은 다시 한 번 침대에서 몸을 뒤척였다. 하긴 어떤 이유에서건, 깊이 잠들었던 게 차라리 잘된 일이었을 수도 있다. 중간에 깼다면 이상한 소리를 듣고 곧바로 욕실 문을 열었겠지. 욕실 문을 열었다가 살인자와 마주한 그녀 역시 죽임을 당했을 테고. 소리를 듣지 못한 탓에 용의자로 지목되긴 했지만 범인과 마주하지 않은 행운을 누릴 수 있었으니, 아무리 생각해도 역시 깨지 않았던 게 천만다행인 것 같다.

만약 욕실 문을 열었다면 피 묻은 도낏자루를 들고 선 백발 노파를 보았을지도 모른다. 그 노파가 그녀를 향해 달려들었을지도 모른다. 주경은 저도 모르게 몸을 부르르 떨었다. 몸에 한기가 드는 것 같아 그녀는 얼른 이불을 끌어다가 덮었다.

어느 순간부터 주경의 머릿속 범인은 사람이 아니었다. 아무리 사람이 한 일이라고 생각하려 애써도 주경의 상상 속에는 백발 노파가 등장하곤 했다. 시퍼렇게 날 선 도끼, 피 묻은 도끼자루와 백발을 휘날리는 기이한 귀신 노파……

그도 그럴 게, 연치수는 귀신 노파 전설을 마치 옛날이야기 마냥 하찮게 취급하는 듯했지만 주경의 생각은 달랐다. 그녀에게 귀신 노파 전설은 진짜였으며 그녀를 두렵게 하는 존재였다. 주경이 한옥으로 돌아오길 거부했던 것은 단순히 아버지 때문만이 아니었다. 귀신 노파, 끔찍한 살인. 이 모든 게 복합적으로 공포를 만들어 냈기 때문에 그녀가 이곳으로 돌아오기를 거부했던 것이다.

한심한 미신에 휘둘리는 게 얼마나 어리석어 보일지, 그녀도 알고 있었다. 아마 주경의 그이가 보면 *역시 주경 씨는 어리석어*, 하고 비웃을 게 틀림없다. 하지만 그건 그가 제대로 모르기 때문이었다. 그들, 연치수나 서울에서 주경을 기다리는 남자나, 이 섬에서 자라지 않았기 때문이다.

온갖 센 척, 똑똑한 척은 다 해도 결국 정주경도 근본은 이 섬에 있었다.

"돌아가고 싶어……"

주경이 혼잣말을 하며 침대에서 벌떡 일어났다. 주경은 주머니를 뒤져 휴대폰을 꺼냈다. 아직도 화면에 통화권외 표시가 떠 있는 것을 본 그녀는 신경질을 내며 휴대폰을 침대 위에 내던졌다.

한참 가만히 천장만 노려보던 주경은 무슨 생각이 들었는지 휴대폰을 다시 집어 들었다. 바탕 화면에 그녀와 '그 남자'가 웃으며 머리를 마주대고 있었다. 주경에게는 과분한 사람. 내년이면 그들은 결혼할 것이다. 결혼하면 아버지가 남긴 6억으로 서울에서 웬만한 아파트 전세를 얻을 수도 있다. 근교로 나가 주택을 짓고 살 수 있을지도 모른다.

기분이 조금 나아져 휴대폰을 내려놓으려던 주경은 문득 휴대폰 화면에 비친 자기 모습이 매우 지저분하다는 것을 깨달았다. 이틀째 화장을 안 해서 노동에 절어 사는 여자처럼 보였다. 그녀는 인상을 찌푸렸다. 그 남자는 그녀에게 자기 관리가 철저해서 좋다고 했다. 그래서 그와 데이트를 하는 날이면 아무리 매장 고객들에게 시달림을 당하고 몇 시간씩 서 있어 온몸이 무너질 듯이 피곤해도 최선을 다해서 꾸미고 나가곤 했다. 풀 메이크업에 7센티미터의 하이힐. 타이트 하게 딱 붙는 스커트에 속옷이 살짝 비치는 하얀 블라우스.

그런데……. 주경은 신경질적으로 얼굴을 문질렀다. 그랬던 그녀가 이렇게 자기 관리조차 못 하는 여자처럼 변했다니, 스스로 참을 수 없었다.

주경은 휴대폰을 내려놓고 빠른 걸음으로 화장대 앞에 앉았다. 거울을 안 본 지 얼마나 됐더라? 거의 서른 시간도 넘게 거울을 보지 않았던 것 같다. 덕분에 그녀는 매우 추레했다. 일할 때 같으면 생각도 못했을 상황이었다.

주경은 한숨을 쉬며 서랍 안에 넣어둔 포치를 꺼내 화장품을 꺼냈다. 이것저것 집어 들어 바르고 문지르던 주경이 갑자기 멈칫했다.

"파우더가 어디 갔지?"

화장품 파우치를 열고 한참 뒤졌으나 파우더는 나오지 않았다. 그녀는 의아한 눈으로 화장대 위를 이리저리 둘러보았다.

'서랍에 들었나?'

주경은 서랍 속에 손을 쑥 넣고 더듬었다. 몇 초 간 더듬던 주경의 손에 잡힌 것은 동그란 파우더 대신, 빳빳한 책이었다. 그녀는 무의식적으로 손에 잡힌 책을 꺼냈다. 책은 아주 옛날 것처럼 보였다. 빳빳했지만 오래돼서 책 표지까지도 누렇게 색이 바래 있었다. 책 표지에는 옛날 책답게 아무런 기교도 없이 정직한 활자로 '김소월의 詩'라는 글씨만 쓰여 있었다. 언제 넣어놓았는지 모를, 오래된 책이 서랍 안쪽에 들어 있었던 것이다.

주경은 아무 생각 없이 책을 처음부터 끝까지 쭉 훑었다. 그러다가 페이지가 끝까지 넘어가지 않고 중간에 멈췄다. 책 가운데 무언가 꽂혀 있었기 때문이었다. 낡아서 모서리가 닳아버린 두 장의 사진이었다. 한 장은 컬러로 된 사진이었고, 또 다른 한 장은 흑백사진이었다.

주경은 한참 동안 색 바랜 사진 두 장을 멀뚱히 쳐다보았다. 삼십 초 가까이 사진에 시선을 빼앗겨 있던 주경이 갑자기 뭔가 깨달은 사람처럼 사진을 손에서 놓아버렸다. 그녀의 얼굴이 창백하게 질렸다.

"맙소사! 이런 사진을 아무 데나 처박아두면 어떡해? 이러다 들키면 어쩌려고!"

주경은 황급히 두 장의 사진을 다시 책 사이에 꽂아버렸다. '누가 이런 걸 여기에 넣은 거야?' 주경은 주변에 아무도 없었지만 마치 누가 보고 있기라도 한 것처럼 불안한 눈초리로 연신 주변을 살폈다. 책 사이에 가지런히 꽂힌 사진 두 장이 살아있는 동물이라도 되는 듯이 꿈틀대며 책에서 빠져나올 것 같았다. 그녀는 서랍 속에 책을 던지듯이 넣고 서랍을 닫아버렸다.

억지로 잊어버리려고 애를 쓰며 화장을 계속하던 주경은 이내 참지 못하고 다시 서랍을 열었다. 그녀는 미세하게 떨리는 손으로 책을 꺼내서 펼쳐보았다. 두 장의 사진이 그녀의 시선을 강탈해서, 도저히 거기서 눈을 뗄 수 없었다. 그녀의 얼굴이 딱딱하게 굳었다. 이 사진이 지금 나온 것은 우연이 아닐지도 모른다.

"혹시……?"

입술을 잘근잘근 씹으며 사진을 바라보더니 주경은 고개를 저으며 사진을 내려놓았다. 아니, 아니다. 혹시는 무슨. 지금 이 상황과 전혀 관계가 없을지도 모르는데 너무 앞서간다는 생각이 들었다.
정말 아무런 관계가 없을까?

관계가 있고 없고는 그녀가 판단할 수 있는 게 아니지 않을까. 어쩌면 이 비밀이 사건의 흐름을 바꾸는 중요한 열쇠가 될 수도 있다는 생각이 그녀의 머릿속을 팍 하고 스쳐 지나갔다. 아니, 중요한 건 비밀 그 자체가 아니라 이 비밀과 관련된 '그 사람'이다.

주경이 벌떡 일어섰다. 그녀의 목덜미와 이마에 식은땀이 배어 나왔다. 생각해 보면 모든 게 다 이십 년 전의 그 일과 하나의 연결고리를 가지고 있는 게 분명했다. 모든 일의 원인이 거기서부터, 그 사람에게서부터.

무슨 생각이 들었는지, 주경은 재빨리 사진을 책 속에 끼웠다. 그러고 나서 품속 깊이 책을 넣었다. 그녀는 치수를 만나기 위해 허둥지둥 자리에서 일어났다. 아둔한 그녀의 머리로 '그 비밀'과 이 사건의 관련성을 판단하기는 어려웠으나 본능적으로 무언가 연결고리가 있다는 것만은 확실히 알 수 있었다. 그러니 이 사실을 치수에게 전해야 할 것 같았다.

서둘러 방을 나가려던 주경이 갑자기 발걸음을 멈추었다. 어디선가 끼이익, 마치 누군가 비명을 지르는 것 같은 소리가 들렸다. 주경은 침을 한 번 삼키고 천천히 고개를 돌렸다. 욕실과 연결된 문이 스스로 열리고 있었다. 주경의 발걸음이라도 붙잡듯이.

조금 열리던 문은 더 이상 기이한 소리를 내지 않고 멈췄다. 주경은 잠시 고민하다가 주춤대며 욕실 문 쪽으로 걸어갔다. 이대로 이 방을 빠져나가는 게 좋을 것 같다고 생각하면서도, 이상하게 그녀의 발걸음은 욕실을 향하고 있었다. 예전부터 공포영화에서 문을 열어보는 여자들을 멍청하다고 생각했으면서도 막상 그녀가 지금 그런 짓을 하고 있다는 것은 깨닫지 못했다.

아무것도 아닐 거야, 하는 말로 스스로를 안심시키려 했으나 심장이 점점 더 크게 뛰고 있었다. 누가 욕실을 사용하고 문을 제대로 닫지 않은 것일까? 누가 이 욕실을 쓴 거지? 살인이 일어난 후로는 쓰지 않았을 텐데.

주경은 욕실 문을 닫으려고 팔을 쑥 내밀었다가 문득 욕실 문 아래를 보았다. 조금 열린 문틈 사이로 검은 그림자가 나와 있었다. 때를 기다리는 검은 그림자, 주경의 등에서 땀이 흘러내렸다. 그녀는 덜덜 떨리는 손을 조심히 거두고 천천히 뒷걸음질치기 시작했다. 당장이라도 주저앉아 비명을 지르고 싶었지만 그럴 수 없었다. 만약 여기서 비명을 지르면 그 순간 죽임을 당할 것이다. 최대한 들키지 않게 조심히 나가야 한다.

최대한 소리를 내지 않으려 노력하며 뒷걸음질치던 주경의 발이 침대 난간을 걷어차며 큰소리를 냈다. 주경은 자기도 모르게 깜짝 놀라 숨을 헉 하고 들이쉬었다. 그녀는 자동적으로 욕실 문을 향해 시선을 돌렸다. 욕실 문 뒤에 서 있는 사람은 아마 알아챘을 것이다. 주경이 도망치려 하는 것을……

더 이상 지체할 시간이 없었다. 주경은 미친 듯이 방 문을 향해 뛰어갔다. 뒤에서 끼이익 하고 욕실 문 열리는 소리가 들렸으나 차마 뒤돌아볼 자신이 없었다. 방 문을 열고 나온 주경은 바깥과 연결된 사랑채의 미닫이 현관문을 보고는 비명을 질렀다. 미닫이문에 긴 백발이 걸려 있었다. 그녀는 본능적으로 몸을 틀어 주연이 쓰는 방으로 뛰어 들어갔다. 허둥지둥 들어가 벽에 쌓여 있던 책 더미에 몸을 부딪친 주경은, 와르르 무너진 책 위로 엎어졌다. 몸에 생채기가 생겼지만 그런 것에 신경을 쓰지 않고 급히 문을 잠갔다. 그러곤 재빨리 침대 밑으로 기어들어갔다. 퀴퀴한 먼지가 호흡기로 가득 들어왔지만 그런 것은 문제가 아니었다. 그녀는 불가능해 보이는 자세로 몸을 웅크렸다.

몸을 웅크리자 가슴 속에 무언가 빳빳한 게 걸렸다. '책.' 주경은 정신이 없는 와중에도 자기가 품에 넣어 놓았던 책을 꺼내어 사진이 꽂힌 페이지 끝을 조금 찢었다. 아마 범인이 이것을 발견해도 아무 의미 없는 것이라고 생각할 것이다. 그래 봤자 종잇조각이니까. 그녀는 책을 침대 밑, 최대한 구석에 밀어 넣었다. 자신을 죽이려는 이가 이것의 존재를 모르기만을 간절히 바라며 손끝으로 최대한 깊숙이 밀어 넣었다.

방 밖에서 누군가 걸어오는 소리가 들렸다. 아니, 걸어오는 게 아니라 미끄러져 오는 것 같았다…… 서걱서걱, 스르륵스르륵 하는 소리는 마침내 주경이 숨어 있는 방 앞에서 멈추었다. 주경은 심장이 점점 더 빠르게 뛰는 것을 느꼈다. 가슴이 터질 것만 같았다. 그녀는 식은땀으로 축축해진 손에 방금 찢은 작은 종잇조각을 꽉 쥐었다. 갑자기 문고리가 마구 비틀리는 소리가 들렸다. 거세게 철컥철컥, 마치 문고리를 뽑을 기세였다. 주경은 눈을 꼭 감았다.

"흐, 흐흐흐……"

밖에서 기이한 웃음소리가 흘러들어왔다. 주경은 눈을 감은 채 귀까지 틀어막았다. 사방이 조용해졌다. 그녀는 속으로 백까지 세기 시작했다. 하나, 둘, 셋, 넷, 다섯, 여섯…… 마흔까지 셌을 때, 더 이상 밖에서 소리가 들리지 않았다. 침대 밑에 숨어 있던 주경이 살며시 눈을 떴다. 갔나? 포기한 건가? 그녀는 안심한 듯이 숨을 크게 내쉬었다. 바로 그 때였다.

둔탁한 소리가 났다. 쾅쾅, 쾅쾅. 마치 무언가로 문을 내리치고 있는 것 같았다. 이윽고 문이 벌컥 열렸다. 주경은 놀라서 숨을 꾹 참고 죽은 듯이 바닥에 붙어 있었다. 서걱서걱 하는 발소리가 방을 천천히 누비기 시작했다. 발소리는 화장대 앞에서 한 번, 작은 책상 아래서 한 번 멈추었다. 그리고 침대 앞으로 왔다. 주경의 몸이 덜덜 떨렸고, 눈에서는 눈물이 쏟아졌다.

발소리는 한참 침대 앞에 서 있다가 다시 움직였다. 주경은 여전히 숨을 거의 내쉬지도, 들이마시지도 않고 발소리가 멀어지기를 기다렸다.

"왜 여기 있어?"

주경은 비명 한 번 지르지 못하고 그대로 굳어버렸다. 발소리의 주인공이 그녀의 뒤에서 그녀를 지켜보고 있었다. 주경은 미친 듯이 팔을 허우적대며 침대 아래서 빠져나왔다. 숨이 막혀서 비명을 지를 수도 없었다. 그녀는 자기 앞에 선 사람을 보았다. 기이한 웃음을 짓고 선 그 사람은 도끼와 긴 꼬챙이 같은 것을 들고 있었다.

"아, 안 돼…… 안 돼……"

주경은 덜덜 떨며 뒷걸음질쳤다. 온몸에서 땀이 비 오듯이 쏟아져 내렸다. 긴 꼬챙이가 그녀의 이마를 강타했다. 주경은 그대로 바닥에 무너졌다. 범인은 주경이 죽었다고 생각했는지 잠시 고개를 돌렸다. 주경은 감기려는 두 눈을 애써 부릅뜨며 눈앞에 쌓인 책더미를 응시했다. 그녀는 젖 먹던 힘까지 짜내어 바닥에 쌓인 책 더미로 기어갔다. 불과 삼십여 센티 떨어진 곳에 있는데도 마치 다시는 닿을 수 없는 곳에 있는 것처럼 멀게만 느껴졌다.

조금만 더…… 조금만……

바닥에 쌓인 책 더미 쪽에 거의 다 도달했을 때, 주경은 종잇조각을 쥔 주먹을 휘둘렀다. 전혀 쓸모없는 몸부림처럼 보이기만을 바라며. 와르르 하는 소리와 함께 쌓여 있던 책이 무너지자 범인이 재빨리 고개를 돌렸다. 주경은 흩어진 책들 중 아무 책에나 손을 뻗었다. 의미 없는 몸부림이었다.

"흐, 흐흣, 흐흐흣…… 그래 봤자 소용없어."

범인이 괴이하게 웃으며 주경 옆에 쪼그려 앉았다. 그리고 마치 죽어가는 벌레를 구경하듯이 흥미롭게 주경의 모습을 관찰하고 있었다. 주경은 소리를 지르고 싶었다. 지금 내 앞에 귀신이 있다고, 잔인하고 징그러운 귀신이 있다고…… 그러나 이상하게도 입 밖으로는 작은 신음소리조차 나오지 않았다. 말할 수 없는 공포가 온 가슴과 몸뚱이를 짓눌렀다

주경은 손에 든 종잇조각이 보이지 않게 두 주먹을 더욱 꽉 쥐면서 몸을 비틀었다. 다행히 워낙 작은 조각이라 주먹 안에 가려져 보이지 않았다. 실오라기 하나도 제대로 잡지 못할 것 같았지만, 주경은 꽉 쥔 두 주먹에 살아오면서 한 번도 내본 적 없을 만큼 강한 힘을 실었다.

죽음이 코앞으로 다가온 순간, 문득 주경의 머릿속에 침대 밑에 있는 책 생각이 났다. 전혀 웃을 상황이 아니었음에도 웃음이 새어나왔다. 살면서 해온 짓거리 중 가장 현명한 행동이 죽기 직전이라니. 그런 생각이 들자 겁이 난 동시에 더 이상 겁이 나지 않았다. 모든 게 끝났다는 것을 느꼈고, 실제로 이제 곧 모든 게 끝날 것이

다…….

범인이 다시 천천히 팔을 들어 올렸다. 이윽고 둔탁한 게 그녀의 머리를 있는 힘껏 내리쳤다. 머리가 부서져 내리는 고통도 잠시, 의식이 희미해졌다. 흔들리는 시야로 범인의 뒤에 선 무언가 보였다. 주경의 시야에 들어온 그것은 일그러진 얼굴의 백발 귀신이었다.

2

저녁 일곱 시가 넘자 주연이 저녁을 차렸다며 모두를 불러 모았다. 여기저기, 이 건물 저 건물 기웃대며 그녀는 한 사람 한 사람을 직접 찾아다녔다.

"저녁까지 차려주고…… 미안해서 어쩌지?"

조촐한 저녁상 앞에 앉은 치수가 고마움과 미안함이 뒤섞인 표정을 지었다. 주연은 배시시 웃으며 고개를 저었다.

"지는 상관 마세요. 늘 하던 거라 괜찮아요."

"고맙구나."

주연과 치수가 대화를 나누고 있을 때 초희가 방에 들어왔다. 그녀는 어디 있다 왔는지 완전히 지친 얼굴이었다. 초희가 등장하자 주연이 자신도 모르게 불편한 표정을 지었다. 치수는 낯을 많이 가리던 정 교수를 닮은 것이리라 생각했다.

"영산이 꽁꽁 얼어서 오를 수가 없십니도."

초희가 치수 옆에 쪼그려 앉으며 중얼거렸다. 얼마나 작게 말했는지, 초희의 목소리는 오직 치수의 귀에만 들렸다.

"아예 오를 수 없을 정도니?"

"야. 여그서 삼십 년 넘게 산 지도 못 오를 정도니까예."

초희와 치수가 맥 빠진 얼굴로 서로를 마주 보았다. 주연은 바쁘게 움직이며 좌절하고 있는 두 사람의 기분 따위에는 관심도 없는지 혼잣소리로 노래까지 부르고 있었다. 가사는 들릴 듯 말 듯했지만 그 음은 확실히 치수와 초희의 귀에까지 닿았다.

갑자기 초희가 눈을 크게 뜨고 주연을 뚫어져라 쳐다보았다. 주연은 초희의 시선을 느꼈는지 노래를 멈추었다. 그녀의 손에는 숟가락과 젓가락이 들려 있었다.

"왜, 왜요? 뭐 할 말이라도……?"

주연이 당황스러운 표정을 지었다.

"아, 그, 그게……" 초희가 말을 더듬었다. "그게 그러니까……" 초희의 얼굴이 새파랗게 질려가고 있었다. "아가씨는 이 집에서 계속 살았십니꼬?"

"예. 쭉 여기서만 살았는데요?"

"구, 국민학교는 어딜 다녔십니꼬……?"

초희가 눈을 내리깔고 어색한 웃음을 지었다.

"어릴 땐 건강이 많이 좋지 않아서 학교를 못 다녔어요. 아부지가 직접 가르치고 교육을 시켜주셨고, 그걸로 충분했거든요."

주연이 필요 이상으로 날카롭게 답하자 초희의 안색이 더욱 안 좋아졌다.

"그란데 어떻게 그 노랠 압니꼬?"

치수는 밥그릇을 쥔 주연의 손에 힘이 들어가는 것을 보았다. 관절이 하얗게 될 만큼 통통한 두 손에 힘이 들어가 있었다.

"알면 안 되나요?"

"기, 기분 나빴다모 미안합니도! 부, 부자나 가난뱅이나 부르는 노래는 똑같으니까 그게 신기했십니도."

"지는 어릴 때 학교에 다니지 않았다는 게 좀 안 좋은 기억이라서, 그 얘긴 안 했으면 좋겠네요."

"야, 미안합니도."

초희가 어쩔 줄 몰라 하자 주연의 얼굴이 평소처럼 부드러워졌다. 비록 초희에게 무슨 대답을 한 것은 아니었지만 한결 부드러워진 표정으로 다 이해한다는 무언의 표현을 하는 것 같았다. 그러나 초희의 안색은 여전히 어두웠다. 뭔가 생각에 잠긴 것 같기도 하고, 괴로워하는 것 같기도 했다.

두 사람 사이의 침묵이 이어지자 치수는 슬슬 마음 한구석이 불편해졌다. 때마침 선장과 강배가 나타나지 않았으면 바람을 쐰다는 구실로 밖에 나갔을지도 모른다. 어쨌거나 선장과 강배가 그때 나타나주었기 때문에 그는 자리를 지킬 수 있었다.

"그건 그렇고, 혹시 우리 언니야 본 사람 없나요?"

모두 자리에 앉자 주연이 불안한 눈으로 두리번거렸다. 모두 모인 가운데 주경만 보이지 않았다.

"주갱이 어데 갔나?"

강배가 머리를 긁적이며 물었다. 주연은 고개를 저었다.

"잘 모르겠어요. 한낮부터 안 보이던데요…… 온 집안을 찾아다녔는데 코빼기도 안 보이네요. 이럴 때 대체 어델 간 건지……"

주연이 입술을 꼭 물며 힘없이 중얼거렸다.

"딱히 갈 데도 없으니 아마 근처에 있을 거다. 정 불안하면 우리가 찾아줄까?"

치수가 주연을 다독였다. 옆에 앉아 있던 초희도 덩달아 고개를 끄덕였다.

"지도 같이 찾아보겠십니도."

"아, 아니에요. 일단 다들 식사부터 하세요. 언니야가 얼라도 아니고…… 어디 있겠지요."

치수는 근심에 싸인 주연을 향해 안쓰러운 눈길을 보냈다. 그는 속으로 혹시 주경이 범인이라서 도망간 게 아닐까 하는 의심도 하고 있었지만 그런 말은 입 밖으로 꺼내지 않는 게 좋을 것 같았다.

"갸 도망간 거 아이가?"

치수가 밥을 먹다 말고 강배를 보았다. 강배가 입을 삐죽이고 있었다. 치수와 같은 생각을 하고 있었던 모양이었다. 주연이 화들짝 놀라며 고개를 저었다.

"그런 거 아니에요! 주경이 언니야가 왜 도망을 가는데요?"

"우리야 모르지. 그 아가씨, 여기서 무척 나가고 싶어 하지 않았어?"

선장이 옆에서 한마디 거들자 주연이 더욱 세차게 고개를 저었다.

"아니면 다행이지만……"

"하기사, 내도 인자 여그서 도망가고 싶긴 하데이. 이것 봐라. 점점 먹을 거이 줄어들고 있다."

강배가 두 사람 정도 먹을 양만 남은 김치를 보며 시무룩하게 중얼거렸다. 김 선장이 자기 생각도 그렇다는 의미를 담아 끄덕였다. 강배는 선장의 귀에 대고 다른 사람들이 다 들릴 정도로 크게 '여그는 생선 한 마리도 안 올라오나' 했다. 속삭임을 가장한 일종의 불평이었다. 치수는 주연의 눈치를 보며 마치 자기가 차린 밥상인 양 얼굴을 붉히며 부끄러워했다. 물론 그도 반찬이 턱없이 부족하다는 생각은 하고 있었다. 며칠 전 아침에 아내가 차려준 정갈하고 화려한 밥상이 몇 년 전 일처럼 멀게만 느껴질 정도로 그 역시 참기 힘든 허기를 느끼고 있었던 것이다.

하지만 그렇다고 해도 강배와 선장은 불평해서는 안 된다. 불평할 입장도 못 될 일이다. 그는 내심 불만스러운 생각은 생각으로만 남아야 하고 겉으로 드러내서는 안 될 부분이라고 생각하고 있었다. 그에게 있어 남의 호의에 불평하는 것은 무척 수치스러운 일이었던 것이다.

"제 반찬이라도 좀 드십시오."

치수가 선장과 강배의 불평을 막기 위해 얼른 자신의 김치를 그들에게 밀었다. 선장은 그의 얼굴을 힐끔 보더니 고맙다는 말 한마디 없이 뻔뻔스러운 얼굴로 덥석 김치를 집어 올렸다.

"아제는 뭐해서 드시려고 그랍니꼬?"

초희가 걱정스러운 눈길로 묻자 치수가 머리를 긁적였다.

"그게…… 난 원래 맨밥도 잘 먹거든. 그러니 걱정 말고 마저 식사해라."

물론 그것은 거짓말이었다. 한평생 끼니때마다 식탁 위에 다섯 가지 이하의 반찬을 둔 적이 없는 그로서 맨밥을 참을 수 있을 리 없었다. 다만 주연이에게 느끼는 과할 정도의 양심의 가책 때문에 거짓말을 한 것뿐이었다.

"먹을 게 없지요, 원래 어제 장을 봤어야 하는데 아부지가 돌아가시는 바람에……"

주연이 서글픈 표정을 지었다. 그러자 치수의 양심이 더욱 거세게 매질 당하는 기분이 들었다.

"아냐, 아냐. 정말 괜찮단다."

치수가 억지로 미소를 지으며 주연을 달래자 초희도 얼른 고개를 끄덕이면서 숟가락을 흔들어댔다.

"지도 원래 맨밥에 고추장 비비갖고 잘 먹거든예."

초희는 주연을 배려하기 위해 억지로 밝은 표정을 지었다.

"고추장이라면…… 그럼 고추장이라도 갖고 올까요?"

"야, 야……? 지금예?"

"금방 가져오는데요, 뭘. 한데 항아리 뚜껑이 좀 무거워서 누가 도와줘야 해요."

치수는 새삼 주연의 마음씨에 몸 둘 바를 모르고 몸을 비비 꼬았다.

"고추장은 저 밖에 장독대 항아리에 있어요."

주연이 조금 곤란한 표정으로 혼잣말을 하자 치수가 기다렸다는 듯이 얼른 나섰다.

"잘됐구나. 내가 가서 꺼내오마. 마침 나도 그 생각이 났는데 말이야."

"아, 아니에요! 연 교수님은 진지 다 드세요. 제가 꺼내와도 돼요. 한두 번 꺼내본 것도 아닌데요 뭘."

"아니다, 내가 꺼내오는 게 나아."

별채 밖으로 나오자 찬바람이 그의 얼굴을 강타했다. 무척 스산한 바람이었다. 치수가 바람을 막기 위해 두 손으로 얼굴을 가리자 그의 손에 들린 빈 그릇과 놋숟가락이 달그락 대는 소리를 냈다. 바람이 어느 정도 멎자 그는 손을 내렸다.

어두워진 한옥 멀리로 영산이 보였다. 어떻게 저런 곳을 밤에 넘으려 했을까? 치수는 혼자 씁쓸한 미소를 지었다. 김성구가 함께 넘지 않았다면 아마 지금쯤 영산 어디선가 죽어 있었을 수도 있겠지. 성구에게 고맙다는 인사를 제대로 하지 못한 것이 못내 가슴에 걸렸다. 그는 영산에 못 박혀 있던 두 눈을 하늘로 옮겼다. 괴롭고 힘든 생각이었기 때문에 더 이상은 성구 생각을 하고 싶지 않았다.

짙은 감색으로 물든 하늘에는 어느새 별이 총총 박혀 있었다. 치수는 이제 하늘에 시선을 고정한 채 장독대가 있는 곳까지 걸어갔다. 도시에서는 이렇게 많은 별을 볼 기회가 없었기 때문에, 누군가 일부러 별을 흩뿌려 놓은 것 같은 모습이 그의 시선을 사로잡았다. 만약 살인과 비극적인 사건이 일어나지 않았다면 그는 좀 더 순수하게 경이를 표할 수 있었을 것이다. 이토록 그림 같은 한옥 대저택과, 더러움으로 물들지 않은 자연의 조화란……

하늘을 보고 걷던 치수의 발치에 무언가 걸렸다. 깜짝 놀란 치수가 자기 발밑을 보았다. 작은 항아리였다. 정신없이 걷는 동안 장독대까지 와버린 것이었다.

치수는 아쉽지만 아름다운 경치에서부터 시선을 거두고 항아리들을 살피기 시작했다. 어두워서 잘 보이지 않아 한참을 살펴야 했는데, 몇 번이고 눈을 가늘게 떴다 크게 떴다 반복한 끝에야 마침내 오른쪽 가운데 있는 커다란 두 개의 항아리를 발견할 수 있었다.

치수는 반가운 표정으로 오른쪽 가운데 줄로 갔다. 가까이 가보니 가장 큰 항아리 두 개는 거의 성인 남자 가슴팍까지 올 정도로 켰다. 과연 여자 혼자는 힘들겠구나, 하며 그는 주연이 귀띔해 준 왼쪽 항아리의 뚜껑을 들어 올렸다.

"왼쪽이 고추장이랬지?"

항아리 뚜껑의 무게 또한 만만치 않았다. 치수는 팔에 힘을 잔뜩 주고 뚜껑을 바닥에 내려놓았는데, 내려놓는 순간 몸이 휘청했다. 그는 왠지 머쓱한 생각에 혼자 피식 웃음을 지었다.

항아리의 뚜껑이 열리자 안에서 오래된 장 냄새가 확 올라왔다. 지독한 군내 같은 게 나고 있었다. 치수는 저도 모르게 눈살을 찌푸렸다. 구수한 장 냄새가 아니라, 맡기 꺼려지는 냄새였다. 아무래도 고추장이 아닌 것 같았다. 그는 좀 더 자세히 살피기 위해 발꿈치를 들었으나 어두워서 항아리 안이 보이질 않았다. 결국 그는 주머니에서 휴대폰을 꺼내어 불빛으로 안을 비춰보아야 했다. 환한 불빛이 쏟아지자 항아리 안이 좀 더 잘 보였다.

'된장이잖아?'

치수가 떨떠름한 얼굴로 입맛을 다셨다.

'분명히 왼쪽 항아리가 고추장이라고 했는데……'

그는 성가시다는 얼굴로 휴대폰을 바지 뒷주머니에 꽂았다. 그리고 무거운 뚜껑을 다시 항아리 위에 올려놓았다. 이번에 그는 오른쪽 항아리의 뚜껑을 들어올렸다. 오른쪽 항아리 뚜껑이 좀 더 가벼웠다. 뚜껑 열린 항아리에서는 고추장 냄새가 났다. 동시에 고추장 냄새와 다른, 뭔가 비릿한 냄새 같은 것도 났다. 치수는 이제야 제대로 찾았구나, 생각하며 숟가락과 그릇을 잡고 항아리 안으로 몸을 기울였다.

문득, 항아리로 몸을 기울인 그의 눈에 이상한 게 보였다. 치수는 눈을 가늘게 떴다. 깊은 항아리 안에 이상한 게 들어 있는 것 같았다. 처음에 그것은 짐짝처럼 보였다. 그 다음엔 덩어리처럼 보였고, 어둠에 눈이 익숙해지자 마치 사람 형상처럼 보였다. 웅크린 사람처럼.

'댕그랑' 하는 소리가 났다. 치수의 손에서 숟가락과 그릇이 떨어졌다. 아니겠지, 아닐 거야, 그는 주문이라도 외우듯이 아니겠지, 아닐 거야를 반복했다.

아니겠지, 아닐 거야.

그의 덜덜 떨리는 손이 바지 뒷주머니로 들어갔다. 애써 침착하며 휴대폰을 열자 환한 빛이 쏟아져 나왔다. 치수는 천천히 불빛을 올렸다. 항아리 안을 향해 불빛이 움직였다.

아니겠지, 아닐 거야……

이제 불빛은 항아리를 절반가량 비추고 있었다…… 이제 곧…… 불빛이 항아리를 거의 다 비추었다.

항아리 속을 본 치수가 소리 없는 비명을 질렀다. 그는 입을 딱 벌린 채 새파랗게 질린 얼굴로 뒷걸음질을 쳤다. 불빛이 항아리 안을 완전히 비추자 창백한 피부가 보였다. 붉은 피와 선명히 대조되는 창백한 피부. 아니, 창백하다 못해 파랗게 보이는……

"주, 주경…… 주경이……"

치수가 더 이상 말을 잇지 못했다. 멀리서부터 불어온 찬바람이 칼날처럼 세차게 그의 얼굴을 때리고 지나갔다. 스산한 저녁이었다.

주경의 시체는 가까운 행랑채로 옮겨졌다. 행랑채의 먼지 나는 창고에 주경을 내려놓자 주연은 온몸을 비틀며 주경의 시체 쪽으로 가려 애썼다.

"언니야! 언니야—!"

선장과 치수가 있는 힘껏 말리고는 있었지만 그녀의 힘이 얼마나 강했는지 선장의 손에 퍼런 핏줄이 잔뜩 솟았다.

"와 죽었노, 와 죽었노! 언니야!"

주연의 목소리가 피를 토하듯 애절하게 터져 나왔다. 그녀의 가슴이 들썩들썩했다.

"주연아, 제발! 제발 가만히 안정을 좀 취하자, 응?"

치수가 안타까운 목소리로 주연의 이름을 부르짖었으나 그녀는 좀처럼 가만히 있을 기미를 보이지 않았다. 기회만 있으면 주경의 시체가 있는 곳으로 달려 나가려 했던 것이다.

"아제요. 시, 시체 보, 보고 왔십니도."

시체를 살펴보고 온 초희가 치수의 곁으로 다가왔다. 젊은 여자에게 시체를 보고 와달라는 부탁을 하기는 미안했지만 치수는 주연을 붙잡고 있었기 때문에 어쩔 도리가 없었다.

"이마에 큰 상처가 있었십니도."

초희는 의외로 담담했다. 파리해지긴 했지만 목이 잘린 시체 앞에서도 의연한 모습을 보였다. 되레 강배가 더 속이 뒤집어지니 뭐니 약한 소리를 하며 헛구역질을 하고 자리를 피했다.

"초희야, 미안하지만 주연이 좀 잡고 있어줄래?"

주연이 좀 잠잠해진 틈을 타 치수가 초희에게 주연을 부탁했다. 초희는 치수 대신 주연의 한쪽 팔을 꼭 붙들었다. 치수는 주경의 시체 쪽으로 걸어갔다. 이미 성구의 시체를 본 적이 있기는 하지만 시체를 보고 느끼는 역겨운 기분은 쉬이 사라지지 않았다. 좀 더 심해졌으면 심해졌지 절대 익숙해지지 않았던 것이다. 그는 토하고 싶은 기분을 억지로 억누르며 시체 앞에 쪼그려 앉았다.

주경의 시체 역시 성구처럼 목과 몸이 떨어진 상태였다. 그녀의 이마에도 성구의 이마에 있었던 것처럼 뭔가에 가격(加擊)당한 흔적이 있었는데 교살 흔적이 없고 둔기에 맞은 상처만 있는 것으로 보아 뭔가에 강한 타격을 받고 숨진 것 같았다. 아마 타격을 받고, 정신을 잃거나 죽은 상태에서 목을 분리했겠지. '분리'라는 단어가 이토록 역겨운 것이었나, 그는 저절로 이맛살을 찌푸리며 고개를 저었다. 문득 주경의 시체를 살펴보던 치수의 가슴이 덜컥했다.

'이건…….'

펜 뚜껑은 어디로 갔는지 빠진 채 펜 몸뚱이만 덩그러니 주경의 가슴에 꽂혀 있었다. 아까까지만 해도 독살스럽게 펜을 빼앗아 들던 주경의 모습이 뚜껑 없이 덩그러니 남은 펜과 오버랩 되면서 가슴이 먹먹해졌다. 죽었구나, 정말로 죽었구나, 그런 생각이 들었다. 범인이 주경을 끌고 오는 동안 뚜껑만 어딘가에 떨어진 모양이었다. 곧 그의 눈에 펜 말고 다른 무언가도 들어왔다. 작고 희끗희끗한 무언가 꼭 쥔 주먹 속에 들어 있었다. 아마 몸에 난 잔털 하나라도 살펴보겠다는 일념으로 살펴본 게 아니라면 발견하지 못했을 것이었다.

처음에 치수는 그게 뭔지 몰라서 고개를 갸웃댔다. 그러다 그게 종이쪽지 같다는 생각을 했다. 치수의 가슴이 쿵쾅쿵쾅 뛰기 시작했다. 범인에 대한 힌트가 될지도 모른다. 아니, 분명히 범인에 대한 힌트일 것이다. 치수의 가슴이 한층 더 세차게 뛰었다.

그는 뭔가를 발견했다고 신나서 떠드는 대신에 조용히 누구 지켜보는 이가 있나 둘러보았다. 다행히 아무도 그가 하는 일에 신경을 쓰지 않는 것 같았다. 그는 아무도 보지 않는 사이에 재빨리 시체 손을 펴기 위해 온몸의 힘을 두 손에 실었다. 만약 이것이 정말 범인에 대한 힌트라면, 여기 있는 사람 중 누구도 이 사실을 알아서는 안 될 것이다. 그를 제외한 모든 사람이 용의자였으니 말이다.

치수는 있는 힘을 다해 손을 펴려고 했지만 그게 마음대로 되지 않았다. 시체가 굳었기 때문인 것 같았다. 치수는 뒤를 힐끔 돌아보았다. 초희가 한창 주연을 설득하고 달래는 중이었다. 선장은 그 옆에서 두 여자를 물끄러미 보고 있었다.

치수는 다시 시체 손을 펴는 것에 집중했다. 한참 시체와 씨름하던 치수는 마침내 시체 손을 펼 수 있었다. 시체의 네 번째 손가락을 부러뜨린 것 같기도 했지만 지금은 그런 것에 신경 쓸 여유가 없었다. 치수는 정신없이 종이쪽지를 펼쳐들었다.

뭐가 쓰여 있을까, 그러나 쿵쾅대는 가슴을 겨우 진정시키며 펼쳐든 종이쪽지에는 아무것도 없었다. 아니 있었다. 처음에는 그것이 그냥 숫자라고 생각했다. '17'이라는 숫자. 그러나 뒷면도 살펴본 치수는 그게 뭔지 금방 깨달았다. '17'의 뒷면에는 '18'이 적혀 있었다. 이것은 어느 책에나 존재하는 쪽수였던 것이다. 17쪽과 18쪽.

17과 18은 뭘 뜻하는 걸까, 이 책의 원본, 17쪽이나 18쪽에 있는 내용에 범인에 대한 진실이 숨겨져 있는 것은 아닐까? 치수는 마치 그 안에서 무언가 숨겨진 내용이 튀어나오기라도 바라는 것처럼 아무런 내용도 적히지 않은 종이쪽지를 연신 뒤집어 보았다. 뭔가 금방이라도 찾아낼 수 있을 것 같았다. 당장에 금 거북이라도 얻은 듯이 그의 가슴은 진정하지 못하고 연방 쿵쾅쿵쾅 소리를 내며 숨가쁘게 뛰었다.

그러나 그런 기분도 잠시였다. 방금 전의 날아갈 것 같던 기분은 어디로 가고 그의 가슴에는 좌절과 혼란이 자리 잡았다. 이것은 새로운 혼란요소일 뿐이다. 다잉 메시지가 아니다. 그저 죽기 전에 뭐라도 잡아보려던 주경의 시도일 뿐이다……

"자네 뭐하나?"

뒤에서 선장의 목소리가 들리자 치수가 얼른 종이를 왼손에 쥐어 보이지 않게 했다.

"아, 아닙니다. 시체를 좀 살펴봤습니다. 아무래도 성구 씨와 비슷하게 살해당한 것 같아서……"

치수가 얼버무리자 선장이 눈알을 이리저리 움직이며 의심스러운 표정을 지었다.

"주연이는 좀 어떻습니까?"

치수는 얼른 주연이 쪽으로 고개를 돌렸다. 그녀는 더 이상 소리를 지르지 않았다. 대신 나무토막 마냥 뻣뻣하게 굳어 연신 눈물을 흘리고 있었다. 옆에서 초희가 안쓰러운 얼굴로 주연의 이마에 맺힌 땀을 닦아주었다.

"지친 모양이야. 기절하지 않는 게 천만다행이지."

선장이 짐짓 안타까운 표정을 지었지만 그의 목소리에는 찬바람이 쌩쌩 불고 있었다. 그는 남에게 동정심이라곤 눈곱만큼도 가지지 않는 사람이었다.

"그렇군요……. 일단 자리를 옮기는 게 좋겠습니다. 선장님은 최강배 씨를 데리고 별채로 가주십시오. 저도 곧 따라가겠습니다."

치수의 말에 선장은 '마치 네가 뭔데 내게 명령을 하느냐' 하는 표정을 지었지만 이내 그의 말에 따르기 위해 밖으로 나갔다.

"초희 너도 주연이를 데리고 별채로 좀 가주렴."

치수가 이번에는 초희 쪽을 보고 말했다. 초희는 고개를 한 번 끄덕이고는 주연의 겨드랑이에 자신의 팔을 단단히 끼웠다. 그녀는 몸도 가누지 못하는 주연을 억지로 일으켜 세워 행랑채 문을 나섰다. 그녀의 품에 매달린 주연은 종이처럼 흐느적흐느적 댔다.

사람들이 모두 나간 것을 확인한 치수는 다시 왼손에 쥐고 있던 주경의 마지막 흔적을 펼쳤다. 아무것도 없는 빈 종이, 17, 18쪽이라는 표시 하나. 풀릴 듯 말 듯했던 사건이 이제는 영원히 풀릴 것 같지 않은 그냥 단편적인 '사실'로 남아버렸다. 왜 굳이 이것을 찢었을까. 단서는 중구난방, 하나도 맞아떨어지는 게 없다. 하나로 이어 붙이면 금방이라도 답이 될 것 같은 단서들, 이것을 어떻게 이어붙일 것인가.

치수가 괴로운 표정을 지었다. 그는 다시 한 번 주경의 시체를 보고는 그 자리를 떠났다. 별채로 향하는 치수의 뒤로 갑자기 바람이 불었다. 바람은 행랑채 문을 저절로 닫히게 했다.

3

사람들은 다시 별채에 모여 있었다. 모두 완전히 지친 표정들이었다. 치수는 새삼 인원이 이렇게 적었구나, 했다. 주경과 성구가 빠진 빈자리가 무척 큰 공백으로 느껴졌다. 그 공백은 그의 마음에 사건을 해결하지 못했다는 죄책감 같은 것을 불러일으켰다.

"여기 이 자리에 범인이 있다는 거군."

선장이 사람들을 둘러보며 불쑥 이상한 말을 했다. 무척 찜찜한 표정이었다. 치수는 그의 마음을 어느 정도 이해할 수 있었다. 그 역시 찜찜한 기분이었으므로. 여기 모인 다섯 사람 중 사람을 둘이나 죽이고도 — 그것도 아주 잔인한 방법으로 — 태연히 앉아서 슬픔을 가장하고 있는 사람이 있다는 생각이 그의 두 가슴을 방망이질 했다.

두려움에 떠는 강배, 무덤덤한 척하면서도 사실은 무언가를 두려워하는 선장, 초연한 모습으로 시종일관 사건의 외부에서 떠도는 초희, 슬픔에 잠겨 견디지 못하는 주연. 그리고 이 모든 사건을 해결하려 하는 치수. 다섯 사람은 각자 서로의 눈치를 보며 누가 범인일까, 각자의 기준으로 재고 따지고 있었다.

"누가 우리 언니야를 죽인 거죠…… 대체 누가……"

주연이 통통한 두 어깨를 들썩였다. 그녀의 눈물로 얼룩진 얼굴은 이목구비를 알아보기 힘들 정도로 부어 있었다.

"그라고 보니까네, 좀 의아한 게 있다."

강배가 심술궂은 목소리로 입을 열자 여덟 개의 눈동자가 그를 향했다. 그 중에서 치수의 두 눈이 제일 불안하게 흔들렸다.

"딱히 누가 범인이다, 이런 게 아니라 그냥 궁금한 기라."

강배는 황급히 덧붙였지만 이미 그의 얼굴은 당장이라도 범인을 지목할 것처럼 긴장하고 있었다.

"초희 니는 대체 와 여기 와 있노?"

강배가 의심스럽다는 눈초리로 주연의 어깨를 쓸어주고 있는 초희를 노려보았다. *드디어 균열이 생겼구나.* 치수는 가슴이 덜컥 내려앉는 것을 느꼈다. 그가 가장 두려워하던 일 중 하나가 일어나 버린 것이다.

"지, 지는 그냥……"

자신의 이름이 나올 줄은 생각도 하지 못했던 초희가 놀람과 당황이 뒤섞인, 애매한 표정을 지었다.

"그냥이 어뎄노? 내사 마 첨부터 궁금했니라. 니가 성구 죽은 소리 못 들은 것도 그렇고…… 여그 이유 없이 온 것도 그렇고. 모든 게 다 이상하지 않나?"

강배가 초희를 마구잡이로 몰아붙이자 그녀가 미친 듯이 고개를 가로저었다.

"아입니도, 아입니도! 강배 아제요, 지는 범인이 아입니도! 지도 와 성구 오빠 죽었을 때 아무 소리도 못 들었는지 모르겠십니도…… 하지만 그렇다고 지를 범인으로 몰다니, 너무하지 않십니꼬!"

"니가 범인이라고 한 적은 없데이. 단지 궁금했던 것뿐인데 와 그렇게 당황하노?"

강배는 눈을 가늘게 떴다.

"지금 아제 말이 그거 아입니꼬? 지가 범인이라고 말하는 거 아입니꼬!"

초희가 발끈한 나머지 대거리를 들고 나서자 강배의 입이 더욱 심하게 뒤틀렸다.

"허허, 거참. 뭐 찔리는 거라도 있나?"

강배와 초희 사이의 갈등이 점점 깊어지려 하고 있었다. 강배 옆에 앉아 있던 선장의 입에서 굵은 목소리가 흘러나왔다.

"지금 형사놀이라도 하나? 어린애 장난질도 아니고…… 형사놀이 하고 싶거들랑 흙 파먹는 애새끼들이랑 하는 게 좋을걸. 그 나이 먹고도 아무 증거 없이 사람을 몰아세우는 게 얼마나 몰상식한 짓이라는 걸 모르는 것도 아닐 테고. 그렇게 따지면 강배 자네야 말로 굉장히 의심스러운데 말이야."

선장이 퉁명스럽게 초희 편을 들고 나서자 단박에 분위기가 강배의 위기로 옮겨갔다. 방금 전까지만 해도 기세등등하던 강배의 몸이 쪼그라드나 싶더니 이내 죄인처럼 고개를 푹 숙였다. 빨갛게 달아올라 있던 초희의 얼굴이 차츰 원래 색을 되찾아가고 있었다.

"내, 내가 와 의심스럽나!"

강배가 역정을 냈다. 기분 나쁘다는 듯이 투덜대는 목소리였지만 여전히 그는 고개를 푹 숙인 채였다. 선장이 불쾌한 미소를 지었다.

"자네, 오늘 낮에 나랑 헤어진 뒤로 어딜 가 있었던 거야? 난 자네 그림자도 못 봤는데…… 자네가 아무도 못 본 사이에 이 집 첫째 딸을 죽인 건지, 누가 알겠나?"

선장이 입을 삐죽이자 강배의 얼굴에서 식은땀이 흘렀다. 그는 말을 잇지 못하고 입을 벙긋거렸다. 뭐라고 쏘아붙이려 했으나 마땅히 할 말이 떠오르지 않는 것 같았다.

"서, 설마…… 아제가 그러신 게 아니죠? 아, 아닌 거죠?"

탈진한 사람처럼 쓰러져 있던 주연이 고개를 번쩍 쳐들고 붉게 충혈 된 눈으로 강배를 보았다. 강배가 당황해서 고개를 젓자 주연의 얼굴에 원망과 좌절이 고스란히 떠올랐다.

"아이다!"

강배가 소리를 바락 질렀다.

"내는……"

“그만들 하세요.”

마침내 모든 상황을 지켜만 보고 있던 치수가 기운 빠진 얼굴로 이야기를 중재했다. 강배가 뭐라고 더 이야기를 하려 했으나 치수는 손가락을 하나 들어 그의 말문을 막아버렸다. 네 쌍의 눈이 그를 멀뚱히 바라보았다. 강배는 아직도 이야기를 할 것처럼 입을 반쯤 벌리고 있었다. 사람들이 서로를 의심하지 못하게 막고 선 치수의 얼굴은 어디선가 고된 일을 하고 온 사람 같았다.

그도 그럴 게, 치수는 완전히 지치고 말았다. 코앞에서 새로운 살인이 일어난 것도 모자라서 네 사람이 그의 생각을 더욱 복잡하게 만들고 있었던 것이다. 물론 인원이 다섯 명으로 줄어든 이상 균열이 생기는 것은 당연한 일이다. 그도 알고 있었다. 다만, 이런 크고 작은 균열이 범인에게는 너무나 고마운 일이 될 것임을 알고 있었으므로 최대한 균열이 생기지 않도록 해야 했다.

“일단 서로를 의심하기 시작하면 밑도 끝도 없으니까, 다들 그만하시는 게 좋겠습니다. 이러다가 애먼 사람을 범인으로 몰게 될지도 몰라요.”

그의 목소리에는 기운이 없었지만 그의 표정만큼은 단호했다.

“그렇게 되면 범인만 좋은 일 시켜주는 꼴이 됩니다. 좀 더 확실한 증거가 나왔을 때 범인을 밝혀도 늦지 않으니, 진정들 하십시오.”

“확실한 증거가 어디 있나?”

선장이 뿌루퉁한 소리로 묻자 치수가 빙그레 미소를 지었다. 전혀 이런 상황에 어울리지 않는 미소였다. 덕분에 선장이 놀란 표정으로 고개를 갸웃했다.

“확실한 증거 없습니다. 이제부터 찾아야죠.”

"그걸 어디서 찾십니꼬?"

초희가 맥없는 목소리로 물어왔다.

"주경이가 죽은 곳에 가면 찾을 수 있겠지."

"죽은 곳이라뇨? 어디서 죽은 건데요?"

주연이 눈물을 멈추고 치수를 바라보았다. 치수는 잠깐 주연을 바라보았다가 이내 짧게 고개를 끄덕였다.

"그게 어딘데요! 얼른 말씀해 보세요!"

그녀의 입에서 갈라진 목소리가 터져 나왔다.

"그 전에, 몇 가지 짚고 넘어갈 게 있단다."

"짚고 넘어갈 거?"

강배가 눈살을 찌푸렸다. 치수는 미소를 거두지 않고 한 사람 한 사람을 쳐다보았다.

"예. 맞습니다. 짚고 넘어갈 게 있어요. 분명히 증거보다 먼저 알아야 할 부분입니다. 또 여러분이 얘기해 주셔야 할 부분이기도 합니다."

강배처럼 주연의 눈살도 찌푸려졌다.

"대체 뭘 짚고 넘어가야 하는데요?"

"알리바이란다."

치수가 대답하자 주연을 비롯해 선장과 강배, 초희까지 놀란 표정을 지었다. 치수는 속으로 강배나 초희가 알리바이에 대해서 알고 있을까 걱정했지만 다행히 그들도 알리바이가 무엇인지에 대해 어느 정도 알고 있는 것 같았다.

"아, 알리바이라모…… 드라마에만 나오는 그거 아이가? 사람이 죽었을 때 뭘 하고 있는지 말하는 그거……"

강배가 모두의 귀에 들릴 정도로 크게 중얼댔다.

"맞습니다. 그겁니다. 그럼 첫 번째로, 주경이를 언제 마지막으로 보았는지 여러분 모두 한 사람 씩 이야기해 주십시오. 그 다음으로는 두 시부터 다섯 시까지 어디서 뭘 했는지 말씀해 주시면 됩니다. 먼저 초희부터 얘기하도록 하죠."

치수는 초희를 향해 공손히 손을 내밀었다. 그러자 초희가 어리둥절한 얼굴로 자신을 가리켰다. 그녀는 입만 벙긋거리며 '저요?' 했다. 치수가 고개를 끄덕였다. 이윽고 초희가 떨리는 목소리로 입을 열었다.

"그…… 그게…… 그 아가씨를 본 건 식사 끝나고 별채 욕실에 갔을 때가 마지막이었던 것 같십니도."

"별채 욕실에 갔을 때라면…… 나랑 대화를 나누고 갔을 때 말이지?"

"야."

치수는 잠시 뭔가를 곰곰이 생각하더니 주머니를 뒤져 항상 예비하고 다니는 검은색 펜을 꺼냈다. 그는 주변을 두리번거리며 종이나 쓸 만한 메모지가 없는지 살폈다.

"종이 여기 있십니도."

초희가 치수의 행동을 살피다가 옆에 놓인 수납장 위에서 작은 메모지 한 장을 건넸다. 치수가 고맙다는 듯이 고개를 까닥했다. 종이를 받아든 그는 얼른 '초희—아침식사 후'라고 적었다.

"계속 말해도 됩니꼬?"

"그러려무나."

초희는 침을 한 번 꼴깍 삼키더니 다시 말을 이어나갔다.

"지는 한 시쯤에 서재에 가서 책을 한 권 갖고왔십니도. 아, 물론 둘째 아가씨한테 말하고 빌린 거지예. 둘째 아가씨가 아아덜 읽는 책도 한 두 권 있다고 해서……"

잠시 사건과 전혀 상관없는 말을 지껄이던 초희가 얼른 정신을 차리고 고개를 휘휘 저었다.

"여하튼 그 뒤로 쭉 김 선장 아제 방에 앉아 책을 읽다가, 네 시 넘어서 영산에 갔다 왔십니도. 영산을 오를 수 있을지 살펴보고 내려왔는데 딱 행랑채 앞에서 아가씨를 (초희의 손가락이 주연을 가리켰다) 만난깁니도."

치수가 눈을 가늘게 떴다. 초희는 분명히 그가 작은 목소리로 '서재라……' 하는 것을 들었다.

"다음으로 최강배 씨, 말씀해 주시죠."

"내, 내는……"

강배는 혹여 의심받지 않을까 두려워하며 쉽사리 입을 열지 못했다. 한 마디라도 잘못 말했다가는 금방이라도 의심을 살 것만 같았던 것이다.

"괜찮습니다. 그냥 편안히 있는 그대로만 말씀해 주십시오. 만약 거짓말을 했다가 나중에 일이 꼬이면 더 의심을 받을 테니까요."

강배를 안심시킨답시고 건넨 치수의 말이 되레 그를 두렵게 만든 모양이었다. 그는 연신 침만 삼키며 눈동자를 이리저리 굴렸다. 옆에서 보고 있던 선장이 짜증난다는 듯이 혀를 끌끌 찼다.

"내는 낮에…… 사랑채 대청에서 낮잠 자다가 주갱이한테 쫓겨났는데예."

강배의 목소리가 미묘하게 떨리고 있었다.

"예? 그게 몇 시쯤입니까?"

치수가 깜짝 놀라 강배를 추궁하자 그가 몸을 웅크렸다.

"내는 안 죽였십니더! 진짜라예!"

"알아요, 안 다니까요. 제 말은 선생님이 죽였다는 게 아니라 대체 몇 시쯤에 쫓겨났느냐고요?"

참다못한 치수가 성마르게 분통을 터뜨렸다.

"아마 세 시깨나 된 것 같았는데……"

"확실합니까?"

"글쎄예, 시, 시계가 세 시를 가리켰으니까……"

강배는 손목을 올려 다 낡은 시계를 보여주었다. 다 헤진 시계였지만 시간만큼은 정확하게 가리키고 있었다.

"세 시……"

치수가 누구에게랄 것 없이 혼잣말을 했다.

"고 가스나, 발로 툭툭 차면서 여그서 자지 말라고 괜히 깨웠십니더. 그라고 지는 사랑채로 들어가 버리데예. 결국 세 시에 인나서 행랑채 창고에 가서 잤십니더."

"세 시 이후에 누구 선생님을 본 사람은 없고요?"

치수가 '강배 — 세 시'라고 적으며 묻자 강배가 아무 말 없이 입만 삐죽였다. 치수는 그것을 아무도 본 이가 없다는 뜻으로 받아들였다. 아무래도 강배는 치수가 자신을 의심한다고 생각하는 모양이었다.

"정말 주경이가 사랑채로 들어갔단 말씀이죠? 다시 나오진 않았습니까?"

"야. 지가 행랑채로 갈 때까진…… 그러니까 한 십 분 정도는 안 나왔십니더."

치수는 잘 알겠다는 듯이 고개를 끄덕이며 메모지에 뭔가를 휘갈겨 썼다.

"그 다음으로 선장님, 말씀해 주시지요."

치수는 선장에게 말을 넘기면서 무심코 선장이 말하지 않을지도 모른다는 생각을 했다. 자존심이 강한 그로서는 치수에게 조사받는 걸 무척이나 불쾌하게 여길 테니까…… 하지만 선장은 의외로 순순히 입을 열었다.

"영태 큰딸을 마지막으로 본 건 한 시 조금 넘어서였네. 한…… 한 시 반 정도 됐을 때였던 것 같군. 배 엔진을 좀 보러 가는데 그 애 혼자 장독대 앞에 앉아서 휴대폰을 만지고 있었네. 어차피 모르는 사이였기 때문에 무슨 대화도 나누지 않고 그냥 지나치긴 했지만, 어쨌든 그때 마지막으로 보긴 했지."

선장은 말을 마치고 희뿌연 눈동자를 한 번 뱅그르르 굴렸다.

"그리고 또 뭐? 내가 뭘 했는지 말하라고 했던가? 난 방금 말한 것처럼 한 시에서 세 시 정도까지 배 엔진을 고치고 있었네. 그리고 다섯 시까지는 배에서 한숨 잤지. 날은 추워도 선장실은 꽤나 따뜻하거든."

선장이 말을 마치자 치수는 주연에게로 고개를 돌렸다. 주연은 눈물을 닦으며 억지로 입술을 움직였다.

"지도 한 시 넘어서 언니야를 마지막으로 봤어요. 혼자 영산을 넘겠다는 걸 억지로 막고 있었죠. 결국 언니가 화가 나서 사랑채를 나가버렸는데, 아마 장독대 앞에 앉아 있었던 모양이네요."

주연이 쏟아져 나오는 눈물을 닦았다. 그녀는 들릴 듯 말 듯 한 목소리로 *그때 화를 내지 말 걸 그랬어요*, 했다.

"하…… 한 번 더 봐둘 걸…… 이럴 줄 모르고…… 이, 이럴 줄은 꿈에도……"

초희가 안쓰러운 눈으로 주연의 어깨를 다시 쓰다듬었다.

"죄송해요…… 눈물이 멈추질 않아서…… 두 시에서 네 시까진 별채 청소를 좀 했어요. 안채도 쓸고 닦았지요. 항아리도 하나하나 다 닦았고. 네 시부턴 밥을 안쳤는데…… 허둥지둥 다니느라 밥에 먼지가 들어가는 바람에 다시 안쳐야 했어요. 그라고 안채 정전된 것도 살펴보고……"

주연이 억지로 눈물을 참느라 숨을 헐떡이며 말을 했다. 치수는 '주연-한 시, 사랑채'라는 메모를 마지막으로 펜을 놓았다.

"이제 서울 선생 차렙니더."

치수는 메모지를 주머니에 쑤셔 넣다말고 놀란 표정으로 강배를 보았다. 강배의 얼굴에 비열한 희열 같은 것이 떠올라 있었다. 물론 그는 자신이 알리바이 같은 걸 증언할 필요도 없다고 생각했다. 범인이 아니니까. 그런데 다른 사람들은 그도 유력한 용의자로 생각하고 있었던 것이다. 그것이 치수에게는 충격이었다. 단 한 번도 자신이 의심받으리라는 생각은 해본 적이 없었는데……

"저, 저는 주경이를 두 시에 마지막으로 보았습니다. 그 동안 쭉 별채에 있었는데, 두 시에 잠깐 바람 쐬러 안뜰에 나왔다가 별채 앞에 앉아 있던 주경이를 만났죠."

치수는 잠시 별채 앞에 앉아 있던 주경을 떠올렸다. 그랬다가 곧 천천히 숨을 고르며 가슴을 쓸어내렸다.

"그 뒤로 안채로 가서 책을 조금 보았습니다. 주연이가 정 교수님 서재에서 책을 봐도 좋다고 해서요. 별채에 놔둔 책을 가지러 갔다가 주연이가 별채에 들어왔을 때, 그러니까 두 시 반쯤에는 서로 대화도 나누었습니다. 그 뒤론 쭉 안채의 서재에 있었죠."

치수가 어지간히 놀란 표정으로 대답하자 선장이 뭐가 우스운지 피식 하고 바람 빠지는 소리를 내며 웃었다.

"이제 모든 알리바이를 들었으니 어디서 언니야가 죽은 긴지 말해주세요."

"그렇게 하마. 조금만 더 있다가 말해줄 테니까 너무 조급해하지 마렴. 다른 분들도요."

또다시 흥분하려던 주연이 치수의 말에 겨우 다시 안정을 되찾고 입을 다물었다. 치수는 어깨를 으쓱하며 손에 든 펜을 빙글빙글 돌리기 시작했다.

"여러분이 하신 증언들이 모두 진실이라면, 아마 주경이는 세 시에서 다섯 시 사이에 살해당한 것 같습니다. 설령 거짓이라고 해도……"

치수가 강배를 힐끔 보자 그는 재빨리 시선을 피했다.

"두 시까지 살아있었다는 건 사실이겠죠."

빙글빙글, 펜이 점점 더 빠르게 치수의 손 안에서 돌아가고 있었다.

"제 생각이 맞다면, 주경이는 아마 사랑채나 안채, 정확히는 정교수님 침실이나 서재에서 두 시와 다섯 시에 살해당했을 겁니다."

"뭐라고요?"

갑자기 주연의 눈빛이 달라졌다.

"침실이나 서재?"

그녀는 당장이라도 안채와 사랑채로 달려갈 것 같은 기세로 눈을 번뜩였다.

"어떻게 거그 있다고 확신하시는데예?"

초희도 궁금한 듯이 물어왔다. 치수는 조급해하지 않고 천천히 자신의 주머니를 뒤졌다. 그의 주머니에서 작은 종이 쪼가리가 나왔다. 사람들의 시선이 치수에게서 쪽지로 옮겨갔다.

"이겁니다. 주경이가 서재나 침실에서 살해당했다는 증거."

치수는 기다렸다는 듯이 손에 쥐고 있던 종이 쪼가리를 펼쳐들었다. 선장이 그에게 성큼성큼 다가와 확인하려 했다. 그는 커다란 손으로 치수의 손에 쥔 종이 쪼가리를 빼앗았다.

"이게 뭐야? 빈 종이 아닌가?"

그의 표정이 묘하게 일그러졌다.

"네. 그렇습니다. 빈 종이입니다."

"이게 뭐 어쨌다는 거야?"

치수가 조급해하지 마라, 하고 말하는 것처럼 고개를 설레설레 흔들었다.

"이 종이는 죽은 정주경 양의 손에서 발견한 겁니다. 죽기 전에 마지막으로 이 종이 쪼가리를 쥔 거죠."

그는 침을 한 번 삼켰다.

"이런 빈 종이가 무슨 소용이고?"

강배가 빈정대며 눈알을 굴렸으나 치수는 그의 말을 완전히 무시하기로 작정한 사람처럼 아무 대꾸도 하지 않았다. 그는 이제 대학에서 강의하던 것처럼 방 안을 이리저리 누비며 뜻 모를 미소를 짓고 있었다.

"끝에 숫자는 보지 못하셨나요?"

그는 종이를 다른 사람들도 볼 수 있도록 내밀었다. 초희가 쪽지를 관심 있게 보았다. 그녀는 종이 쪼가리를 한 번 뒤집었다가 또 한 번 더 뒤집더니 몇 초 흐르지 않아 바로 종이의 비밀에 대해 알아챘다.

"책 쪽수 아닙니꼬?"

"정확히 보았구나."

치수의 말이 떨어지기 무섭게 선장이 그 손에서 종이를 빼앗아 확인해 보았다. 그는 가까이 있는 물체가 잘 안 보이는지 코끝을 찡그리며 종이를 멀찍이 들어서 확인했다. 치수는 그가 쪽수를 확인하길 잠시 기다렸다가 종이를 받아들었다.

"책 쪽수가 찢겼다는 건 집 안 어딘가 책이 있는 장소에서 이것을 찢었다는 소리인데, 제가 알기로 책이 꽂혀 있는 곳이라면 두 군데밖에 없습니다. 바로 안채의 서재와 사랑채의 정 교수님 침실이죠."

치수가 걸음을 멈추고 네 사람 모두를 똑바로 보았다.

"다시 말해, 주경이는 사랑채나 안채에서 살해당했다는 소립니다. 그리고 제일 가능성이 높은 곳은 사랑채이죠. 왜냐하면 제가 범인이 아니라는 가정 하에, 저는 안채에 쭉 있었고 주경이는 한 번도 안채로 온 적이 없었으니까요."

선장이 놀란 얼굴로 눈을 둥그렇게 떴다.

"물론 안채에서 사망했을 수도 있습니다. 제가 범인이라면 말입니다. 그렇지만 저는 범인이 아니고, 중요한 건 누가 왜 주경이를 죽였느냐 하는 겁니다."

치수가 작게 헛기침을 했다.

"제 생각에는 안채나 사랑채를 한 번 살펴봐야 할 것 같습니다."

"그럼 여기 이러고 있을 게 아니잖아요? 당장 사랑채부터 가요!"

주연이 벌떡 일어나 소리를 질렀다. 방금 전까지 풀 죽어 있던 사람이라고는 생각하기 힘든 모습이었다. 그녀의 두 눈은 금방이라도 터질 것 같은 핏발로 뒤덮여 있었고 하얀 두 팔은 얼마나 힘을 세게 주었는지 파란 핏줄이 튀어나올 것처럼 솟아 있었다.

"아, 아니다. 주연이 넌 여기 남아 있어."

치수가 그녀를 만류했지만 그녀는 막무가내로 치수 앞에 걸어왔다.

"지 언니야를 죽인 놈! 그 놈은 지가 잡을 거예요, 지가 잡아야 해요—!"

"아냐, 아냐 넌 여기 있어야 해."

치수가 인상을 찌푸리며 고개를 저었다. 흥분한 주연이가 괜스레 사건 현장에 남아 있을지도 모를 중요한 단서를 파손시키기라도 하면 큰일이라는 생각 때문이었다. 주연은 그런 그의 마음을 아는지 모르는지, 사랑채로 달려나갈 생각밖에 없는 것 같았다.

"주연아! 안 된다니까!"

주연이 그의 말을 못 들은 체하고 방 문고리를 거칠게 잡아당기자 결국 그가 참다못해 주연의 팔을 낚아챘다. 치수를 향해 원망스러운 눈길을 보내는 그녀의 두 눈에서 붉은 섬광이 번쩍였다. 치수의 몸이 움찔했다.

"초, 초희야…… 주연이를 좀 보살펴주렴."

치수의 말에 초희가 재빨리 달려와 주연의 몸을 부축했다. 주연이 그 손길을 뿌리치려 했지만 강배까지 초희에게 합세하는 바람에 그녀는 더 이상 몸부림치지 못하고 이만 바득바득 갈았다.

"최강배 씨, 고맙습니다."

치수가 안심하는 목소리로 말하자 강배가 무뚝뚝하게 고개를 까닥했다.

"내가 자네를 좀 따라가 봐도 되겠나?"

멀뚱히 서 있던 선장이 물어왔다. 치수는 놀란 얼굴로 잠깐 서 있다가, 이내 '원하신다면' 하는 듯이 어깨를 으쓱했다.

"강배 자네랑 초희는 그 아가씨를 좀 데리고 있어줘. 내가 이치랑 함께 갔다 올 테니."

"알았데이."

강배와 초희가 양옆에서 꽉 붙잡고 있는 지금, 주연은 더 이상 소리를 지르거나 무리해서 따라 나서려고 하지 않았다. 다만 방을 나서는 치수와 선장의 뒷모습을 노려보기만 할 뿐이었다.

"꼭 범인을 잡아야 할 겁니다. 꼭이에요, 지 언니야를 살해한 범인, 잡아야 한다고요!"

주연의 목소리가 분에 차서 떨렸다. 치수는 그 말에 대답하지 않았다. 그는 뒤도 보지 않고 선장과 함께 별채를 나섰다. 뒤에서 "아가씨예, 옆방 가서 한숨 자입시도" 하는 초희 목소리가 들렸다.

4

"사랑채부터 가보는 게 좋겠습니다. 안채는 시간 낭비에요."

별채 건물을 나오자 치수가 오른쪽을 가리키며 말했다. 치수는 선장의 입에서 무슨 대꾸라도 나올 것이라 생각했지만 막상 선장은 묵묵히 치수의 뒤를 따를 뿐이었다. 불이 다 꺼진 사랑채 건물은 왠지 으스스해서, 폐가에 들어가는 기분이었다. 치수는 내심 김 선장이 따라오지 않았다면 혼자 이 분위기를 견딜 수 없었으리라는 생각을 했다. 그나마 선장이 그의 뒤에 묵묵히 섰기 때문에 그가 당당하게 안으로 들어갈 수 있었던 것이다.

"불 켜는 스위치가 어디 있지?"

선장이 사랑채 복도 벽을 더듬거렸다. 한참 벽을 더듬던 그의 손끝에 무언가 닿았다. 작은 플라스틱 스위치였다. 스위치를 누르자 '딸깍' 소리와 함께 복도의 불이 환하게 켜졌다. 흰 빛으로 밝혀진 복도는 어두울 때보다 더 음산해 보였다.

"앗!"

앞서 걸어가던 치수가 갑자기 외마디 소리를 냈다. 선장이 황급히 달려갔다. 사랑채 가장 안쪽 방, 정 교수 침실 앞에 선 그는 왜 치수가 외마디 소리를 냈는지 알 수 있었다. 침실 문짝이 다 부서진 채로 덜렁덜렁, 겨우 문첩에 매달려 있었다.

"저건……?"

선장이 쉿소리를 내며 묻자 치수가 고개를 끄덕였다.

"문을 억지로 부수고 들어간 흔적 같습니다."

"그럼 영태 큰딸이 여기서 살해당했다는 건가?"

"아마도요."

애매한 대답이었다. 치수는 직접 방에 들어가 보는 수밖에 없다는 결론을 내리고 조심히 다 부서진 문을 밀었다. 그는 문 옆의 벽을 더듬어 불을 켰다. 불을 켬과 동시에 환한 빛이 쏟아져 나오자 그와 선장이 눈을 찡그렸다.

"아!"

빛을 차단하기 위해 두 손을 허우적대고 있던 치수가 빛에 적응이 되자 다시 한 번 외마디 소릴 냈다.

"왜 그러나?"

"이걸 보세요."

선장은 치수의 손이 가리킨 곳을 보았다. 헤 벌어진 치수의 입은 다물 줄을 몰랐다. 밖에 떨어진 경첩을 보고 이곳이 살인현장이 맞구나 하고 들었던 확신이 사라지는 풍경이 눈앞에 펼쳐져 있었다. 방 안은 아무 일도 없었던 것처럼 깨끗했다. 기다란 머리카락 몇 가닥이 듬성듬성 떨어져 있다는 것 외엔 아무것도 특이한 게 없었다. 이 방 어디에서 살인이 일어난 게 맞느냐고 치수에게 되묻는 듯이, 치수를 비웃는 듯이.

치수가 천천히 걸음을 옮겨 머리카락이 떨어져 있는 곳으로 갔다. 그는 그 자리에 쪼그려 앉아 머리카락을 살펴보았다. 밝은 금색 머리카락이 형광등 불빛 아래서 반짝반짝, 마치 황금으로 짠 실처럼 빛났다. 주경의 것이었다.

"여기서 죽은 게 맞긴 한 건가?"

선장이 뒤에 망연히 서서 중얼거렸다. 치수 역시 그와 비슷한 생각을 하고 있었다. 만약 이곳에서 죽인 게 맞다면—아니 확실하다—범인은 성구를 죽였을 때와 똑같다. 여전히 냉정하고, 기분 나쁠 정도로 침착한 인물이라는 생각이 들었다. 어쨌거나 다 큰 성인을 살해한 현장이다. 어느 정도 저항을 할 수도 있고, 성인을 처리하려면 당연히 난장판이 될 수밖에 없다. 게다가 범행 추정시간인 세 시부터 다섯 시를 염두에 두었을 때, 아마 빨리 살인을 하고 귀신 노파 전설처럼 위장하기엔 시간이 충분하지 못했을 것이다. 또 다른 사람들 눈에 띄지 않게 장독대로 가져가야 했으니 사건 현장을 소홀히 할 수밖에 없었겠지.

하지만 완벽했다.

'징그럽군.'

치수가 그답지 않게 비인간적인 미소를 지었다. 대체 범인이 누구길래 이토록 대단한 짓을 벌였을까. 어떻게 이렇게 침착하게 살인 장소를 정리할 수 있었을까.

치수의 입에 떠오른 미소가 이내 비웃음으로 변했다.

"제기랄!"

그의 바로 옆에서 굵은 목소리가 들리자 치수가 펄쩍 뛰며 놀랐다. 선장이 함께 왔다는 것을 깜빡하고 있었다.

"무, 무슨 일 있습니까?"

"이것에 걸려서 엎어질 뻔했네."

선장이 불퉁거리며 바닥에서 무언가 집어 들었다. 책이었다. 선장이 집어든 책을 아무 생각 없이 지나친 치수는 갑자기 무슨 생각이 들었는지 선장의 손에서 책을 빼앗아 들었다. 범인이 살인 현장을 말끔히 정리했으니, 주경이 찢은 책도 가지런히 정리해 벽에 밀어놓았을 것이다. 치수는 책을 넘겨 쪽수를 확인했다. 17이 있었다.

"왜 그러나?"

치수가 뭐에 홀린 사람처럼 가지런히 쌓아진 책 더미를 무너뜨리고 이 책 저 책 펼쳐서 뒤지기 시작하자 선장이 미친 사람을 쳐다보듯 하며 물었다.

"분명히 있을 겁니다, 여기 떨어진 책들 중에 주경이가 마지막으로 잡은 책이……."

치수는 계속해서 책을 살펴보며 쪽수를 확인했다. 17쪽은, 혹은 18쪽은 아무 의미가 없으리라. 그저 여기가 살인 현장이 맞다는 것을 확신하고 싶었을 뿐이었다.

"여기 없는 거 아닌가?"

선장의 목소리가 낮아졌다. 마치 속삭이듯이.

"예, 예?"

"여기 없는 것 같다고 했네."

선장이 퉁명스럽게 대답했다. 치수는 아무 말도 할 수 없었다.

"모든 책을…… 다 찾아보신 건 맞지요?"

"자네도 보았잖은가. 이게 전부야."

"그럼 여기서 죽은 게 아니……?"

치수의 목에서 목소리가 더 이상 나오지 않았다. 말문이 탁 막혔다. 그렇다면 안채에서 죽은 것인가. 말도 안 된다. 주경의 사망 추정 시각에 치수는 안채에 있었다. 그럼 사랑채와 안채가 아닌 제 3의 장소인가. 하긴 이 넓은 집에 책이 안채와 사랑채에만 있다는 건 말이 안 되는 일이다. 책 한 권쯤 어디 다른 곳에 있을 수도 있는 것이다.

하지만, 과연 주연 성격에, 못 쓰는 곳까지 구석구석 쓸고 닦는 그녀가 아무 데나 책을 놔두었을까?

치수는 점점 더 혼란해지는 상황을 감당하지 못하고 벽에 몸을 기댔다. 머릿속에 들어 있던 것들이 뒤죽박죽 엉망진창으로 섞이고 한데 엉겨 붙어 뭐가 뭔지 도저히 알 수 없는 상황으로 흘러가고 있었다. 치수가 눈을 질끈 감았다.

그나마 다행인 건 그와 함께 온 사람이 김 선장이라는 점이었다. 묵언수행이라도 하는 것처럼 말이 없는 사람이었기에, 치수가 혼자 생각할 시간을 가질 수 있었던 것이다.

"다시 한 번, 방 안 구석구석 찾아보죠."

치수가 이윽고 눈을 뜨고 조용히 말하자 선장이 어기적어기적 움직이며 치수와 함께 방을 샅샅이 뒤지기 시작했다.

"저게 뭐죠?"

이 구석 저 구석 살펴보던 치수가 갑자기 멈춰 서서 눈썹을 치켜세웠다. 그의 눈에 들어온 것은 침대 밖으로 삐져나온 한 뭉텅이의 먼지였다. 그러고 보니 침대 왼쪽에만 새까만 먼지 덩어리가 밖으로 조금씩 삐져나와 있었다.

"누가 침대 밑에라도 들어갔다 나왔나 보군."

선장이 무뚝뚝한 목소리로 대답했다. 그가 콧방귀 뀌는 소리가 요란하게 들렸다.

"침대 밑에…… 누가요?"

"누군지 내가 어떻게 아나?"

치수는 이상하다는 듯이 침대를 물끄러미 보고 서 있었다.

"침대 밑에……"

치수는 몇 번이나 '침대 밑에'라는 말만 반복했다.

"일단 이쪽엔 다른 책은 더 없네. 아, 한 권 있긴 했는데 거기에도 17쪽은 멀쩡했어."

선장이 치수 쪽으로 묵직한 책 한 권을 건네며 묵직해진 허리를 쭉 폈다.

"나는 잠깐 담배 한 대 피우고 오겠네. 괜찮겠나? 그 동안 침대 밑에라도 들어가 보고 있으라고."

선장이 빈정대며 낄낄, 웃었다.

"예, 그러십시오."

치수는 개의치 않고 침대에 시선을 고정한 채 고개를 끄덕였다. 그러자 선장은 기다렸다는 듯이 쌩하니 밖으로 나가버렸다. 아무도 없이 혼자 방 안에 남은 치수는 차라리 잘 됐다는 생각을 했다. 선장은 침대 밑에 떨어진 먼지를 아무렇지 않게 여겼지만 치수는 그것이 의미하는 바를 정확히 알고 있었다.

범인은 살인 현장을 모두 정리했다. 무너진 책 더미를 다시 쌓고, 주경이 난리를 피워서 어질러졌을 방 안을 정리했다. 그것만으로도 꽤 많은 시간이 소요되었던 게 틀림없다. 아까 바닥에 떨어져 있던 주경의 머리카락. 범인은 원래 방 상태로 원상복구를 하는 데는 성공했으나 바닥을 쓸고 완벽하게 원상태로 돌려놓는 것에는 실패했다. 시간이 부족했을 테니까. 당장 떨어진 문짝도 고치지 못할 만큼 시간이 없었을 테니까.

그래서 신경 쓰지 못한 것이다. 사실 눈에 잘 띄지 않기도 했고, 침대 밖으로 삐져나온 먼지 같은 건 누구도 신경 쓰지 않는 부분이기도 했다. 그는 두근거리는 마음을 진정시키며 침대 쪽으로 다가갔다. ……부서진 문과 침대 밑에서 나온 먼지.

이 두 조합이 치수에게 이 방에서 일어난 사건을 고스란히 보여주는 것 같았다. 주경이 문을 잠그고 침대 밑에 숨어 있는 동안 범인이 문을 부수고 나타나는 장면이 눈에 선해서, 치수는 참지 못하고 몸을 부르르 떨었다. 그는 침대 옆에서 고양이 마냥 몸을 웅크리고 엉덩이를 하늘로 치켜들었다. 그리고 침대 밑을 들여다보았다. 이 어두운 곳에 숨어 언제 자기를 죽이러 올지 모르는 범인을 기다리는 기분은 얼마나 두렵고, 얼마나 무서웠을까.

어두운 침대 밑을 들여다보고 있던 치수가 갑자기 뭔가를 발견한 사람처럼 고개를 번쩍 들었다. 그의 머리는 아직 침대 밑에 있었기 때문에 고개를 들자 정수리가 침대에 부딪쳐 엄청난 소리를 냈다. 치수의 눈에 눈물이 가득 고였다. 그는 인상을 찌푸리며 손으로 머리를 쓱쓱 문질렀다. 그가 잘못 본 것일까? 분명 책 같은 게 있는 것 같았는데.

치수는 땀이 흥건한 손을 뻗어 침대 밑을 뒤졌다. 먼지와 께름칙한 느낌의 오물이 손끝에 먼저 닿았다. 그러나 치수는 손을 빼지 않고 계속 어둠 속을 더듬었다. 곧 손에 얇은 책 같은 게 잡혔다. '역시나, 잘못 본 게 아니었구나.'

치수가 책을 꺼냈다. 먼지와 함께 밖으로 나온 것은 얇은 시집이었다. '김소월의 詩.' 치수는 가운데가 티 나게 울퉁불퉁한 시집을 펼쳐들었다. 울퉁불퉁한 부분에는 두 장의 사진이 꽂혀 있었고, 오른쪽 페이지의 귀퉁이 끝은 찢겨져 숫자가 없었다. 그리고 왼쪽 끝에는 분명한 글씨로 '16'이라고 적혀 있었다. 그 말은 즉…….

치수는 얼른 주머니에서 종잇조각을 꺼내 찢긴 부분에 맞추어보았다. 딱 맞았다. 그제야 가슴 속을 짓눌러대고 있던 덩어리가 녹아내리는 것 같았다.

"그렇다면 이 사진들은……"

치수는 사진을 대충 살펴보고는 책을 먼저 살펴보기로 결심했다. 치수의 눈이 책의 16쪽을 먼저 훑었다. 시선이 그림으로 먼저 향하게 되는 것은 자연스러운 일이었으니까. 16쪽에는 새 한 마리가 그려져 있었다. 새의 까만 눈에서 흐르는 하늘색 눈물이 그의 시선을 한동안 붙잡았다. 이윽고 그의 시선이 17쪽의 내용으로 향했다. 김소월의 시, 접동새가 쓰여 있었다.

치수의 눈이 시를 읽어 내려갔다.

'접동
접동
아우래비 접동
진두강(津頭江)가람가에 살던 누나는
진두강 앞 마을에
와서 웁니다.
옛날, 우리나라
먼 뒤쪽의
진두강 가람가에 살던 누나는
의붓어미 시샘에 죽었습니다.
누나라고 불러보랴
오오 불설어워
시샘에 몸이 죽은 우리 누나는
죽어서 접동새가 되었습니다.
아홉이나 남아 되는 오랍동생을
죽어서도 못잊어 차마 못 잊어
야삼경(夜三更)남 다 자는 밤이 깊으면
이 산 저 산 옮아가며 슬피 웁니다.'

시를 읽고 나자 치수의 머릿속이 한층 더 복잡해졌다. 치수는 다시 한 번 눈으로 시를 훑었다. 대체 주경은 이 시에서 무엇을 보았을까? 왜 접동새라는 시를 택했을까?

주경이 말하려던 접동새는, 모두가 아는 그 의미일까? 계모에게 죽은 불쌍한 누나와 어린 동생…… 그게 아니라면, 남의 둥지에 알을 까고 가는, 접동새의 또 다른 이름인 두견이……

치수는 일단 책을 덮었다. 조금 더 시간을 가지고 천천히 생각해 볼 참이었다. 그가 궁금한 것은 그 사이에 끼워져 있던 사진이었다. 책 사이에 꽂혀 있던 사진은 굉장히 오래된 것으로 보이는 황갈색 사진 한 장, 조금 더 나중 것으로 보이는 컬러 사진 한 장, 이렇게 두 장이었다. 접동새가 중요한 것일까, 이 두 장의 사진이 중요한 것일까.

환한 불빛 덕분에 사진 속에 찍힌 게 뭔지 명확히 보였다. 그는 손에 묻은 먼지를 바지 옆에 닦고 컬러 사진을 먼저 확인했다. 어린 여자아이 둘이 손을 꼭 잡고 있는 모습이 찍혀 있었다. 치수는 두 아이가 누구인지 단박에 알아보았다. 주경과 주연이었다. 사진 속 주경이는 그가 처음 정 교수의 방에서 보았을 때보다 더 어려 보였다. 열 살도 안 되어 보였다. 그 옆에 손을 꼭 잡은 주연이는 주경이보다 더 어려 보여서, 초등학교에 막 입학한 아이처럼 보였다.

그는 잠시 사진을 살펴보다가 일단은 별 특별한 것이 없다고 판정되자 그것을 바지 주머니에 쑥 넣어버렸다. 이제 그는 두 번째 사진, 그러니까 다 낡은 황갈색 사진을 펼쳤다. 황갈색 사진에는 건장한 세 남자가 서 있었는데 왼쪽의 신경질적인 얼굴을 한 남자와 오른쪽의 무성한 수염을 가진 남자가 머리를 완전히 삭발한 가운데 남자와 어깨동무를 하고 있었다. 치수는 가운데 남자를 제외한 양옆의 두 사람이 무척 눈에 익다는 생각을 했다. 특히 신경질적인 얼굴을 한 사람…… 놀랍게도 그는 정 교수였다.

그리고 수염이 무성한 남자는……

"김 선장."

치수가 혼잣말을 했다. 이 사진은 김 선장과 정 교수, 그리고—아마도—임강수의 사진인 것 같았다. 정말 김 선장이 정 교수님과 함께 대학을 나왔구나, 치수는 감탄인지 앓는 소리인지 모를 소리를 내며 사진을 원래 그랬듯이 반으로 접었다.

그 때였다. 사진이 반으로 접히자 사진 뒷면에 적혀 있던 글씨가 눈에 들어왔다. 그는 재빠른 손놀림으로 사진 뒷면을 보았다. 뒷면의 글씨는 사진 속 두 남자만큼이나 낯익었다. 서재에서 발견한 논문집 맨 앞에 쓰여 있던 그 글씨와 동일한 인물이 남긴 것이 분명했다.

'강수 군대 가기 전 날, 인문대 학술동아리 회장 김 춘 선배와 함께.'

김춘 선배와 함께. 글씨를 따라 눈동자를 움직이던 치수가 입을 딱 벌리고 눈을 크게 떴다. 잘못 본 것은 아닐까 다시 한 번 확인했지만 잘못 본 게 아니었다. 김춘 선배와 함께, 분명히 거기에는 '김춘'이라는 단어가 쓰여 있었다.

군대 가기 위해 머리를 삭발한 사람이 임강수이고 그 왼쪽의 사람이 정 교수라면…… 그렇다면 김춘은……

치수의 손에서 사진이 툭 떨어졌다. 설마, 아니겠지, 그는 고개를 설레설레 흔들었다. 그의 기억 속에 치수를 보고 너무나 끔찍하게 웃던 선장이 떠올랐다. 그리고 치수에게 '자네 정말 모르고 묻는 건가' 그런 말도 했다. 왜 지금까지 모르고 있었을까, 왜 몰랐을까. 분명히 알아챌 수 있었을 텐데……

그는 다시 사진을 주워들었다. 이루 형언할 수 없는 놀라움과 동시에 배신감 같은 것이 온몸을 떨리게 했다. 그의 가슴이 서로 다른 두 종류의 흥분으로 붉게 물들었다. 진실의 문턱에 섰다는 흥분과 이유 모를 공포로 인한 흥분. 그는 방의 불을 끄고 복도로 나왔다.

김 선장은 사랑채 밖에서 담배를 피우고 있었다. 치수는 벌써 십 분 가까이 나오지 않고 있었다. 그 동안 선장은 두 대의 담배를 피웠는데, 이제 남은 담배가 네 개 뿐임을 알면서도 도무지 담배를 아낄 수가 없었다. 아직 집으로 돌아가긴 글렀는데, 하며 그는 혼잣말로 투덜댔다. 그 때였다.

선장은 뒤에서 발소리가 들리는 것을 알아채고 뒤를 돌았다. 사랑채 복도를 따라 긴 그림자가 움직이고 있었다. 선장의 몸이 잠깐 긴장해서 굳어졌지만, 그림자의 주인공이 나타나자 금방 그는 안심했다.

왠지 모르게 비틀거리며 나타난 치수의 표정이 좋지 않았다. 선장은 눈살을 찌푸렸다. 왜 저런 표정으로 나타났을까 헤아려 보려고 했지만 도무지 감이 잡히지 않았다. 치수의 얼굴은 흡사 죽은 사람의 그것처럼 보였다. 그만큼 파리하고, 덤덤한 얼굴이었다.

"무슨 일 있나?"

선장이 넌지시 질문을 던지자 치수가 눈을 가늘게 뜨고 입가를 움찔움찔했다.

"자네 왜 그래?"

"책을 찾았습니다."

선장의 눈이 둥그렇게 커졌다. 다행이라고 직접 말하지는 않았지만, 그의 표정이 다행이군, 하는 걸걸한 목소리를 대신하고 있었다.

"한 번 보십시오."

치수가 책을 내밀자 선장이 책을 펼쳐 17페이지를 확인했다.

"없군."

치수가 천천히 고개를 끄덕였다. 선장 역시 치수처럼 자연스럽게 책 내용을 확인했다.

"접동새. 이걸 알리려고 한 건가?"

"글쎄요. 그랬을 수도 있고, 아닐 수도 있겠죠."

선장이 치수의 퉁명스러운 대답에 짜증스레 고개를 치켜들었다. 파리한 치수의 얼굴은 표정이 없어, 마치 밀랍인형의 그것 같았다.

"지금 날 무시하는……"

선장이 기분 나쁜 얼굴로 치수에게 성큼성큼 걸어갔다.

"김춘 씨."

치수의 입에서 뜬금없는 소리가 흘러나오자 그를 향해 다가가던 선장이 발걸음을 멈추고 그 자리에 우뚝 서버리고 말았다.

"뭐, 뭐라고?"

선장은 순간 잘못 들었나 싶어 되물었다.

"김춘 씨, 왜 저한테 거짓말을 하셨습니까?"

선장의 눈이 치수에게 못 박혀 움직이지 않았다. 그의 몸 역시 그 자리에 묶인 듯이 꼼짝도 하지 않았다. 선장의 표정이 서서히 일그러졌다.

"자, 자네 지금 무슨 소리를……?"

"정말 제가 무슨 말을 하는지 모른단 말씀입니까?"

"이봐, 자네가 무슨 오해를……"

"선생님!"

치수의 흥분한 목소리가 고요한 한옥을 울렸다.

"조, 조용히 하게…… 제발. 내 얘기를 좀 듣게, 일단, 나는……"

선장이 애써 그를 달래려고 했지만 치수는 쉽사리 흥분을 가라앉히지 못했다.

"무슨 얘기요? 얘기를 하시려거든 선생님이 왜 정 교수님에게서 억대의 돈을 받았는지, 그 얘기부터 하셔야 할 겁니다!"

선장은 완전히 겁먹은 얼굴로 휘둥그레진 눈알을 이리저리 돌렸다. 희뿌연 한쪽 눈알이 기이하게 여기저기로 돌아갔다. 그는 너무 당황한 나머지 더 이상 이 사실을 부인하겠다거나 어떻게든 거짓말을 함으로써 이 상황을 모면해 보겠다는 생각을 하지 못하는 것 같았다. 그게 아니라면 허점투성이의 거짓말이 소용없다는 것을 깨달았거나.

"제발, 제발 조용히 하게……"

간신히 그의 입에서 나온 소리는 조용히 해달라는 게 전부였다.

"좋습니다. 조용히 하죠. 그러니 이제 말씀하십시오. 대체 이십 년 전에 무슨 일을 한 건지 말입니다!"

조용히 하겠다고 약속해 놓고 치수는 결국 또다시 소리를 버럭 지르고 말았다. 방금 전까지만 해도 어떤 끔찍한 일이 있었는지는 상상도 못하고 그저 엄청난 비밀이 있구나, 짐작만 하고 있었으나 선장의 반응을 본 그는 그것이 확신으로 변해감을 느꼈다.

"내 말을 들어보게…… 내게도…… 사정이 있네."

선장은 죄지은 어린아이처럼 떠듬떠듬 말했다. 그러나 허둥대는 것처럼 보였음에도 막상 그의 표정은 한없이 덤덤하기만 했다.

"이십 년 전 일에 대해 말하지 않으실 겁니까?" 치수가 눈을 치켜뜨고 소리를 지를 태세를 취하자 그가 재빠르게 고개를 저었다. "김성구 씨는 어떡하시고요. 죽은 아들을 위해서 비밀을 밝혀야 한다……?"

'김성구'라는 석 자가 나오자 선장의 몸이 움찔하며 얼굴이 빠르게 굳어갔다.

"선장님이 말씀해주셔야만 모든 퍼즐이 맞춰집니다. 그래야만 이 사건의 진짜 범인을 알 수 있다고요…… 선장님도 아시지 않습니까?"

치수는 이제 속삭이듯이 애원하고 있었다. 선장의 얼굴은 점점 더 파랗게 질려갔다.

"지금 이 살인이 20년 전 사건과 연관되어 있는 것을, 선장님은 아시잖아요."

치수의 목소리는 바람 소리와 함께 쉿쉿 대며 어우러졌고 선장은 몸을 한 번 부르르 떨었다. 이윽고 선장이 치수를 힐끔 보더니 눈을 질끈 감았다.

"다 말함세, 내 다 말함세."

선장이 목이 졸린 것처럼 꺽꺽대는 소릴 냈다. 죽은 아들 때문이었을까. 선장이 이토록 쉽게 이야기를 풀어놓으리라곤 기대하지 않았다.

"그때 내겐 너무나 돈이 절실했네. 자네가 알 리 없겠지만, 그때의 난 그랬네."

선장의 가슴이 위 아래로 들썩이며 그의 코에서 거친 숨이 뿜어져 나왔다. 치수는 그의 말에 끼어들지 않고 가만히 서서 듣기만 했다. 선장이 사랑채 대청 위로 무너지듯이 주저앉았다.

"아버지가 남긴 빚 때문에 어머니는 스스로 목숨을 끊었고, 아픈 누이마저 세상을 떠났네. 내게 빚을 남긴 아버지와 나만이 남아버렸지. 난 별수 없이 대학을 그만둬야 했어."

선장의 입가가 부들부들 떨렸다. 옛날 얘기를 끄집어내는 그의 눈가가 새빨갛게 부었다. 객혈이라도 한 사람 같았다. 치수는 선장이 마른 입술을 축이는 것을 가만히 보았다.

"우리는 사채업자들을 피해 아무도 찾지 못하는 곳으로 도피하기로 했네. 그리고 우리가 찾은 곳이 바로 여기였어. 그리고 난 여기서 어부 일을 하기 시작했네. 십 수 년 동안 여기서 어부로 살아갔고, 여기에 뿌리를 내렸지. 물론 서울로 올라가고 싶다는 생각도 했었어. 하지만 서울로 올라가면 사채업자들과 마주할 게 분명했지. 아무것도 가진 것 없는 나와 무능하고 늙은 내 아버지가, 어떻게 당당하게 빚과 마주할 수 있겠나?"

선장이 가만히 있지 못하고 몸을 이리저리 뒤척였다.

"그렇게 저렇게 뿌리를 내며 살다가 내 나이 마흔이 넘을 때였네. 당시 한옥 대저택에 살던 갑부 여자가 죽으면서 그 자식들이 이 집을 매매로 내놓았고, 한옥 저택은 주인을 잃고 말았지. 나는 조용히 살 곳을 찾던 영태에게 한옥 저택을 소개한 거야. 이곳이 비는 일은 흔치 않다, 어서 입주해야 한다…… 영태는 내게 한옥 저택에 대한 정보를 준 사례금으로 오백만 원을 적선받기도 했고."

선장은 웃음을 거두고 치수를 힐끔 보았다. 치수는 눈을 부릅뜨고 그를 응시할 뿐, 다른 어떤 말도 하지 않고 있었다. 치수의 표정을 살핀 그는 다시 이야기를 재개했다.

"부끄러웠느냐고? 그럴 리가 있나. 게다가 영태가 여기 와서도 나와 서로 모른 체하고 살았기 때문에 굳이 비참함을 느끼거나 하지도 않았어. 알다시피 이 섬은 영산을 가운데 두고 누구 하나 넘기를 바라는 사람이 없으니 말일세…… 그러니 그때까진 그나마 살 만했네. 문제는 그 이듬해였어."

선장이 어떤 죄책감에 몸부림치듯 자신의 머리칼을 쥐어뜯었다.

"강수가 이 섬에 왔네. 영태에 대한 분노를 안은 채…… 학회에서 자신의 노력으로 이루어낸 걸 모두 빼앗고 자신마저 밀어낸 영태에 대한 복수심이었지. 실상 영태가 강수의 논문을 표절했고, 그걸 뒤늦게 강수가 알게 된 거야."

치수는 정 교수 서재에서 발견한 신문기사를 떠올렸다. 그 기사는 사실이었다.

"강수는 극도로 흥분해 있었네. 어떻게든 영태를 만나 따지려 했지. 그런데 영태는 그런 강수를 잘 달래긴커녕 돈으로 무마하려 했어. 강수가 어떻게 했겠나. 돈? 그게 그에게 무슨 의미였겠나. 강수는 당장 이 모든 사실을 학회에 알리고 명예를 되찾겠다고 선언했네. 영태가 그러자 어떻게 했는지 아나?"

치수가 알 것 같다는 듯이 진저리나는 표정을 짓자 선장이 고개를 끄덕였다.

"그래, 결국 해선 안 되는 일을 저지르고 말았지. 영태가 흥분해서 던진 대리석 책받침이 강수의 머리에 정통으로 맞았고, 다시는 눈을 뜨지 못했네."

선장의 입에서 비통한 신음소리가 흘러나왔다.

"문제는 그 이후였어. 경찰에 알리지 않고 조용히 처리하려 한 거지. 당시 최진배가 유정호의 소개를 받아 한옥 수리를 맡아 하고 있었는데 아마 진배가 덩치도 좋고 튼실하니까 정 교수가 진배에게 시체를 처리해 달라고 부탁한 것 같으이. 나도 자세한 사정은 잘 모르지만……"

그는 말끝을 흐렸다.

"그래서요? 도대체 유정호 씨는 왜 사망한 겁니까?"

지금껏 한 마디도 끼어들지 않던 치수가 이야기를 독촉하자 선장이 몸을 움찔하며 마른 입술을 축였다.

"그 뒷사정은 사실 나도 잘 모르네. 내가 왔을 땐 이미 정호까지 죽어 있었으니까. 정 교수는 나와 진배에게 각각 1억 씩 주기로 약속했네. 하지만 지, 진배가 무슨 일을 했는지는……"

"그럼 선장님은 무슨 일을 하셨습니까?"

치수가 불쑥 묻자 선장의 얼굴에 미소가 피어올랐다. 평소의 불쾌한 웃음이 아니라 고통스러움을 억지로 참는 것 같은 미소였다.

"나는, 나는……" 그는 하늘을 잠깐 쳐다보았다. "내겐 정말 1억이 꼭 필요했네. 그만큼 절박한 때였어."

그가 애걸하는 목소리로 중얼거렸다.

"난…… 시신의 머리를 자르고 남은 몸뚱이를 처리하는 일을 했지."

치수의 얼굴에 경악과 역겨움이 떠올랐다. 최진배가 어떤 일을 했는지는 모르겠지만 그는 이 일로 미쳐버리고 말았다. 그런데 이 남자는, 심지어 시체의 머리를 자르기까지 한 이 남자는 어떻게 여기 아무렇지 않게 서 있을 수 있을까? 치수는 진심으로 그에게 경의에 가까운 무언가를 느꼈다.

'이 남자는 진짜 미쳤다. 정말 돈에 미친 거야……'

"자네가 무슨 생각을 하고 있을지 알아. 그래, 나는 돈의 노예였네. 그 더러운 것의 노예였지."

선장의 눈이 눈물을 쏟을 것처럼 일그러졌다.

"시신은 어떤 방법으로 처리하셨습니까?"

선장은 대답을 하지 않고 고개만 한쪽으로 갸웃했다.

"선장님."

그는 치수의 재촉에 하는 수 없이 다시 입을 열었다.

"나는 시신을 치우기 위해 이 섬에 내려오는 전설을 이용했네. 귀신 노파 전설 말이야. 그래서 시신을 새벽녘에 섬 반대편으로 옮겨 해무 속에 던져놓기로 했어. 그런데 문제가 생긴 거야. 해무가 심한 이른 새벽엔 배로 섬을 돌 수가 없거든. 어쩔 수 없이 영산을 넘어서 시체를 처리해야 하는데 영산에 사는 삵이며 산짐승들이 신경 쓰였네. 나 혼자라면 산짐승 따위야 문제 될 것도 없겠지만, 시체를 빨리 처리해야 하는 마당에 산짐승을 잡고 있을 수만은 없었으니."

치수가 자기도 모르게 침을 꿀꺽 삼켰다.

"결국 나는 진배와 상의해서 영산에 약을 풀었네. 이 일 만큼은 둘이 같이 하자, 약속하고 말일세. 자네도 영산을 오른 적이 있으니 알겠지만 영산은 사람의 손길이 닿지 않은 곳이라 나무가 우거지고 깊어 보이는 거지, 실제론 야트막한 야산 정도밖엔 안 된다네. 또 영산에 사는 산짐승도 그리 많지 않기 때문에 우리는 거의 하루 반 만에 영산에 사는 대부분의 산짐승을 처리할 수 있었어."

치수의 눈이 커졌다. 이제야 모든 게 이해가 갔다. 왜 영산에 산짐승이 없는지, 어떻게 이십 년 전, 시체들이 해무 속에서 떠오를 수 있었는지. 또, 어째서 선장이 치수의 하는 모든 일에 사사건건 시비를 걸며 비밀을 밝히지 못하게 막아섰는지……

"이게 내가 아는 이십 년 전의 비밀이네."

이야기를 마친 선장의 입가가 축 늘어졌다. 그는 완전히 노인처럼 보였다. 더 이상 위풍당당하고 드센 사내가 아니었다. 그는 그저 힘없는 노인이었다.

치수는 감히 그에게 무슨 말을 걸 생각도 하지 못했다. 두 사람은 서로의 눈동자만 바라보며 침묵을 지켰다. 놀라운 것은 선장이 아무에게도 얘기하지 말아 달라 부탁하지 않는다는 점이었다. 치수는 그가 그런 부탁을 한다면 단호히 거절할 생각이었다. 밝힐 때가 되면 밝혀야 할 이야기였으니까. 하지만 선장은 그런 부탁을 하기는커녕 아무 말도 없었다.

"선생님."

치수가 입을 열었다. 그의 목에서 쉰 소리가 흘러나왔다.

"이 사건의 범인을 잡으면 선생님 이야기도 같이 수면 위로 드러나야 할 겁니다. 저는 당연히 그렇게 할 거고요. 한 가지 확실한 건, 선생님 이야기를 숨겨드릴 수가 없다는 점입니다."

그의 말에 선장이 두 눈을 껌뻑였다.

"선생님이 법 앞의 심판을 받으실 수 있을지 어떨지는 사실 저도 잘 모르겠습니다. 공소시효라는 게 있고, 이십 년이 지난 지금도 선생님의 죄가 유효한 대가를 받을지는 잘 모르니까요. 하지만 적어도 진실을 숨겨서는 안 될 겁니다. 법의 심판을 받지 않아도, 진실의 심판을 피할 수는 없다고 생각합니다."

치수가 담담하게 말을 이어나가자 선장은 고개를 끄덕였다. 그는 지친 얼굴로 미소를 지었다.

"맘대로 하게. 난 이미 이 세상의 전부인 자식마저 잃었다네. 남은 거라곤 이 더러운 몸뚱이와 몇 푼 안 되는 돈이 전부야."

그의 지친 얼굴을 보며 치수가 천천히 그 옆에 앉았다.

그의 희뿌연 눈동자에서 눈물 한 방울이 떨어졌다. 두 사람은 아무 말도 하지 않았다.

밀장(密藏)

1

그 날 저녁은 아무 일도 일어나지 않았다. 선장과 치수가 별채로 돌아갔을 때는 이미 강배가 잠든 뒤였고, 초희와 주연만이 불안한 얼굴로 그들을 기다리고 있었다. 주연은 치수가 나타나자마자 다그치듯이 뭔가 찾아냈냐고 물었지만, 치수는 '사랑채엔 가지 않는 게 좋겠다. 오늘 저녁엔 너희가 내 방에서 자라. 난 선장님과 최강배 씨의 방에서 잘 테니까'라는 말만 했다. 뭘 찾았다, 하는 얘기도 없고 김 선장과 무슨 얘길 나누었다는 일말의 언질도 주지 않았다. 결국 치수가 아무것도 찾지 못했다고 생각한 주연은 또다시 발작적인 눈물을 쏟아냈다.

"연 교수님, 하나만 말씀해 주세요! 지 언니야가…… 주경이 언니야가 사랑채에서 죽은 건가요……?"

덜덜 떨리는 목소리에, 치수는 짧게 고개를 끄덕였다. 주연의 몸이 바닥에 흘러내렸다. 초희가 그녀를 일으키려 했지만 그녀는 일어나지 않았다. 주저앉은 상태에서 거의 오 분 간 훌쩍인 끝에 그녀는 겨우 몸을 가누고 자리에서 일어났다. 초희가 그녀를 부축해서 옆방으로 건너갈 때까지도 그녀는 연신 죽은 언니의 이름을 불러댔다.

초희와 주연이 옆방으로 간 지 한 시간 가까이 지났을 때에야 비로소 주연의 목소리가 들리지 않았다. 아마 지쳐 잠에 든 모양이었다.

"자넨 안 잘 건가?"

선장이 치수를 향해 무뚝뚝하게 물었다. 치수는 대답 대신 고개를 저었다.

"그럼 불을 굳이 끄지 않아도 되네."

"예. 주무십시오."

치수는 선장 쪽을 보지도 않고 중얼댔다. 그는 사실 선장과 눈을 마주치는 게 두려웠다. 더 이상 선장과 아무렇지 않게 마주하고 아무렇지 않게 대화를 나눌 자신이 없었다. 그는 오로지 빨리 여길 떠나고 싶다는 생각뿐이었다. 그도 그럴 것이, 선장을 보면 이십 년 전의 그 시체들이 떠올랐다. 문틈 사이에 놓여 있던 머리와 불길한 해무가……

어쨌거나 치수가 선장과 강배에게서 등을 돌리고 앉은 사이 밤은 점점 더 깊어갔다. 불이 꺼진 어두운 방 안에는 책상 위의 스탠드만이 맹렬히 발광하고 있어서, 스탠드의 주홍색 빛은 마치 깊은 어둠 속을 동동 떠다니는 도깨비불처럼 보였다. 치수의 뒤에서 색색 대는 두 개의 숨소리가 들려왔다. 마치 그들이 아직도 살아있다는 것을 주장하는 것 같은 소리였다.

집 안의 모든 사람들이 깊은 잠에 빠졌을 무렵, 치수는 모두가 잠들었음을 확인하고 책상 앞에 앉아 그가 모은 흔적들을 펼쳐놓았다. 첫 번째로 영수증과 신문기사가 있었다. 치수는 두 종이를 보며 흠, 하고 깊은숨을 내쉬었다. 그는 바로 몇 시간 전에 이 영수증과 신문기사에 숨겨진 비밀을 알아냈다. 이십 년 전에 일어난 사건의 실체가 이 속에 담겨져 있었던 것이다.

이십 년 전의 범인은 세 사람이었다. 정 교수, 최진배, 그리고 김춘. 이 세 사람은 두 남자를 살해하고 —사실 유정호의 죽음에 대해서는 아직 밝혀진 바가 없다.— 전설을 이용해 살인을 교묘히 감추어버렸다. 그래서였던가, 정 교수가 진실을 파헤치려는 치수를 막았던 것은. 치수는 씁쓸한 미소를 지었다. 정 교수는 마지막 가는 길이 두려웠을 것이다. 자신이 처참하게 살해한 친구가 있는 곳으로 가는 것은 얼마나 무서운 일이냐, 심판대 앞에 서서 자신을 기다릴 목 잘린 시체를 보는 일은.

치수가 다시 한 번 한숨을 쉬며 영수증과 신문기사를 치웠다. 그는 두 번째 흔적을 가슴 앞에 놓았다. 김소월의 시집과 두 장의 사진. 침대 밑에서 이 흔적들이 나온 건 절대 우연이 아니었을 것이다. 주경이 침대 밑에 들어갔을 때 우연히 떨어뜨렸든, 아니면 고의로 거기에 감추어둔 것이든, 어쨌든 주경이 가지고 있었던 게 분명했다. 죽기 직전까지 가지고 있던 책 한 권, 그 안에 들어 있던 두 장의 사진.

접동새라는 시 자체에 힌트가 있을지도 모른다고 생각했는데, 아무리 시를 읽어도 점점 더 헷갈리기만 할 뿐, 뭔가 이렇다 할 증거를 찾아낼 수 없었다. 뭐가 문제인 것인지, 대체 어디서부터 추론해야 하는 것인지, 치수는 머리를 싸매고 이런저런 생각을 떠올렸으나 딱히 생각나는 것이 없어 금방 포기하고 말았다.

이제 그는 책을 덮고 두 장의 사진으로 시선을 옮겼다. 하나의 사진은 비밀을 풀었다. 그렇다면 컬러 사진은? 두 자매의 모습은? 그저 옛날 생각이 나서 가지고 다녔던 거라면 전혀 말이 안 되는 소리였다. 주경이 언제부터 그렇게 가족애가 넘쳤던 것일까?

그는 머리를 벅벅 긁고 이내 얼굴을 두 손으로 문지르고, 괴로움에 몸을 비비 꼬았다. 점점 더 헷갈리기만 할 뿐, 사진에서 역시 책에서처럼 뭔가 이렇다 할 증거를 찾아낼 수 없었다. 뭐가 문제인 것일까.

그는 다시 한 번 두 장의 사진으로 시선을 옮겼다. 이미 그는 그중 한 장에서 이 사건을 풀어낼 수 있는 결정적인 힌트를 받았다. 그렇다면 나머지 한 장에서도 뭔가 힌트를 얻어낼 수 있지 않을까.

치수는 눈살을 찌푸리며 주경과 주연이 함께 찍은 사진을 유심히 보았다. 그의 생각에 그 사진은 정말 아무 의미 없는 사진인 것 같았다. 기묘한 괴리감을 제외하면…… 그래, 괴리감. 이 집에 들어서면서부터 느껴왔던 그 괴리감! 별다른 특별한 것 없이 평범한 사진이었으나 이 사진에도 한옥에서 느꼈던 기묘한 괴리감과 같은 게 느껴졌다. 그것은 굉장히 묘한 느낌이라서 뭐라 자세히 표현할 수 없었다. 분명히 뭔가 이상한 점이 있는데, 하며 그는 머리를 벅벅 긁었다. 한참 동안 사진을 뒤집어도 보고 돌려도 보고 하던 그는 이내 그것을 책상 위에 던져버렸다. 그러고는 짜증스러운 얼굴로 왼손을 들어 뒤통수를 툭툭 쳤다.

이 행동은 치수의 오랜 습관이었다. 논문을 쓰다가 막혔을 때나 각고의 노력을 요하는 난제와 마주했을 때 하는 행동이었는데, 자기 뒤통수를 치다 보면 답이 떠오르곤 했던 것이다. 그런데 오늘은 조금 달랐다. 아무리 습관적인 행동을 해봐도 머릿속에 떠오르는 것이 없었다.

치수는 벌써 세 번째로 한숨을 쉬며 눈을 감았다. 이십 년 전 사건의 비밀은 이미 모두 풀린 상태였다. 그렇다면 지금은? 지금 일어나고 있는 사건은……? 그는 뒤통수에서 손을 뗐다. 그리고 양손을 기도하는 자세로 모은 후, 마주 붙인 두 손을 미간에 갖다 댔다.

현재와 이십 년 전을 잇는 연결고리는 뭘까. 두 개의 사건이 개별적인 것이 아니라는 것만은 분명하다. 두 개는 연결 되어 있는 사건이다. 정 교수의 머리와 성구의 시체 아래 쓰여 있던 붉은 글씨가 그 사실을 적나라하게 보여주지 않았는가? 또한 여기 모인 사람들의 정체도 이십 년 전과 현재, 귀신 노파 전설과 하나의 흐름으로 연결된다. 그렇다면 대체 무엇이 그 세 개를 연결하는 구심점 역할을 하는 걸까? 그는 속이 답답한지 주먹으로 가슴을 탁탁 쳤다. 마치 마지막 퍼즐 조각 하나만을 남긴 퍼즐 판을 보는 기분이 들었다. 문제는 마지막 퍼즐 조각이 없어졌다는 것이었다.

치수는 의자 등받이에 몸을 깊숙이 꽂아 넣은 채 머릿속으로 용의자들의 얼굴을 하나하나 그려보기 시작했다. 백내장이 낀 눈알을 뒤룩뒤룩 굴리는 거구의 사내, 김 선장. 시궁쥐 같은 모습으로 강자(强者)의 눈치를 살피는 최강배. 단발머리를 질끈 묶은 순수한 여자 강초희. 마지막으로 살이 희고 통통한 정주연……

문득 치수의 머릿속에 이상한 의문점이 생겼다. 그는 재빨리 눈을 뜨고 아까 던져놓았던 두 장의 사진을 꺼내보았다. 머릿속을 떠다니던 얼굴들이 일제히 떠다니기를 멈추고 그의 눈앞에 아른거렸다. 치수는 사진을 보다가 자기도 모르게 소스라치게 놀라며 자리에서 벌떡 일어섰다. 그 바람에 의자가 거친 소리를 내며 뒤로 밀려났다. 순간 선장과 강배가 깰지도 모르겠다는 생각이 들어, 그는 살짝 뒤를 돌아보았다. 다행히도 두 사내는 곤히 잠들어 있었다.

치수는 일 분가량 자리에 앉지 않고 그대로 서 있었다. 차마 자리에 앉아야겠다는 생각도 들지 않았고, 뭔가 행동을 취할 수도 없었다. 그는 축축하게 땀이 밴 손으로 목 뒤를 문질렀다. 오한이라도 들었는지 그의 몸이 부르르 떨렸다. '이거였구나, 이거였어……'

"해무 속으로 빨려 들어간 사람."

치수가 거의 들릴 듯 말 듯 한 목소리로 중얼거렸다. 그는 초희와 전에 나누었던 대화를 다시 생각해내려 애썼다.

"그거였어."

치수의 입에서 목이 졸린 것처럼 잔뜩 쉰 소리가 터져 나왔다.

"그거였어……"

그는 두 손으로 얼굴을 벅벅 문지르더니 이내 손바닥으로 완전히 가려버렸다. 그리고 자리에 털퍽 주저앉았다. 주경이가 왜 두 장의 사진을 남겼는지, 이십 년 전과 현재를 잇는 연결고리인 동시에 모든 사건의 구심점 역할을 하는 사람이 누구인지, 모든 것이 흐트러짐 없이 연결되고 맞춰졌다. 바로 '그 사람'이다. 복수를 꿈꾸며 이십 년을 기다려온 사람은 '그 사람'이었던 것이다.

이제야 모든 정리가 완벽해졌다. 그의 가슴에 오랫동안 남아 있었던 기이한 기시감, 괴리감, 그 모든 것들이 이해가 됐다. 범인이 누구인지도…… 치수는 등줄기가 서늘해지며 팔 안쪽부터 다리까지 소름이 오소소 돋는 것을 느꼈다. 범인을 찾아냈다는 희열감 때문에 범인의 정체에 대한 공포심을 망각하고 있었는데, 그 희열감이 사라지자마자 범인에 대한 공포가 온몸을 메우는 것 같았다.

"무섭군, 무서워……"

치수는 연신 무섭다는 말만 중얼거리며 미소를 띠었다. 공포와 승리감, 혹은 도취감에 섞인 묘한 미소였다. 하지만 그 미소는 곧 사라졌다. 아직 그에게는 풀리지 않은 비밀이 하나 남아 있었다.

치수는 웃음을 멈추고 손바닥을 얼굴에서 뗐다. 그의 두 눈이 가늘어졌다. 만약 범인이 그 사람이 맞다면 성구는 대체 어떻게 죽였을까. 그것은 가장 중요한 문제인 동시에 가장 어려운 문제였다.

'어떤 방법을 썼지? 어떻게 주경이에게 들키지 않고 밀실 살인을 저지를 수 있었을까?'

치수는 의자를 뒤로 까딱까딱 젖히며 눈을 감았다가 떴다가 했다. 차라리 지금 밝히는 게 나을지도 모른다. 범인을 밝히고 범인의 입으로 직접 성구를 죽인 방법에 대해서 듣는 방법이 제일 확실할 테니까.

'썩 구미에 당기지는 않는군.'

치수가 눈살을 찌푸리며 고개를 저었다. 물론 제일 확실한 방법은 범인 자신이 직접 밝혀내는 것이지만, 현실적으로는 불가능한 이야기였다. 성구를 어떻게 죽였는지 밝혀내지도 못하면서 범인을 지목했다간 일이 제대로 풀리지 않을 수도 있었다. 범인이 구차한 알리바이를 내세우며 증거 없이 몰아세운다고 발뺌하면 오히려 그에 대한 신뢰가 무너져, 주변사람들이 범인의 편을 들고 나설 수도 있었다.

게다가 이유 없이 오기 같은 게 생겨서, 치수는 그 혼자서 모든 비밀을 밝혀내고 싶었다. 전부터 그에게 있던 괴벽(怪癖)이었다. 호기심이 생기면 그 호기심에 대한 대답이 논리적으로 정리될 때까지 고심하는 특유의 성향이랄까, 괴상한 성격이랄까, 두뇌와 관련된 일에서라면 지고 싶어 하지 않는 오기랄까. 잔인할 정도로 냉정한 사람은 정 교수뿐만이 아니라는 것을, 치수 스스로도 알고 있었다. 아무튼 그런 심리가 작용해 치수는 반드시 자기가 이것을 풀어내고 싶었다.

그는 계속해서 의자를 까딱까딱했다. 수많은 생각이 머릿속을 둥둥 떠다녔다. 생각들은 가끔 말도 안 되는 방향으로 이어 붙었다가, 다시 흩어졌다가 했다. 눈을 감고는 생각이 제자리를 찾지 못한다는 것을 알고 있으면서도 그의 눈은 서서히 감겼다. 눈꺼풀이 무거워졌다. 그는 더 이상 눈을 떴다 감았다 하지 않았다. 오로지 감고만 있을 뿐이었다.

'어떻게 죽였을까? 대체 어떤 방법으로…… 어떤……'

이윽고 까딱이던 의자가 쿵 하고 내려앉았을 때, 치수는 그대로 책상 위에 얼굴을 묻었다. 쿵 소리에 놀란 강배가 잠깐 눈을 떴으나 그 역시 다시 잠들어버렸다. 어두운 방 안에는 여전히 스탠드에서 흘러나온 불빛만이 동동 떠 있을 뿐이었다. 한옥 저택에 모인 모든 사람들이 잠든 순간이었다.

2

치수는 오랜만에 꿈을 꾸었다. 그의 꿈속에는 또다시 뿌연 안개와 붉은 등대가 등장했으며 비릿한 바다 내음과 육지에 있는 힘껏 부딪혀 철퍽이는 파도소리도 등장했다.

치수는 정처 없이 해무 속을 걷고 있었다. 분명히 땅을 밟고 있었는데 발이 바닥으로 푹푹 빠졌다. 물컹물컹한 뭔가를 밟고 있다는 생각을 하면서도 그는 땅을 바라볼 용기가 나지 않았다.

치수는 저 멀리 보이는 붉은 등대까지 가야만 했는데, 그의 모습은 가는 내내 다른 사람으로 바뀌었다. 처음에 그는 초희였다가, 그 다음으로 윤미도 됐다가, 끝내는 강배가 되었다. 문제는 모습이 변하는 게 다가 아니라는 점이었다. 그가 사투리를 쓰지 못하기 때문에 사투리를 배워야만 한다고 자꾸만 누군가 그의 귓가에 속삭였던 것이다.

치수는 귀찮은 듯이 그 목소리를 떨쳐내려 했지만 그 목소리는 계속해서 그의 주변을 맴돌았다. 사투리를 배우라느니, 너무한다느니, 별 쓸데없는 소리를 지껄이더니 갑자기 그 목소리가 자취를 감추었다. 어느새 붉은 등대가 눈앞에 보였다.

그는 다시 연치수였다. 연치수, 이십 대 후반의 연치수. 젊은 치수는 빨간색 책을 옆구리에 끼고 있었는데, 아무래도 정 교수의 논문집인 것 같았다. 치수는 그것을 들고 천천히 등대를 향해 걸어갔다. 등대 쪽은 안개가 더 심해서 아예 아무것도 보이지 않았다. 문득 그가 공포를 느꼈다.

여기가 어디지?

여긴 해무 속이야, 도망쳐야 해!

그는 옆구리에 끼고 있던 빨간 책을 바닥에 내동댕이치고 뒤를 돌아 반대로 달리기 시작했다. 미친 듯이 달렸다. 다리가 잘 움직이지 않았지만 그는 죽을힘을 다해 달리고 있었다. 여기서 도망쳐야 해!

그 때 그의 뒤를 누군가 쫓아오기 시작했다. 이상한 소리를 내면서…… 슥슥, 스스슥 하는 소리는 점점 더 빠르게 치수를 쫓아왔다. 치수는 비명을 지르며 계속해서 앞으로 달려나갔다. 달리던 그가 뒤를 힐끔 보았다. 치수의 몸이 딱딱하게 굳었다.

그의 뒤를 쫓아오던 이는 백발의 귀신이었다. 어디가 눈인지, 어디가 입인지 모를 기이한 형상을 한 노파가 그를 향해 달려오고 있었다.

"안 돼—!"

치수가 소리를 빽 지르며 의자에서 벌떡 일어났다. 의자가 뒤로 벌렁 넘어지며 시끄러운 소리를 냈다. 치수의 온몸에서 식은땀이 흘러내렸고 두 눈에는 눈물이 잔뜩 고여 있었다.

"무, 무신 일 있나!"

강배가 자다가 놀라서 허둥지둥 일어났다. 그는 금방이라도 뛰쳐나갈 것 같은 자세를 취하고 있었는데, 위험이 닥치면 언제라도 혼자 '걸음아 날 살려라' 하고 도망가기 위해서였다. 그에 비해 강배 옆에 누운 선장은 마치 죽은 사람처럼 깊이 잠들어 있었다.

"아, 아무것도…… 아무것도 아닙니다……"

치수는 강배 쪽을 보지도 않고 중얼거렸다. 강배가 잘못 들었는지 한쪽 눈을 찡그렸다.

"무신 일 있십니꺼?"

"아무것도 아니에요…… 꿈을 좀 꿔서요……"

강배는 잠시 치수의 말을 이해하려는 듯이 애썼다. 잠이 덜 깨서 빨리 상황을 이해할 수 없었던 것이다. 곧 모든 상황에 대한 이해가 간 강배는 허탈함과 신경질 뒤섞인 표정으로 치수를 보았다. 그는 치수의 귀에 들리지 않을 정도로 작게, '무신 노무 꿈을 저래 요란하게 꾸노' 하며 투덜댔다.

"인자부터는 쪼매만 조용히 잡시더."

강배는 다시 자리에 누워 눈을 감았다. 그는 자리에 누워 몸을 두어 번 뒤척였다. 그리고 얼마쯤 지나자 치수는 강배가 숨을 색색대는 소리를 들을 수 있었다.

치수는 이마에 흐르는 식은땀을 닦고 의자에 도로 앉았다. 아직까지 심장이 쿵쾅쿵쾅, 제멋대로 뛰고 있었다. 얼마나 세차게 뛰었는지 심장은 금방이라도 밖으로 뛰쳐나올 것 같았다. 그는 숨을 몰아쉬며 의자 등받이에 목을 기대고 천천히 눈을 감았다. 눈을 감자 또다시 백발 노파의 모습이 눈앞에 아른거렸다. 그의 상상 속 노파는 금방이라도 입이 찢어질 것처럼 괴이한 웃음을 짓고 있었다.

치수는 눈을 번쩍 떴다. 다시 눈을 감으면 귀신 노파의 모습이 몇 번이고 떠올랐다. 잠에 빠지면 언제라도 귀신 노파가 그의 꿈속을 헤집어 놓을 게 분명했다. 덕분에 눈을 감는 게 두려워졌다. 피곤하기는 했지만 그는 어쩔 수 없이 손톱으로 손가락 끝을 누르며 억지로 잠을 깨웠다. 쏟아지는 잠보다 다시 꿈속으로, 혹은 그 자신의 상상으로 들어오는 귀신 노파에 대한 공포가 우선했으니까.

그렇지만 쏟아지는 잠을 피하기란 어려웠다. 손톱으로 손가락 끝뿐만 아니라 손등이며 팔, 나중에는 눈 밑까지 어디든 안 꼬집어본 데가 없었는데도 치수는 저도 모르게 서서히 잠에 빠지고 있었다. 이제 그의 눈앞에는 또다시 공활한 어둠이 펼쳐지고, 세포가 분열하는 모습처럼 어지러운 화면이 눈앞에 펼쳐지고 있었다.

그 때였다. 꾸벅꾸벅 졸던 치수가 눈을 벅벅 문지르며 잠에서 깼다. 새벽에 선잠을 깨고 나면 늘 그렇듯이, 불현듯 느껴지는 요의(尿意)만큼 찝찝한 기분을 떨칠 수 없었다. 화장실에 갔다 오지 않으면 잠에 들 수 없을 것 같은 그런 것 마냥. 사랑채 욕실에 가봐야 한다는 생각 때문이었다.

치수는 무시하고 잠을 청하려 했으나 계속해서 가슴 한구석이 답답하고 묵직한 것처럼 느껴져서 더 이상 눈을 감고 있을 수가 없었다. 그는 결국 자리에서 일어났다. 귀찮아서 짜증이 났으나 마음에 걸려서 도저히 눈을 감고 있을 수 없었다.

"이 망할 성미."

방 밖으로 살며시 나온 치수는 작은 목소리로 툴툴거리며 복도를 따라 걷기 시작했다. 왜인지에 대해서 생각한다면 딱히 이렇다 할 대답이 나오지 않는다. 왜 굳이 사랑채 욕실에 다시 가야 하는지에 대해서 이렇다 할 답이 없는 것이다. 그저 다시 그곳에 가서 살펴보고 싶었다. 어쩌면 무언가 앞서 찾아내지 못한 것을 찾아낼 수도 있지 않을까 해서였다.

아침에 가도 되지 않을까. 아니다. 아침까지 기다릴 자신이 없었다. 지금 당장 다시 살펴보고 무언가를 찾아내고 싶었다. 범인이 누구인지 알아냈으니, 어떻게 죽였는지 반드시 알아내야 했다. 어쩌면 내일 아침은 늦을 수도 있으니까. 이 밤에 또 다른 누군가 살해당하고, 어쩌면 내일 아침은 그의 차례일 수도 있었다.

물론 그에게는 김 선장처럼 살인 현장에 다시 찾아가는 끔찍한 일을 할 배포는 없었다. 그냥 사람이 죽은 곳도 아니고 아주 잔인한 방법으로 죽어 있었던 곳이다. 그곳에 들어가면 그때의 끔찍한 기억이 떠오를 것만 같았다. 그러니 평소의 그라면 그냥 아침까지 기다렸을 것이다. 하지만 지금은 이야기가 달라졌다. 정주경까지도 잔인하게 죽었다. 김성구와 정주경, 머리가 잘린 두 사람을 떠올리자 온몸에 소름이 돋았다.

범인을 알게 된 지금은 더 그랬다. 한시 빨리 알아내자. 더 큰 사건이, 또 다른 죽음이 생기기 전에 어떻게 죽였는지 알아내고 범인을 찾아내야 했다. 그렇게 다짐을 해놓고도 어두운 사랑채에 혼자 들어간다는 것이 그의 마음 한구석을 불편하게 만들었다. 아무도 없이 어두운 한옥을 혼자 배회하는 것은 살인 현장에 들어가는 것만큼이나 께름칙한 일이었던 것이다.

사랑채에 가기로 마음먹은 치수가 어기적어기적 발걸음을 옮기기 시작했다. 어지간히도 가기 싫은 몸짓이었다. 별채에서 나와 사랑채로 걸어가는데 처음엔 너무 어두컴컴해서 아무것도 보이지 않았다. 새벽 한두 시께나 된 모양인지 의지할 불빛이라곤 달빛이 전부였다. 치수는 스스로가 오래 잠들었었다고 생각했지만 사실은 한 두어 시간 정도밖에 잠들지 않았던 것이다.

'하긴, 책상에 엎드려 잤는데도 허리가 별로 안 아팠지.'

치수의 걸음이 점차 빨라졌다. 어둠 속에서 사물을 분간하기란 결코 쉬운 것이 아니었지만 어느 정도 한옥을 다녀본 덕에 조금은 수월하게 사랑채를 찾을 수 있었다. 사랑채로 들어가는 길에 문이 오른쪽인지 왼쪽인지 딱 한 번 헷갈렸으나 그 역시도 그리 큰 문제는 되지 않았다. 사랑채 욕실 앞에 거의 다 도착한 치수는 혼자 굳게 마음을 먹었다.

'사랑채에 도착하자마자 바깥 쪽 문을 이용해서 바로 욕실로 들어가야지.'

그는 마치 달려가듯이 욕실 문을 향해 겅중겅중, 큰 보폭으로 걸어갔다. 걷다가 다친 다리가 아파서 움찔하긴 했으나 굳이 걷는 속도를 늦추지는 않았다. 욕실 문에 가까워질수록 혹시 사랑채가 잠겨 있으면 어떡하지 하는 불안감이 커졌지만 다행히도 사랑채는 열려 있었다. 문고리가 부드럽게 돌아가는 것을 확인하자, 치수는 혼자 안도의 한숨을 내쉬었다.

치수의 오른손이 욕실 문을 발칵 열었다. 순간 갇혀 있던 공기가 바깥과 순환되면서 비릿한 냄새가 확 풍겼다. 그는 벽을 더듬어 불을 켰다. 주홍색 불이 깜빡깜빡, 점멸하나 싶더니 이내 환하게 켜졌다. 불이 켜지자 그는 비릿한 냄새의 정체를 알았다. 성구가 죽은 이후로 욕실에 배어 있는 피 냄새가 아직 그 안을 맴돌고 있었던 것이다.

치수는 최대한 욕실 끝쪽은 보지 않으려 애쓰며 욕실 문 바로 앞에 있는 변기 앞에 서서 숨을 골랐다. 긴장한 채로 걸어오느라 평소보다 더 힘이 들었고 더 숨이 찼던 것이었다. 그래도 바깥은 추운데 욕실 안은 꽤나 훈훈한 편이었고, 이상하게도 살인 사건이 일어난 곳인데도 아늑하다는 생각이 들었다.

그래, 정말 이상했다. 치수는 숨을 고르면서 입술을 삐죽 내밀었다. 뭐가 이상한지 알 수 없으나 이상하다는 기분은 좀처럼 가시질 않았다. 과연 생각보다 무섭지 않아서 이상한 느낌을 받은 것일까? 아마 그게 전부는 아닌 것 같다. 확실히 이곳은 이상한 느낌을 주었다. 어딘가부터 잘못되어 있다는 그런 느낌이었다. *욕실을 한 번 살펴볼까?*

욕실을 살펴보러 왔으면서도 막상 세면대의 거울 앞에서 발을 뗄 수 없었다. 아무리 지금 무섭지 않다고 해도 차마 살인 현장을 다시, 그것도 혼자서 조사할 용기가 나지 않았다.

'기분 탓이겠지.'

치수는 욕실을 여기저기 둘러보았다. 그러나 아무리 둘러봐도 성구가 죽은 날 발견했던 것 이상의 것은 찾을 수 없었다. 그럼에도 불구하고 괴리감이 들었다.

치수는 왠지 모르게 엄습해 오는 기이한 괴리감을 기분 탓이겠거니 하고 공연히 세면대로 돌아와서 손을 씻었다. 불안함에서 나온 이상 행동이었지만 손을 씻고 싶은 욕구를 참아낼 수가 없었다. 욕실을 나서면서 욕실 벽면에 걸린 수건에 손을 닦으려고 했으나 수건이 축축한 탓에 그냥 바지에 손을 쓰윽 닦았다. 그는 뒤를 돌아 다시 한 번 욕실을 살펴보곤 아무 소득도 없이 거기서 나왔다.

그런데 물기 묻은 손을 탁탁 털면서 걸어오는데 자꾸만 뒤가 찝찝했다. 사랑채로 올 때는 그런 기분을 느끼지 못했는데 사랑채에서 별채로 가는 길은 자꾸만 누가 쫓아오는 것 같고 뒤를 밟는 게 아닌가 하는 생각이 들었다. 아까 선잠에 들어서 꾸었던 꿈 때문인 것 같았다.

결국 치수는 별채를 향해 달리기 시작했다. 한쪽 다리를 절뚝이면서도 계속해서 달렸다. 뒤도 보지 않고 정신없이 달려온 그는 별채 앞에 와서야 숨을 헉헉대며 다리를 멈출 수 있었다. 한참 달려오니 추운 기운은 이미 없어지고 몸에 훈기가 감돌았다. 치수는 무릎을 두 손으로 짚고 거칠게 숨을 몰아쉬었다. 이렇게 전력 질주를 한 것도 간만이었다. 그는 스스로 부끄러워서 혼자 실없이 미소를 지었다. 이 나이 먹고도 귀신이나 무서워하다니, 그런 생각이 들었다.

"와 그라고 있십니꺼?"

치수가 땅을 향해 숙이고 있던 고개를 번쩍 들었다. 언제 나왔는지 강배가 별채 앞에 서 있었다.

"최, 최강배 씨."

치수가 머쓱하니 말을 건네자 강배가 심술궂은 미소를 지었다.

"보아하니…… 혼자 무서워서 달려왔나 보지예?"

그 말을 들은 치수의 표정이 딱딱하게 굳자 강배가 다 알고 있다는 듯이 으쓱한 표정으로 껄껄 웃었다.

"민망해하지 마이소. 지도 이 집에선 밤에 웬만하모 안 돌아댕기니께."

치수는 그와 같은 취급을 받는 게 기분 나빴지만 별 대꾸 없이 어깨만 으쓱했다.

"한데 서울 선생은 어데 갔다 왔능교?"

"사랑채 욕실엘 좀. 여기 욕실은 잠겨 있어서요."

치수가 변명하듯이 대답했다. 왜 갔다 왔는지 알려주고 싶지 않았다.

"아아, 그거예. 내사 마 별채 욕실을 밤엔 일부러 잠가 놓십니더. 별채 욕실 변기에서 냄새가 마이 나서 밤엔 문을 잠가 놓는 긴데,

문을 안 잠가 놓으모 자꾸 사램들이 여그 변소를 써서 말이지예."

강배의 말을 들은 그는 신경질적인 표정을 지었다. 치수는 강배가 떠들든 말든 상관하지 않고 잠자리로 돌아가려 했다. 그 때 갑자기 강배가 그의 어깨를 붙잡았다.

"한데, 서울 선생예."

"또 왜요?"

치수는 저도 모르게 짜증을 내며 강배의 손을 뿌리쳤다. 또 무슨 시답잖은 소릴 하려나 하는 우려가 앞섰다. 그런데 강배의 표정이 영 심상찮았다.

"마, 물어볼 게 있십니더."

"물어볼 거요?"

강배가 긴장한 사람처럼 얼굴을 찡그렸고 치수도 덩달아 긴장했다.

"사랑채 욕실엔 우째 들어갔십니꺼?"

강배의 입에서 나온 질문에 치수의 몸을 굳게 했던 긴장이 단박에 풀려버렸다. 한동안 멍한 표정을 짓고 있던 그는 이내 피식 웃었다.

'난 또 무슨 소릴 한다고……'

"욕실 문이 열려 있던데요?"

"야, 야? 아니 욕실이 열리다니예? 지가 자기 전에 사랑채 건물 문을 잠가 놓은 것 같은데…… 아니, 분명히 아까 잠가 놨십니더. 김 선장이랑 같이 갔다왔이니께, 확실히 기억합니더. 사랑채를 아예 잠가놨는데 우째 욕실 문만 열려 있십니꺼?"

강배가 둥그렇게 커진 눈으로 묻자 치수는 여전히 느긋한 미소를 지으며 당연하다는 듯이 대답했다.

"최강배 씨. 무슨 생각을 하는지 모르겠지만…… 대청마루를 통해서 사랑채 욕실에 바로 들어갈 수 있잖습니까. 거길 통해서……"

"뭐…… 뭐라꼬예?"

강배가 소스라치게 놀라며 치수의 말을 끊었다. 어지간히도 말귀를 못 알아듣는 사람이군, 하며 치수가 한숨을 푹 내쉬었다.

"아니 그러니까, 대청마루 쪽으로 난 사랑채 욕실 문을……"

순간 치수는 차마 자신이 하려던 말을 마저 끝내지 못했다. 전신에 소름이 돋았고 심장이 목구멍으로 빠져나올 듯이 맹렬하게 뛰기 시작했다.

"대청마루 쪽 문은…… 거긴…… 거긴……"

열 수가 없는데. 치수는 뒷말을 잇지 못하고 두 손으로 입을 틀어막았다.

"서, 서울 선생요……"

강배가 말을 더듬거리며 뒤로 주춤주춤 물러섰다. 치수는 강배 앞에 못 박힌 듯이 서서 아무 말도, 아무런 행동도 취하지 못하고 그대로 멈춰 있었다. 온몸에 소름이 돋다 못해 피부가 제멋대로 부서져 내려앉는 기분이었다. 치수의 머릿속에서 성구의 시체를 발견했을 때 일이 떠올랐다. 그 장면이 마치 긴 영화처럼 기억 속을 헤집고 느리게 재생되었다. 성구의 시체를 본 순간부터 강배와 함께 시체를 옮기려 했던 일. 그리고 사랑채 욕실 문이 바깥에서는 열리지 않는다는 사실을 확인한 일까지……

"아, 아냐…… 그, 그럴 리가…… 그럴 리가……"

치수는 마치 뭐에 홀린 사람처럼 물끄러미 강배의 얼굴을 보다가 이내 눈을 일그러뜨렸다. 치수의 온몸에 힘이 들어갔다.

"확인해 봐야 해!"

그는 천천히 뒷걸음질치더니 곧 몸을 획 돌려 달려가기 시작했다.

"서울 선생요! 서울, 서울 선생요!"

뒤에서 강배가 애타게 그를 불렀으나 그는 아랑곳 않고 뛰어가기 시작했다.

"혼자 가모 안 됩니더, 혼자 가모……!"

강배가 계속해서 소리치고 있었다. 그러나 치수는 그러거나 말거나 오로지 어둠 속을 헤치며 달렸다. 그의 마음속에는 오로지 다시 확인해 봐야 한다는 생각밖에 없었다. 치수는 사랑채 쪽으로 달렸다. 차가운 바람이 서슴없이 그를 때리고 지나갔지만 이상하게도 그의 몸에서는 땀이 나고 있었다.

이윽고 그의 눈앞에 아까 왼쪽인지 오른쪽인지 헷갈리던 구간이 나타났다. 치수는 주저 없이 오른쪽을 택했다. 더 이상 사랑채로 가야 한다는 생각은 없었다. 오로지 아까 간 곳으로 다시 가야 한다는 생각뿐이었다. 오른쪽으로 꺾어 가려는데 뒤에서 다시 강배의 목소리가 들렸다. 그를 쫓아온 모양이었다.

"거그는 사랑채가 아입니더, 왼쪽으로 가야 합니더!"

강배가 숨이 차서 헉헉대며 외치고 있었다. 치수는 고개를 돌려 그를 보고 큰소리로 대답했다.

"아닙니다, 제가 아까 이쪽으로 갔으니, 이번에도 이쪽으로 가봐야 합니다!"

강배는 치수를 이해할 수 없다는 듯이 바라보았다. 진정 저치가 미친 게 아닐까, 그런 의심을 하고 있었다.

"여기다!"

치수가 욕실 문은 보자 오른팔을 쭉 뻗었다. 그의 손끝에 차가운 쇠 문고리가 잡혔다. 그리고 철컥하는 소리와 함께 욕실 문이 열렸다. 아까처럼 훈기와 비릿한 냄새가 동시에 밖으로 빠져나왔다.

치수는 발걸음을 우뚝 멈추고 그 자리에 섰다. 역시 열리는구나, 하는 안심과 더불어 어떻게 문이 열리는지 이해할 수 없다는 생각이 들어 머릿속이 혼란스러웠다. '어떻게 열릴 수 있는 거지? 분명히 그때는 열리지 않았는데……'

"서, 서울 선생예……"

뒤에서 강배가 거친 숨을 몰아쉬며 서 있었다.

"혼, 혼자 가모…… 혼자 가모 안 됩니더! 혼자 돌아댕기모 위험하니까……"

강배는 헐떡이며 말 시키지 말라는 듯이 손을 휘휘 내저었다.

"최강배 씨! 보십시오. 욕실 문이 열리지 않았습니까?"

치수가 위풍당당하게 외치며 강배를 보았다. 강배의 표정을 본 순간 치수는 뭔가 잘못됐음을 깨달았다. 강배의 표정은 상상을 초월할 정도의 공포에 젖어 있었다.

"서, 서울 선생."

"……예?"

치수의 입에서 웃음기가 싹 사라졌다.

"여그는 사랑채가 아입니더."

강배는 치수 옆을 지나 욕실 안으로 들어갔다. 그리고 벽면의 불을 켰다.

"사랑채가…… 아니라뇨?"

주홍색 불이 깜빡깜빡 거리며 켜지자 치수는 불현듯 무언가를 깨달았다. 사랑채 욕실 불빛은 분명히 흰색이었다. 단박에 환하게 켜지는 흰색의 불빛…… 그리고 여기는……

"그럼…… 그럼 여긴 어딥니까……?"

강배가 욕실 안을 들여다보다가 치수 쪽으로 시선을 돌렸다. 주홍색 불빛 아래 선 그의 얼굴에는 아무런 표정이 없었다. 덕분에 그의 얼굴은 탈을 쓴 것처럼 보였다. 탈이 움직이며 그 입에서 쇳소리 같은 게 튀어나왔다.

"여그는 사당이오."

3

치수와 강배는 서로를 마주보고 선 채 아무 말도 나누지 않았다. 강배는 두 주먹을 쥐었다 폈다 하며 한시도 가만히 있지 못했지만 되레 치수는 침착한 얼굴로 뭔가를 골똘히 생각하고 있었다. 이윽고 치수가 입을 열었다.

"여기, 여기가 정말 사당이란 말입니까?"

"야. 사당이 맞십니더."

강배가 기다렸다는 듯이 대답하며 치수의 표정을 훔쳐보았다. 그 표정은 강배로서는 좀처럼 헤아릴 수 있는 종류의 것이 아니었다. 온갖 감정이 섞여 고스란히 드러난 것 같은 표정이었다.

"사당이란 말이죠…… 사당이란 말이군요……"

치수는 얼빠진 사람처럼 했던 말을 또 하고 또 하며 강배에게서 눈을 떼지 않았다.

"어떻게 여기가 사당이라고 확신하십니까?"

치수가 불쑥 물었다.

"서울 선생예, 지가 이래 봬도 이 집구석 관리인입니더."

강배가 짐짓 으쓱해하며 말했다.

"나가 아까 분명히 소리쳤잖십니꺼, 거그는 사랑채 아이라고예. 밤에 보믄 잘 모르겠지만, 사랑채랑 사당은 한데 붙어 있십니더. 그래서 낮에야 금방 구분하지만 밤엔 두 문을 구분하기가 어렵지예. 꺾어 들어가는 갈래 길에서 왼쪽으로 가모 사랑채 문, 오른쪽으로 가모 사당 문입니더. 원래 사랑채 욕실 문이 바깥으로 나와 있기 때문에 사램들이 사랑채 욕실 문이 왼쪽, 사랑채 건물 큰문은 오른쪽, 이렇게 생각하기 쉽십니더. 헌데 그게 아이다, 이 소리지예. 사실은 그 갈래 길에 서모 왼쪽이 사랑채 건물 문, 오른쪽이 사당 건물입니더."

치수는 자기가 왔던 길을 떠올렸다. 분명 그는 오른쪽과 왼쪽 길을 택해야 했을 때 오른쪽 길을 택했다. 그 길이 사당과 연결됐을 거라곤 꿈에도 생각하지 못한 채.

"선생님은 원래 사당에 욕실이 있는 걸 아셨습니까?"

치수가 눈을 가늘게 뜨고 묻자 강배는 황급히 고개를 저었다.

"그럴 리가예. 알다시피 여그 주인이 사당엔 외부인을 출입시키지 않잖십니꺼. 지가 우째 압니꺼!"

강배의 말에 치수는 금방 의심을 거두었다. 그의 말이 맞다. 정 교수가 이곳에 조상을 모시거나 하지는 않았지만 그 역시 이곳을 개방하거나 하지는 않았다. 그것은 주연도 마찬가지였는데, 그도 그럴 게 이곳은 그녀의 어머니 유골과 아버지 머리가 묻힌 곳이기 때문이었다. 강배가 이런 곳에 욕실이 있었음을 알 리가 만무했다.

치수는 사당 욕실을 천천히 둘러보았다. 이런 곳에 욕실이 있었다니. 그는 욕실 안으로 선뜻 들어가지 못하고 문 옆에 서서 관찰할 뿐이었다. 그가 그렇게 문간에 서서 관찰하는 이유는 단지 사당에 욕실이 있었다는 것을 알고 놀라서가 아니었다. 원래대로라면 여기서 금방 나가려고 했으나 그는 이 욕실에서 세 가지 중요한 사실을 깨닫고 말았다. 절대로 그냥 여길 떠나지 못하게 하는 중요한 사실들을.

하나는—사실 이건 별로 중요하지는 않았다—이 욕실 역시 바닥이 나무로 되어 있다는 것이었고, 또 다른 하나는 이 욕실에 사람이 사용한 흔적이 남아 있다는 것이었다. 사람이 사용한 흔적은 쉽게 찾아볼 수 있는데, 예를 들어 욕실에 걸린 수건에 물기가 남아 있는 것만 봐도 그렇다. 보통 새 수건이나 오랫동안 쓰지 않은 수건은 한두 번 물기를 닦았다고 해서 금방 축축해지지 않는다. 그런데 치수가 볼일을 보고 사당 욕실에 걸린 수건을 사용하려 했을 때, 수건은 축축해져 있었다. 그 말은 누군가 최근에, 그것도 자주 이 욕실을 이용한 바 있다는 소리였다.

다시 본론으로 돌아와서, 그는 이 두 가지 사실 외에 가장 중요한 사실을 하나 더 알아냈다. 그건 바로 이 욕실에도 혈액의 흔적이 남아 있다는 것이었다. 이것 때문에 치수는 여길 그냥 떠나지 못하고 있었다. 왜 사당 욕실에서 혈액의 흔적이 남아 있는지 그 역시 의문이었으나 어떤 이유에서건 그것이 이 집에서 일어난 살인과 연관이 되었음은 분명했다.

그렇다면 그가 발견한 혈액의 흔적이라는 게 무엇인가. 일단 냄새가 있다. 코를 답답하게 하는 피 냄새가 욕실을 가득 메우고 있었던 것이다. 이렇게 짙은 피 냄새가 실내를 맴돌려면 몇 가지 조건이 필요하다. 첫째로 다량의 피가 흐를 것, 둘째로 다량의 피가 흐른 후 이 욕실에 환기를 시키지 않고 계속 닫아놓을 것. 아마 이 욕실 같은 경우 그 두 가지 조건을 모두 충족시킨 것 같다. 그렇지 않고서야 후각을 마비시킬 정도의 냄새가 이렇게 오래 남아 있을 리 없으니까.

그 다음으로는 욕조 옆의 혈흔. 볼일을 보러 왔을 때는 최대한 욕실을 둘러보지 않으려 애쓴 덕에 잘 몰랐는데 잘 보니 욕조 옆에 꽤 많은 핏자국, 그것도 갈색으로 변한 자국들이 묻어 있었다. 어렴풋이 봐서는 잘 모르겠지만, 분명히 혈흔이 맞을 것이다. 그것도 누군가 억지로 지우다 만 혈흔.

"최강배 씨, 선생님은 여기서 기다리세요."

"서, 서울 선생은 우짤라꼬예?"

강배가 두려운 듯이 묻자 치수는 걱정 말라는 듯이 손을 흔들었다.

"잠깐 욕실 내부만 살펴보려고요."

"여그는 와예? 빨리 돌아가는 게 좋을 거 같은데……"

강배의 말에 치수는 뭐라고 설명을 해야 할지 고민했다. 살인과 관련이 있다고 직접 얘기하면 강배가 도망치지나 않을까, 그래서 선장에게 쫑알쫑알 다 얘기하는 건 아닐까 걱정되었다.

"아니요, 그게 그냥…… 어쨌든 확인해 봐야 할 것 같아서요."

"내는 그라모 별채로 다시……"

"안 됩니다!"

치수가 급히 외치자 강배가 입을 삐죽였다.

"와예?"

"그건…… 그러니까…… 저 혼자는 좀 무서워서."

억지로 변명거릴 만들어내면서도 치수는 좀 부끄러운 생각이 들었다. 이건 확실한 변명거리가 되겠지만 어쨌든 자기가 무서움 많은 어린 소년이라도 된 것 같은 기분이 들었기 때문이었다.

"그라모 차라리 지금 같이 돌아가지 그랍니까."

강배는 투덜거리면서도 떠나지 않고 문 옆에 서 있었다. 치수는 그가 떠나지 않으리라는 것을 알았다.

"대신 내도 안에 들어가모 안 됩니꺼?"

강배가 어두운 바깥을 슬쩍 보며 불안한 듯이 물었다. 무쇠 가는 것처럼 듣기 싫은 금속성소리가 나는 그의 목소리에 불안함과 초조함이 드러났다. 치수는 잠시 시궁쥐 같은 그의 얼굴을 뚫어지게 보더니 곧 고개를 끄덕였다.

"그러십시오, 아니 그게 좋겠습니다."

치수가 욕실 안으로 성큼성큼 들어가자 강배는 쪼르르 그의 뒤를 따랐다. 그는 치수 옆으로 가지는 않고 변기 가까이에 서서 치수가 욕실을 샅샅이 살피는 것을 지켜보았다. 치수는 그가 지켜보건 말건 상관하지 않고 주저 없이 욕조 가까이로 갔다. 욕조 아래엔 갈색으로 변한 피가 말라붙어 있었는데 급하게 바닥을 치웠는지 피가 닦이다 만 것처럼 보였다. 치수는 왼손 검지손가락으로 말라붙은 핏자국을 만져보았다.

'왜 여기에 핏자국이 남아 있을까? 성구는 사랑채 욕실에서 죽

어 있었고 주경은 사랑채 침실에서 살해당했는데, 왜?'

"말이 안 돼…… 여기 남은 이 핏자국은 뭐지?"

치수는 욕조 주변을 어슬렁대며 혼잣말을 했다. 나무 바닥에 닿은 그의 구둣발이 딱딱 소리를 냈다. 딱딱, 딱딱.

"혹시 성구 씨가 여기서?"

치수의 눈이 커졌다. 동시에 발도 멈추었다. 하지만 곧 그의 발은 다시 욕실을 서성이기 시작했다. 그 역시 말도 안 되는 가설이었다. 물론 성구가 사당 욕실에서 죽었다면 주경이 아무 소리도 듣지 못한 게 말이 된다. 그런데 성구의 시체는 사랑채 욕실에, 그것도 완전한 밀실에 갇혀 있었다. 어떻게 사당에서 사랑채로 시체를 옮길 수가 있을까. 성구는 절대 여기서 죽었을 리 없었다.

"그럼 이 피는 뭐지?"

치수는 인상을 찌푸리며 왼손을 들어 자신의 뒤통수를 툭툭 쳤다. 그는 혹시 피가 아닌가 싶어 다시 쪼그려 앉아 갈색 자국을 뚫어지게 보았다. 손끝에 침을 묻혀 바닥을 문질러 보았는데 물기가 닿은 갈색 자국은 미미한 붉은 빛을 띠며 그의 손에 묻어났다. 그는 손에 묻어난 이물질의 냄새를 맡아보았다. 비릿한 쇠 냄새 같은 게 코 안으로 들어왔다.

치수는 다시 자리에서 일어나 서성이기 시작했다. 누군가, 아마 정 교수가 언젠가 여기서 다치거나 했을 수도 있다. 그래서 핏자국이 남아 있을 수도 있는 것이다. 치수가 침울한 표정을 지었다. 뭐라도 찾아낸 것처럼 신이 났던 자신이 좀 한심스럽게 보이기도 했다.

"최강배 씨."

치수가 우울하게 강배를 부르자 어느새 변기에 앉아 졸고 있던 강배가 화들짝 놀라 깼다. 치수는 그에게 천천히 걸어갔다. 돌아가자고 말할 참이었다. 그의 구둣발이 여전히 나무 바닥에 부딪혀 소리를 내고 있었다. 딱딱, 딱딱, 탕탕.

'탕탕?'

그 때였다. 치수가 그 자리에 멈춰 섰다. 그는 다시 발을 들어 바닥을 내리쳐보았다. 탕탕, 탕탕. 그는 뭔가를 발견한 사람처럼 미친 듯이 욕조 쪽으로 달려갔다. 그리고 다시 방금 전의 자리로 뛰어왔다. 그의 눈이 커졌다.

"와 지를 불렀십니꺼?"

강배가 불만 섞인 목소리로 투덜댔다. 치수는 대답하지 않았다. 대신 정신 나간 사람처럼 몇 번이고 욕실을 왔다 갔다 했다. 강배는 얼빠진 얼굴로 치수가 하는 행동을 가만히 보고 있다가, 몇 분이 흐르자 참지 못하고 다시 큰소리로 그를 불렀다.

"와 불러놓고 암말도 안 합니꺼?"

이젠 아예 바닥에 주저앉아 있던 치수가 고개를 번쩍 쳐들고 강배 쪽을 바라보았다.

"불렀이믄 무신 말이라도……"

"최강배 씨."

강배는 당최 치수를 이해할 수 없었다. 왜 몇 번이고 부르는 건지, 욕실 바닥에 앉아서 뭘 하는 건지. 서울에서 교수한다던데 그가 보기엔 그저 정신 나간 사람 같았다.

"제가 아무래도 이 욕실의 비밀을 알아낸 것 같습니다."

치수가 나무 바닥을 물끄러미 내려다보며 중얼거렸다.

"비밀이라니예?"

강배의 질문에 치수는 천천히 자리에서 일어났다. 그러고는 욕조에 걸터앉았다.

"그걸 지금부터 보여 드리려고요. 가서 사람들을 좀 깨워주십시오. 그리고 사랑채로 오라고 좀 전해주세요. 김성구 씨와 정주경을 죽인 범인이 누구인지 밝힐 때가 온 것 같습니다."

말을 마친 치수가 다시 한 번 미소를 지으며 욕실 문을 가리켰다.

"어서요."

그는 미소를 띠고 있었으나 그 목소리만큼은 어느 때보다도 싸늘했다.

4

"이, 이, 이 늦은 밤에 왜 깨우는 깁니꼬?"

초희가 하품을 늘어지게 하며 강배를 따라나섰다. 옆방에서 선장도 막 나오는 길이었다. 주연은 하늘하늘한 인견 잠옷을 입고 있었는데 덕분에 그녀는 평소보다 더 통통해 보였다. 그것은 딱 들러붙는 주경의 트레이닝복을 입고 있는 초희 옆에 있었기 때문일지도 모른다. 어쨌든 세 사람은 강배의 안내를 따라 사랑채로 향했다.

"혹시 범인을 찾은 건 아입니꼬?"

가는 길에 초희가 예리하게 묻자 이번에는 강배가 대답이 없었다. 선장이 눈을 휘둥그레 뜨고 강배의 어깨를 잡았다.

"뭐야, 그런 거야? 범인을 찾은 거야?"

강배는 대답하지 않고 불안한 눈길로 천천히 고개를 끄덕였다.

"아, 아니 어떻게? 어떻게 범인을?"

선장이 당황한 눈빛으로 말을 더듬었다. 옆에 서 있던 초희와 주연 역시 긴장했는지 눈을 부릅뜨고 강배를 보고 있었다.

"아무튼 사랑채로 오라 했으니까 가모 알겠제."

강배는 김 선장의 손을 뿌리치며 죄 지은 어린아이 같은 얼굴을 했다.

"이, 일단 가봐요."

주연이 쩍쩍 갈라지는 목소리로 말했다. 네 사람은 다시 사랑채를 향해 걸어가기 시작했다. 그들의 발걸음은 어느 누구라고 할 것 없이 네 명 모두 빨라져 있었다.

사랑채 앞에 다다르자 강배가 주머니를 뒤져 열쇠 꾸러미를 꺼내 들었다. 그는 사랑채 건물 문을 열었고, 안으로 들어가 복도 벽을 더듬어 불을 켰다. 환한 불빛이 쏟아졌다. 초희가 빛 때문에 정신을 못 차리고 눈을 찡그렸다.

"이 친구는 어디 있는 거야?"

안에 치수가 보이지 않자 선장이 성마르게 호들갑을 떨었다.

"아, 먼저들 와 계셨군요."

뒤에서 나지막이 치수의 목소리가 들렸다. 주연과 선장이 거의 동시에 고개를 돌렸다. 피곤에 절은 치수가 막 사랑채로 들어오고 있었다. 어깨가 축 늘어져 몹시도 피곤해 보였지만 그의 표정만큼은 여느 때 보다 생기가 넘쳤다.

"범인을 알아냈다면서요! 말해주세요, 대체 누구예요?"

주연이 그에게 와락 달려들자 그는 주연을 떼어놓고 네 사람을 하나하나 천천히 둘러보았다.

"그 전에, 보여 드릴 게 있습니다. 놀라실 겁니다. 장담하죠."

"놀랄 만하다고?"

치수가 빙그레 미소를 지었다.

"예. 제가 지금부터 마술을 하나 보여 드리려고 합니다."

선장의 이마에 퍼런 힘줄이 솟았다. 그가 시비를 걸 것처럼 입을 벌리자 치수가 재빨리 손가락을 들어 말하지 말라는 의사 표시를 했다.

"저는 이 순간부터 김성구 씨의 시체가 되겠습니다. 그리고 김성구 씨의 시체가 되어서 어떻게 사랑채 욕실에 완벽하게 갇혀 죽을 수 있었는지 보여 드리죠."

선장이 금방이라도 무슨 말을 할 것처럼 입을 헤 벌린 채로 이해할 수 없다는 표정을 지었다. 선장 외에 나머지 사람들 역시 내심 치수를 의심하는 눈초리였다. 치수는 그러거나 말거나 자기 할 말을 했다.

"그럼 여러분은 지금부터 여기 이 방, 그러니까 첫 날 초희와 주경이가 썼던 방에 들어가 계십시오. 그러면 제가 사랑채 욕실에서 등장하는 마술을 보여 드리는 겁니다. 5분 이내에 말이죠."

"그게 가능한 일입니꼬?"

초희는 딱히 누구에게랄 것 없이 혼자 질문을 던졌다. 그 목소리가 어찌나 작았는지 자기 자신과 대화한다고 해도 믿을 정도였다.

"사랑채 욕실 바깥문을 통해서 들어올 수도 있잖은가?"

선장이 어떻게든 허점을 찾아보려는 사람처럼 굴자 강배가 천천히 고개를 저었다.

"불가능하다. 말했지만 대청이랑 연결된 욕실 문은 고장 났데이.

안 그러나?"

강배는 주연에게 의견을 물었다. 그러자 아무 말 없이 서 있던 주연이 화들짝 놀라 급히 고개를 끄덕였다.

"마, 맞아요…… 저 문으로 출입하는 건 불가능한데……"

"그럼 대체 어떻게……?"

"그러니까 마술이라는 것 아닙니까. 마술."

치수의 말에 선장이 다른 사람들 눈치를 보더니 먼저 주경의 침실로 성큼성큼 걸어 들어갔다. 그가 들어가자 마치 신호탄이라도 되는 듯이 차례로 주연, 초희, 강배가 침실에 들어갔다. 치수는 그들이 방으로 들어가 문을 닫는 것까지 확인하고는 어디론가 사라졌다.

방으로 들어간 네 사람은 말없이 불안한 눈초리로 연신 욕실 쪽 문만 확인하고 있었다. 욕실 안에는 아무도 없었다. 선장은 방에 들어가자마자 의심 병이라도 걸린 사람처럼 욕실을 샅샅이 뒤졌는데 약 1분간 욕실을 살펴본 그는 끝내 욕실에 아무도 없다는 결론을 내리고 문을 닫아야 했다.

"몇 분이나 지났어?"

선장이 초조한 얼굴로 시계를 보는 주연에게 물었다.

"3분 지났어요."

"넨장, 시간 한 번 더럽게 안 가는군."

선장의 입술이 일그러졌다. 주연과 선장이 입을 다물자 다시 침묵이 찾아왔다. 네 사람은 의심스러운 눈길로 서로를 감시하고 있었다. 3분 하고도 몇 초쯤 더 지났을 때 강배가 자리에서 벌떡 일어났다.

"지금 이게 무신 소리고?"

"무슨 소리가 난다고……"

주연이 입을 벌리자 선장이 황급히 그녀의 입을 막았다. 네 사람 모두 말이 없는 가운데, 쾅쾅 하고 문 두드리는 소리 같은 게 났다. 선장과 초희가 서로 얼굴을 마주 보더니 강배를 따라 벌떡 일어났다. 문 두드리는 소리는 욕실 안에서 들리고 있었다. 초희가 욕실 문을 향해 제일 먼저 달려갔다. 욕실 문을 열자 아까와 마찬가지로 지친 몰골을 한 치수가 서 있었다. 그의 눈동자는 승리감에 젖어 번쩍이고 있었다.

"어떠십니까? 놀라셨죠?"

선장이 굳은 얼굴로 그를 보더니 이윽고 무슨 생각을 하는지 얼른 침실을 빠져나갔다. 사람들은 그가 어딜 가는지 궁금해했으나 그가 어디로 갔는지는 금방 명확해졌다. 대청마루와 연결된 욕실 문고리가 덜컹거렸기 때문이었다. 아마 선장은 욕실 문이 정말 열리지 않는지 확인하러 밖으로 나간 게 틀림없었다.

몇 번 덜컹거리던 문고리가 잠잠해졌고, 김 선장이 방으로 돌아왔다. 다시 한옥에 남아 있는 모든 사람들이 사랑채에 모였다.

"자, 자네, 대체 어떻게……?"

선장이 당황스러운 얼굴로 말을 더듬었다. 그는 비틀거리며 치수 앞으로 걸어왔다.

치수가 강배 쪽을 향해 자신만만한 미소를 던졌다.

"정답은 사당이었습니다."

"사당?"

치수는 고개를 끄덕였다. 그리고 욕실 바닥을 구둣발로 두 번 쳤다. 나무 바닥에서 딱딱, 하는 소리가 났다. 모두 말없이 그가 하는 행동을 유심히 보고만 있었다. 이내 치수는 욕조 근처로 걸어가 바닥을 다시 내리쳤다. 이번에는 탕탕, 하는 소리 났다.

"소리가 다르군……"

선장이 중얼댔다.

"예. 다르죠. 다를 수밖에요. 여긴 비었으니까요."

"비었다고?"

치수는 대답 대신 바닥에 쪼그려 앉아 나무 바닥을 손으로 들어 올렸다. 조금, 그러니까 한 몇 초간 낑낑댄 끝에 그는 바닥을 열 수 있었다. 나무 바닥은 마치 뚜껑처럼 들어 올려졌고, 그 아래는 밑도 끝도 없는 깊은 구덩이가 있었다.

"이거였습니다. 이게 범인이 사용한 방법이에요."

"이건……?"

초희가 입을 딱 벌리고 다물 줄 몰랐다. 그 옆에 선 선장도 놀라서 눈을 크게 뜨고 있었다.

"이 구멍은 사당과 연결되어 있었습니다. 저도 조금 전 알아낸 겁니다. 최강배 씨 덕분에요."

치수가 강배를 향해 눈을 찡긋했다.

"범인은 김성구 씨를 사당에서 죽였습니다. 우린 모두 이곳에서 죽였다고 생각했지만, 사실 김성구 씨는 사당에서 죽은 뒤 여기로 옮겨진 겁니다."

치수는 구멍이 잘 보이게 내버려둔 채 침실 안으로 들어왔다. 여덟 개의 눈동자가 그를 향했다.

"덕분에 주경이는 김성구 씨가 죽는 소리를 듣지 못했습니다. 이 욕실은 그저 '완벽한 밀실'을 흉내 내기 위한 도구로 쓰였을 뿐이니까요. 이 모든 게, 사당과 사랑채가 붙어 있음을 이용한 범인의 수법이었습니다."

"그래서 범인이 누구란 말인가!"

선장은 아들의 살인마를 찾아낼 수 있음에 흥분한 듯 보였다. 그의 눈에 서린 핏발이 금방이라도 터져서 눈을 빨갛게 물들일 것 같았다.

"범인은 두 사람이었습니다."

"두 사람이라꼬예?"

초희가 주먹을 꽉 쥐고 치수에게로 다가왔다. 파리한 그녀의 몸이 평소보다 더 유령처럼 보였다.

"응, 두 사람이었어. 그 힌트를 준 게 너란다, 초희야."

치수가 묘한 말을 하자 주연이 재빨리 초희를 노려보았다. 초희는 치수의 말에 적잖이 당황한 모양이었다. 그녀는 너무 놀란 나머지 꽉 쥐었던 주먹을 부들부들 떨며 격앙된 목소리로 주절주절 떠들기 시작했다.

"지, 지가 언제 힌트를 드렸십니꼬…… 지가예? 지는 그런 말을 한 적이…… 혹시 지를 의심하는 건 아이겠지예?"

"글쎄, 어쨌든 방금 말한 것처럼 범인은 두 명이 맞아."

"그라모 여그 있는 사람들 중 두 명이……"

선장이 치수의 어깨를 덥석 붙잡았다.

"누구야! 누군지 어서 말해! 최강배랑 강초희야? 아니면, 강초희랑 정주연?"

그가 치수의 몸을 미친 듯이 앞뒤로 흔들자 치수가 선장의 손길을 거세게 뿌리쳤다.

"선생님, 진정하십시오."

치수의 차분한 목소리를 듣자 선장은 더욱 흥분했다.

"내가 지금 진정하게 됐어? 누구야, 어떤 자들이야!"

선장의 눈에 핏발이 섰다. 그는 흥분해서 소리를 지르다가 바닥에 털썩 주저앉았다. 강배가 딱한 눈으로 김 선장을 바라보았다.

"범인은, 범인은 두 사람인 동시에 한 사람이었습니다."

치수의 구둣발이 침대 근처에서 서성였다. 모두가 긴장한 가운데 이상하게도 단 한 사람만은 은밀하게 미소를 짓고 있었다.

"존재해서는 안 될 사람과 존재하는 사람, 이 두 사람이 모여 한 사람의 형상을 만들어낸 겁니다."

치수는 계속 수수께끼 같은 말을 이어가고 있었다. 이제 그의 말이 의미하는 바를 알아채는 사람은 은밀하게 미소를 짓는 그 사람밖에 없었다. 강배가 침을 꿀꺽 삼키는 소리가 모두에게 들릴 만큼 크게 울렸다.

"사당 욕실과 사랑채 욕실을 하나의 구덩이로 이어놓을 수 있는 사람. 동시에 사당에 욕실이 있다는 사실을 알 수 있는, 그러니까 사당으로의 출입이 가능한 유일한 사람. 여러분은 그게 누군지 아시겠습니까?"

주저앉아 있던 선장의 몸이 갑자기 파르르 떨렸다. 초희와 강배가 동시에 고개를 돌렸다. 이제 모든 이들의 눈이 주연을 향해 있었다.

"네 생각은 어떠니, 주연아."

침대 위에 홀로 앉아 고개를 숙이고 있던 주연이 얼굴을 들었다.

그녀의 얼굴에는 단 한 번도 떠오른 적 없던 잔인하고도 괴기스러운 미소가 떠올라 있었다.

“지가 범인이라고요?”

주연이 어울리지 않게 킬킬대며 웃자 초희가 놀란 얼굴로 몸서리쳤다.

“그래.”

그러자 그녀는 어깨를 들썩이며 큰소리로 웃어댔다. 그 모습이 가히 기괴했기 때문에 분노에 차 있던 김 선장조차 그녀에게 달려들지 못했다.

“왜 그렇게 생각했는데요? 아니, 그 전에…… 두 명인 동시에 한 사람이라는 건 또 무슨 말이고요?”

그녀는 딱히 궁금해서가 아니라 치수를 놀릴 요량으로 질문을 던지는 것 같았다.

“……좋아. 그럼 모든 걸 말하지.”

치수가 담담한 어조로 말을 받았다.

“저기 있는 사람은 정주연이 아닙니다. 저도 진짜 정주연이 어떻게 됐는지는 모르겠지만…… 저기 있는 정주연은……”

치수가 멈칫하자 주연이 치수에게 어서 하라는 듯이 손을 내밀었다.

“유정혜 양입니다.”

순간 방 안이 조용해졌다.

“앗!”

초희가 한 박자 늦게 거친 비명을 내질렀다.

“존재해서는 안 될 유정혜 양과 존재하고 있는 정주연이 저기 있는 가짜를 만들어 낸 겁니다."

주연이 숨넘어갈 정도로 깔깔대며 웃었다.

"유정혜? 죽은 유정혜?"

선장이 멍청한 얼굴로 몇 번이나 물었다.

"그 앤 죽었을 텐데……"

"죽은 줄 알았던 거겠죠. 자세한 사정은 저도 모르지만, 지금 제 앞에 선 사람은 확실히 정주연이 아니라 유정혜가 맞습니다."

주연이 또다시 자지러지게 웃었다. 그녀는 침대 위에서 발딱 일어나더니 천천히 치수 쪽으로 다가갔다.

"아냐…… 아입니도…… 정혜일 리 없십니도!"

초희가 날카롭게 소리쳤다. 누군가 그녀에게 아니라고 말해주길 기다리고 있었지만 아니라고 말해주는 사람은 아무도 없었다. 그녀는 차마 견디지 못하고 눈을 질끈 감아버렸다.

"어떻게 그런 생각을 했는지 얘기나 한 번 들어봐요."

주연의 목소리는 태연했다. 치수는 그런 뻔뻔한 그녀가 조금 두렵기까지 했다. 그는 자신이 범인을 지목했을 때 악다구니를 지르며 자기가 아니라고 변명할 모습을 기대했다. 그런데 그녀는 아니었다. 악귀, 악귀가 있다면 그런 모습과 표정일까?

"좋아. 네가 저지른 범행에 대해 낱낱이 말하지. 먼저 첫 날, 우리가 모두 이 집에 모인 그 순간. 우린 처음에 안채의 응접실에 모여 있었지. 너 유정혜, 아니 정주연은 거기 모인 우리를 위해 차를 주겠다고 행랑채로 갔고. 그 사이에 정전이 발생했지. 모두 기억나시죠?"

강배가 잔뜩 겁먹은 얼굴로 고개를 끄덕였다.

"곧 행랑채로 갔던 네가 돌아왔어. 마치 행랑채에서 이미 안채가 정전된 사실을 알고 급히 온 것처럼 손에 찻잔이며 쟁반 같은 건 아무것도 들지 않고서 말이야."

치수는 방 안을 천천히 서성였다.

"하지만 알다시피 안채 응접실에서는 바깥이 안 보여. 행랑채 쪽은 아예 보이지도 않고, 바깥에서도 안채 내부 상황을 볼 수 있는 건 없어. 그렇다면 어떻게 네가 정전 사실을 안 거지? 답은 하나야."

"자기가 정전을 시켜서……"

초희가 나지막하게 말했다.

"그래. 정전을 시킨 건 정주연이야. 행랑채로 간 척한 사이에 그녀는 정 교수의 머리를 가지고 사랑채로 갔어. 그러곤 태연하게 이불 속에 정 교수의 머리를 숨겨두고는 우리에게로 돌아와 정전이 난 사실을 안 것처럼 행동했던 거지."

치수는 놀란 표정들을 보고 조금 자신감을 되찾았다.

"한데, 정주연이 범인이라면…… 대체 정 교수 머리는 어떻게 한 건가? 장례식장에서 여기로 어떻게 가져온 거지?"

선장이 치수에게 질문을 던졌다.

"그것 역시 아주 간단한 문제였습니다. 그때 그 방에 있었던 정 교수님 머리는 가짜였거든요."

선장이 소스라치게 놀라며 한 손으로 입을 막았다.

"가, 가짜라니……"

"정 교수님의 머리가 사랑채에서 발견되었을 때, 저는 방에서 '군내' 같은 게 난다고 생각했습니다. 그리고 그땐 그 냄새가 시체에서 나는 냄새라고 생각했죠. 그런데, 그런데 장독대에서 주경이 시체를 발견했을 때 된장 항아리를 열어보고 깨달았습니다. 정 교수님 머리에서 나던 그 냄새가 된장 항아리에서 나는 군내와 같다는 걸 말입니다. 즉 이런 겁니다. 주연이는 애초에 가짜 머리를 만들었습니다. 요샌 그런 모형시체 만드는 건 일도 아니니까요. 아버지 사진 한 장과 돈, 그래요. 꽤 많은 돈만 있으면 가짜 시체 머리 만드는 것 따위는 일도 아닙니다. 그렇게 가짜 머리를 만들어 진짜처럼 보이게 하려고 오래된 장 속에 담가놓았다가 꺼낸 겁니다. 시체에서 나는 냄새를 그럴 듯하게 따라 하려고 말이지요."

초희가 고개를 갸웃했다. 그녀는 의식적으로 주연 쪽은 보지 않으려 애쓰고 있었다.

"그랬다가 우리가 그 순간 가짜라는 걸 알아챘으모 우짤라꼬……"

"그땐 더 쉽지. '누가 이런 장난을……?' 하고 두려움에 떠는 척하면 되니까."

치수가 간단하게 말하자 더 이상 그의 이야기에 끼어드는 이가 없었다.

"그럼 다시 본론으로 돌아오지요. 그 날 저녁, 주연은 주경과 초희에게 가스 점검을 부탁했습니다. 그렇지?"

초희가 고개를 한 번 끄덕였다.

"그녀 자신은 먼저 잠자리에 든 척하고 말입니다. 하지만 사실은 초희와 주경이 방을 비운 사이에 몰래 사랑채 욕실 문을 잠근 겁니다. 왜 잠갔느냐고요? 그건, 그건 사실 첫 번째 타깃이 김성구 씨가 아니라 주경이었기 때문이지요. (치수가 헛기침을 했다.) 주경은 주연과 정 교수님을 제외하고 유일하게 사당에 욕실이 있다는 사실을 알고 있는 사람이었습니다. 그도 그럴 게, 사당은 이 집 사람 외엔 누구도 들어갈 수 없는 유일한 공간이니까요. 그러니 정 교수님이 죽은 시점에서 사당에 욕실이 있다는 사실을 알고 있는 사람은 단 둘, 주경과 주연 자매뿐이었습니다. 그들은 굳이 그 사실을 저희에게 알리지 않았죠. 주경은 평소 자신만의 공간을 보장받는 걸 좋아했으니 자기만의 욕실을 쓰는 게 좋아서 말하지 않았던 것이고, 주연은 살인을 위해 그랬던 겁니다.

이미 저는 주연이에게 정 교수가 사랑채 욕실을 쓰기 불편하지 않았느냐고 물어본 적이 있습니다. 그땐 주연이가 얼버무린 통에 깨닫지 못했지만, 사당 욕실이 있었기 때문에 정 교수님이 생전에 아무런 불편도 느끼지 못했던 건 당연한 일일 겁니다.

다시 살인에 대한 얘기로 돌아오도록 하죠. 주경이는 평소 불면증이 심했을 것으로 생각 됩니다. 제가 심리학을 전공했기 때문에 이런 말을 하는 것도 있지만 주경이처럼 신경 쇠약증인 사람들에게 흔히 나타나는 반응 중 하나가 불면증이거든요. 주경이는 눈 밑에 다크서클도 심한 편이어서 단박에 그 아이가 불면증이라는 걸 알 수 있었죠.

어쨌거나 주연이는 불면증이 심한 주경이 새벽에 꼭 일어나 화장실에 갈 거라는 걸 알고 있었습니다. 그래서 밤에 사랑채 욕실이 잠겨 있으면 사당 욕실로 갈 거라 확신하고 사랑채 욕실 문을 잠근 겁니다.

그런데 일은 뜻대로 되지 않았습니다. 그 날 주경이보다 먼저 눈을 뜬 사람은 김성구 씨였습니다. 불면증이었던 주경이 왜 그 날만큼은 푹 잘 수 있었는지, 그것만큼은 저도 잘 모르겠습니다. 하지만 확실한 건 그때 주경이 깊은 잠에 들었기 때문에 하루만큼의 목숨은 연장할 수 있었다는 겁니다.”

치수가 잠시 이야기를 멈추고 숨을 몰아쉬었다. 다리를 꼰 채 가만히 이야기를 듣던 주연이 씩 웃으며 발끝을 까딱까딱 움직였다.

“지가 한 가지 짚고 넘어가 볼까요?”

치수는 한쪽 눈을 일그러뜨리고 고개를 갸웃했다.

“그 날 왜 김성구가 정주경보다 먼저 죽었는지 말이에요.”

주연이 놀리듯이 말하자 치수의 입이 딱 벌어졌다.

“사실, 그 날 저녁에 정주경이 일어난 사실을 초희가 알지 못하도록 초희 커피에만 수면제를 타 놓았어요. 그러면 불면증인 지 언니는 일어나고, 초희는 계속 잠에 들어서 주경이 언니야가 어디 가는지도 모를 테니까요. 한데 일이 지 맘대로 안 되더라고요. 주경이 언니야가 그 잔을 같이 나누어 마신 겁니다. 덕분에 정주경은 그 날 깨지도 않고 잠들었습니다. 초희와 정주경이 둘 다 사랑채 욕실로 시체 옮기는 소릴 듣지 못한 것도 수면제 때문이었죠. 지가 원치도 않은 방향으로 살인의 순서가 어그러져 버렸지요.”

주연은 짐짓 안타깝다는 표정으로 고개를 흔들었다. 초희가 딱딱하게 굳은 얼굴로 작게 ‘그럴 순 없어’ 하고 외쳤다.

고개를 푹 숙이고 있던 선장이 입을 열었다.

“우리 성구는…… 성구는 어째서 사당으로 간 거지?”

선장의 들릴 듯 말 듯 한 목소리가 치수의 귓가에 닿았다.

“그건 밤에 별채 욕실이 잠겨 있기 때문이었을 겁니다. 별채 욕실은 하수구 냄새가 많이 나서 밤에 문을 잠가놓거든요. (그 순간 강배가 몸을 움찔했다.) 김성구 씨는 아마 별채 욕실 문이 잠겨 있어서 어쩔 수 없이 사랑채 욕실로 간 게 분명합니다. 오늘 새벽의 저처럼 말이죠. 이 집 구조를 모르는 사람은 대부분 밤이 되면 사랑채와 사당 문이 헷갈리게 되어 있습니다. 저 역시 그랬고, 김성구 씨도 그랬던 겁니다. 김성구 씨는 자연스럽게 사당으로 향했고, 사당 욕실 안에는 주연이가 그곳을 찾는 이를 죽이기 위해 기다리고 있었던 거지요."

치수는 명쾌한 설명을 마치고 주연을 힐끔 보았다. 벌써 두 명의 목숨을 잔인하게 앗아갔음에도 불구하고 그녀는 더 없이 평온한 표정으로 그의 말을 듣고 있었다. 치수는 문득 궁금해졌다. 왜 선장이 아직까지도 그녀에게 달려들지 않는지, 그녀를 향해 으르렁대지 않는지. 평소의 김 선장이라면 벌써 정주연을 향해 달려들어 그녀를 죽이겠다고 난리를 쳤겠지만 그녀가 유정혜라는 것을 알고 나자 주연에게 책임을 묻지도, 더 이상 눈을 마주치려 하지도 않고 있었던 것이다.

"그렇게 김성구 씨가 죽었고 주연이에게는 새로운 과제가 생겼습니다. 어떻게 정주경을 없앨 것인가. 주경이는 어디로 튈지 예측할 수 없는 사람이었으니, 아마 최대한 빨리 없애야 했을 겁니다. 혹시라도 정말 혼자서 영산을 넘을 수도 있는 아이였으니까요. 그리고 그 기회는 빨리 찾아왔습니다."

치수가 주연을 정면으로 노려보았다. 그의 얼굴에 혐오감 같은 게 떠올랐다.

"바로 어제 낮, 우리가 모두 각자의 일에 빠져 있을 시간이었죠. 주경이는 평소처럼 '혼자' 사랑채에 있었습니다. 그 상황이 어땠는지는 저도 잘 모릅니다만, 주연이는 주경이가 혼자 있을 때 재빨리 살인을 행하기로 결심했을 겁니다. 물론 너무 빨리 결정한 일이라 뒤처리가 깔끔하지 못했다는 흠이 있긴 했지만…… 복수의 대상을 향한 살인은 완벽하게 마칠 수 있었겠죠. 게다가 스스로 장독대 속 주경의 시체를 꺼낼 위험을 감수하지 않아도 되었으니 마지막 살인은 정말 대단한 쇼처럼 보였을 겁니다. 앞서 말했듯이 뒤처리를 깔끔하게 하지 못했다는 흠만 제외하면 말이지요."

"뒤처리가 깔끔하지 못했다는 흠?"

강배가 치수의 말을 따라 했다. 치수는 고개를 끄덕였다.

"그렇습니다. 주경이의 다잉 메시지가 남아 있었으니까요."

찬물을 끼얹은 듯 조용해졌다. 아무도 치수에게서 눈을 떼지 못하고 있었다. 치수는 그런 분위기를 즐기기라도 하는 듯이 뜻 모를 미소만 빙그레 띠고 있었다. 살인자와 대면하고 있다기엔 너무나 이질적인 미소였다.

"다, 다잉…… 뭐?"

한참이 지난 후 강배가 천천히 입을 열었다.

"다잉 메시지요. 주경이가 남긴 마지막 흔적 말입니다."

"혹시 그 다잉 메시지가, 겨우 책 쪽수나 적힌 종이 쪼가리라거나 그런 건 아니겠지요?"

주연이 피식 웃으며 어깨를 으쓱했다. 치수는 그녀의 비꼬는 미소에도 아랑곳 않고 덤덤하게 말을 이어나갔다.

"응, 안타깝게도 맞기도 하고 아니기도 해. 이게 없었다면 진짜 중요한 것을 찾아내지 못했을 테니까."

'진짜 중요한 것'에 힘을 줘서 말하며 치수가 숨을 한 번 몰아쉬었다.

"물론 이 종이 쪼가리가 마치 뭔가 있는 것처럼 보여서 헷갈리게 만들긴 했단다. 사실 이것 자체로는 아무것도 아니었는데 말이야."

덤덤한 대답에 주연의 눈썹이 꿈틀, 하더니 입에서 미소가 사라졌다. 치수는 그녀의 미소가 사라지는 것을 보고 다시 입을 열었다.

"이 작은 쪽지와 침대 왼쪽에 떨어진 먼지. 오랫동안 침대 밑에 쌓여 있던 끈적끈적한 그 먼지…… 이 두 개가 다잉 메시지였어."

"무슨 소립니꺼?"

강배가 의아한 표정으로 물었다.

"주경이가 죽은 방 안, 침대 왼쪽 옆에 먼지가 떨어져 있었습니다. 아까 말했듯이 범인은 시간적인 여유가 없어 완벽하게 방을 정돈하지 못했습니다. 그래서 침대 옆에 떨어진 먼지 같은 건 신경 쓰지 않았죠. 그게 뭘 의미하는지 아무도 관심 가지지 않을 테니까."

주연의 입가에서 처음으로 미소가 사라졌다. 그녀는 자기가 예상하지 못했던 일이 일어나고 있다는 것을 이제야 깨달은 것 같았다. 주연이 미소를 잃자 치수는 가슴 깊숙이 왠지 모를 승리의 쾌감이 이는 것을 느꼈다.

"네, 그래요. 진짜 중요한 것은 침대 옆에 떨어진 그 먼지였는데 누구도 거기엔 신경 쓰지 않을 거라고 생각한 겁니다. 여기 있는 사람들 모두 주경이가 손에 쥔 이 종이 쪼가리야 말로 무언가 중요한 것을 의미하고 있다고 생각하고 있었으니까요."

그는 주머니에서 꼬깃꼬깃 구겨진 종이를 꺼내들었다.

"저 역시 그랬습니다. 처음에 저는 이것이 가리키는 바가 무엇일까, 죽기 전에 뭘 알리려고 한 것일까. 솔직히 말하면 쓸데없는 부분까지 파헤치려고 애썼던 거죠. 사실은……"

치수가 종이를 손으로 구겨서 방구석에 던져버렸다.

"아무것도 아니었는데 말입니다."

초희의 입에서 헉, 하는 소리가 새어 나왔다. 강배와 선장도 할 말을 잃고 주연과 치수의 얼굴을 번갈아가며 바라볼 뿐이었다.

"그럼 와 군이 그걸 갖고 있었던 깁니꼬?"

초희가 속삭이듯이 물었다.

"이건 그냥 일종의 지표였을 뿐이야. 이 종잇조각을 찢어낸 책을 찾기 위한 지표."

치수가 의미심장하게 대꾸했다.

"그럼 침대 밑의 먼지는 왜 중요한 건데요?"

주연이 가늘게 실눈을 뜬 채 치수의 말을 가로챘다.

"그것도 지표였지. 주경이가 죽기 전에 침대 밑에 있었다는 지표. 보통 가구 밑엔 먼지가 많이 쌓이지. 그래서 침대 밑에 있다가 나오면 먼지가 따라나올 수밖에 없는 거야."

"그러니까, 그게 뭐 어쨌다고요? 침대 밑에 있다가 나온 게 왜 중요한데요?"

주연의 표정은 여전히 여유로웠으나 그 목소리는 날카롭기 그지없었다. 당황한 모양이군, 치수는 자꾸만 통쾌한 기분이 드는 것을 어쩌지 못하고 살짝 미소를 짓고 말았다.

"두 가지 지표를 토대로 침대 밑에서 주경이가 남긴 증거를 발견할 수 있었거든. 네가 가짜라는 증거."

"가짜."

치수가 기다렸다는 듯이 품 안에서 얇은 책을 꺼내 들었다. 김소월의 시집이었다. 그는 시집을 펼쳐서 보란 듯이 거기 모인 사람들에게 17페이지 끝이 찢긴 것을 확인시켜주었다.

"저 작고 쓸모없는 종잇조각은 이 책을 찾게 하기 위한 지표였던 거야. 그리고 침대 밑의 먼지는, 이 책을 숨긴 장소에 관한 지표였고."

주연이 잽싸게 그의 손에서 책을 빼앗더니 치수가 방금 구겨 바닥에 버린 종잇조각을 주워들었다. 주연의 손이 천천히 종잇조각을 책의 찢겨진 부분에 맞추어보았다. 딱 맞았다.

"17페이지에 네가 가짜라는 증거가 들어 있었어, 정주연. 아니, 유정혜."

치수는 책을 내려놓고 주머니에서 한 장의 사진을 꺼냈다.

"바로 이겁니다, 여러분. 이게 이 책 사이에 끼워져 있었습니다. 주경이는 그걸 알리려고 책 끝을 찢은 거고, 여기 있는 주연이는 그것도 모르고 이따위 것은 아무 문제가 되지 않는다고 마음대로 판단을 내린 거죠. 어쩌면 급해서 발견하지 못했을 수도 있고요. 급하게 살인 현장을 정리하고 남들 눈에 띄지 않게 시체까지 옮겼어야 했으니까요."

주연은 이제 엷은 미소를 띤 채 거의 들리지 않는 소리로 뭐라고 중얼대고 있었다. 그 소리는 너무 작아서 치수의 귀에 겨우 들릴 정도였다.

"멍청한 년이……."

치수는 소름이 끼쳐서 온몸을 부르르 떨었다.

"그 사진에 뭐가 있는데예?"

강배가 치수를 재촉했다. 치수는 애써 침착한 채 하며 강배 쪽으로 돌아섰다.

"이 사진에는 어린 주경이와 주연이가 찍혀 있습니다."

그가 선장과 강배가 볼 수 있도록 사진을 내밀자 강배가 고개를 갸웃했다.

"이게 무신 증거가 됩니꺼? 어릴 때 얼굴하고 지금하고 달라서 그랍니꺼? 하지만…… 어릴 때 얼굴은 얼마든지 달라질 수 있는 긴데……"

"어릴 때 얼굴하고 달라서가 아니에요."

"하모……"

"이 사진을 잘 봐주십시오. 어린 주연이 눈 밑에 뭔가 보이지 않습니까?"

선장이 헉 하고 숨을 크게 들이쉬었다. 그는 뭔가를 알아챈 것 같았다. 반면 강배는 여전히 헤매고 있었다. 그는 김 선장이 그랬듯이 노안 때문에 어두워진 눈의 초점을 맞추기 위해 몇 번이나 고개를 앞뒤로 왔다 갔다 했다. 그러곤 곧 무언가를 알아낸 듯이 주연의 얼굴을 급히 쳐다보았다가 다시 사진을 바라보았다.

"없다."

강배의 입에서 갈라진 목소리가 불쑥 튀어나왔다.

"화상이 없어."

강배가 말을 더 잇지 못하고 치수를 바라보자 치수가 고개를 끄덕였다.

"진짜 주연이는 눈 밑에, 그러니까 한쪽 볼 전체에 일그러진 화상이 있었습니다. 그것도 아주 흉하게 일그러진 상처 말입니다. 한쪽 얼굴이 완전히 일그러질 만큼 이렇게 크고 심한 화상은 이십 년이 지나도 없어지지 않는 건데 말이죠."

치수가 모든 이야기를 마치고 주연이를 바라보았다. 화상이 있어야 할 자리에 아무 흔적도 없었다. 그녀의 흰 얼굴이 유난히 빛나서, 마치 공중에 둥둥 떠 있는 것처럼 보였다. 정적이 감도는 아래, 모든 시선이 주연을 향했다.

"그러면 지가 유정혜라고 생각한 건 어째서인데요?"

주연은 자기에게 향한 시선들에도 아랑곳 않고 여유롭게 질문을 던졌다. 마치 오늘 저녁에 뭘 먹을까, 하고 묻는 말투였다.

"거기서부터는 오로지 추측의 영역이었어. 아닐 수도 있고, 맞을 수도 있었으니까."

치수는 이제 이 이야기의 끝이 보이는 것을 느꼈다. 모든 것이 끝나가고 있음을……

"초희가 유정혜에 대해 설명한 적이 있었지. 그때 초희는 분명 이렇게 말했어. 노래를 무척 잘하는 아이였는데 심지어 자기가 지어낸 노래를 부른 적이 있다고. 그렇지?"

치수가 초희를 돌아보았다. 초희는 대답하지 않았다.

"그리고 지난 저녁, 주연이 네가 노래를 부를 때 초희는 깜짝 놀라고 말았지. 그건 초희 말처럼 부자랑 가난한 자가 같은 노래를 배웠기 때문이 아니었던 거지. 아마 초희가 놀랐던 이유는 정혜가 지어낸 노래를 이곳에서, 그것도 한 번도 본 적 없는 여자의 입에서 들었기 때문이었을 거야."

주연의 얼굴에 핏기가 싹 사라졌다. 웃음은 희미하게 남아있었지만 안 그래도 하얀 얼굴이 더 창백하게 변하는 순간이었다. 그건 초희 역시 마찬가지였는데 그녀는 어떻게 알았냐는 눈빛으로 치수를 보고 있었다.

"물론 그 당시엔 나도 초희의 행동이 의미하는 바를 몰랐어. 하지만 주연이, 네가 가짜라는 증거를 발견하고 나니 확실히 알겠더구나."

주연은 가짜고, 초희는 주연과 어린 시절을 공유하고 있었다. 진짜 정주연이라면 절대 공유할 수 없을 어린 시절을.

"자. 내 얘기는 여기까지야. 이제 네 차례인 것 같은데. 왜 이런 살인을 저질렀는지 말해주겠니?"

치수가 바통을 넘겼다. 주연이 킬킬대며 웃더니 시계를 한 번 보았다. 이제 시계의 짧은 바늘이 3시를 지나고 있었다. 그녀는 뭔가를 골똘히 생각하더니 조심스럽게 입을 열었다. 길었던 이어달리기의 마지막 주자가 달리기를 시작하려 하고 있었다.

5

어디서부터 시작할까요. 저희 아부지가 잔혹하게 죽은 것부터 할까요, 아니면 지 얘기부터 해볼까요. 아아, 그래요. 지 얘기부터 해야겠지요. 그게 좋겠네요. 다들 잘 알고 있겠지만, 저는 이십 년 전에 죽은 유정호라는 남자의 외동딸입니다. 제가 어렸을 땐 이 집에서 자주 놀곤 했는데, 아부지가 한옥 관리인이었기 때문에 아부지를 보러 혼자 영산을 넘어오곤 했지요.

넘들은 영산을 넘지 말라고 했지만, 저한테는 영산 넘는 것쯤이야 일도 아니었으니까요. 덕분에 거의 매일 영산을 넘어 한옥으로 놀러 오다시피 했고 말이지요.

그 날도 마찬가지였습니다. 저는 평소처럼 영산을 넘어 한옥으로 놀러왔고, 아부지가 주신 곶감도 얻어먹었습니다. 여기선 곶감이 참으로 귀한 음식이었죠. 지금도 그렇고. 육지에서 갖고 오기도 힘든데다가 그 당시엔 비싸기까지 했으니…… 어쨌거나 곶감 하나를 입에 물고 노는데 이 집 막내 아가씨가 지한테 오는 겁니다. 지보다 한 살 많다고 했으니까, 그 때가 열세 살이었던 모양이지요. 약간 까무잡잡하니 눈 밑에 보기 싫게 일그러진 화상 자국이 도드라진 아가씨였는데 어찌나 상냥하던지요. 천한 지한테도 참으로 잘해주데요.

한참 둘이서 얘기하고 노는데 그 아가씨가 자기 아부지, 그러니까 한옥 주인을 보러 가잡디다. 저는 여기 주인이 무서워서 싫다 했는데 아, 완전 막무가내로 우기는 거 아니겠어요? 자기 아부지가 가끔 미국서 갖고 오는 귀한 초코사탕을 준다고 내한테도 그걸 주고 싶다는 겁니다. 천한 년한테 친절하게 구는 그 맘씨가 고맙기도 하고 어린 맘에 사탕이 먹고 싶기도 해서 지는 결국 주연 아가씨를 따라서 한옥 주인을 찾으러 갔습니다.

행랑채에서 안채까지 걸어가는 길에 지 아부지도 만났지요.

늬들 어데 가냐고 물으시기에, 주연이 아가씨가 아빠 보러 가요, 하고 대답했어요.

'정 교수님? 지금 손님이랑 계실 텐디……'

아부지가 머쓱하니 말하니까 주연 아가씨가 웃으면서 괜찮다고 하더군요. 어쩔 수 없이 지 아부지가 지들을 데려다 주러 안채까지 같이 가게 됐습니다. 가는 내내 지들은 지 아부지한테 쫑알대면서 얘기를 하느라 정신이 없었지요. 그렇게 안채에 도착했습니다.

'개새끼, 죽여 버리겠어!'

안채 건물 문 앞에 서 있는데 안에서 거친 소리가 터져나왔습니다. 지 아부지가 깜짝 놀라서 안채를 황급히 열고 뛰어 들어갔습니다. 너희들은 여그 꼼짝 말고 있으래이, 이 말만 남겨놓고요. 아부지는 저희들한테 신신당부하곤 안에 뭔 일이 있나 살펴보러 갔지요.

신기한 게, 그 날 일은 전부 생생히 기억이 나요. 그 살인자와 손님이 지껄이던 모든 말이, 전부 생생히요. 어떻게 잊겠어요.

'네 놈이 내 걸 훔쳤다는 사실을 내가 모를 것 같아? 모를 것 같느냐고! 서울로 가면 다 까발리겠어, 네 더러운 인생과 더러운 업적을 다, 온 세상에 다—!'

다시 한 번 큰소리가 났고, 주연 아가씨와 저는 놀라서 벌벌 떨었습니다. 그런데 주연 아가씨가 갑자기 안으로 들어가려 하는 겁니다. 저는 황급히 말리려 들었지요. 그러니까 아가씨가 얼마나 떼를 쓰고 용을 쓰던지. 안 된다고 뜯어말리면서도 그 힘을 차마 감당하지 못하겠더라고요.

그래도 지는 있는 힘껏 아가씨를 붙잡았습니다. 그러나 맘대로 되진 않았지요. 그 여리고 귀한 집 자식 몸에서 어떻게 그란 힘이 나오는지, 꽉 잡고 있던 제 손을 거칠게 뿌리치더니 아부지를 따라서 막 달려가는 게 아닙니까? 지는 무서워서 이러지도 저러지도 못하고 있었고요. 아부지가 여기 있으라고 했으니 있어야는 하겠고 안에서 뭔 일이 터졌는지 궁금하긴 또 궁금하니 들어갈까 말까 망설이고 있었던 거지요.

그 때였습니다. 쿵, 하는 소리가 났습니다. 무슨 무거운 돌덩이가 바닥에 떨어지는 소리였습니다. 결국 지도 궁금증에 못 이겨 안으로 따라 들어갔습니다. 서재에 다다르니 이미 제 아부지랑 주연 아가씨가 문틈 사이로 안을 훔쳐보고 있더라고요.

'개 같은 자식…… 잘 뒈졌다.'

서재 안에서 아까 소리 지르던 목소리랑은 다른, 좀 카랑카랑한 목소리가 들렸고, 안을 훔쳐보던 지 아부지랑 주연 아가씨는 사색이 되어 있었습니다. 대체 뭘 봤길래 그러냐고 물으려고 했는데, 왠지 좀처럼 입이 떨어지질 않았습니다. 비록 어린아이였지만 집 안을 휘감는 죽음의 손길만큼은 확실히 느끼고 있었던 겁니다.

지 아부지는 재빨리 주연 아가씨 눈을 가렸습니다. 하지만 주연 아가씨는 끝내 그 손을 뿌리쳤지요. 서재 안의 무언가를 직시하고 있던 아가씨가 공포에 질려 몸을 덜덜 떨었습니다. 지 아부지도 몸을 덜덜 떨고 있는 건 마찬가지였는데 왠지 주연 아가씨랑은 좀 다른 이유에서 그랬던 것 같습니다. 아, 그래. 다를 수밖에요. 주연 아가씨는 살인에 대한 본질적인 공포를 느끼고 있는 반면에, 지 아부지는 들킬까봐 두려워하고 있던 겁니다. 그 안에 있는 사람에게……

아부지가 복도 끝에 멍하니 서 있는 지를 발견한 건 좀 지나서였을 겁니다. 아부지는 제가 뒤 따라 온 걸 알자 너무 당황한 나머지 숨을 헉 하고 들이쉬었습니다. 아부지는 지를 향해서 손을 미친 듯이 휘젓기 시작했지요. 그리고 소리 없이 입만 뻥긋 대며, '정혜야, 도망가래이! 도망가래이!' 했습니다. 제가 놀라서 뒷걸음질 치기 시작하자 아부지는 계속 손을 휘저었습니다. 제가 시야에서 사라질 때까지, 제가 안채 건물 문에 다다를 때까지…… 달려가면서 몇 번이나 뒤를 돌아보았지만 아부지는 꿈쩍도 않고 거기 앉아 있었습니다. 아마 주연 아가씨 때문이었겠지요. 주연 아가씨가 다리가 풀려 앉아 있으니 지 아부지는 차마 그 아가씨를 혼자 내비 두고 도망칠 수가 없었던 겁니다.

죽을 둥 살 둥 달려 안채 건물 문 앞에 다다랐을 때 뒤에서 문 열리는 소리와 비명소리가 들렸습니다. 문 여는 소리는 서재 문이 열리는 소리였고, 비명소리는 주연 아가씨가 지른 소리였지요. 한데 그 두 개의 소리가 어찌나 소름끼치던지 지금도 귀에 쟁쟁하네요.

어쨌거나 지는 그 사이에 들키지 않게 최선을 다해 밖으로 빠져나갔습니다. 심장이 쿵쾅쿵쾅, 정신없이 뛰고 있었고, 이기적이게도 그 순간만큼은 아부지나 주연 아가씨 생각은 하나도 나지 않았습니다. 오로지 도망쳐서 다행이라는 생각만 났으니까요. 그 안에서 무신 일이 있었는지도 모르면서, 지도 모르게 본능적으로 '살았다' 하는 생각을 하고 만 겁니다.

그 길로 지는 영산을 넘어 집으로 곧장 왔습니다. 한순간도 거기 남아 있고 싶은 맘이 없었고, 무신 일이 일어난 긴지 궁금하지도 않았습니다. 오로지 집으로 돌아가 안전하게 잠을 자고 싶다는 생각이 전부였지요. 아부지는 내일 낮엔 돌아오실 테고, 아부지가 돌아오시면 무신 일이 있었던 긴지 그때야 물어보면 되니까요. 집으로 돌아가니까 담신 할미가 저를 기다리고 있었습니다. 다행인지 불행인지 그 흉흉했던 날은 초희랑 담신 할미와 함께 지샌 밤 덕분에 금방 잊힐 것 같았습니다.

그렇게 그 날이 지나고 담날이 됐습니다. 아니, 다음 날 오후가 됐습니다. 하지만 아부지는 돌아오지 않았습니다.

지는 원치 않게 다시 한 번 영산을 넘었습니다. 아부지가 돌아오지 않으니 불안했던 겁니다. 평소 같았으면 집에서 발 쭉 뻗고 기다렸겠지만, 어제 이상한 일도 있었으니 분명 뭔가 있겠구나 했지요. 저는 불안한 맘으로 산을 탔습니다.

한옥 저택에 다 와서 대문을 열고 들어서는데 멀리 진배 아제가 보였습니다. 진배 아제는 뭔 일인지 와서 행랑채에 앉아 있었지요.

아제한테 여기 웬일이냐고 제가 물으니까 아제가 허허 웃으면서 정혜 왔노, 합디다. 여기 일을 보러 왔다면서요. 아제는 여기 주인이 무신 일을 좀 부탁할 게 있다 캐서 온 거라고 했습니다. 지한테 넌 여길 왜 왔느냐기에, 아부지 보러 왔다고 했습니다. 하도 집엘 안 오셔서 찾으러 왔다고.

그러니까 진배 아제 하는 말이, 느이 아부지라모 아까 집 주인이 불러서 사랑채에 갔다는 거 아닙니까. 내랑 함 같이 가볼래, 이렇게 묻길래 얼른 아제 손을 잡고 따라나섰습니다. 우린 사랑채로 향했습니다. 가는 내내 진배 아제가 알아듣지도 못할 뭔 소릴 지껄여댔지만, 그 얘기들은 귀에 들어오질 않았습니다.

내가 돈을 많이 벌어서 서울에 가면 꼭 너랑 정호 성님도 초대할 끼다, 우리 성이랑 어무이도 모시고 살 끼다, 이런 얘기를 한 것 같긴 하네예. 하지만 그런 얘기가 귀에 들어올 리 없지요. 저는 오로지 아부지 걱정으로 맴이 뒤숭숭했으니까……

어느새 사랑채에 도착해서, 진배 아제가 히죽 웃으며 사랑채 침실 문을 톡톡 두드렸습니다. 안에서 들어오라는 대답은 없었지만 웅성대는 소리가 들렸기 때문에, 진배 아제는 대답도 기다리지 않고 문을 발칵 열어버렸습니다. 지는 아부지가 잘 있나 보기만 하면 됐기 때문에 문 뒤에 숨어서 고개만 빼꼼 내밀고 방 안을 살폈지요.

그런데 이상한 장면을 보고만 겁니다. 바닥에 주연 아가씨가 쓰러져 있었고, 그 옆에 지 아부지가 벌벌 떨면서 무릎을 꿇고 있었습니다. 누구한테 무릎을 꿇었냐고요? 그걸 말이라고 물으세요? 뻔한 거 아닌가요? 이 집 주인이었지요.

'아, 아입니도, 어르신…… 지가 뭘 봤다꼬 이라십니꼬? 아입니도, 아입니도……'

지 아부지가 그렇게 벌벌 떠는 건 지도 첨 봤습니다. 그건 진배 아제도 마찬가지였나 봅니다. 진배 아제도 문 앞에 서서 멀뚱히 서 있었으니까요.

'거짓말 마! 다 알고 있어, 다 알고 있다고! 봤지…… 네 놈이 다 봤지! 다 본 거지 ―!'

그 전 날, 그리고 그 날의 그 카랑카랑한 목소리, 그 끔찍한 목소리! 아직도 그 목소리가 머릿속에서 정확하게 남아 반복됩니다. 아직도, 아직도 끝없이 날 괴롭히고 있어요. 한옥 주인이 분을 터뜨리며 미친 사람처럼 소리를 질러댔습니다. 그러더니 바닥에 쓰러져 있는 주연 아가씨와 바닥에 떨어진 피 묻은 재떨이를 가리키더군요.

'내가 이걸로 한 짓……'

순간 진배 아제가 헉 하는 소리를 냈습니다. 주인어른이 진배 아제를 한 번 보더니 더 이상 말을 잇지 않았습니다. 그렇지만 지 아부지는 이미 주인어른이 하려는 말이 뭔지 알아챈 것 같았습니다.

'게다가 어제 일도 봤잖아, 자네.'

소름이 쫙 돋았습니다. 어제 일, 분명 어제 무슨 일이 있었구나……

문득 주인어른이 이 사람이 왜 여기 왔는지 아느냐며 진배 아제를 손으로 가리켰습니다. 진배 아제가 놀라서 뒤로 주춤하자 한옥 주인이 징그럽게 웃었습니다. 너무 징그러운 웃음이어서, 저는 지금도 가끔 꿈에 그 웃음을 봅니다.

'시체를 치우러 왔네.'

지 아부지가 여차하면 도망이라도 갈 것처럼 엉거주춤 일어섰습니다.

'세 구의 시체를 치우러 왔다, 이 소리야. 잘 생각해 보게.'

지 아부지의 얼굴이 사색이 되었습니다. 당장에라도 쓰러질 것처럼……. 지는 손가락을 들어 하나 씩 접어보았습니다. 어제 한옥 주인이 죽인 시체 한 구 — 저는 직감적으로 어제 일어난 일이 살인이란 걸 알고 있었던 겁니다 —, 그리고 저기 누워 있는 주연 아가씨, 이렇게 두 구. 그럼 마지막 세 번째 시체는……

그 순간, 지가 차마 소리를 내지르기도 전에 뭔가 번쩍했습니다. 사실 지금도 아부지를 죽인 게 뭔지, 지는 잘 모릅니다. 칼이었을 수도 있고, 낫이었을 수도 있고, 어쩌면 주연 아가씨를 영원히 사라지게 한 바로 그 재떨이였을 수도 있지요.

그 순간 진배 아제의 행동이 어찌나 빨랐는지. 진배 아제는 한옥 주인 시야에 들어가지 않게 지를 거칠게 떠밀었습니다. 아제한테 밀려나서 복도에 데굴데굴 구르니까 진배 아제가 재빨리 그 옆방을 손으로 가리켰습니다. 저기로 들어가 있으라고, 미친 듯이 손가락으로 옆방을 가리켰습니다.

지는 진배 아제 말대로 옆방에 숨어들었습니다. 다행히 옆방엔 아무도 없었습니다. 눈물이 치밀어 올라 견딜 수 없었지만, 지는 행여나 작은 소리라도 빠져나갈까 두 손으로 입을 틀어막고 흐느꼈습니다. 아부지는 안 죽었을 끼다, 절대 죽은 게 아닐 끼다, 그냥 거기 누워 있는 것뿐이다…… 이런 생각을 주문처럼 되뇌었지만 은연중에 알고 있었습니다.

아부지가 죽었다는 것을 말입니다.

불현듯 옆방에서 두런거리는 소리가 났습니다.

'내가 김춘 씨에게 부탁을 했네. 시체를 처리해야 하는데 사람이 필요하다고 말이야. 세 구 다 처리할 필욘 없네. 자넨 우선 하나만 처리하면 되는 거야. 그리고 나머지 두 구는 김춘 씨가 오면 그 사람과 함께 처리하게. 아, 걱정 말아. 돈은 넉넉히 줄 테니 말이야. 대신 시체 처리할 때 들켜서는 안 될 걸세. 불행히도 내 제자가 지금 이 집에 와 있다네. 지금 섬 마을을 좀 둘러보고 온다고 했으니 조금 있으면 돌아올 걸세. 그때까지 여기 주연이도 처리해야 하네.'

진배 아제가 뭐라고 대답을 했는지는 기억이 잘 안 납니다. 이십 년 전의 이야기니까요. 그 목소리, 그 살인자의 목소리만 또렷이 기억하지요. 무슨 말을 했는지, 어떤 소릴 지껄였는지 하나하나 다 기억이 납니다. 하지만 진배 아제 얘긴 기억이 안 나요. 진배 아제가 뭐라 했더라…… 아마 하기 힘들다, 이런 소리였던 것 같습니다.

'이걸 다 봐놓고도 못하겠다는 거지? 내가 분명 1억을 약속했는데.'

잠시 침묵이 찾아왔습니다.

'좋네. 그럼 1억 외에 서울에 집을 한 채 마련해 주지. 물론 자네가 받아들일 때의 이야기이지만…….'

두 사람의 이야기를 듣던 중에 퍼뜩 깨닫고 말았습니다. 아제가 이 일을 할 거라는 걸, 제 아부지의 죽음은 영원히 바다 속으로 가라앉고 말 거라는 걸.

더 이상 진배 아제의 거절하는 목소리가 들리질 않았습니다. 예, 그렇지요. 수락한 겁니다. 바로 그 순간 지가 무신 생각을 했을까요? 아부지를 따라 죽고 싶다는 생각? 아니면 무섭다는 생각? 둘 다 틀렸습니다. 저는 그 순간 깨닫고 만 겁니다. 어떻게든 복수해야겠다, 몇 년이 걸려도, 몇십 년이 걸려도 저들을 죽이고 말겠다, 이 걸 말입니다.

그 날 오후, 진배 아제는 남몰래 주연 아가씨 시체를 안고 영산을 넘었습니다. 세상에 그 사실을 아는 사람은 진배 아제와 나, 그리고 한옥 주인. 이렇게 셋이 전부였지요. 고맙게도 진배 아제는 제가 그 사실을 알고 있다는 걸 알리지 않았고, 지는 누구에게도 들키지 않고 집으로 돌아옴으로써 목숨을 연명할 수 있었습니다.

문제는 어떻게 복수하느냐, 그게 문제였습니다. 김춘 아제와 진배 아제가 너무도 교묘히 귀신 노파 전설을 따라 했기 때문에 멍청한 마을 사람들은 누구도 지 아부지의 죽음을 파헤치려 하지도, 지를 도우려 하지도 않았으니까요. 지는 어린 계집애였고, 힘도 지혜도 없었습니다. 모든 게 끝났다고 생각했지요.

하지만 사람이 꼭 죽으란 법은 없나봅니다. 기회가 생긴 겁니다. 자세한 내막을 알게 된 건 나중이지만, 한옥 주인이 은밀히 열두어 살 된 고아 계집애를 구한 겁니다. 물론 살인사건 내막을 모르는 김춘 아제나 아예 미쳐버린 진배 아제 말고 다른 사람을 써서 말입니다. 덕분에 아부지가 죽고 이틀 뒤, 저는 이른 새벽 해무를 틈타 섬 반대편으로 가는 배에 올랐습니다. 가는 길에 초희에게 들킬 거라곤 상상도 못했지만, 외려 잘 된 일이었지요. 초희가 지가 죽었다고 소문을 내주었으니까.

한옥으로 간 저는 왜 지를 불렀는지 알게 되었습니다. 죽은 주연 아가씨 외할아부지가 주연 아가씨를 너무 예뻐했는데, 주연 아가씨가 죽은 걸 알면 한옥 주인어른의 뒤를 봐주지 않을 거라는 겁니다. 그래서 그 멍청한 남자는 자기가 죽인 이의 딸을 거두는지도 모르고 저를 거두었습니다. 그 날 이후, 저는 이 집에서 살기 시작했지요.

한옥 주인은 지가 큰 병에 걸렸다고 소문을 내고 열여덟 살이 될 때까지 집 밖으로 못 나가게 했습니다. 서울 말씨를 가르쳤고, 공부를 시켰지요. 열여덟 살이 되면 지를 성형수술시켜서 아무도 못 알아보게 만들 수 있었으니까요. 그렇다고 언니야까지 속일 순 없었습니다. 정주경은 자기 동생이 바뀌었다는 걸 단박에 알아챘습니다. 그럴 수밖에요. 얼굴이 전혀 다른 계집애가 와서 사는데 모르는 게 병신이지요.

워낙에 제 아비나 가족이 뭘 하든 관심이 없었으니 망정이지 아마 제 동생이나 가족에게 살가운 계집애 같았으면 여기저기 알리고 난리가 났을 겁니다. 하지만 정주경은 스무 살이 되어서 서울로 올라가 살 수 있게 해준다는 한옥 주인의 제안을 받아들이고 동생이 바뀌었다는 사실을 함묵했습니다.

이 집에 사는 내내 지는 계속해서 복수 계획을 짰습니다. 한옥 주인만 죽이면 끝날 일이라고요? 천만에. 완벽한 살인을 계획했던 겁니다. 지가 당한 아픔, 그러니까 혈육이 죽어가는 아픔을 느끼고, 언제 내 차례가 될까 공포에 떠는 그 두려움 말이에요…… 그렇게 이십 년이라는 세월을 참았고, 마침내 작년 가을, 때가 됐습니다.

지는 일부러 사당과 사랑채 욕실 바닥을 바꾸자고 한옥 주인에게 말했습니다. 욕실 바닥을 바꿀 때 공사 업체에 몰래 구멍을 뚫어달라고 부탁하기도 했고요.

욕실 공사가 끝나자마자 정주경을 섬으로 부르자고 넌지시 말했지요. 아부지는 몸이 아프십니다, 언제 돌아가실지 모르니 주경이 언니야를 불러서 조금이라도 같이 지내는 시간을 늘리면 어떠냐고 말입니다.

멍청한 한옥 주인은 지 말대로 했습니다. 그리고 얼마 안 있어 지 손에 죽었습니다. 그리고 그 이후 얘기는 모두들 아시다시피.

* * *

주연이 이야기를 마치고 입을 다물었다. 다시는 입을 열 것 같지 않은 표정으로, 그녀는 말없이 괴이한 웃음을 짓고 있었다.

"그럼…… 그럼 내 아들을 죽인 건…… 계획에 없었다는……"

김 선장이 더듬거리자 주연이 어깨를 으쓱했다.

"아니요. 물론 당신 아들도 죽일 생각이었지요."

"하지만, 하지만 여기로 오지 않았으면 못 죽였을 것 아니냐!"

선장이 거세게 고함을 지르자 주연이 깔깔거리며 숨넘어가는 웃음소리를 냈다.

"아제, 어떻게 이 모든 일을 지 혼자 했다고 생각하십니까, 아제나 아제 아들이나 다 여기로 오게 되어 있었던 겁니다, 이미 그렇게 되어 있었던……"

주연은 차마 말을 다 끝내지 못하고 웃겨 죽는다는 듯이 데굴데굴 굴렀다. 치수는 역한 기분을 억지로 참고 주연을 향해 질문을 던졌다.

"혼자 한 게 아니라니?"

"아제, 아제…… 이 모든 일은 지가 한 거지만, 이 모든 일이 가능하게 한 건 지가 아입니다. 저기, 저기를 좀 봐요!"

모두 주연의 손가락 끝이 가리키는 곳을 향해 고개를 돌렸다. 주연은 사랑채 문을 가리키고 있었는데 거기엔 아무것도 없었다.

"뭘 보라는 거니?"

"하하하, 저기 보라니까요!"

"그러니까 뭘……"

주연이 갑자기 웃음을 뚝 그쳤다.

"저게 안 보인다고요?"

그녀는 더 이상 웃지 않았다. 방 안에 스산한 바람이 불어왔다. 어디서부터 불어왔을지 모를 바람이었다. 치수는 아무것도 없는 사랑채 문이 어째서 소름이 돋을 정도로 불길한지 이해할 수 없었다.

"아무것도 안 보여."

치수가 기어들어가는 목소리로 대답하자 주연이 이해할 수 없다는 듯이 고개를 갸웃거렸다.

"저기 서 있는 노파가 안 보인단 말이에요?"

"노파라니……"

강배가 새파랗게 질린 얼굴로 중얼댔다.

"가, 가지 마! 가지 마요, 가지 마!"

불현듯 주연이 자리에서 일어났다. 그녀는 완전히 겁에 질려 있었다.

"이제 지도 데려가야죠, 어서요!"

주연은 방을 뛰쳐나갔다. 그녀 뒤를 따라 선장과 치수도 황급히 방을 나갔다. 주연이 앞서서 달려가고 있었는데 뭐에 미친 여자처럼 정신없이 앞으로 돌진하고 있었다. 치수의 온몸에 소름이 돋았다.

"데려가줘요, 이제 우리 아부지 있는 데로, 아부지 있는 데로!"

울먹이는 목소리가 이상하게 들렸다. 주연은 누구를 쫓는 걸까, 누구의 뒤를 저리 애타게 쫓고 있는 걸까. 치수는 뼛속까지 스며드는 공포를 주체할 수 없었다. 그 때였다. 주연이 행랑채 벽에 굉음을 내며 부딪쳤다.

"앗!"

선장이 비명을 질렀다. 치수의 눈도 커졌다. 주연이 벽에 부딪치자 행랑채 지붕에 걸려 있던 낫이 주연의 머리 위로 빙글빙글 돌며 떨어졌다. 차마 피할 틈도 주지 않고, 시퍼런 낫은 주연의 머리 위로 곧장 떨어지고 있었다.

"안 돼!"

치수의 목소리가 울려 퍼졌다. 어둠 속에서 주연이 쓰러졌다. 모두가 달려가 그녀를 살펴보았으나 그녀는 다시는 일어나지 않았다.

에필로그 **해무(海霧)**

새벽 여섯 시, 치수는 다시 영산을 오르고 있었다. 차가운 바람이 그의 몸을 관통했지만 그는 여의치 않고 영산을 올랐다. 더 이상 영산이 두렵지 않았다. 모든 것이 끝났고, 범인은 밝혀졌다. 미친 것 같긴 했지만 범인은 그의 예상대로 사람이었다. 불길한 해무 같은 것은 아무 상관도 없었던 것이다.

사람들은 모두 사랑채에 잠들어 있었다. 모두들 아침이 되어 해무가 걷히면 영산을 넘을 거라고 했지만 치수는 몰래 먼저 빠져나왔다. 사건도 다 해결되었겠다, 더 이상 한옥에 있을 자신이 없었다. 쪽지도 써놓고 나왔으니 그를 찾는 이는 없을 것이다.

모든 게 끝났구나, 치수는 다시 한 번 중얼거리며 천천히 영산을 넘었다. 끝이 나면 무작정 반갑기만 할 줄 알았는데, 의외로 끝은 허무하고 씁쓸했다. 이십 년 동안 아버지를 죽인 살인자와 함께 살았던 주연의 짧은 생애가 그의 기분을 묘하게 만들었다.

치수는 고개를 재빨리 저었다. 더 이상 이 사건에 대해 생각하지 말자. 이제 그에게 남은 건 서울로 돌아가 윤미가 차려준 따뜻한 밥상 앞에 앉는 게 전부였다. 윤미가 아마 엄청나게 걱정하고 있을 게 분명했다. 통화도 되지 않고 짧은 연락조차 할 수 없는 곳에 와있으니 밤잠도 설치며 그를 기다릴 것이다. 윤미의 부드러운 머릿결과 따뜻한 몸을 떠올리니 저절로 기분이 좋아졌다. 한동안 아내에게 소원했던 자신이 멍청하게까지 느껴졌다.

"이런."

치수는 한쪽 다리가 너무 쑤셔서 더 걷지 못하고 잠깐 앉았다. 몇 분 쯤 그 자리에서 쉬던 그는 이내 다시 산을 내려가기 시작했다. 이십 년 전 그때와 똑같은 기분, 똑같은 풍경이었다. 동이 트지 않은 이른 새벽, 멀리 보이는 작은 바닷가 마을과 다닥다닥 붙은 집들 앞에 놓인 그물 뭉치. 치수가 지나갈 때 짖는 서너 마리의 누런 개들도 아직 있었다. 그때 그 개들과는 전혀 다른 개들이겠지, 이십 년이 흘렀으니까.

치수는 절뚝절뚝 걸어서 방파제 쪽으로 갔다. 온 세상을 잡아먹은 하얀 해무가 끝없이 펼쳐져 있었다. 멀리서 붉은 등대의 머리 부분이 보였다. 치수는 해무 속을 천천히 걸어갔다. 이제는 더 이상 해무가 무섭지 않았다. 불길하지도.

그러고 보니 치수가 영산을 넘기 전에 강배에게 하나 물어본 게 있었다. 귀신 노파와 귀신 구렁이가 어떻게 다르냐고. 그러자 강배가 으스스한 얼굴로 이렇게 대답했다.

귀신 구렁이는 옛날부터 영산을 지배하던 영산의 주인이었는데,

구천을 떠도는 한 맺힌 영혼을 영산에 잡아두기 위해 이른 새벽 해무를 틈타 바다로 내려온다고. 그리고 한 사람씩, 한 사람씩 데려간다고, 귀신 구렁이에게 잡혀간 사람들은 다시는 돌아가지 못한다고.

"그럼 귀신 노파는요?"

"지 어무이는 귀신 구렁이가 아들을 잃은 불쌍한 노파한테 씐 거라고 말하시데예. 그래서 그 노파는 영원히 죽지도 살지도 못하고 산귀신이 되어서 이 섬을 떠돌아야 한다고 말입니더."

치수는 왠지 몸이 으슬으슬해지는 기분을 느꼈다. 더 이상 무섭지는 않았으나 강배가 해준 얘기가 좀 찝찝했던 모양이었다. 치수는 몸을 한 번 부르르 떨고 나서도 계속해서 앞으로 나아갔다. 이젠 바닷가의 짭짤한 소금기와 해무, 그리고 그. 이렇게 셋만이 존재하는 세상이 펼쳐지고 있었다. 철썩이는 파도소리도 없는 곳……

치수의 눈이 커졌다. 앞에 누가 걸어가고 있었다. 아무도 없을 거라고 생각했는데 웬 여자가 그의 앞에 씩씩하게 걸어가고 있었던 것이다.

"저기요!"

치수는 큰소리로 그 여자를 불렀다. 저렇게 아무렇지 않게 걸어가다가 바다에 빠질 것만 같았다. 치수가 다시 한 번 그녀를 불렀다.

"저기요!"

그러나 여자는 뒤돌아보지 않았다. 치수는 그 뒤를 쫓아가기 시작했다. 절뚝절뚝, 그녀가 걸어간 길을 똑같이 따라 걸어갔다. 절뚝절뚝.

"이봐요, 너무 앞으로 가면!"

그는 숨이 차서 헉헉 대며 외쳤다. 힘이 들어서인지 아까보다는 좀 목소리가 작아져 있었다. 여자는 이상하게도 성큼성큼 앞으로 걸어가고 있었는데, 문득 치수는 그녀의 걸음걸이가 이상하다는 것을 깨달았다. 걷는다기보다는…….

'미끄러져 가는 것 같아.'

치수의 발이 그 자리에 우뚝 멈추어 섰다. 그는 깨닫고 말았다. 뿌연 안개를 헤치며 앞서 가는 여자의 머리는 백발이었다. 치수가 멈추어 선 것과 동시에 여자도 갑자기 발걸음을 멈추었다.

치수는 가슴 속에서 심장이 미친 듯이 뛰는 것을 느낄 수 있었다. 차마 그가 도망치기도 전에 여자가 뒤를 돌았다. 입인지 구멍인지 모를 것으로 웃으며, 그녀는 치수를 향해 미끄러져 오기 시작했다. 치수는 도망갈 수 없었다. 온몸의 근육이 딱딱하게 굳은 것처럼 그 자리에 박혀 있었다. 그는 아무 말도, 어떤 행동도 취할 수 없었다.

노파는 이제 그의 앞으로 거의 다 왔다. 기이하고도 괴기스러운 얼굴, 치수는 그 자리에 주저앉았다.

"하하하! 하하하하!"

노파가 미친 듯이 웃고 있었다. 뿌연 해무를 헤치고 달려오는 그 모습은, 그 모습은……

노파는 치수의 코앞에 있었다.

"아, 안 돼!"

치수가 소리 지르며 눈을 꽉 감았다. 그 순간, 팍 하고 뭔가 터지는 소리가 났다. 그는 살며시 눈을 떴다. 그의 앞에 서 있던 노파는 먼지가 되어 그 자리에서 사라져버렸다. 노파가 떠난 자리에는 몇 가닥 백발만이 놓여 있었다.

"치수 아제요, 치수 아제요!"

그 때 갑자기 멀리서 그를 부르는 누군가의 목소리가 들렸다. 낯익은 목소리에, 치수는 참았던 숨을 내쉬며 자리에서 천천히 일어났다. 초희가 그를 찾고 있었다. 초희의 목소리가 들리자 순식간에 모든 것이 현실로 돌아온 것 같았다. 그를 데려가려고 기다리던 귀신 노파는 사라졌다.

정말 모든 게 끝났다고 생각하며, 치수는 왔던 길을 돌아가기 시작했다. 그의 뒤에서 바람이 불어와 백발 몇 가닥을 해무 속으로 끌고 갔다. 다시는 돌아오지 못할 해무 속으로.

〈끝〉

해무도

1판 1쇄 찍음 2016년 5월 6일
1판 1쇄 펴냄 2016년 5월 13일

지은이 | 신시은
발행인 | 김세희
편집인 | 김준혁
펴낸곳 | 황금가지

출판등록 | 2009. 10. 8 (제2009-000273호)
주소 | 06027 서울 강남구 도산대로 1길 62 강남출판문화센터 5층
전화 | **영업부** 515-2000 **편집부** 3446-8774 **팩시밀리** 515-2007
홈페이지 | www.goldenbough.co.kr

도서 파본 등의 이유로 반송이 필요할 경우에는 구매처에서 교환하시고
출판사 교환이 필요할 경우에는 아래 주소로 반송 사유를 적어 도서와 함께 보내주세요.
06027 서울 강남구 도산대로 1길 62 강남출판문화센터 6층 민음인 마케팅부

© 신시은, 2016. Printed in Seoul, Korea
ISBN 979-11-5888-118-4 03810

㈜민음인은 민음사 출판 그룹의 자회사입니다.
황금가지는 ㈜민음인의 픽션 전문 출간 브랜드입니다.